# UN SANCTUAIRE POUR PIPER

UN SANCTUAIRE POUR PIPER (FORCES TRÈS SPÉCIALES : L'HÉRITAGE, TOME 4

## SUSAN STOKER

Copyright © 2019 par Susan Stoker
Traduit de l'anglais (U.S.) par Anne-Lise Pellat pour Valentin Translation
Titre original : *Securing Piper (SEAL of Protection : Legacy, book 4)*



Couverture par AURA Design Group
Fabriqué aux États-Unis d'Amérique

# DU MÊME AUTEUR

<u>Autres livres de Susan Stoker</u>

## <u>Forces Très Spéciales : L'Héritage</u>

*Un Sanctuaire pour Caite*

*Un Sanctuaire pour Brenae*

*Un Sanctuaire pour Sidney*

*Un Sanctuaire pour Piper*

*Un Sanctuaire pour Zoey*

*Un Sanctuaire pour Avery*

*Un Sanctuaire pour Kalee*

## <u>*Hawaï : Soldats d'élite*</u>

*Un paradis pour Élodie*

*Un paradis pour Lexie (10 Aug 2021)*

*Un paradis pour Kenna (Oct 2021)*

*Un paradis pour Monica*

*Un paradis pour Carly*

*Un paradis pour Ashlyn*

*Un paradis pour Jodelle*

## <u>Mercenaires Rebelles</u>

*Un Défenseur pour Allye*

*Un Défenseur pour Chloé*

*Un Défenseur pour Morgan*

*Un Défenseur pour Harlow*

*Un Défenseur pour Everly*

*Un héros pour Kassie*

*Un héros pour Bryn*

*Un héros pour Casey*

*Un héros pour Wendy*

*Un héros pour Mary*

*Un héros pour Macie*

*Un héros pour Sadie*

*Un héros pour Annie (Feb 2022)*

# CHAPITRE UN

Piper Johnson allait mourir.

Elle n'avait aucun doute là-dessus.

Lorsque son amie Kalee l'avait convaincue de lui rendre visite au Timor Oriental, une petite île située entre l'Indonésie et l'Australie, elle avait été enthousiaste à l'idée de cette aventure. À trente-deux ans, elle avait passé une trop grande partie de sa vie cloîtrée dans les différents appartements qu'elle avait loués, coincée dans son propre esprit à créer ses célèbres bandes dessinées.

Mais maintenant, elle ne ressentait plus que de la terreur. Elle était accroupie dans un vide sanitaire sous la cuisine de l'orphelinat pour filles où Kalee et elle se trouvaient depuis trois jours, avec trois orphelines qui comptaient sur elle pour les sauver. Mais la vérité était que Piper n'avait aucune idée de ce qu'elle devait faire. Aucune.

Lorsqu'elles avaient entendu les cris et les coups de feu provenant de l'extérieur de la cuisine, Kalee avait poussé Piper et les trois petites filles à l'endroit où elles se trouvaient maintenant et leur avait dit qu'elle allait chercher d'autres enfants avant de revenir.

Elle n'était pas revenue.

Elles savaient que les rebelles de la région s'étaient organisés et avaient causé des problèmes aux forces de sécurité. Les autres volontaires du Corps de la Paix où Kalee était volontaire avaient envoyé un message de vigilance, et elle s'était entretenue tous les deux jours avec son patron à Dili. Mais ni Kalee ni Piper n'étaient trop inquiètes. Piper, car Kalee lui avait assuré que les rebelles étaient en désaccord avec le gouvernement actuel depuis un certain temps et que rien ne s'était passé jusqu'à présent. Kalee, parce qu'elle vivait dans le pays depuis six mois et s'était habituée aux manifestations et aux menaces de révolte.

Les rebelles avaient finalement décidé d'agir pendant que Piper et Kalee se trouvaient dans un orphelinat à quelques kilomètres de la maison de cette dernière et de son affectation régulière pour le Corps de la Paix.

Cachée sous le plancher, Piper entendit assez de bruits effrayants pour l'empêcher de regarder des films d'horreur pour le reste de sa vie. Des cris, des coups de feu, des pleurs. Elle voulait sortir pour aider son amie, mais elle savait que ce serait signer son propre arrêt de mort.

Elle était presque sûre que Kalee était morte. Elle devait l'être. Sinon, pourquoi n'était-elle pas revenue ? Des larmes se formèrent à nouveau dans ses yeux, mais Piper refusa de les laisser couler. Elle n'avait pas le temps de faire le deuil de son amie pour le moment.

Rani, quatre ans, avait faim. Comme elles toutes. Un jour et demi plus tôt, Piper eut assez faim pour sortir furtivement de leur cachette et trouver de la nourriture, mais elle avait eu si peur qu'elle n'était pas prête à recommencer. Le garde-manger de la cuisine avait été saccagé par les rebelles, et le sang qu'elle vit partout était terrifiant. Elle avait réussi à trouver quelques boîtes de fruits et du pain rassis, et elle fit en sorte que leur réserve dure le plus longtemps possible.

Mais elle devrait bientôt prendre une décision. Essayer de retourner chez Kalee, prendre ses affaires et trouver un moyen de quitter la montagne et se rendre à l'aéroport, ou rester sur place jusqu'à ce que quelqu'un des forces de défense du Timor Oriental vienne les secourir. Aucune des deux options ne lui semblait acceptable.

Outre le fait qu'elle pensait qu'il serait extrêmement dangereux de se déplacer dans les montagnes, elle n'avait aucune idée de la direction à prendre. Elle avait toujours eu un peu de mal à s'orienter, et même si elle pourrait probablement retourner à la maison de Kalee qui n'était pas très loin de l'orphelinat – à condition qu'il n'y ait pas de rebelles prêts à tuer tous ceux qu'ils rencontreraient – elle se trouvait encore à environ trois heures de voiture de la capitale, Dili. Trouver un moyen de s'y rendre par elle-même, en toute sécurité, était extrêmement compliqué.

Et puis il y avait Rani, Sinta et Kemala. Pendant les jours pénibles durant lesquels elles se cachèrent, Piper avait commencé à créer des liens avec les trois petites filles. Elles étaient complètement vulnérables et seraient tuées ou capturées par les rebelles si elle les quittait, donc cela n'arriverait pas. Mais le fait d'avoir trois jeunes enfants, probablement traumatisés par ce qui s'était passé, allait rendre le voyage de l'orphelinat à la capitale encore plus difficile.

— Piper faim ? demanda Sinta en anglais.

Les habitants de la région parlaient généralement le portugais, un vestige de l'époque où ils étaient une colonie de ce pays. Mais le tetum était également très répandu. L'indonésien et l'anglais étaient parlés ici et là. Kalee se rendait régulièrement à l'orphelinat depuis son affectation dans le pays par le Corps de la Paix, et avait passé un certain temps à enseigner l'anglais aux enfants. Elles ne le parlaient pas couramment, et elles comprenaient plus qu'elles ne pouvaient parler, mais elles avaient appris suffisamment de mots pour pouvoir communiquer.

— Je n'ai pas faim, répondit Piper à l'enfant de sept ans.

Ce n'était pas tout à fait vrai, mais elle voulait garder le peu de nourriture dont elles disposaient pour les filles.

Kemala, l'aînée des filles, avait treize ans mais on lui en donnait environ vingt-quatre. Elle avait ce que Piper appellerait « de vieux yeux ». Elle avait vu et entendu beaucoup trop de choses pendant ses courtes années, et la plupart du temps, Piper ne savait même pas si la jeune fille l'appréciait. Tolérée, oui. Appréciée ? Le jury n'était pas encore fixé sur ce point.

Sinta était à l'âge où elle était encore une petite fille, mais elle avait rapidement mûri à cause de sa situation. Elle était aussi la plus inquiète du groupe. Elle s'inquiétait de savoir si elles avaient assez à manger. Si elles allaient mourir. Des amis qu'elle n'avait pas vus depuis qu'elles avaient dû se cacher. À propos de Kalee.

La plus jeune des filles, Rani, l'était encore assez pour être facilement divertie. Piper passait le temps avec elle en jouant au morpion dans la poussière. Elle en avait assez de ce jeu, mais il occupait Rani et la rendait heureuse, alors elle y jouerait autant que la petite fille le voudrait. Rani ne parlait pas du tout. Piper ne l'avait pas entendue dire un seul mot depuis qu'elle l'avait rencontrée. Elle regardait tout, était très observatrice, mais aucun mot ne quittait ses lèvres.

Piper n'était pas sûre que l'une des filles la considérerait comme une mère de substitution. Elle était trop introvertie. Elle n'avait pas beaucoup d'amis et appréciait de ne pas quitter son appartement pendant des jours. Mais elle aimait les enfants. Même si elle ne pensait pas avoir un jour une famille à elle.

Car d'abord, il aurait fallu qu'elle se marie… et cela semblait tout aussi improbable. Elle n'avait pas eu beaucoup de chance avec les hommes jusqu'à présent. Elle avait essayé de les rencontrer de la manière habituelle, c'est-à-dire en ligne ou en discutant avec eux au supermarché. Elle était même allée jusqu'à laisser Kalee lui arranger quelques rendez-vous. Mais elle n'avait encore rencontré personne avec qui elle envisagerait de passer le reste de sa vie. Le genre de mariage que ses grands-parents vécurent pendant des décennies.

Elle avait grandi avec eux, car son père avait quitté sa mère quand elle était encore bébé, et que celle-ci avait été tuée lors d'un vol dans une épicerie quand Piper n'avait que cinq ans. Elle était allée vivre avec ses grands-parents maternels âgés et avait reçu une éducation assez normale, bien que très rigide.

C'était fou comme les plus petites décisions de la vie pouvaient vous conduire sur des chemins qui changeaient votre existence. Sa mère s'était arrêtée pour prendre de l'essence alors que son réservoir était encore à moitié plein, et elle en était morte. Piper avait décidé de rendre une brève visite à Kalee et se retrouvait enlisée au milieu d'un soulèvement rebelle.

Elle tendit à Sinta le dernier morceau de pain et la regarda immédiatement le diviser en trois pour le partager avec Rani et Kemala. Cela lui ressemblait tellement de vouloir s'occuper des autres.

Piper avait l'impression qu'elle ne savait pas s'occuper des filles. Elles étaient encore piégées, affamées et sales. Ce qu'elle voulait vraiment, c'était sortir du vide sanitaire sous la cuisine, les ramener au bungalow de Kalee et leur donner à toutes un bain. Les filles et elles étaient couvertes de saleté et de sueur. Le Timor Oriental était un pays tropical et il faisait chaud, même dans les montagnes où se trouvait l'orphelinat. Le fait d'être à l'ombre et sous terre permettait de gérer la chaleur, mais la température était encore élevée.

Piper portait un pantalon kaki léger et une chemise à manches courtes. Elle avait également mis ses baskets avant de venir à l'orphelinat, au grand amusement de Kalee. Son amie s'était mise à porter des tongs presque vingt-quatre heures sur vingt-quatre. Même si ses chaussures lui donnaient chaud aux pieds, Piper était contente de les avoir, au cas où elle tomberait sur l'une des nombreuses choses effrayantes dont Kalee aimait se moquer.

En pensant à son amie, Piper eut envie de pleurer à nouveau, mais elle prit une grande respiration et se maîtrisa. Elle ne pouvait plus pleurer maintenant. Sinta voudrait savoir ce qui n'allait pas, Rani aurait peur et se mettrait à pleurer elle-même, et Kemala la regarderait avec un air inquiet.

Piper se força à se concentrer sur les enfants et elle dut admettre que même si elle voulait prendre les filles et s'enfuir, elles n'étaient pas vraiment habillées pour aller marcher dans la jungle. Toutes trois portaient des shorts et des t-shirts. C'était ce que portaient la plupart des enfants de l'orphelinat. Elles avaient aussi de fines tongs qu'elles avaient posées près du trou par lequel elles étaient entrées pour accéder au vide sanitaire.

Bien qu'elles soient sales, puantes et qu'elles aient besoin d'une douche chaude, les enfants étaient absolument magnifiques. Elles avaient les cheveux noirs, la peau marron clair et les plus beaux yeux marron que Piper ait jamais vus. Elle n'avait pas pensé à quel point ses cheveux blonds et ses yeux bleus faisaient tache dans ce pays d'Asie du Sud-Est. Chez elle, en Californie du Sud, les blondes se comptaient par dizaines, mais ici, Kalee et elle étaient une véritable anomalie. Piper avec ses cheveux blonds, et Kalee avec ses mèches auburn.

Le souvenir de sa meilleure amie lui revint en mémoire, et Piper détourna la tête pour que les filles ne voient pas les larmes dans ses yeux. Elle devait sortir de sa mélancolie. Des décisions devaient être prises. Elles ne pouvaient pas rester ici pour toujours, et il était temps de décider de la suite des événements.

Cela faisait un moment que les rebelles n'avaient pas été entendus. Il était difficile de juger du temps qu'elles avaient passé blotties dans le noir, mais elle estimait que cela devait faire au moins un jour qu'elles n'avaient plus entendu aucun signe de vie. Au moment où Piper décida qu'elles devaient essayer de quitter la montagne – quel autre choix avaient-elles vraiment ? – elle entendit les planches au-dessus de sa tête grincer.

C'était le bruit de quelqu'un – ou de plusieurs personnes – qui marchait au premier étage de l'orphelinat.

Elle se tourna immédiatement vers les filles et posa un doigt sur ses lèvres. Toutes trois hochèrent la tête. Kemala se déplaça en silence pour se mettre entre Rani et Sinta et plaça ses bras autour d'elles. Elles étaient déjà passées par là, et Piper savait qu'aucune des filles ne ferait quoi que ce soit qui puisse attirer l'attention sur elles. Elles étaient anormalement silencieuses pour des enfants, mais depuis qu'elles avaient entendu les rebelles attaquer l'orphelinat, elles n'avaient plus fait aucun bruit inutile.

Piper retint son souffle et se plaça entre la trappe et les enfants. Avec un peu de chance, ceux qui étaient là-haut ne sauraient jamais qu'elles étaient là. Et s'ils les trouvaient, elle ferait tout son possible pour s'assurer qu'ils aient tout ce qu'il fallait avec elle, afin qu'ils ne fouillent pas le vide sanitaire pour trouver les filles.

La gorge serrée et se sentant complètement vulnérable, Piper retint son souffle.

Mais ce qu'elle entendit la rendit à la fois excitée et effrayée.

Les voix au-dessus de leur tête parlaient anglais. Et si elle ne se trompait pas, elles étaient américaines.

Qu'est-ce qui s'est passé ici, putain ? demanda Ace alors que son équipe et lui entraient dans le bâtiment délabré.

Il y avait plusieurs huttes en bois sur la propriété de l'orphelinat. Ils avaient fouillé les autres – la plus grande hutte remplie de lits superposés où les filles avaient manifestement dormi ; une sorte de salle de classe ; et quelques autres bâtiments de stockage plus petits. La structure de deux étages dans laquelle ils entraient à ce moment-là était la seule qu'il leur restait à fouiller.

Ils avaient été dirigés vers l'orphelinat par certains habitants de la ville, à quelques kilomètres de là. Ils s'étaient d'abord arrêtés à la maison assignée à Kalee Solberg par le Corps de la Paix, mais celle-ci – et la plupart des autres bâtiments du petit village – avait été brûlée par les rebelles. Il n'y avait aucun signe de Kalee ou de son amie.

Lorsqu'ils réussirent enfin à localiser l'une des élèves de Kalee dans le petit village, la jeune fille déclara que Kalee aimait se rendre à l'orphelinat voisin. Comme ils n'avaient pas d'autres pistes, l'équipe se rendit dans le bâtiment où elle était censée se trouver.

C'était presque sinistre de voir à quel point l'endroit était calme et immobile. Il aurait dû grouiller d'enfants, tous riant et jouant, mais au lieu de cela, il n'y avait rien d'autre que le vent qui soufflait à travers les arbres.

— Rien de bon, dit Rocco en réponse à la question d'Ace.

— J'ai du sang par ici, répondit Gumby.

— Ici aussi, ajouta Rex.

— Aucun signe de Kalee ou Piper ? demanda Bubba au groupe.

— Non. Et pire encore, il n'y a pas d'enfants ici non plus. Nous devons nous séparer. Phantom, toi, Rex et Gumby sortez et faites un tour, ordonna Rocco. Prudemment. Après avoir fait le voyage jusqu'ici, nous savons que les rebelles sont partout dans cette montagne. On a environ cinq minutes avant de devoir se séparer. Je n'aime pas l'ambiance que je ressens.

— J'y vais, fit Phantom. Et je suis d'accord avec toi. J'ai l'impression que les problèmes vont arriver d'une seconde à l'autre.

Ace était forcément d'accord. Il n'y avait aucune raison d'avoir cette impression. Les rebelles étaient visiblement déjà passés par l'orphelinat, mais ils avaient connu assez de situations de combat pour sentir quand quelque chose ne tournait pas rond. En marchant dans la jungle pour arriver à l'orphelinat, Ace avait eu l'impression qu'on les observait. Ils n'avaient vu ou entendu personne, mais les cheveux à l'arrière de sa nuque s'étaient dressés. Il était évident que ses coéquipiers ressentaient la même appréhension. Plus vite ils trouveraient Kalee et sortiraient de là, plus vite ils seraient soulagés et en sécurité.

Ace regarda la moitié de l'équipe se diriger vers la porte de la cuisine suspendue à une charnière, puis porta son attention vers la pièce. Gumby et Rex avaient raison. Il y avait du sang partout et la cuisine était en ruines. Il n'avait aucune idée de ce qui s'était passé dans ce bâtiment, mais cela ne présageait rien de bon.

— Quelqu'un a trouvé un signe des enfants qui devraient être ici ? demanda Bubba. Je ne sais pas combien d'entre eux étaient logés ici, mais c'est difficile de croire qu'ils sont tous partis.

— Je ne pense pas qu'ils se soient juste enfuis, répondit Rocco d'un ton sinistre.

Il se tenait dans l'embrasure de la porte de la cuisine et regardait ce qu'Ace pensait être une salle à manger. Il se retourna – et son expression noua l'estomac d'Ace.

— Il y a trois corps là-dedans, dit-il en inclinant la tête.

— Piper ou Kalee ? demanda Bubba.

— Non. On dirait des femmes du coin. On leur a tiré dessus.

Les trois hommes demeurèrent silencieux pendant un long moment. C'était une chose que les rebelles tuent des membres des forces de défense ou n'importe quelle personne armée. Mais tirer sur des femmes sans défense, c'était un tout autre niveau de cruauté.

Dans le silence, un petit bruit dans la cuisine poussa Ace à se retourner. Il pointa son arme sans réfléchir.

Il fixa avec incrédulité une petite partie du sol qui se relevait lentement.

En jetant un coup d'œil à droite et à gauche, il vit que Rocco et Bubba avaient leurs armes pointées sur celui qui était sur le point de surgir de sous le plancher.

La première chose qu'ils virent fut une petite main qui poussait une trappe à leurs pieds, puis une tête blonde surgissant lentement du sol.

Les yeux de la femme étaient écarquillés et elle avait l'air absolument terrifiée.

— Ne bougez pas ! ordonna Rocco. Montrez-nous vos mains.

Elle posa son autre main sur la porte et se leva jusqu'à ce qu'on puisse voir ses épaules et le haut de son corps. Ace ne savait pas si la femme était debout ou agenouillée sur le sol en dessous d'elle. Mais le fait qu'elle se soit cachée dans cet espace signifiait qu'il pouvait y en avoir d'autres. Cela pourrait facilement être une embuscade, c'est pourquoi Rocco était extrêmement prudent.

Mais Ace reconnut immédiatement la femme – et il ne put s'empêcher de se sentir étrangement soulagé.

Dès le premier instant où il avait vu sa photo dans le dossier qui leur avait été remis, il avait été intrigué par cette femme. Ce qui était déconcertant, bien sûr, c'était que la blonde qu'il avait vue sur la photo ne ressemblait en rien à celle qu'il avait devant lui en ce moment. Oui, elle était pratiquement la même, à part le visage et les cheveux sales, mais il pouvait dire, rien qu'en la regardant dans les yeux, qu'elle n'était plus la femme insouciante qu'elle avait été autrefois.

Ce qui s'était passé ici au Timor Oriental l'avait changée.

— Piper Johnson ? affirma-t-il.

Ses sourcils se levèrent et elle hocha vigoureusement la tête.

— Vous savez qui je suis ? demanda-t-elle.

— Oui. Kalee est en bas avec vous ? demanda Ace.

Il détesta l'angoisse dans ses yeux qui annonçait sa réponse avant qu'elle ne dise un mot.

— Non. Vous ne l'avez pas trouvée ?

— Pas encore, dit Rocco. Il y a quelqu'un d'autre en bas avec vous ?

— La dernière fois que j'ai vu Kalee, elle m'a dit de me cacher pendant qu'elle allait chercher les enfants. Il y a eu des coups de feu et tout le monde criait. Je me suis cachée et j'ai attendu et attendu, mais elle n'est jamais revenue.

La voix de Piper se brisa.

Ace remarqua qu'elle n'avait pas répondu à la question de Rocco. Il se dit que les autres n'avaient pas répondu non plus, mais il ne le fit pas remarquer et lui demanda simplement de faire très attention. Pour le moment, ils voyaient encore ses deux mains, et elle avait l'air bien trop soulagée de les voir pour faire semblant. Mais cela ne signifiait pas que quelqu'un d'autre n'était pas dans le trou, la forçant à les mettre suffisamment à l'aise pour qu'ils baissent leurs armes, afin de pouvoir être pris en embuscade.

— Nous sommes toujours à sa recherche, expliqua Bubba.

— Bien, soupira Piper, la voix tremblante. Je suis sûre qu'elle va bien. Elle est très intelligente et connaît cet endroit comme sa poche. Elle a probablement mis tous les enfants en sécurité et elle est juste cachée comme je l'étais.

Ace ne la quitta pas des yeux en hochant la tête. Il ne croyait pas que c'était le cas. Pas avec la quantité de sang qu'ils avaient vue, sans parler des corps des femmes dans la pièce d'à côté. Mais il savait reconnaître une personne au bout du rouleau quand il en voyait une. Il avait le sentiment qu'au fond d'elle, Piper connaissait le sort de son amie, et qu'elle disait simplement ce qu'elle espérait être vrai.

Elle fronça les sourcils en demandant :

— Vous êtes américains, n'est-ce pas ?

— Oui, madame, répondit Bubba. Navy SEAL.

— Wahou, chuchota Piper. Mais qu'est-ce que vous faites ici ? Enfin, ne vous méprenez pas, je vous suis extrêmement reconnaissante, mais je suis confuse. Attendez, vous êtes bien ici pour nous sauver ? Vous n'êtes pas ici juste pour faire des exercices ou vous entraîner, n'est-ce pas ?

— Connaissez-vous bien Kalee ? demanda Rocco.

— C'est ma meilleure amie depuis qu'on est au collège, répondit Piper.

Ace se mit sur ses pieds. Il se sentait nerveux. Il avait l'impression d'être une proie facile dans ce bâtiment délabré, et il n'aimait vraiment pas l'idée de rester debout à tirer sur tout ce qui bougeait. Mais l'une des choses qu'ils avaient apprises à l'entraînement, c'est que lorsque l'on a affaire à une personne secourue, le plus important est d'établir la confiance. Une fois que ce serait le cas, l'extraction serait cinq cents pour cent plus facile.

— Alors vous savez que le père de Kalee a des relations assez influentes, expliqua Rocco à Piper.

Elle hocha la tête.

— Oui. Je pense qu'il s'envole pour Washington, D.C., une fois par mois ou quelque chose comme ça pour avoir des réunions avec des politiciens.

Ace eut envie de souffler. « Quelques politiciens » était un doux euphémisme. Paul Solberg était un multimillionnaire qui fréquentait le président des États-Unis et déjeunait régulièrement avec le vice-président et une demi-douzaine d'autres membres influents du Congrès et du Sénat.

— C'est vrai, admit Rocco en faisant un signe de tête. Le Corps de la Paix avait déjà sonné l'alarme au début des attaques des rebelles, car il n'avait pas réussi à ramener une douzaine de ses volontaires à Dili en toute sécurité. Le père de Kalee a tout fait pour nous faire venir ici afin qu'on évacue sa fille.

Piper se tut un instant, puis elle hocha lentement la tête.

— C'est logique. Mais depuis toutes ces années que je connais Kalee, son père m'intimide toujours. Je le vois bien tirer des ficelles pour faire ce qu'il peut pour la faire sortir d'ici. Kalee est tout pour lui. Après la mort de sa mère, quand elle était en première année de lycée, il est devenu encore plus protecteur qu'il ne l'était déjà. Elle est tout pour lui. Il ferait n'importe quoi pour la garder en sécurité. Dépenser n'importe quelle somme d'argent. Elle a énormément de chance.

Ace n'aimait pas le ton mélancolique qu'il entendait dans la voix de Piper, mais il n'avait pas le temps de s'en préoccuper. Si elle était jalouse de la relation de son amie avec son père, c'était son problème. Son souci du moment était de la faire sortir de la montagne en un seul morceau et de la mettre dans un avion pour rentrer aux États-Unis.

— Qui est en bas avec vous ? demanda-t-il à brûle-pourpoint.

Il fallait reconnaître que Piper n'essaya pas de lui mentir ou de se soustraire à sa question. Elle croisa son regard. Il vit qu'elle était terrifiée, mais elle ne broncha pas devant son ton dur.

— Puisque vous n'êtes pas venus ici pour moi... allez-vous m'aider à descendre de la montagne jusqu'à la capitale ?

— Vous pensez sérieusement qu'on va vous laisser ici ? demanda Ace d'un ton incrédule.

Elle haussa les épaules.

— J'aimerais dire non, mais mes grands-parents n'ont pas l'argent ou les relations de M. Solberg. Et disons que j'ai suivi un cours accéléré sur la nature humaine ces derniers jours.

— Vous venez avec nous, confirma Ace.

L'idée même de la laisser derrière eux était odieuse. Et qu'elle puisse le penser était tout aussi perturbant.

— Assez, dit Rocco, sans être trop sévère. On ne peut plus rester ici à discuter.

Comme pour ponctuer ses paroles, le bruit des coups de feu retentit dans le calme de l'air matinal.

Piper tressaillit, et les trois hommes se figèrent en attendant que l'ennemi fasse irruption d'une seconde à l'autre.

— Je ne suis pas seule, dit Piper doucement, et Ace n'eut aucun mal à percevoir la véritable peur qu'elle avait réprimée pendant qu'elle leur parlait.

— Qui est en bas avec vous ? demanda Bubba, à voix basse. Un rebelle ? Vous êtes en danger ?

— Non, pas du tout, fit Piper.

Elle baissa lentement les bras et tourna son visage vers l'espace sombre derrière elle.

— Sortez. C'est bon, ce sont des amis, dit-elle doucement, en faisant un geste d'une main vers celui qui était derrière elle.

Avec incrédulité, Ace vit Piper rassembler non pas une, ni deux, mais trois petites filles contre elle.

Elle les regarda avec ce qui ressemblait à de la provocation.

— Je ne les quitterai pas.

— Merde, dit Rocco à voix basse.

Toute leur mission était foutue depuis le début. Du manque d'informations jusqu'au village totalement détruit dans lequel vivait Kalee, puis l'incapacité à la trouver, et maintenant ils n'avaient plus seulement deux femmes à sauver – ce qui était déjà assez difficile – mais au moins une femme et trois enfants…

Putain, c'était vrai.

Faisant confiance à ses coéquipiers, Ace balança son arme sur son dos et s'accroupit pour être au niveau des yeux de Piper et des filles.

— Salut, dit-il doucement.

L'une des filles posa sur lui ses grands yeux bruns et dit :

— Salut.

— C'est Sinta, lui dit Piper. Elle a sept ans. Voici Rani, qui a quatre ans. Et ça, c'est Kemala. Elle a treize ans.

— Salut, Rani, Sinta, Kemala. Moi, c'est Ace. Mon vrai nom est Beckett, mais personne ne m'appelle comme ça, et c'est plutôt compliqué. Donc vous pouvez m'appeler Ace aussi. Mes amis sont Rocco et Bubba. Ce sont aussi des surnoms. Nous sommes heureux de vous rencontrer.

Pour seule réponse, les filles le regardèrent fixement.

— Elles ne parlent pas couramment l'anglais, dit Piper. Elles y travaillent. Rani ne parle pas du tout, à personne.

— Jusqu'à quel point comprennent-elles ? demanda Ace.

Piper haussa les épaules.

— Plus que je le soupçonne, probablement.

Ace prit une profonde inspiration. Gagner la confiance d'un adulte terrifié était une chose ; essayer de convaincre trois enfants orphelins qu'il avait leurs intérêts à cœur alors qu'ils ne pouvaient pas parler sa langue était presque impossible. Mais Piper avait raison. Ils n'allaient pas laisser les enfants se débrouiller seuls. Ace n'avait aucune idée de ce qu'ils allaient faire d'elles, mais il n'allait pas les abandonner. Pas quand il savait que les rebelles n'auraient aucun problème à tuer des enfants. Et Kemala avait l'air assez âgée pour refuser de penser à ce que les rebelles lui feraient s'ils mettaient la main sur elle.

Il regarda chacune des filles dans les yeux pendant qu'il parlait.

— Nous allons vous faire sortir d'ici en toute sécurité. Mais vous devez être très discrètes et faire ce que nous disons, quand nous le disons. Pouvez-vous faire cela ?

Sinta fit un signe de tête. Les deux autres dardaient leurs yeux sur lui.

Ace se retourna vers Piper. Elle avait les larmes aux yeux et se mordait la lèvre. Il avait besoin d'elle pour tenir le coup. Il avait le sentiment que si elle craquait, les enfants craqueraient aussi.

— Allez, dit-il, en se rapprochant. On va vous sortir de là.

Il se pencha et sentit une odeur corporelle et d'excréments, mais ne fit aucun commentaire. Il avait vu et vécu bien pire.

Piper se tourna vers les enfants.

— Gardez les yeux sur moi, dit-elle, en montrant ses yeux, puis les leurs, et enfin les siens. Ne regardez pas autour de vous. Vous comprenez ?

Rani et Sinta hochèrent la tête.

Piper fixa Kemala.

— C'est moche. Je ne veux pas que tu voies.

Sa voix était rauque et pleine d'émotion. Finalement, l'adolescente fit un signe de tête.

— Merci, ajouta Piper, puis se retourna vers Ace. Ok, on est prêtes.

Une par une, elle tendit les filles à Ace jusqu'à ce qu'elles se retrouvent toutes les trois avec Piper, blotties l'une contre l'autre dans la cuisine. Quelque chose dans la façon dont elle les avait rassemblées toucha une corde sensible chez Ace. Il n'avait aucune idée de ce qu'elles avaient vécu ces derniers jours, mais quoi que ce soit, cela l'avait rendue très protectrice envers les enfants.

Il demeura accroupi devant elles. En fouillant dans l'une des nombreuses poches de son uniforme, Ace en sortit trois bonbons. Il avait toujours des *Life Savers* planqués sur lui lorsqu'il partait en mission. Les gars lui en faisaient baver, mais il était plus soulagé qu'il ne pouvait dire de les avoir en ce moment.

Il les déballa lentement pendant qu'il parlait.

— Vous voulez un bonbon ?

— Je ne pense pas qu'elles sachent ce qu'est un bonbon, dit Piper, la voix basse et tremblante.

— Alors il est temps qu'elles l'apprennent, répondit calmement Ace, en tendant les bonbons multicolores aux filles.

Comme il s'en doutait, toutes les trois levèrent les yeux vers Piper, comme pour lui demander si tout allait bien.

Elle leur fit un signe de tête, et Sinta fut la première à tendre la main. Elle prit prudemment le rouge et le renifla. Puis sa petite langue sortit et lécha le bord du bonbon. Ses yeux s'élevèrent vers les siens, surpris par le goût sucré.

Ace ne put s'empêcher de rire de sa réaction. Il sourit.

— Oui, c'est bon, n'est-ce pas ? Le rouge est mon préféré.

Sinta sourit à son tour et mit le *Life Saver* dans sa bouche en même temps que Rani et Kemala tendaient la main et attrapaient les deux autres bonbons.

— Désolé, je n'en ai pas d'autre pour vous, dit Ace à Piper à regret.

— Ce n'est pas grave. Je n'ai pas faim, dit-elle.

Ace doutait que ce soit vrai, mais il ne répondit pas

— Ace, il faut qu'on sorte d'ici, annonça Bubba calmement derrière lui.

Il hocha la tête mais ne quitta pas Piper.

— Je ne pense pas que ce soit une surprise, mais sortir d'ici ne sera pas une promenade de santé.

Elle serra ses lèvres l'une contre l'autre et fit un signe de tête.

— Nous savions que vous rendiez visite à Kalee, et nous avions prévu de vous faire sortir avec elle. Mais les enfants... ça complique encore plus la situation...

— Ce sont de bons enfants, interrompit Piper. Elles seront silencieuses et feront tout ce que vous leur demanderez. Je ne peux pas les laisser. Je ne peux pas !

Ace se leva lentement et regarda Piper. Il était plus grand qu'elle de quelques centimètres seulement, mais elle semblait si petite et fragile. Il savait que ce n'était probablement pas le cas, car si elle l'était, elle n'aurait pas tenu aussi longtemps dans un espace restreint sous cette cuisine. Il fallait qu'elle ait des nerfs d'acier. Et le fait qu'elle ne veuille pas quitter les filles l'impressionnait aussi. Il avait vu des mères abandonner volontairement leurs enfants dans leur hâte pour échapper à une situation dangereuse, mais Piper était là, protégeant des enfants qu'elle ne connaissait probablement même pas jusqu'à il y a quelques jours.

Ace se souvenait de l'époque où lui, Rocco et Gumby avaient été piégés à Bahreïn lors d'une récente opération. Ils étaient certains qu'ils allaient mourir, et il avait dit à ses camarades des SEAL que son seul regret dans la vie était de ne pas avoir d'enfants. Il avait toujours voulu en avoir, et à l'époque, Ace avait pensé qu'il n'aurait jamais cette chance.

Si c'était ses enfants, il réagirait sûrement comme Piper.

— Nous ne les laissons pas, ni vous, ni eux, derrière nous, déclara Ace. Mais vous devez nous faire confiance.

Son regard alla d'une fille à l'autre, avant de se retourner vers Piper.

— Quoi qu'on vous demande de faire, vous devez le faire immédiatement. Sans poser de questions. Compris ?

Piper fit un signe de tête.

— Je savais que nous ne pouvions pas rester là-bas plus longtemps, mais j'ignorais comment j'allais me rendre à Dili. Je ne sais même pas dans quelle direction c'est. Donc votre venue est une réponse à une prière. Nous ferons tout ce que vous nous direz, dès que vous nous direz de le faire.

Puis elle regarda les trois filles.

— N'est-ce pas ?

Les trois firent un signe de tête.

C'était ce qu'Ace et l'équipe avaient de mieux à faire. Il répondit d'un signe de tête.

— D'accord.

— Mais on va trouver Kalee d'abord, n'est-ce pas ? demanda Piper. On ne peut pas la laisser.

Ace ouvrit la bouche pour parler, mais Rex passa sa tête dans l'embrasure de la porte et dit d'un ton pressé :

— Phantom a trouvé quelque chose.

Ace fit signe à Piper.

— Restez près de moi. Ne faites pas de bruit.

Elle hocha la tête et se tourna vers les enfants.

— Venez. Sinta, accroche-toi à Kemala. Je vais porter Rani.

Elle posa un doigt sur ses lèvres avant de prendre la plus petite des trois filles. Rani mit ses petits bras autour du cou de Piper et posa sa tête sur son épaule.

La vue de la confiance de la petite fille et de la protection dont Piper faisait preuve à son égard, ainsi qu'à l'égard des deux autres filles, émut profondément Ace. Il avait le sentiment que si quelque chose menaçait les trois orphelines, Piper ferait tout ce qu'il fallait pour s'assurer qu'elles soient en sécurité.

Elle n'était pas leur mère, mais elle semblait avoir noué un lien étroit avec elles.

Repoussant ses pensées, sachant que leur mission venait de se compliquer avec l'arrivée des enfants et qu'il devait se concentrer sur son environnement, Ace fit un signe de tête au quatuor et remit son arme en place pour qu'elle soit prête. Rocco prit la tête et sortit de la cuisine avec Ace à six heures, Piper et les enfants après lui, et Bubba à l'arrière.

Ils quittèrent le bâtiment et se dirigèrent vers un endroit où ils virent Phantom et Gumby. Ils regardaient quelque chose, mais Ace n'arrivait pas à comprendre ce que c'était.

Alors qu'ils s'approchaient, l'odeur se répandit et Ace fit de son mieux pour respirer par sa bouche et non par le nez.

Il connaissait cette odeur. Décomposition humaine.

Il s'arrêta et entendit Piper s'arrêter juste derrière lui.

— Ne bougez pas, ordonna-t-il.

Elle hocha la tête, et quand il la regarda, il comprit qu'elle n'avait aucune idée de ce que pouvait cette odeur horrible.

— Je vais rester ici avec elles, dit doucement Gumby.

Ace fit un signe de tête.

— Je reviens tout de suite. Restez ici avec mon ami. D'accord ?

Piper hocha la tête immédiatement. Il était fier qu'elle fasse ce qu'elle avait promis, et qu'elle ne pose pas de questions. Il avait l'impression qu'elle n'était pas aussi docile d'habitude, mais comme elle l'avait dit, les enfants et elle étaient à leur merci. Elles n'arriveraient pas à la capitale toutes seules.

Ace et Rocco se dirigèrent vers l'endroit où se tenaient les autres et fixèrent un grand trou dans le sol. Il faillit perdre connaissance. La puanteur des corps était plus intense ici.

Mais ce fut plutôt la vue qui lui retourna l'estomac.

Les corps. Au moins deux douzaines. Ils étaient empilés les uns sur les autres dans le trou. Jetés là comme s'ils étaient des déchets. Il y avait des mouches partout.

Et le pire, c'est que... la plupart des morts étaient des enfants. Des petites filles qui avaient été abattues.

— C'est Kalee Solberg ? demanda Rocco doucement.

Phantom n'avait pas dit un mot, et Ace vit que sa mâchoire tombait alors qu'il avait du mal à se tenir debout.

— Plutôt sûr, oui, lança Rex tout aussi discrètement. C'est un peu difficile à dire, mais les cheveux roux correspondent et sa peau est plus claire que celle des locaux.

— Nous devons la sortir de là, déclara Phantom dans le silence qui suivit les mots de Rex. Nous avons promis de la ramener à la maison.

Les quatre autres hommes hochèrent la tête. Ce ne serait pas agréable, mais leur mission était de faire sortir Kalee du pays, et même si elle avait été tuée lors du raid contre l'orphelinat, ils avaient encore un travail à faire.

— Comment allons-nous faire ? demanda Rocco.

Phantom ouvrit la bouche pour répondre lorsqu'une forte rafale de tirs se fit entendre dans la jungle qui les entourait.

— Merde, jura Rex en même temps que Rocco retirait la sécurité de son arme.

— On n'a pas le temps, déclara Ace. On doit partir d'ici.

— On ne peut pas la laisser, argumenta Phantom. Je vous retrouve au village.

Ils entendirent des cris tout près. Les rebelles étaient bien trop proches pour prendre le temps de s'interroger.

— On ne se sépare pas, dit Rocco, en attrapant le bras de Phantom. On doit y aller.

— C'est notre mission. On ne peut pas la laisser ! répéta Phantom, en tirant le bras de son ami.

— Elle est morte, mec, déclara Bubba avec insistance. On ne peut pas descendre la montagne avec son corps et faire sortir Piper et les enfants. Nous reviendrons la chercher après nous être occupés des rebelles.

Phantom semblait vouloir protester davantage. Comme s'il voulait sauter dans le trou et attraper le cadavre de Kalee immédiatement. Mais c'était aussi un Navy SEAL bien entraîné. Il savait quand les chances étaient contre eux.

Il se retourna vers le trou et regarda fixement la forme sans vie de Kalee une nouvelle fois. Elle était allongée face contre terre sur la pile de petits corps. Ses pieds étaient nus, et elle ne portait pas de chemise.

Ace ne voulait pas penser à ce qu'elle avait vécu avant d'être jetée dans ce trou.

La mâchoire de Phantom se contracta, mais juste à ce moment-là, ils entendirent le bruit d'hommes qui parlaient au loin. Ils allaient bientôt avoir de la compagnie. Il n'y avait plus le temps pour discuter d'entrer dans la fosse commune et en sortir Kalee pour la ramener chez elle. Les SEAL étaient entraînés au combat. Mais ils n'avaient aucune idée du nombre d'hommes qui se dirigeaient vers eux, de leur puissance de feu, et ils avaient quatre civiles innocentes à protéger. Ils devaient partir. Maintenant.

— Nous reviendrons la chercher, déclara Phantom à Rocco. Promets-moi que nous reviendrons.

— Nous reviendrons pour elle, jura Rocco.

# CHAPITRE DEUX

Piper sentait Rani trembler dans ses bras, et elle ne pouvait pas la blâmer. Elle n'avait aucune idée de ce que les Navy SEAL avaient vu, mais quoi que ce soit, ce n'était pas bon. Elle n'était pas idiote. Elle savait que le fait qu'aucune des autres filles de l'orphelinat n'ait pu être retrouvée n'était pas bon signe. Elle avait vu les corps dans la salle à manger quand elle s'était faufilée hors du trou pour attraper le peu de nourriture qu'elle pouvait trouver. Elle était bien consciente que les rebelles n'avaient pas invité tout le monde à un goûter ou autre, mais elle avait gardé l'espoir que la plupart des filles avaient disparu dans la jungle autour d'elles et avaient pu se cacher.

— Vous pouvez courir avec elle ? demanda Ace en la regardant pendant sa course.

— Oui.

En réalité, Piper ne savait pas si elle en était capable, mais si l'alternative était d'être attrapée par les rebelles, elle ferait tout son possible.

Il ne lui posa pas de questions, il hocha simplement la tête et se tourna vers Sinta et Kemala.

— Je sais que vous ne portez que des tongs, mais pouvez-vous courir ?

Les deux filles hochèrent la tête.

— Bien. Si vous êtes fatiguées ou si vous avez mal aux pieds, dites-le-moi et je vous porterai. D'accord ?

Piper cligna des yeux. Il les porterait ? Les deux ? Il avait un sac sur le dos, i une arme, et qui sait ce qu'il y avait d'autre dans toutes les poches de ses vêtements. Elle avait dû mal comprendre.

Mais elle n'eut pas l'occasion de demander pourquoi il leur faudrait courir.

La voix des rebelles lui parvint aux oreilles – d'un endroit bien trop proche.

L'instant d'après, Ace la retourna et elle sentit sa main sur son dos, la poussant vers l'avant.

Alors qu'ils prenaient la fuite, Rani serra sa prise autour du cou de Piper et ses jambes s'enroulèrent autour de sa taille comme si elle était un petit singe-araignée. Piper courut plus vite qu'elle n'avait jamais couru de sa vie. Elle savait qu'elle n'était pas vraiment silencieuse, mais elle ne semblait pas pouvoir contrôler sa respiration sifflante. Elle avait l'impression de ressembler à un éléphant qui charge dans les sous-bois.

Mais ils eurent de la chance. Ils avaient disparu de la clairière derrière l'orphelinat juste à temps. Les rebelles ne les avaient pas vus. Du moins, le pensait-elle. Des coups de feu retentirent derrière eux lorsqu'ils pénétrèrent dans la végétation dense autour de l'orphelinat, mais cela ne semblait pas se rapprocher. C'était un miracle, car il y avait sept adultes et trois enfants qui couraient dans la jungle. Elle pensa que cela en disait long sur la capacité des SEAL à se fondre dans la masse et à les diriger.

Ils coururent sans s'arrêter pendant environ cinq minutes, et Piper eut l'impression que ses poumons allaient éclater.

— Donnez-la-moi, ordonna Ace, en tendant les bras.

Soudain réticente à abandonner la petite fille qu'elle portait, Piper regarda l'agent des forces spéciales. Ils ne s'étaient arrêtés pour se reposer que quelques instants, et elle avait à peine eu le temps de reprendre son souffle avant sa demande.

— Je vais bien, répliqua-t-elle.

— Vous vous en sortez bien, admit Ace immédiatement. Mais maintenant que le danger immédiat est passé, je peux la prendre et vous pourrez économiser vos forces.

Il avait raison, Piper le savait... mais elle serra quand même Rani plus fort. Les SEAL avaient l'air durs. Ils portaient des pantalons et des chemises de camouflage et étaient couverts de poussière, tout comme les filles et elle. Ace avait une barbe courte taillée assez près de son visage. Sa tête était rasée sur les côtés, avec une touffe de cheveux plus longs sur le dessus. Il aurait dû avoir l'air idiot, car il ressemblait à un mohawk. Mais sur lui, ça faisait dur à cuire. Ses yeux sombres étaient d'une intensité perçante quand il croisait son regard.

À côté de lui, Piper se sentait complètement nulle. Elle n'était pas aussi en forme qu'elle devrait l'être. Elle passait la plupart de son temps assise à travailler sur ses bandes dessinées dans son appartement. Elle ne faisait pas de sport, elle n'aimait pas ça. Elle essayait de manger sainement, mais son point faible était le chocolat. Par conséquent, porter Rani était vraiment difficile. La fillette était légère, elle était plus petite qu'un enfant américain du même âge, mais les bras de Piper tremblaient encore sous la pression de la course dans la jungle avec sa minuscule charge.

— Faites-moi confiance, supplia Ace. Je ne vais pas lui faire de mal.

Bien sûr que non. Piper hocha la tête à contrecœur.

— Rani ?

La petite fille releva la tête et regarda Piper.

— Notre nouvel ami, Ace, va te porter pendant un moment. Ça te va ?

Rani acquiesça immédiatement et se tourna vers Ace. Elle l'observa de la tête aux pieds, puis lui tendit les bras et se pencha vers lui comme s'il l'avait portée tous les jours de sa vie.

L'expression du visage d'Ace serra l'estomac de Piper. Il avait l'air surpris et impressionné par la confiance immédiate de la fille. Il la retira soigneusement des bras de Piper et plaça son petit corps contre lui.

Rani avait l'air si petite dans ses bras. Ace était tout en muscles et en force, et il pourrait écraser la petite fille s'il tombait en la tenant. Mais Piper était certaine qu'il la garderait en sécurité.

Ace regarda Rani dans les yeux et dit :

— Je te tiens, petite.

Il la tenait comme s'il était très familier avec les enfants, et Piper se demanda soudain s'il était marié et s'il avait ses propres enfants à la maison. Si c'était le cas, alors ce que lui et les autres SEAL faisaient était d'autant plus étonnant.

— Vous vous en sortez bien avec elle. Vous avez des enfants ? demanda Piper, en mettant son bras autour de Sinta qui s'était mise à côté d'elle pendant qu'ils se reposaient.

Kemala se tenait un peu à l'écart du groupe, comme d'habitude. Piper pensait que les adolescents étaient les mêmes partout dans le monde. Au moins, elle espérait que ce n'était que ça, et que la jeune fille n'était pas à l'écart parce qu'elle la détestait.

Ace secoua la tête.

— Non. Je ne suis pas marié ou quoi que ce soit. Mais j'ai toujours voulu des enfants.

Elle fut étonnée de son étrange sentiment de soulagement face à sa réponse. Ce n'était pas comme s'il envisageait de sortir avec elle. Il ne faisait que son travail. Elle n'était rien d'autre qu'une mission. Dès qu'ils arriveraient à la capitale et qu'ils s'arrangeraient pour qu'elle rentre à la maison, lui et le reste de ses coéquipiers disparaîtraient de sa vie pour toujours.

Elle ignora le sentiment inattendu de déception que cette pensée lui inspirait.

— Nous devons continuer, dit Rocco non loin de là. Les rebelles ne semblent pas être sur notre piste, mais plus nous restons ici, plus il y a de chances qu'un des groupes mobiles nous tombe dessus.

Toute émotion disparut du visage d'Ace, et il hocha la tête avant de revenir vers Piper.

— Je serai juste derrière vous. Faites de votre mieux pour suivre. Nous nous arrêterons bientôt pour que vous et les filles puissiez boire un peu d'eau et prendre un en-cas. D'accord ?

L'idée de manger lui donna envie de vomir, mais elle fit quand même un signe de tête. Elle ne se souvenait plus de la dernière fois qu'elle avait mangé... peut-être qu'elle avait grignoté un morceau de pain hier. Du moins, elle imaginait que c'était hier. Elle regarda Sinta.

— Prête ?

La petite fille hocha la tête et ils partirent. Cette fois-ci, ils ne coururent pas mais marchèrent à un rythme rapide, ce qui fut beaucoup plus facile. Piper n'avait aucune idée de l'endroit où ils allaient. Tout lui semblait identique. Chaque arbre ressemblait à tous les autres.

Se concentrant sur le fait de mettre un pied devant l'autre, Piper continua à marcher. Elle se jura que pas un mot de plainte ne sortirait de ses lèvres. Elle devait donner un exemple fort aux filles. Si elles pouvaient le faire, alors elle aussi. La dernière chose qu'elle voulait, c'était d'être le maillon faible. Elle avait le sentiment que si la situation se détériorait, Kemala et les deux autres filles pourraient probablement la distancer en un clin d'œil.

Après ce qui sembla durer plusieurs heures, mais qui n'en fut probablement que la moitié, Rocco s'arrêta. Trois SEAL marchaient devant Piper et trois autres derrière elle. L'homme que les autres appelaient Phantom était à l'arrière, ce qui lui convenait bien, car il la mettait un peu mal à l'aise. Ce qui s'était passé à l'orphelinat l'avait sérieusement énervé, et elle n'avait pas aimé le regard intense qu'il lui lançait avant que les coups de feu ne soient trop rapprochés.

Elle soufflait et soufflait, et essaya de le cacher quand ils s'arrêtèrent. Personne d'autre ne semblait avoir de problème pour respirer. Seulement elle.

Super, maintenant elle savait qu'elle était le maillon faible du groupe. Pas Rani, qui avait quatre ans. Elle.

En regardant autour d'elle, elle réalisa qu'ils étaient rentrés dans le petit village où vivait Kalee. Elle ne l'avait pas reconnu au début, car il ne ressemblait en rien aux souvenirs de Piper. Les petites cabanes en bois qui avaient jadis bordé la rue principale de la ville étaient noires, personne ne circulait, on ne sentait plus l'odeur de cuisson du pain frais. Tout ce qu'elle pouvait sentir, c'était la fumée qui s'élevait des maisons brûlées partout où elle portait le regard.

— Putain de merde, murmura Piper. Vous pensez que Kalee est revenue ici ? Elle a probablement pensé qu'il serait intelligent de prendre nos passeports avant de descendre à la capitale.

Elle n'apprécia pas la mine des SEAL quand ils se tournèrent vers elle.

— Elle n'a pas réussi, déclara Phantom sans ménagement.

Piper sursauta.

— Phantom, lança Ace d'un ton grave et dur.

Phantom prit une grande inspiration, puis il dit d'un ton plus doux :

— Je suis désolé pour votre amie. J'ai pensé que vous voudriez le savoir, plutôt que de nous laisser vous le cacher.

Le regard de Piper passa d'un homme à l'autre et elle se mordit la lèvre pour ne pas pleurer. Elle pensait maintenant savoir pourquoi Phantom avait eu l'air si en colère à l'orphelinat.

Et le fait était que... elle se doutait que Kalee était morte. Au moins inconsciemment. Elle avait espéré que son amie s'était enfuie pour chercher de l'aide, mais elle savait au fond d'elle-même que Kalee ne l'aurait pas laissée, elle et les enfants, cachés dans le vide sanitaire, si elle pouvait l'aider. Elle ne serait pas retournée chez elle sans revenir d'abord chercher Piper.

— J'apprécie que vous ne me cachiez pas de secrets. Avez-vous trouvé son corps ? Était-elle dans ce trou ? demanda-t-elle doucement. C'est ce que vous regardiez avant notre départ ?

Rex et Bubba rassemblèrent les filles et les conduisirent à une petite distance, faisant de leur mieux pour les mettre à l'abri de la conversation.

Piper savait que les trois filles gardaient les yeux sur elle, mais elle ne pouvait rien faire d'autre que de fixer les autres hommes devant elle.

— Oui, répondit Phantom sans développer.

Piper se souvint de l'horrible odeur dans l'air lorsqu'elles étaient sorties de la cuisine – et elle fut instantanément assommée par l'image qui lui vint à l'esprit. Elle se retourna et se pencha pour se secouer. Il n'y avait rien à vomir dans son estomac, et tout ce qu'elle pouvait faire était de fermer les yeux et de laisser ses muscles se contracter de façon incontrôlée pendant que son corps faisait de son mieux pour purger ses entrailles.

— Ça va aller.

Piper entendit quelqu'un dans son dos, avant de le sentir. Une grande main reposait sur sa hanche et une autre couvrait son ventre, la soutenant.

— Doucement, Piper.

La voix d'Ace était basse et réconfortante, mais elle ne pouvait pas s'empêcher d'imaginer ce qui avait pu être fait à Kalee. Sa meilleure amie. Elle lui avait tellement manqué depuis qu'elle avait rejoint le Corps de la Paix, mais toutes les histoires d'aventures que Kalee partageait dans ses e-mails avaient rendu l'éloignement un peu plus facile. Elle aimait son travail d'enseignante, elle aimait le peuple du Timor Oriental.

Et maintenant, elle était morte, tuée par ces mêmes personnes.

Une pensée la frappa alors. Elle se redressa et se tourna vers Ace.

— Elle est morte à cause de moi, n'est-ce pas ?

Ace secoua aussitôt la tête.

— Non.

— C'est de ma faute, chuchota-t-elle. Elle aurait pu se mettre dans ce vide sanitaire avec moi, mais je l'ai laissée partir pour essayer de trouver d'autres enfants.

— Vous l'avez dit vous-même, répondit Ace en posant ses mains sur ses épaules. Elle a voulu y aller.

— J'aurais pu insister ! répondit Piper en pleurant.

— Aurait-elle écouté ? demanda Ace.

Elle le regarda fixement sans répondre.

— Sérieusement. Vous aurait-elle écoutée ? Il me semble qu'elle était bien consciente de ce qu'elle faisait, et que vous n'auriez jamais pu la convaincre.

— Alors j'aurais dû la suivre pour l'aider, fit Piper d'une petite voix.

— Et vous auriez été dans cette fosse avec elle, répondit Ace. Et où seraient ces trois filles alors ? Elles ne seraient probablement pas restées dans ce vide sanitaire non plus, et elles seraient mortes aussi à l'heure qu'il est. Si vous voulez blâmer quelqu'un, blâmez les rebelles. Ce sont eux qui ont tiré, et ce sont eux qui sont en faute. Pas vous. Vous comprenez ?

Piper ferma les yeux et vit Kalee comme si elle était là. Elle la revit sourire lorsqu'elle l'avait rencontrée à l'aéroport de Dili. Riant de quelque chose que Piper avait dit alors qu'elle se trouvait dans sa petite maison du village. Parlant avec excitation de l'orphelinat et de tous ces enfants si mignons. De la fierté qu'elle ressentait de leur avoir appris l'anglais. Elle souriait et riait presque toujours. Kalee était l'une des personnes les plus heureuses que Piper ait jamais rencontrées. Elle s'était moquée d'elle à ce sujet, mais comme d'habitude, Kalee avait simplement levé les yeux au ciel et dit qu'elle n'avait pas de raison d'être triste, et qu'elle avait tout lieu d'être reconnaissante et heureuse.

La pensée qu'une personne aussi belle et bonne que Kalee, effacée de la surface de la Terre, était odieuse. Et pour quoi ? Un jeu de pouvoir ?

Piper n'avait jamais compris la politique, et elle ne savait certainement rien du Timor Oriental et de ce qui se passait dans le pays sur ce plan. Ses seules aspirations avaient été de vivre une expérience extraordinaire et de voir sa meilleure amie.

Une autre pensée la frappa, et ses yeux s'ouvrirent.

— De quoi parliez-vous ?

— Quand ? demanda Ace.

— Juste avant qu'on quitte l'orphelinat. Avant que la fusillade commence et qu'on doive s'enfuir.

Ace hésita, et Piper répondit à sa propre question.

— Vous essayiez de trouver comment la sortir de ce trou et la ramener à la maison, n'est-ce pas ?

— Oui.

Elle apprécia le fait qu'Ace n'ait même pas essayé de lui mentir.

— Mais c'était trop dangereux, continua Ace. On aurait pu le faire si on n'avait pas essayé d'échapper aux rebelles.

— Et si vous n'aviez pas une femme et trois enfants à protéger, dit Piper, sachant qu'elle avait raison.

Une fois de plus, Ace acquiesça.

— Je me sens mal que nous ne puissions pas la ramener chez son père. Il va être tellement dévasté.

C'était l'euphémisme du siècle. M. Solberg vivait pour sa fille. Il était surprotecteur, il lui avait fait promettre de le contacter tous les jours quand elle s'était envolée pour le Timor Oriental.

Piper savait que Kalee s'était sentie étouffée par son père, mais elle l'avait quand même aimé jusqu'au plus profond de son âme. Ils n'étaient que tous les deux depuis très longtemps, depuis la mort de sa mère, et leur relation était solide.

Sa mort allait le détruire.

— Regardez-moi, Piper, dit Ace en posant sa main sur le côté de son cou.

C'était un geste intime, surtout pour quelqu'un qu'elle venait de rencontrer, mais c'était extrêmement réconfortant.

Oubliant qu'ils se tenaient au milieu d'un village brûlé dans la jungle, dans un pays à des milliers de kilomètres de chez elle, Piper se perdit dans le regard d'Ace. C'était intense, et elle était la seule chose sur laquelle il se concentrait en ce moment.

— Ça. N'est. Pas. Votre. Faute.

Passant sa langue sur ses lèvres sèches, Piper hocha la tête.

Ace la fixa un instant.

— Et nous allons ramener Kalee à la maison. Mais pas tout de suite.

Elle fronça les sourcils.

— Comment ?

— Un SEAL ne laisse jamais un homme derrière lui. Une fois que vous serez rentrée saine et sauve, on reviendra chercher Kalee. Une chose qu'on a apprise, c'est de toujours avoir un plan B, C, D et E. Et parfois, on doit passer au plan F.

— C'est une de ces fois, hein ? répondit Piper, essayant de se débarrasser de la tristesse qu'elle sentait s'enfoncer dans ses os.

Le bref sourire qui apparut sur les lèvres d'Ace fut une grande distraction. C'était la première fois qu'elle le voyait sourire, et cela changeait complètement son visage.

— Exactement. Maintenant, dites-moi que vous avez fini de vous culpabiliser, ordonna-t-il.

Piper serra ses lèvres l'une contre l'autre et le regarda fixement sans répondre.

Ace soupira. Sa main n'avait pas quitté son cou, et Piper ne voulait pas vraiment qu'il cesse de la toucher. Le poids et la chaleur de sa main semblaient être la seule chose capable de l'empêcher de s'effondrer.

— Dites-moi au moins que vous vous sentez un peu moins coupable après notre conversation.

Piper passa à nouveau sa langue sur les lèvres et lui fit un petit signe de tête.

— Un peu moins… pour l'instant.

La gorge serrée, elle demanda :

— Quel est le plan ? Je peux prendre mon passeport et d'autres choses chez elle avant d'aller à la capitale ?

En voyant son regard, Piper se prépara à d'autres mauvaises nouvelles.

— La maison a disparu, Piper. Brûlée tout comme le reste des huttes ici.

— Comment vais-je quitter le pays ? chuchota-t-elle. Je n'ai plus rien. Pas de passeport, pas de papiers d'identité.

— Laissez-nous faire. On va vous faire sortir.

Et Piper le crut. Elle ne savait pas comment lui et ses coéquipiers s'y prendraient, mais ils avaient probablement beaucoup plus de relations qu'elle.

— Ok.

Ace lâcha sa main, et Piper eut immédiatement froid. C'était fou, car il faisait extrêmement chaud et humide.

— Mais il faut qu'on parle des filles.

Elle se raidit. Tout ce qu'elle voulait, c'était les faire sortir de l'orphelinat et s'assurer qu'elles soient en sécurité.

En regardant par-dessus l'épaule d'Ace, Piper vit trois paires d'yeux qui la fixaient. Rani, Sinta et Kemala étaient toujours debout avec Rex et Bubba, mais leur attention était tournée vers elle. Elle réalisa que c'était presque toujours sur elle. Elles avaient passé trois jours très intenses ensemble dans le vide sanitaire et cela avait créé un lien entre elles. Ou, en tout cas, entre Rani, Sinta et elle. Kemala, pas tellement. L'adolescente tenait les adultes à distance, et Piper n'était jamais vraiment sûre de ce qu'elle pensait.

— Quels sont vos projets pour elles lorsque nous arriverons à Dili ? demanda Ace.

Piper n'en avait aucune idée.

Voyant la panique qui s'emparait de son visage, Ace la prit lentement dans ses bras.

Piper se laissa aller contre lui. Elle avait tenu pendant trois longs jours et avoir quelqu'un sur qui s'appuyer, même si ce n'était que pour un instant, semblait divin. Son torse était dur, à cause de sa veste blindée, et ses mains étaient croisées, reposant contre sa poitrine. C'était juste un peu gênant d'être tenue par un homme qu'elle avait rencontré il y a quelques heures, mais elle ne pouvait pas se résoudre à s'éloigner. Elle était fatiguée, tellement fatiguée, et dans ses bras, elle n'avait pas besoin d'être forte. Elle n'avait pas besoin d'être confiante et positive.

Elle était choquée et bouleversée par la mort de son amie. Elle n'avait rien d'autre que les vêtements qu'elle portait sur le dos. Elle avait vécu un stress intense pendant les trois jours passés dans ce vide sanitaire, craignant que quelqu'un ne les trouve et ne les blesse. Sentir les bras d'Ace autour d'elle lui donnait l'impression de ne pas être seule. Comme si elle pouvait vraiment se sortir de la situation dans laquelle elle se trouvait.

Mais la question d'Ace la fit réfléchir pour la première fois à l'avenir de Rani, Sinta et Kemala. Qu'allait-elle faire à leur sujet ? Elles avaient été épargnées, contrairement aux autres filles de l'orphelinat, mais que faire maintenant ? Elles n'avaient pas de famille, et elle les sortait de la montagne pour les conduire à la capitale. Que leur arriverait-il là-bas ? Un autre orphelinat ? Ce n'était pas comme si elles pouvaient revenir aux États-Unis avec elle...

Le pourraient-elles ?

Aussitôt que la pensée pénétra dans son cerveau, Piper essaya de la chasser – et n'y parvint pas.

Pourquoi ne pourraient-elles pas rentrer en Amérique avec elle ? Elle était célibataire depuis longtemps, mais à trente-deux ans, elle prenait de l'âge. Elle avait toujours voulu des enfants, mais elle s'était dit qu'ils n'étaient probablement pas faits pour elle. Et elle ne connaissait les trois filles que depuis quelques jours.

Elle ne pouvait pas sérieusement envisager de les adopter elle-même. C'était fou. Fou.

Et pourtant, l'idée ne quittait plus son esprit.

— On va trouver une solution, promit Ace, interrompant ses réflexions secrètes.

Piper sentit ses mots gronder dans sa poitrine, et l'anxiété la saisit. Mais à quoi pensait-elle ? Elle était dessinatrice de bandes dessinées. Elle avait passé sa vie assise à son bureau, sur son canapé. Elle détestait les gens, et ce même lorsqu'elle sortait faire des courses dans le grand méchant monde.

Mais elle était là, s'accrochant à un étranger comme s'il était la seule chose qui se tenait entre elle et le monde, et elle envisageait de ramener des enfants dans son petit trois pièces.

Elle ne pouvait pas penser à cela pour le moment. Elle devait d'abord quitter cette montagne où des groupes de rebelles désireux de les tuer pouvaient se trouver. Et la réalité de la situation était qu'Ace était vraiment la seule chose qui l'empêchait de mourir dans la jungle et de retourner chez elle. Enfin, lui et les cinq autres hommes de son équipe.

Prenant une profonde inspiration, sachant qu'elle ne pouvait pas s'effondrer pour l'instant, Piper recula d'un pas. Ace la libéra immédiatement et elle ne put s'empêcher d'être un peu déçue.

Ce qui était ridicule. Ce n'était ni le moment ni l'endroit pour avoir un coup de foudre. Sans compter que ce serait tout à fait inapproprié. Malgré cela, Piper se permettait la plus petite marque d'affection pour l'homme qui avait fait l'effort de la rassurer. Pour lui offrir du réconfort. C'était important pour elle.

Ses yeux se tournèrent vers Phantom, qui se tenait un peu à l'écart des autres. Ses bras étaient croisés sur sa poitrine et ses jambes étaient écartées d'une cinquantaine de centimètres. Il avait l'air inaccessible et furieux.

— Je ne suis pas sûre que Phantom m'aime beaucoup, chuchota Piper. Il me rend définitivement responsable de la mort de Kalee.

Ace ne détourna pas les yeux des siens.

— Pas du tout. Il est frustré et ne cache pas très bien ses émotions.

Piper n'était pas convaincue, et elle prit note de faire tout ce qu'il fallait pour rester loin de lui à partir de maintenant, en l'évitant autant que possible.

— Allons. Nous allons faire une pause ravitaillement et trouver un plan.

— Je croyais que vous aviez toujours un plan B, C, D et E, répondit Piper.

Elle fut récompensée par un autre sourire d'Ace.

— Petite maline, rétorqua-t-il. Si vous voulez savoir, on s'arrête pour que vous et les petites puissiez-vous reposer et prendre quelque chose à manger et à boire. Je suppose que vous vous sentez assez mal actuellement.

C'était vrai, mais Piper ne voulait pas l'admettre.

— Je suis sûre que les filles ont besoin d'une pause.

Ace sourit à nouveau, et Piper mit une main sur son ventre pour essayer de soulager les crampes qui semblaient sur le point de recommencer.

Le sourire quitta le visage d'Ace quand il fronça les sourcils.

— Vous vous sentez encore malade ?

Elle laissa tomber sa main.

— Non. Je vais bien.

— Ne jouez pas à l'héroïne, avertit Ace. Si vous vous sentez mal, vous devez le dire à l'un d'entre nous. Pareil pour les enfants. Nous avons un long chemin à parcourir pour retourner à Dili et si quelque chose ne va pas, nous devons le savoir.

— Comment êtes-vous arrivés ici, d'ailleurs ? On ne peut pas se faire conduire par quelqu'un ? demanda Piper.

— Nous avons fait quelques faveurs et la force de défense du Timor Oriental nous a déposés dans un hélicoptère à quelques kilomètres de là. Nous sommes seuls pour redescendre. Et nous faire véhiculer est en effet l'un des nombreux plans que nous avons, lui dit Ace. Mais le problème est que nous ne savons pas à qui faire confiance. La dernière chose que nous voulons est de monter dans un véhicule qui appartient aux rebelles.

C'était logique, mais cela impliquait trop de choses pour elle.

— Alors nous allons marcher jusqu'à la capitale ? demanda-t-elle.

Ace haussa les épaules nonchalamment.

— S'il le faut, oui.

Que Dieu la préserve des super soldats. Elle n'y arriverait jamais. Mais après réflexion, Piper comprit qu'Ace avait raison. La dernière chose qu'elle voulait, c'était d'avoir survécu au massacre de l'orphelinat et d'être tuée parce qu'ils avaient fait du stop avec la mauvaise personne.

— Dommage qu'il n'y ait pas Uber ici, hein ? reprit-elle, essayant de détendre l'atmosphère.

— Ce serait bien utile, acquiesça Ace d'un mouvement de lèvres.

Ce n'était pas un autre franc sourire, mais c'était proche.

— Allez, venez. Allons vous chercher de l'eau, à vous et aux autres. On a quelques rations dans nos sacs. On va en ouvrir une avant de redescendre la montagne.

Hochant la tête, Piper fut surprise quand Ace lui tendit la main. Elles étaient moites et sales, mais à la seconde où ses doigts s'enroulèrent autour des siens, elle se sentit cent fois mieux.

Rien n'avait changé. Kalee était toujours morte, ils étaient bloqués au sommet d'une montagne dans un pays qui était tout sauf stable, et elle traînait trois enfants sans parents sans aucun plan réel quant à ce qu'elle allait faire d'eux. Mais rien de tout cela ne semblait insurmontable quand Ace lui tenait la main, lui apportant un soutien silencieux.

Sa vie et celle des filles étaient entre les mains de ces hommes, et elle avait juré de ne rien faire qui puisse les mettre en danger. Elle pourrait perdre ses pieds et s'effondrer d'épuisement, mais elle refusait de devenir un handicap pour les filles. La dernière chose qu'elle voulait avoir sur la conscience, c'était que l'une d'entre elles soit blessée ou tuée à cause de ses actions.

Souriant aux trois filles pendant qu'Ace la conduisait vers elles, Piper fit de son mieux pour les rassurer et leur dire qu'elles étaient en sécurité.

— Nous allons faire une pause maintenant. Prenez quelque chose à manger et à boire avant de repartir. Ça va aller. Nos nouveaux amis s'assureront que rien ne nous arrive.

Rani lui souriait depuis les bras de Bubba.

Sinta hocha la tête et se mordit la lèvre en signe d'inquiétude.

Et Kemala se tenait sur le côté, une expression vide sur son visage, à laquelle Piper était déjà plus qu'habituée.

# CHAPITRE TROIS

Ace marchait derrière Piper et gardait un œil sur elle. Il portait à nouveau Rani, qui s'était endormie dès qu'ils avaient repris la marche. Les trois filles s'étaient émerveillées devant les rations des militaires et la façon dont Ace avait chauffé comme par magie les nouilles déshydratées. Même Kemala avait été attirée par l'odeur de la nourriture en train de cuire.

Piper trébucha sur une racine et faillit tomber à plat ventre, mais elle se rattrapa à la dernière seconde et plaisanta sur sa maladresse. Ace était soulagé qu'elle porte au moins des baskets et des vêtements appropriés pour marcher dans la jungle. Il n'aimait pas que les filles portent des t-shirts et des tongs, mais honnêtement, elles semblaient s'en accommoder.

Plus Ace observait Piper, plus il était impressionné par sa force d'âme. Elle n'était manifestement pas dans son élément, mais elle s'efforçait de faire comme si elle était à l'aise. Il n'avait pas encore entendu une seule plainte sortir de sa bouche. Et, surtout, chaque fois que lui ou l'un de ses coéquipiers lui demandait de faire quelque chose, elle le faisait sans poser de questions.

Elle faisait également de son mieux pour divertir Sinta et Kemala, et s'assurer que tout se passait bien. Aucune des deux filles ne parlait beaucoup, mais elles comprenaient parfaitement ce qui se disait autour d'elles.

Bien que le poids de Rani sur sa poitrine soit négligeable, Ace n'avait jamais été aussi conscient de l'existence d'une autre personne que cette petite fille. De petites bouffées d'air frappaient son cou à chaque fois qu'elle expirait, et il ne pouvait pas croire qu'elle lui avait fait assez confiance pour s'endormir dans ses bras. Cela en disait long sur ce que les quatre filles avaient vécu ces derniers jours.

Se cacher dans ce petit espace sous le plancher de l'orphelinat avait dû être un véritable enfer. Ace ne pouvait pas imaginer ce que ces enfants avaient vécu. L'idée de les laisser à un sort incertain à Dili commençait déjà à le déranger. Il n'avait pas eu le temps de parler à Rocco et aux autres, mais que pouvaient-ils faire d'autre que de trouver un autre orphelinat pour les filles ? Ce n'était pas comme s'ils pouvaient les ramener aux États-Unis. Elles n'avaient pas de documents d'identité. Pas de papiers. Rien. Il ne savait pas s'il existait quelque part des documents électroniques concernant les enfants. Il n'avait pas vu d'ordinateurs à l'orphelinat, mais les rebelles avaient pu les voler.

Il avait besoin de parler aux autres et de trouver un plan. Jusqu'à présent, ils n'avaient pas de réseau cellulaire, mais plus ils se rapprochaient de la capitale, plus le service devenait fiable et ils pourraient plus facilement entrer en contact avec le commandant North. Rocco avait un téléphone satellite, mais ils étaient tous d'accord pour ne l'utiliser qu'en dernier recours, si la situation se détériorait et qu'ils aient besoin d'une extraction immédiate. La batterie de ce stupide appareil était faible, et jusqu'à présent, bien que leur voyage ait été inconfortable, il n'y avait pas de danger de mort.

Leur commandant les surveillait certainement grâce aux trackers satellites qu'ils portaient tous, mais cela lui indiquait seulement qu'ils étaient vivants et en mouvement, et non pas quelle était leur situation. Et Ace ne doutait pas qu'il voudrait savoir ce qui se passait. Au moins, parce que c'était un homme bon qui avait leurs intérêts à cœur. Mais aussi parce qu'Ace avait le sentiment que le père de Kalee, Paul Solberg, mettait beaucoup de pression sur leur commandant pour connaître la situation de sa fille.

Quand Piper trébucha à nouveau, Ace accéléra jusqu'à ce qu'il marche juste derrière elle.

— Ça va ? demanda-t-il doucement.

— Oui. Je vais bien. Juste maladroite, répondit-elle.

Ace ne voyait pas son visage, et avec Rani dans ses bras, il ne pouvait pas forcer Piper à le regarder. Il tourna la tête et s'apprêta à faire un geste à Bubba pour lui dire qu'ils avaient besoin de faire une pause, quand il entendit un mouvement à sa droite.

Ace réajusta rapidement Rani, puis il tendit la main et saisit le bras de Piper. Mais il n'avait pas à s'inquiéter, car au son si proche, Piper s'était figée.

Sans discussion, Bubba arriva et lui prit Rani. Ace ne voulait pas laisser partir la petite fille, mais il la relâcha sans se plaindre. Il était évident pour les autres que Piper avait établi un lien avec Ace, et que si quelque chose arrivait, il était responsable d'elle.

Du coin de l'œil, il vit Rex attraper Sinta et Gumby aller vers Kemala. En quelques secondes, les hommes et les filles s'étaient évanouis dans la jungle. Leur meilleure chance était de faire profil bas et de laisser passer celui qui se dirigeait vers eux. Les six SEAL étaient tout aussi redoutables, mais avoir quatre femmes en plus rendait les choses plus difficiles. De plus, leur mission était d'extraire Piper, et non de se battre avec les locaux.

Ace vit la bouche de Piper ouverte, comme si elle allait lui demander ce qui se passait, et il bougea sans réfléchir, se plaçant derrière elle et utilisant une main pour lui couvrir la bouche tout en la tirant vers lui. Elle se débattit un instant avant de se mettre à boiter dans ses bras.

Ace se tourna et partit en arrière sur une vingtaine de mètres avant de prendre à gauche et quitter la piste qu'ils suivaient. Les feuilles des arbres les engloutirent immédiatement, et il se fraya un chemin à travers le feuillage dense à la recherche d'un endroit où se cacher.

En voyant un énorme arbre tombé au sol, Ace se dirigea vers lui. Il mesurait facilement dix mètres de long et se tenait à au moins un mètre du sol. Il était manifestement tombé il y a longtemps, car de grandes herbes poussaient tout autour, ce qui aiderait à les cacher.

Après avoir atteint le côté opposé de l'arbre, Ace remit Piper sur ses pieds et plaça un doigt sur ses lèvres. Elle hocha la tête, et il fit un geste vers le sol. Sans hésiter, elle se mit à genoux et le regarda, perplexe.

Jurant à voix basse lorsqu'il entendit les bruits des hommes qui s'approchaient, Ace se mit rapidement à côté de Piper et murmura :

— Approchez-vous de l'arbre aussi près que possible.

Elle hocha la tête, s'allongea sur le côté vers l'arbre. Ace s'allongea à côté d'elle et fit de son mieux pour couvrir son corps avec le sien. Il la tourna pour qu'ils soient côte à côte et prit sa tête pour la caler dans l'espace entre son épaule et son cou. Puis il les poussa encore plus vers l'arbre, faisant de son mieux pour enfouir leurs corps dans la terre meuble sous le tronc, tout en utilisant les herbes et les lianes pour les camoufler davantage.

La cachette n'était pas idéale. Elle était trop proche de la piste qu'ils avaient empruntée, mais il n'avait pas le temps de trouver un autre endroit. Il creusa pour trouver une poignée de terre et l'amena jusqu'à sa tête, en étalant lentement et tranquillement la terre sombre dans les cheveux blonds de Piper. Il avait déjà camouflé ses propres cheveux clairs avant qu'ils n'entament leur marche à travers la forêt vers l'orphelinat. Piper était complètement collée à lui ; à peine quelques centimètres plus petite que lui, son corps recouvrait le sien. Mais ses cheveux seraient facilement visibles si pour une raison quelconque l'un des hommes marchait autour du tronc d'arbre.

Piper resta immobile dans ses bras, sauf pour se tortiller imperceptiblement et se rapprocher de lui. Ils étaient serrés l'un contre l'autre des hanches à la poitrine, si bien qu'Ace imaginait qu'il pourrait sentir le battement de son cœur contre sa poitrine même à travers son gilet pare-balles. Elle respirait trop vite et trop fort.

— Doucement, Piper. Ils vont passer devant nous. Essayez de vous détendre.

Il sentit son hochement de tête, mais son corps restait tendu contre le sien.

On entendit alors des voix. C'était bien un groupe d'hommes, et ils parlaient le tetum, le dialecte local. Ace n'avait aucune idée de ce qu'ils disaient, mais leur ton était calme et détendu. Il ne semblait pas qu'ils aient rencontré les autres... pour l'instant.

S'ils en arrivaient là, Ace ferait de son mieux pour en tuer le plus possible. Mais il préférait ne pas se faire repérer. Leur voyage hors de la montagne serait plus facile sans être activement recherchés par des bandes de rebelles.

Il estimait qu'il y avait au moins une douzaine d'hommes dans le groupe tout proche, et il resserra son emprise sur Piper lorsque les rebelles s'arrêtèrent sur la piste près de l'endroit où il était entré dans la jungle pour se cacher.

Les hommes se mirent à rire, puis Ace entendit des bruits de pas qui venaient vers eux.

Il s'éloigna suffisamment de Piper pour dégager le poignard KA-BAR de son étui à la ceinture. Il le tint fermement dans son poing en attendant.

Piper retint son souffle, son corps entier était raide comme une planche. Il aurait aimé pouvoir la rassurer. Lui dire de ne pas s'inquiéter, qu'il ferait tout ce qu'il faut pour la protéger, mais il était trop dangereux de parler.

Les pas s'arrêtèrent un peu plus loin, en face de l'endroit où ils se cachaient, et Ace entendit la fermeture éclair de l'homme descendre. Puis le bruit distinct d'une vessie qui se vide de l'autre côté du tronc.

Un homme cria quelque chose depuis le sentier, et les pieds de celui qui se cachaient dans leur espace de vie se tournèrent. Ace mit sa main libre à l'arrière de la tête de Piper et utilisa son pouce pour lui caresser doucement les cheveux. Il espérait que s'il semblait calme, elle serait capable de se détendre un peu.

Elle avait posé ses mains à plat contre sa poitrine, et il sentit ses doigts s'appuyer contre lui comme pour lui dire qu'elle s'accrochait.

Le temps sembla s'arrêter, et juste au moment où Ace commençait à penser que le type avait la plus grande vessie de l'histoire de l'humanité et qu'il ne finirait jamais d'uriner, il entendit le bruit de sa fermeture éclair qui remontait.

C'était le moment. Si l'homme décidait d'aller de l'autre côté de l'arbre abattu, on les verrait et les ennuis commenceraient.

Ace se tendit pour se préparer à surgir du sol et s'occuper de la menace. Mais ils entendirent un autre cri d'un de ses camarades, puis le bruit béni de l'homme qui quittait la zone.

Piper soupira une fois, une longue expiration qui fit monter la chair de poule sur les bras d'Ace lorsque son souffle caressa la peau de son cou. Ni l'un ni l'autre ne bougea d'un pouce. Ils restèrent enfermés ensemble en écoutant le groupe d'hommes remonter la piste vers une destination inconnue.

Ace devait penser à son équipe. À l'endroit où ils se trouvaient. À ce que serait leur prochaine étape.

Mais il ne pouvait que se concentrer sur l'intense sentiment de soulagement... et sur la bonne humeur de Piper Johnson quand elle était dans ses bras.

Ce qui était fou. On avait presque uriné sur eux, pour l'amour de Dieu. Mais il n'avait pas ressenti ce sentiment de justesse depuis... très longtemps. En fait, il ne se souvenait pas l'avoir un jour ressenti.

Il réalisa alors que ses sentiments de protection pour cette femme allaient au-delà de ceux d'un soldat qui essaie de protéger quelqu'un. L'idée qu'elle soit blessée ou tuée le rendait physiquement malade. Il admirait sa force. Elle avait tenu le coup et pris en charge les trois filles de façon désintéressée.

De toutes les personnes qu'il avait sauvées au cours de sa carrière, il n'avait jamais ressenti cela pour quelqu'un. Bien sûr, c'était peut-être l'adrénaline d'avoir failli être pris, mais il n'y croyait pas.

Piper éloigna la tête de son épaule et le regarda. Elle passa sa langue sur ses lèvres et dit :

— Ils sont partis ?

Ace fit un signe de tête, puis baissa la tête pour coller ses lèvres à son oreille.

— Mais nous devons rester sur place encore un peu, au cas où.

Elle acquiesça d'un mouvement de tête et la reposa sur son épaule. Il sentit ses mains s'enrouler autour du gilet qu'il portait et s'y accrocher comme si elle allait s'envoler s'il n'était pas là pour la retenir. Il baissa la tête pour lui parler à nouveau à l'oreille et, en murmurant comme il l'avait fait auparavant, lui dit :

— Vous avez réussi, Piper. Vous n'avez pas paniqué et avez fait exactement ce que je vous ai demandé.

Il la sentit trembler dans ses bras, et il s'inquiéta immédiatement. Il devait faire au moins 26 degrés et l'air était extrêmement humide. Si elle avait froid, cela signifiait que quelque chose n'allait pas.

— Est-ce que ça va ? Vous frissonnez.

— Les nerfs, chuchota-t-elle. Je vais bien.

Il passa sa main sur ses cheveux et la serra encore plus fort contre lui.

— Oui, vous allez bien. Vous allez bien. Respirez, Piper.

— Je ne peux pas, dit-elle au bout d'une minute.

— Vous pouvez, répliqua Ace. Vous pouvez.

Elle secoua la tête.

— Je vais faire tuer tout le monde. Je le sais, c'est tout. Si j'avais toussé, ou éternué, ce type nous aurait trouvés.

— Mais vous ne l'avez pas fait, et il ne nous a pas vus. Et même si c'était le cas, je me serais assuré qu'il ne vous fasse aucun mal.

Sa tête retomba une fois de plus, et elle le regarda fixement pendant un long moment.

— Je ne veux pas être la raison pour laquelle vous devez prendre la vie de quelqu'un.

— Je ne prendrai pas la vie de quelqu'un à cause de vous, rétorqua Ace avec insistance. Ce sera parce que l'autre personne a fait quelque chose de stupide, comme essayer de me blesser ou de blesser ceux qui sont sous ma protection.

Elle ne répondit pas immédiatement. Puis elle déclara :

— Kalee serait tellement plus douée que moi pour ça. Elle adorait faire de la randonnée. Elle aimait être à l'extérieur. Elle était plus sympa que moi, plus ouverte. Et tous les enfants l'aimaient. Même les adolescents.

Ace fronça les sourcils et bougea sa main jusqu'à ce que son pouce puisse caresser sa joue.

— Vous vous en sortez incroyablement bien, Piper. Et croyez-moi, je ne dis pas cela à toutes les personnes que l'on sauve. Vous n'avez pas flippé. Vous ne vous êtes pas plainte que votre manucure était fichue – et oui, il y a une femme qui l'a fait. Et ces filles n'arrivent pas à détacher leur regard de vous. Vous êtes tout pour elles.

— Je pense que Kemala me déteste, admit Piper.

Ace secoua la tête.

— Je ne suis pas un expert en adolescentes, mais je pense qu'elle est juste méfiante. Plus que les plus jeunes. Mais elle sait que ses intérêts vous tiennent à cœur.

— Elle le sait ? demanda Piper, plus à elle-même. Nous nous sommes retrouvées dans ce vide sanitaire ensemble par la force des choses. Puis elles ont dû venir avec nous pour être en sécurité. Elles ne savent pas où elles vont ni ce qui va leur arriver. Et moi non plus. Ma seule pensée était de les sortir de là, pas de savoir ce qui allait leur arriver ensuite.

Ace était incapable de répondre à cette question. Elle avait raison. Après une pause, il demanda :

— Qu'est-ce que votre cœur vous dit de faire ?

Elle le regarda fixement, et il vit des larmes se former dans ses yeux et se déverser, coulant sur ses tempes avant de finir dans ses cheveux.

— Je veux qu'elles soient en sécurité. Je veux qu'elles grandissent avec la certitude que quelqu'un les aime inconditionnellement. Je veux qu'elles épousent des hommes qu'elles aiment, et qu'elles ne soient pas forcées de se marier trop jeunes simplement pour faire de la place à un autre enfant dans l'orphelinat. Je veux qu'elles aillent à l'école et qu'elles deviennent ce que leur cœur désire. Mais je ne sais pas si c'est possible pour elles – et ça craint. J'ai l'impression de les faire venir en ville et d'être une personne de plus qui les laissera tomber. Qui les abandonnera.

Ace savait qu'ils devaient se lever et trouver les autres. Ils devaient mettre le plus de distance possible entre eux et ce point chaud de la montagne, et entrer dans la ville où les choses étaient beaucoup plus stables. Mais il ne pouvait pas mettre fin à cette conversation, pas encore.

— Alors, encore une fois... que vous dit votre cœur ? répéta-t-il.

Piper bougea jusqu'à ce que sa tête repose à nouveau sur son épaule et que son visage soit contre son cou. Il ressentait plus qu'il n'entendait les mots qu'elle prononçait.

— Je veux les garder.

Il savait que c'était ce qu'elle pensait. Cela se voyait dans son regard sur Rani, dans son sourire à Sinta ou ses encouragements envers le comportement de Kemala.

Ace ignorait s'il était possible de les garder. Il fallait tirer beaucoup de ficelles. Il devait aussi se demander s'il s'agissait d'une réaction impulsive parce qu'elle était toujours effrayée par ce qui s'était passé à l'orphelinat, et par la nouvelle de la perte de sa meilleure amie. Une fois qu'ils seraient arrivés à la capitale et qu'ils seraient vraiment en sécurité, elle changerait peut-être d'avis.

Il resta étendu avec elle pendant encore quelques minutes, à écouter les bruits du groupe rebelle qui revenait ou d'un autre qui pourrait remonter la piste, mais il n'entendit rien d'autre que le chant des oiseaux au-dessus de leurs têtes et leur propre respiration.

Se détournant de Piper, il lui demanda :

— Vous êtes prête à aller trouver les autres ?

Elle prit une profonde inspiration et hocha la tête.

Souriant, Ace utilisa son pouce pour essayer d'effacer les traces de ses larmes. Tout ce qu'il réussit à faire, ce fut de lui étaler plus de terre sur le visage. Au moins les enfants ne pourraient pas voir qu'elle avait pleuré. Les gars le verraient probablement à ses yeux rouges, mais il n'allait pas lui dire. Elle était assez gênée comme ça.

En sortant du trou qu'ils avaient fait derrière l'arbre, Ace se leva et lui tendit la main. Piper la saisit, et pendant qu'ils se dirigeaient vers le sentier, ils ne se lâchèrent pas. Tenir sa main lui faisait du bien. C'était naturel. C'était fou, mais Ace ne la regarda pas. Il pensa brièvement à ce que Rocco avait ressenti envers Caite au moment où il l'avait rencontrée pour la première fois, et à quel point il avait été bouleversé quand ils avaient tous pensé qu'ils allaient mourir dans cette cave à Bahreïn. Malgré leur situation difficile à l'époque, il avait été bouleversé non pas par la possibilité de mourir, mais par l'idée que Caite penserait qu'il lui avait posé un lapin.

Ace savait déjà à l'époque que Caite était différente. Qu'elle allait changer le monde de Rocco. Et c'est ce qu'elle fit.

Et Gumby avait vécu la même chose avec Sidney. Dès qu'il

l'avait vue se bagarrer avec cette ordure d'organisateurs de combats de chiens et qu'il s'était arrêté pour l'aider, il avait su.

Ace avait le même sentiment que Piper allait devenir une partie vitale de sa vie.

Très prudent, maintenant qu'il savait que les rebelles utilisaient également cette piste, Ace reprit le chemin du retour là où ils avaient vu les autres pour la dernière fois. Il n'y avait aucun signe d'eux.

— Où sont-ils ? Pensez-vous que les rebelles les ont trouvés ?

— Ne paniquez pas, lui dit Ace. Ils sont dans le coin. On va continuer et on les rattrapera au prochain point de rencontre s'il le faut.

— Quel point de rencontre ? demanda Piper.

— On décide toujours de l'endroit où on va faire notre prochaine pause. J'ai les coordonnées, et on va juste s'y rendre.

— Je parie que les filles ont peur, dit doucement Piper.

— Elles sont en sécurité avec le reste des gars, répondit Ace pour essayer de l'apaiser.

— Je sais. C'est juste que... ça fait bizarre de ne pas les avoir avec moi. Je ne les connais que depuis quelques jours, mais...

Sa voix s'étouffa.

— Mais vous êtes restée avec elles en permanence, tout le temps, conclut Ace pour elle. Et c'est tout à fait normal. Vous les verrez bientôt. Je dirais qu'on est à une heure de l'endroit où on avait prévu de se retrouver. Mais je parie qu'on va les croiser avant.

— Vraiment ? Vous ne dites pas ça pour me rassurer ?

— Vraiment. Je vais faire de mon mieux pour ne pas vous mentir, Piper. Je sais que c'est stressant, mais détendez-vous et essayez de ne pas avoir l'impression de nous ralentir ou de nous gêner. Ce n'est pas le cas.

— Je vais essayer.

— Bien.

Ace continua sur la piste, sa main gauche toujours dans la sienne, laissant sa droite libre de saisir son arme si nécessaire.

— Maintenant, parlez-moi de vous.

Elle se mit à rire doucement.

— Waouh, c'est une question complexe. Mais j'imagine que nous avons le temps, non ?

— Bien sûr.

Ace voulait tout savoir sur la femme à côté de lui, mais il voulait aussi qu'elle ne se concentre pas sur les autres.

Il était également inquiet parce qu'il considérait qu'elle n'avait pas mangé suffisamment au village, mais il ne pouvait pas la forcer. Elle avait bu sa part d'eau, et il devait s'en contenter… pour l'instant.

— Mon père a quitté ma mère quand j'étais bébé, et quand j'avais cinq ans, elle a été tuée lors d'un vol à la station-service en bas de ma rue. Mes grands-parents maternels m'ont élevé.

Ace la regarda, l'air surpris.

— Putain de merde. Je suis désolé.

Piper haussa les épaules.

— Ça va. Je ne me souviens pas vraiment de ma mère. Apparemment, c'était une femme bien qui avait deux emplois pour essayer de gagner assez pour quitter le quartier pourri où nous vivions. Mes grands-parents sont aussi des gens bien, mais ils ne s'attendaient pas vraiment à devoir élever l'enfant de leur fille. Je les aime, mais nous ne sommes pas très proches. Et vous ? Êtes-vous proche de vos parents ?

Ace se sentait mal pour elle, mais il était évident qu'elle ne souffrait pas d'avoir grandi avec ses grands-parents.

— Je l'étais, oui.

— Étais ?

— Ils sont morts dans un accident de voiture il y a environ trois ans.

— Oh, merde, je suis vraiment désolée, déclara Piper. Je ne voulais pas évoquer de mauvais souvenirs.

— Ce n'est pas grave. Ils étaient géniaux. Complètement

amoureux, et ils faisaient de leur mieux pour m'embarrasser avec leurs démonstrations publiques d'affection chaque fois qu'on allait quelque part. Ils rentraient chez eux après une soirée entre amis et ont été percutés de plein fouet par un chauffeur ivre. On m'a dit qu'ils sont morts sur le coup, je leur en suis au moins reconnaissant.

— Eh bien, c'est horrible, dit Piper. Est-ce que la personne qui les a heurtés a été inculpée ?

— Oui. Homicide involontaire impliquant un véhicule. Il avait un permis de conduire suspendu parce qu'il avait été contrôlé pour conduite en état d'ivresse trois fois avant cette nuit-là.

— L'enflure, s'exclama Piper.

Ace ne put s'en empêcher. Il se mit à rire.

— Je n'arrive pas à croire que vous riez, commenta-t-elle, tout en souriant.

— Je n'ai pas de frères et sœurs, ce qui craint, parce que j'en ai toujours voulu. Je me sentais un peu seul en grandissant, et quand on m'a mis dans l'équipe avec les autres, j'ai compris ce qui m'avait manqué.

— Alors vous et les autres gars êtes proches ?

— Très. Je ferais n'importe quoi pour eux. N'importe quoi. Tout comme je sais qu'ils feraient la même chose pour moi. Ils me soutiennent, et je les soutiens. J'aimerais voir ce même sens de la loyauté chez mes enfants un jour. Je sais que tous les frères et sœurs ne s'entendent pas, mais je ne peux rien imaginer de mieux que de savoir qu'il y a quelqu'un qui assurera toujours vos arrières. Imaginez... un frère ou une sœur est quelqu'un que vous connaîtrez plus longtemps que toute autre personne dans votre vie.

Piper fit un signe de tête.

— Je n'y ai jamais vraiment pensé comme ça, mais vous avez raison. Et oui, j'ai toujours souhaité avoir un frère ou une sœur aussi. Kalee était aussi proche de moi qu'une sœur, et ça fait mal de savoir qu'on ne pourra jamais faire les choses dont on a toujours parlé... assister au mariage de l'autre, élever nos enfants ensemble... des choses comme ça.

Ace serra sa main en signe de compassion.

Ils restèrent tous les deux silencieux pendant un moment en marchant, jusqu'à ce que Piper dise :

— Je sais que vouloir adopter Rani, Sinta et Kemala, c'est de la folie. Les enfants n'étaient même pas dans mes projets quand je suis partie pour ce voyage. Et je ne les emmènerais jamais loin de tout ce qu'elles ont connu, de leur patrie, sans leur consentement. Une partie de moi pense que je devrais faire ce que je peux pour leur trouver un endroit où s'installer à Dili. C'est leurs racines.

— Leur foyer était à l'orphelinat. Il n'existe plus. Tout ce qu'elles ont connu a disparu, répondit doucement Ace. Mais je pense qu'il est sage d'attendre que nous puissions faire des recherches à Dili avant de prendre une décision. Il doit y avoir des orphelinats là-bas aussi, et qui sait, peut-être que déménager en ville sera la meilleure chose pour elles.

— Oui, c'est ce que je me dis. Il faut que ce soit plus sûr là-bas. Car les rebelles sont surtout ici dans les montagnes, n'est-ce pas ?

— Tout à fait, la rassura Ace.

— Alors... peut-être que c'est ce qu'il faut faire. Moi, je les garde en sécurité jusqu'à ce qu'on arrive à Dili. Je suis sûre qu'il y a plus de gens qui veulent adopter en ville. Et peut-être même de l'étranger.

Ace ne partageait pas son avis. D'après le peu qu'il avait vu sur leur chemin, la vie était dure en ville. La pauvreté était endémique, et il n'était pas sûr qu'il y ait beaucoup de familles désireuses d'adopter des enfants. Mais il n'allait rien dire qui puisse influencer l'esprit de Piper d'une manière ou d'une autre actuellement. Elle devait prendre la décision concernant les enfants sans subir de pression d'aucune sorte.

— Alors... dit Piper après avoir pris une grande inspiration. Ace, hein ? Je suis sûre qu'il y a une histoire derrière ça.

Ace savait qu'elle essayait de changer de sujet pour ne plus penser aux choses qui l'inquiétaient, et il était d'accord avec ça.

— Oui. Parmi les gars de l'équipe, j'étais le meilleur pour lancer des couteaux, répondit-il en haussant les épaules. Un jour, on faisait les fous, on était bourrés et on lançait des couteaux sur une cible, et j'ai été surpris par quelque chose juste au moment où je lançais. Ma visée a dérapé.

Piper le fixait, les yeux écarquillés.

— Oh mon Dieu. Vous avez touché quelqu'un ?

Ace ricana.

— Non. Mais il y avait des gars qui jouaient aux cartes tout près, et mon couteau a rebondi sur la cible et a ricoché vers leur table, transperçant l'as de pique qu'un gars tenait en l'air, sur le point de le poser. Rocco qui est un petit malin, a dit : « Bien joué, Ace ! » Et voilà, vous savez tout.

Le sourire de Piper était magnifique, et Ace le préférait de loin à ses pleurs ou au fait qu'elle soit poussée à bout.

— Eh bien, ça vous va bien.

— Mieux que Beckett ? plaisanta-t-il.

Piper pencha la tête et sembla prendre sa question au sérieux.

— Oui. Quel est votre nom de famille ?

— Morgan.

— Ace Morgan. J'aime bien.

Il lui sourit. Puis un bruit derrière eux le fit passer en un clin d'œil d'homme décontracté apprenant à connaître une femme à soldat sans pitié. Il poussa Piper derrière lui et quitta la piste avant qu'elle ne sache ce qui se passait.

Il mit une fois de plus son doigt sur ses lèvres, et elle fit un signe de tête.

Ils restèrent immobiles pendant qu'Ace essayait de savoir qui les attendait. Soixante secondes plus tard, il se détendit et fit signe à Piper de le suivre sur la piste. Elle le fit sans poser de questions, et il lui offrit sa main une fois de plus.

Ace leva la tête et fit un bruit qui ressemblait à un croisement entre un sifflet et le cri d'un oiseau, et en quelques secondes, le son fut renvoyé par celui qui descendait la piste. Quelques instants plus tard, Rex et Gumby apparurent avec Sinta et Rani.

Surprise et soulagée, Piper se précipita vers eux.

Les deux enfants passèrent leurs bras autour de la taille de Piper et se serrèrent très fort l'une contre l'autre.

— Tout va bien ? demanda Rex à Ace alors qu'il s'approchait.

— Oui. Un des rebelles a décidé de pisser à deux pieds de notre cachette, mais il ne nous a même pas vus. Vous, les gars ?

— Bien. Ces gosses sont sacrément incroyables. C'est presque triste de voir à quel point elles peuvent être silencieuses. C'est comme si elles étaient habituées à se cacher sans faire de bruit, dit Gumby en secouant la tête.

— Où sont les autres ? demanda Ace.

— Je ne les ai pas encore croisés. Mais je suis sûr qu'ils sont probablement devant nous. Ils peuvent aller plus vite car Kemala est plus âgée, dit Rex.

— C'est ce que je me disais aussi, admit Ace. Je pensais qu'on les verrait au point de rencontre.

— Pour trois personnes qui ont été jetées dans une situation stressante il y a seulement quelques jours, elles sont vraiment proches, observa discrètement Rex en assistant aux retrouvailles entre Piper et les filles.

Ace hocha la tête.

— Oui. Mais on sait mieux que quiconque que les situations extrêmes semblent rapprocher les gens plutôt que les déchirer.

Piper se dirigea vers leur groupe, en tenant la main des deux petites filles.

— On devrait continuer, décida Rex.

Piper sourit.

— Merci de vous être occupé d'elles. Je vous en suis reconnaissante.

— C'est normal, dit Gumby. Nous allons tous quitter cette montagne sains et saufs. Vous pouvez compter là-dessus.

Piper hocha la tête.

— Eh bien, merci encore.

Rani lâcha la main de Piper et s'approcha d'Ace en levant les bras.

Agréablement surpris par la demande de la petite fille, il déplaça son arme pour qu'elle repose sur son dos et se pencha pour la prendre, la blottissant dans ses bras.

— Elle semble bien à l'aise, là, observa Piper avec un sourire.

— C'est qu'elle l'est, fit Ace. Tu es prête à y aller ? demanda-t-il à Rani.

La petite fille hocha la tête et fit courir sa main le long de sa barbe.

— Je ne pense pas qu'elle ait vu beaucoup d'hommes de près. Et aucun avec une barbe comme la vôtre, observa Piper.

En réponse, Ace se pencha sur Rani et secoua la tête d'avant en arrière, frottant sa barbe contre son cou et son visage.

Rani riait et Ace se détendait. Le son était doux et insouciant... et il n'avait jamais rien entendu de plus beau de sa vie. Cet enfant, qui avait vécu le pire des enfers, et qui venait de le rencontrer ce matin-là, non seulement lui faisait confiance pour la porter, mais riait quand il la taquinait.

Sinta, se sentant visiblement exclue, s'approcha et se plaqua contre sa jambe. Elle le regarda en serrant sa taille dans ses bras.

Il leva la tête et ses yeux rencontrèrent ceux de Piper. Il vit la même affection envers les filles qu'il sentait se refléter dans son regard.

Aussi fou que cela puisse paraître, Ace tombait rapidement amoureux, non seulement de la femme qui se trouvait devant lui, mais aussi des filles.

Gumby se baissa, prit Sinta dans ses bras et frotta sa propre barbe contre son cou, la faisant rire elle aussi.

— Allez, rattrapons les autres, hein ? dit-il.

— Kemala, dit Sinta sur un ton joyeux, puis elle lui montra le chemin.

— Oui, allons trouver Kemala, accepta Gumby.

Rex prit la tête, Gumby suivit avec son précieux fardeau. Piper le suivit de près et Ace se mit à l'arrière. Alors qu'ils marchaient sur le sentier, il ne pouvait pas s'empêcher de fixer Piper qui marchait devant lui.

Que lui arrivait-il ? Qu'y avait-il chez Piper pour qu'il y ait une telle résonance ?

Il n'en avait aucune idée, mais il allait se laisser porter pour l'instant. Apprendre à la connaître alors qu'ils se dirigeaient vers Dili. Peut-être qu'après quelques jours sur la piste, sans douches, avec la chaleur et la fatigue, il reviendrait à la raison concernant ses sentiments soudains et intenses pour Piper Johnson.

# CHAPITRE QUATRE

Après avoir rattrapé les autres au point de contrôle suivant comme Ace l'avait dit, ils marchèrent deux heures de plus. Ils ne firent pas d'autres rencontres avec les rebelles, mais ils entendirent des coups de feu sporadiques.

Même s'ils semblaient s'éloigner de la pire des escarmouches, les SEAL n'étaient pas encore prêts à croire qu'ils étaient à l'abri des rebelles.

Piper était plus que consciente que si elle avait essayé de marcher jusqu'à Dili sans leur aide, elle n'aurait pas été très loin. C'étaient des professionnels qui, non seulement pouvaient lire le terrain et savaient quand il fallait sortir des sentiers pour éviter de tomber sur quelqu'un. Ils pouvaient aussi assez facilement dire de quelle distance venaient les coups de feu.

Rani, Sinta et Kemala furent de bons petits soldats, mais quand Rani ou Sinta étaient fatiguées, un des hommes les portait. Piper n'aurait pas pu faire ça non plus. Ils avançaient à bonne vitesse, mais elle n'avait aucune idée de la distance qu'il leur restait à parcourir.

Après s'être arrêtés pour une autre pause, Rocco les

informa qu'ils allaient chercher un endroit pour camper pour la nuit.

Piper n'était pas enchantée à l'idée de passer la nuit en plein air dans la jungle, mais il n'y avait pas de bel hôtel chic dans la zone.

Gumby et Rocco les avaient précédés après la pause pour repérer les endroits où ils pourraient passer la nuit en toute sécurité et, en moins d'une heure, ils étaient revenus et les avaient conduits à ce qu'ils avaient déterminé comme étant l'endroit parfait.

Piper avait gardé l'espoir qu'ils trouveraient une cabane, une hutte... et même un tipi qu'ils pourraient utiliser pour être au moins à l'abri. Mais quand elle exprima ses espoirs, Ace lui expliqua qu'ils n'utiliseraient aucune structure, car ce serait comme allumer un phare pour tous ceux qui se trouvaient dans la jungle. Y compris les rebelles.

C'était logique. Pour autant, Piper n'aimait pas cette idée.

C'était une fille d'intérieur. Elle aimait ses couvertures. Elle en avait beaucoup, beaucoup, et elle adorait s'y blottir sur son canapé. Le climat de Riverton n'était pas très froid, mais elle préférait que son appartement soit un peu plus frais et se blottir sous l'une de ses couvertures, plutôt que d'avoir trop chaud.

L'endroit idéal pour passer la nuit s'avéra être une zone de forêt très boisée, avec de nombreux grands arbres feuillus aux branches basses. Il y avait également une douzaine d'arbres à terre dans la zone, et Ace annonça qu'ils pouvaient tous s'allonger à côté des énormes troncs d'arbres, comme ils l'avaient fait tous les deux lorsqu'ils se cachaient du rebelle qui soulageait sa vessie.

Malgré l'aspect pratique, Piper imagina une belle clairière où ils pourraient faire un feu et regarder les étoiles. C'était stupide, elle le savait. Mais elle ne pouvait pas s'empêcher de frissonner en pensant au nombre de bestioles effrayantes qu'elle allait bientôt côtoyer.

— Ça va ? demanda Ace en se rapprochant d'elle.

Les autres SEAL allaient et venaient, préparaient des palettes pour dormir et surveillaient la zone. Rex, Rocco et Gumby avaient chacun pris une des filles sous leur aile et les occupaient.

— Pas vraiment, répondit Piper honnêtement.

— Que puis-je faire pour que vous alliez bien ? demanda Ace.

— Commandez-moi un repas chinois à emporter, trouvez-moi un bon matelas moelleux, un oreiller en plumes et une longue douche chaude... dans n'importe quel ordre, plaisanta-t-elle.

Sans sourire, Ace répondit :

— Quand nous arriverons à Dili, je ferai de mon mieux pour vous trouver tout ça.

Soupirant, Piper lui offrit un léger sourire.

— C'est bon. Je sais que j'ai de la chance d'être en vie. Tout cela est tellement hors de ma zone de confort.

— Pour ce que ça vaut, je pense que vous avez été incroyable.

— Merci. Mais nous savons tous les deux que ce n'est pas vrai.

Ace posa ses mains sur ses épaules et la retourna pour lui faire face.

— Vous l'avez été. Et je suis censé le savoir, puisque j'ai sauvé plus que ma part de demoiselles en détresse.

Piper le regarda attentivement. Elle était curieuse à propos de l'homme en face d'elle, et elle ne pouvait pas le nier. Ayant grandi et vécu à Riverton, elle avait rencontré de nombreux marines et s'était créé ses propres stéréotypes à leur sujet, mais elle n'avait pas vraiment pensé aux SEAL – et à ce qu'ils faisaient – jusqu'à ce qu'ils la sortent littéralement du milieu de la jungle et lui sauvent la vie.

Mais Ace n'avait pas le comportement qu'elle attendait d'un membre des forces spéciales. Aucun des hommes qui circulaient actuellement dans la jungle avec elle ne l'avait. Enfin, à part peut-être Phantom. Il était bourru et grincheux et elle savait ce qu'il pensait. Elle s'attendait à ce que tous les hommes agissent ainsi. Mais Gumby jouait actuellement à un jeu de tag avec Rani, Rex expliquait patiemment à Sinta chaque petite chose qu'il faisait, et Rocco montrait à Kemala comment utiliser le purificateur d'eau qu'il portait.

Aucun d'entre eux ne s'était montré impatient avec l'une d'elles lorsqu'il avait fallu faire des pauses ou lorsqu'ils avaient pris du retard. Ils n'avaient pas paniqué quand Rani était tombée et s'était écorché les genoux. Dans l'ensemble, Piper avait presque l'impression qu'ils étaient un groupe d'amis en pleine aventure, plutôt qu'une bande d'étrangers fuyant pour sauver leur vie à travers la jungle dans un pays étranger.

— Combien de personnes avez-vous sauvées ? demanda Piper à Ace.

Il était toujours debout devant elle, les mains sur les épaules, attendant patiemment qu'elle arrête de rêver et lui parle.

Ace haussa les épaules.

— Honnêtement, je ne sais pas. Mais il y en a eu beaucoup. Certaines personnes – pas seulement des femmes, mais aussi des hommes – paniquent complètement, et nous avons même dû en assommer quelques-unes pour les extraire. D'autres personnes ont été littéralement paralysées par la peur, et nous avons dû les transporter hors de la zone de danger. Certains ont été si mal en point qu'ils ne pouvaient physiquement pas marcher plus de cent mètres sans s'arrêter. Et certains se sont tellement préoccupés de leur propre bien-être qu'ils n'avaient absolument aucune empathie pour les autres. Nous nous sommes même retrouvés dans une situation où l'un d'entre nous avait été blessé, et notre cible a carrément dit que si nous ne nous dépêchions pas de le sortir de là, il nous poursuivrait en justice.

Piper écoutait, captivée.

— Vraiment ?

— Oui. Alors croyez-moi, vous vous en sortez bien.

La gorge serrée, elle prit une grande inspiration, et les mots se mirent à fuser.

— Je suis morte de peur. J'ai aussi très mal. Je ne suis même pas sûre de pouvoir marcher demain. Je ne suis pas vraiment du genre à faire du sport, et cela va vraiment au-delà de ce à quoi je suis habituée. Je suis dévastée par le sort de Kalee et des autres filles qui ont été tuées, et je suis furieuse que les rebelles aient cru nécessaire d'assassiner des femmes et des enfants sans défense. Je ne peux pas m'empêcher de penser à M. Solberg et à sa réaction lorsqu'il entendra parler de sa fille. Je m'inquiète de ce qu'il adviendra de Rani, Sinta et Kemala lorsque nous arriverons à Dili. Je n'aime pas que Phantom soit visiblement énervé parce qu'il n'a pas pu mener à bien la mission pour laquelle vous avez été envoyés ici, à savoir sauver Kalee. Et je me sens dégoûtante parce que je n'ai pas pris de douche depuis des jours. Je pue, je suis fatiguée et j'ai soif. Et la dernière chose que je veux faire, c'est m'allonger par terre, dans la saleté, et m'inquiéter des insectes et peut-être des serpents qui vont ramper sur moi toute la nuit. Je veux juste être à la maison.

Sans commentaire, Ace bougea ses mains. L'une se posa sur sa nuque, l'autre sur sa taille. Il la tira vers lui et appuya son front contre le sien.

Piper voulait pleurer, mais elle était trop essoufflée et déshydratée pour produire une seule larme. Elle attrapa la chemise d'Ace à la taille et s'y accrocha. Se tenir comme ça aurait dû être gênant, elle venait de rencontrer cet homme, mais après tout ce qui s'était passé, s'accrocher à lui et être ainsi dans son espace personnel lui semblait simplement réconfortant et juste.

— Je serais inquiet si vous ne ressentiez pas tout cela, lui dit Ace doucement après quelques instants. Toute cette situation est tellement hors de votre zone de confort, ce n'est pas drôle.

Vous pensiez que vous alliez en vacances pour voir votre amie et la pire chose qui pourrait arriver était que vous ayez quelques piqûres d'insectes. Mais au lieu de cela, vous vous êtes retrouvée au milieu d'un soulèvement rebelle. Vous êtes trop dure avec vous-même. Malgré tout ce que vous ressentez, vous ne vous êtes jamais plainte. Je vais vous ramener chez vous, Piper. Vers ce lit moelleux et cet oreiller de plumes que vous désirez tant.

Piper ferma les yeux et s'agrippa encore plus fort à l'homme qui se trouvait devant elle.

— Le fait que vous soyez inquiète pour les filles, le père de Kalee et Phantom est assez remarquable. La plupart des gens dans votre situation ne s'inquiètent que pour eux-mêmes. J'aimerais vous dire d'arrêter. De vous inquiéter pour vous et pour personne d'autre, mais j'ai le sentiment que ça ne servirait à rien, n'est-ce pas ?

Elle secoua lentement la tête.

Ace la fixa du regard, et Piper eut la fugace pensée que ses pupilles brunes lui rappelaient le chocolat chaud qu'elle aimait parfois boire. Sombre, mais tourbillonnant avec des tons bruns plus clairs quand elle y ajoutait un peu de lait. Ses lèvres étaient pleines et encadrées par sa barbe, et elle voulait soudain qu'il la frotte contre son cou comme il l'avait fait avec Rani.

— Je ne peux rien faire contre votre douleur ou pour la douche en ce moment. Mais si vous êtes d'accord, je serai heureux de dormir à vos côtés ce soir et de faire de mon mieux pour éloigner les insectes.

Il lui souriait et, étonnamment, Piper se sentit un peu mieux. C'était agréable d'entendre ses gentilles paroles. Il lui mentait peut-être simplement pour lui remonter le moral, mais elle s'en fichait. Elle avait besoin d'entendre quelqu'un lui dire qu'elle allait bien, parce qu'elle n'avait pas l'impression que ce soit le cas.

— J'aimerais bien, répondit-elle d'un ton solennel.

Puis elle eut l'envie soudaine et folle de monter sur la pointe des pieds et de poser ses lèvres sur les siennes.

Pendant une seconde, ses yeux descendirent jusqu'à sa bouche, et la chair de poule se diffusa sur ses bras. C'était ce qu'elle voulait. Elle voulait que ses lèvres touchent les siennes. Elle voulait sentir sa barbe contre son visage.

— Ace, où est-ce que tu... Oh, désolé.

Piper savait qu'elle rougissait, mais espérait que ses joues roses seraient prises pour un coup de soleil. Elle s'éloigna d'Ace et regarda Bubba.

— C'est bon. Je disais juste à Piper à quel point elle s'est bien débrouillée jusqu'à présent, dit Ace.

Bubba hocha immédiatement la tête.

— Il a raison. Je suis plus heureux que je ne pourrais le dire que vous n'ayez pas flippé et que nous n'ayons pas eu à vous assommer et à vous porter en bas de la montagne.

Piper regarda Ace d'un air ironique.

— Je ne mentais pas, lui dit-il avec un petit sourire.

Piper sentit ses propres lèvres s'étirer à leur tour.

— Je suppose que non.

— De toute façon, je venais demander où tu voulais te coucher. J'ai parlé avec Rocco, et lui, Gumby, Rex et Phantom vont prendre les quatre coins de la zone. On a pensé que les filles pourraient prendre le milieu, là où se trouvent ces deux gros troncs d'arbre.

Ace fit un signe de tête.

— Ça a l'air bien. J'ai promis à Piper que j'essaierai de faire des interférences avec les bestioles locales.

Bubba sourit.

— Ah, vous n'êtes pas fan des insectes ? lui demanda-t-il.

Elle frissonna et répondit succinctement :

— Non.

Le sourire de Bubba disparut et il s'avança vers elle. Il ne se tenait pas aussi près d'elle qu'Ace, mais il était entré dans son espace personnel.

— Vous vous en sortez bien, Piper. Je sais qu'Ace vous l'a déjà dit, mais il ne plaisantait pas. La meilleure chose que vous puissiez faire était de rester en sécurité et en vie. Vous et ces filles. Et vous n'avez pas paniqué. Nous avons vu tant de gens qui sont morts dans des situations comme la vôtre, simplement parce qu'ils n'ont pas pu garder leur calme. Alors, merci. Merci de nous avoir permis de vous retrouver en vie. Nous ferons tout ce qu'il faut pour que vous restiez en vie.

Puis il leur adressa un signe de tête et repartit vers les autres.

Piper jeta un regard confus à Ace.

— Il me remerciait d'être en vie ?

Ace hocha la tête.

— On a eu notre part de missions où on n'a pas réussi à ramener les cibles vivantes.

— Comme Kalee.

— Comme Kalee, confirma Ace.

— C'est la seule raison pour laquelle Phantom est si énervé ? demanda-t-elle.

Ace haussa les épaules.

— Je pense, oui. L'idée de laisser quelqu'un derrière, même s'il n'est pas vivant, nous est odieuse. Kalee n'est pas un SEAL, mais c'est une Américaine. Et...

Sa voix faiblit.

— Et ? demanda Piper, en mettant la main sur la manche d'Ace.

— Et Phantom n'aime pas échouer. Il est extrêmement dur avec lui-même, probablement parce que son père attendait de lui la perfection quand il était petit.

— Oh. Oui, je peux imaginer à quel point ce serait frustrant de ne pas pouvoir faire le travail qu'on vous a assigné.

Ace passa son doigt sous son menton, et il ramena ses yeux vers les siens.

— Phantom ne vous déteste pas, Piper. Il est juste frustré. Il sait aussi bien que nous qu'il est plus important de vous mettre en sécurité, vous et les filles, que de ramener le corps de Kalee aux États-Unis.

— Ce n'est pas juste, dit doucement Piper.

— Ce n'est pas juste, admit Ace.

En passant sa langue sur ses lèvres sèches, Piper continua :

— Nous devrions aller aider à tout préparer pour la nuit.

— Non, les gars ont les choses sous contrôle.

Piper lui fit un petit sourire.

— Quand même. Ce n'est pas un bon exemple à montrer aux filles.

— C'est vrai, déclara Ace.

Puis il fit quelque chose qui troubla Piper. Il passa sa main sur ses cheveux sales et ébouriffés et murmura :

— Magnifique. Même couverte de poussière, fatiguée, et hors de votre élément, vous êtes belle.

Il laissa tomber sa main lentement, puis se tourna pour lui montrer le groupe.

— Après vous.

Sachant qu'elle rougissait probablement encore, Piper le précéda.

Deux heures plus tard, le soleil était tombé sous l'horizon et la jungle autour d'eux était plongée dans l'obscurité totale. Piper et les filles s'étaient glissées dans un espace entre deux grands troncs d'arbre pour essayer de dormir un peu avant de repartir vers la capitale au matin. Les SEAL se rassemblèrent à proximité pendant une quinzaine de minutes, laissant Piper parler aux filles.

— Rani, ça va ? demanda-t-elle.

La petite fille fit un signe de tête.

Elle était recroquevillée contre le flanc de Piper et avait la tête reposant sur son épaule.

— Sinta ?

— Je vais bien, lui répondit l'enfant de sept ans.

Elle était de l'autre côté de Rani, allongée dans la boue comme si c'était une nuit comme une autre pour elle. Piper n'aimait pas que les filles soient beaucoup plus à l'aise qu'elle ne le pensait de dormir par terre dans la jungle.

En tournant la tête, Piper dit :

— Kemala ? Est-ce que ça va ?

Un léger marmonnement fut la seule réponse à sa question.

En soupirant, Piper déclara :

— Je sais que ce n'est pas ce à quoi tu t'attendais quand tu as rampé sous le sol avec moi. Je suis désolée que Kalee ne soit pas là et que ce soit moi qui sois là à la place. Je fais de mon mieux pour vous garder toutes en sécurité… et je sais que tu es en colère contre moi pour une raison que j'ignore. Parle-moi, Kemala. Je ferai tout ce que je peux pour que tu te sentes mieux.

En réponse, elle sentit l'adolescente se retourner, rendant sa place à Piper.

Frustrée et déprimée, elle soupira à nouveau.

— Ça ne me dérange pas que tu ne veuilles pas me parler. Je vais quand même faire tout ce que je peux pour que tu sois en sécurité, annonça-t-elle à Kemala.

Une petite lumière se dirigea vers eux, et Piper tourna son attention vers les hommes qui s'approchaient.

— C'est nous, dit doucement Ace. Bubba et moi.

— Salut, fit Piper maladroitement.

Elle savait que c'étaient eux car après leur dîner – d'autres rations – Ace l'avait informée des dispositions à prendre pour dormir et de la façon dont les hommes se relaieraient pour rester éveillés afin de s'assurer que personne ne puisse les surprendre au milieu de la nuit. Elle se sentait mieux en sachant qu'ils ne seraient pas pris en embuscade.

Il lui avait dit que Bubba et lui allaient dormir près d'elle et des filles, comme une couche de protection supplémentaire. Elle comprit alors que les SEAL étaient vraiment prêts à mettre leur vie en danger pour s'assurer qu'elles arriveraient à la capitale saines et sauves. Elle en fut extrêmement gênée et en même temps très impressionnée. Piper n'était pas sûre de valoir les efforts qu'ils déployaient pour la sauver, mais les petites filles le méritaient vraiment. Elles n'avaient pas encore eu la chance de vivre, et rien de ce qui s'était passé n'était de leur faute. Elles avaient toutes été prises au mauvais endroit au mauvais moment.

— Poussez-vous, Piper, dit Ace alors qu'il s'approchait avec précaution.

Elle fit ce qu'il lui demandait et se dirigea vers la droite avec Rani. Sinta se poussa aussi, jusqu'à ce que son dos soit contre l'arbre à côté d'eux. Kemala se retourna pour observer Ace de près.

Il s'assit à côté de Piper et se coucha immédiatement. Il se pencha et tira Piper sans effort sur son corps, jusqu'à ce qu'elle soit allongée sur toute sa longueur. Puis il tendit un bras et fit un geste à Rani.

— Viens ici, ma petite.

Rani se blottit immédiatement contre lui. Sinta se recroquevilla derrière Rani, un bras autour de la petite fille, sa main touchant le côté d'Ace.

Puis Ace se tourna vers Kemala et lui tendit l'autre bras.

— Toi aussi, Kemala. Je sais que tu es trop grande pour avoir besoin de câlins, mais ça fait longtemps que je n'ai pas dormi dans la jungle, et j'aurais besoin d'être rassuré.

Piper ne savait pas si Kemala avait compris tout ce qu'Ace avait dit, mais, étonnamment, elle gloussa légèrement et se rapprocha de lui.

Piper inspira profondément, puis se soutenant sur ses mains, murmura :

— Qu'est-ce que vous faites ?

— J'ai promis d'essayer d'éloigner de vous les créatures effrayantes, répondit Ace sans détour.

Elle le regarda simplement. Elle ne pouvait pas voir beaucoup plus que le contour de sa tête, mais elle était stupéfaite.

— Je vais bien, lui dit-elle.

— Je sais que vous allez bien. Maintenant, descendez ici et détendez-vous, lui ordonna-t-il.

Lentement, Piper se remit sur son torse et posa sa joue sur son cœur. Comme lit de fortune, Ace n'était pas vraiment confortable, car le blindage et les bosses provoquées par toutes les choses qu'il avait dans les poches de son uniforme lui faisaient mal, mais elle préférait dormir sur lui du moment qu'elle n'était pas sur le sol de la jungle.

— Ace va bien ? chuchota Sinta.

— Je vais bien, fit immédiatement Ace. Comment vas-tu ?

— Bien, lui dit Sinta.

— Kemala ? Ça va ? demanda Ace.

— Oui, lui répondit l'adolescente en chuchotant.

— Rani ? continua-t-il.

Un léger ronflement fut la seule réponse.

Le rire d'Ace se répercuta dans le corps de Piper, et elle ferma les yeux. À cette seconde, elle comprit la chance qu'elle avait. Elle ne pensait pas en avoir quand elle était coincée sous le plancher de l'orphelinat et qu'elle avait une peur bleue, mais couchée ici, sur Ace, un féroce Navy SEAL prêt à faire tout ce qu'il fallait pour la ramener chez elle, entendant le ronflement de Rani, et sachant que Sinta et Kemala étaient en sécurité et en bonne santé, elle réalisa à quel point elle avait eu tort.

Elle ne savait pas combien de temps s'était écoulé, mais quand elle entendit les trois filles respirer profondément, indiquant qu'elles s'étaient endormies, Piper chuchota :

— Ace ?

— Oui ? répondit-il immédiatement.

— Merci.

— Dormez, Piper, répondit-il. J'assure votre sécurité. Vous serez toutes en sécurité.

— Je le sais.

Piper pensait qu'elle serait incapable de dormir. Pas avec ses muscles endoloris, ses crampes d'estomac dues à la nourriture qu'elle avait mangée cette nuit-là après trois jours de quasi-jeûne, et les insectes qui pourraient encore l'atteindre même si elle était sur Ace. Mais en quelques minutes, les trois derniers jours de stress et de manque de sommeil la rattrapèrent et elle s'endormit.

* * *

Ace ne dormit pas.

Le poids de Piper sur son corps était lourd, mais pas trop, et les petites bouffées d'air chaud contre son cou étaient réconfortantes et rassurantes.

La sensation de la petite Rani à sa droite et de la main de Sinta serrant le côté de sa chemise lui donnait l'impression d'être un géant protecteur. Même la chaleur corporelle de Kemala à sa gauche l'apaisait. Elle n'était pas blottie contre lui, mais elle était suffisamment proche pour qu'il puisse la sentir là. Toutes ses filles l'entouraient. Elles étaient en sécurité.

*Ses filles.*

Les mots résonnaient dans son cerveau.

À quoi pensait-il ? Elles n'étaient pas à lui.

*Ses filles.*

Quand ils atteindraient Dili, il était probable que Piper doive laisser Rani, Sinta et Kemala dans un orphelinat, et qu'il ne les reverrait plus jamais.

*Ses filles.*

Après son retour aux États-Unis, Piper voudrait probablement tout oublier de son séjour au Timor Oriental, y compris lui, et il ne pouvait pas la blâmer.

*Ses filles.*

Pourtant, tout en lui criait que les quatre précieux êtres humains qui l'entouraient étaient les siens. À lui de les protéger. À lui de les rendre heureuses. À lui de les garder pour toujours.

C'était de la folie. Mais Ace ne pouvait pas nier qu'il n'avait jamais ressenti ce genre de connexion avec quelqu'un d'autre de toute sa vie. Une fois de plus, il repensa à l'époque où il était coincé dans cette cave humide à Bahreïn avec Rocco et Gumby. Ils avaient cru qu'ils allaient mourir. Ils s'y attendaient. Et la seule chose qu'il avait regrettée, c'était de ne pas avoir pris le temps de fonder une famille.

Il n'arrivait pas à se défaire de l'idée que cela devait être ainsi. Que ces trois orphelines avaient besoin de quelqu'un comme lui pour veiller sur elles. Pour s'assurer qu'aucun garçon ne profite d'elles. Pour leur apprendre à se défendre et à s'attendre à ce que la vie leur offre le meilleur au lieu du pire.

*Ses filles.*

Et puis il y avait Piper. Son corps contre le sien lui faisait du bien. Ça semblait… évident. Elle n'aurait pas dû survivre au raid des rebelles sur l'orphelinat. Les chances qu'elle soit exactement là où elle devait être pour se cacher sous le sol de la cuisine étaient infimes.

En envoyant une courte prière à Kalee pour la remercier d'avoir eu la prévoyance de cacher ses filles, Ace regarda fixement les quelques étoiles qu'il voyait scintiller sous la voûte céleste.

*Ses filles.*

Il ne devait pas penser à elles de cette façon. Il se préparait à avoir le cœur brisé.

Ace sentit Sinta s'agiter contre Rani, et elle demanda, endormie :

— Ace ?

— Chut, Sinta. Je suis là, chuchota Ace.

Il sentit sa petite main serrer sa chemise plus fort, et elle dit simplement :

— Ok.

Le cœur lourd, Ace ne put empêcher les mots de sortir de ses lèvres comme si sa vie en dépendait.

— Dormez bien, les filles. Vous êtes en sécurité avec moi.

La main de Piper bougea et vint s'enrouler autour de son

cou alors qu'elle se tortillait contre lui et faisait de son mieux pour ne faire qu'un avec sa poitrine.

Fermant les yeux, Ace soupira de contentement... et d'inquiétude.

*Ses filles*.

Mais pour combien de temps ?

# CHAPITRE CINQ

Le jour suivant ressembla beaucoup à celui d'avant. Le groupe poursuivit sa descente de la montagne vers Dili. Plus la distance parcourue était grande, plus les coups de feu s'entendaient au loin, et la probabilité de rencontrer des rebelles devenait de plus en plus mince.

Pour le moment, ces derniers s'en tenaient aux petites villes et aux villages de la montagne. Espérant rassembler des partisans au fur et à mesure de leur progression. Bien sûr, « rassembler des partisans » signifiait forcer les hommes et les garçons à prendre les armes pour leur cause.

Plus ils s'éloignaient de l'orphelinat, plus Ace se sentait en sécurité. Cela ne signifiait pas qu'ils étaient hors de danger, mais simplement qu'il y avait moins de risques. Mais il savait qu'aucun membre de son équipe ne baisserait sa garde tant qu'ils ne seraient pas à l'abri dans un avion en direction de la Californie.

Les trois filles marchaient joyeusement et sautillaient en descendant la piste. Rocco était persuadé qu'une fois arrivés dans la petite ville au pied de la montagne, ils trouveraient un moyen de se rendre à Dili. C'était un peu déconcertant de ne pas encore avoir parlé au commandant, mais ils avaient l'habitude de tirer le meilleur parti de chaque situation. Ils devraient probablement tous se réfugier à l'arrière d'une camionnette, mais même ce petit désagrément valait mieux que d'aller jusqu'à la capitale à pied.

Il espérait qu'il ne leur restait qu'un jour de marche, car Piper boitait beaucoup. Ace fronça les sourcils en la regardant. Elle prétendait être juste endolorie, et que c'était la raison pour laquelle elle boitait, mais il n'en était pas si sûr.

Il avait dormi par à-coups la nuit précédente, comme il avait appris à le faire. Il se réveillait chaque fois que l'un des autres gars se levait et se déplaçait pour contrôler la zone. Chaque fois que Kemala changeait de position à côté de lui, il se réveillait. Mais c'était le poids confortable de la femme sur sa poitrine qui avait été son principal centre d'intérêt. Elle s'était sentie bien sur lui.

Elle était sale, fatiguée et aussi loin de son élément que possible, mais à part pendant son bref coup de blues, quand elle lui avait fait part de tous ses soucis et de ses malaises, elle avait fait tout son possible pour être le plus coopérative possible.

Les filles se réveillèrent tôt, et Ace les encouragea à se lever et chercher Rocco pour leur petit-déjeuner. Une fois seul avec Piper, il ferma les yeux pendant une seconde, imaginant qu'ils étaient de retour chez lui, dormant paresseusement pendant que leurs enfants gloussaient et se disputaient joyeusement dans l'autre pièce.

Il se détendit lorsque Piper se blottit contre lui après qu'il eut passé ses mains sur son dos. Elle avait bougé dans la nuit, était remontée sur lui, si bien que son nez se frottait à son cou. Il sentait chaque souffle chaud contre sa peau...

Et une soudaine envie de la prendre le submergea, rapide et urgente.

Il sentait son agitation, mais elle ne bougea pas. Elle ne se précipita pas pour le lâcher. Il pria pour qu'elle ressente la même connexion que lui.

— Ace ? chuchota-t-elle après s'être réveillée un court instant.

— Oui, Piper ?

— Je suppose que vous n'avez pas de café dans vos poches magiques, n'est-ce pas ?

Il rit tout bas.

— J'ai bien peur que non.

Elle soupira.

— C'est peut-être le bon moment pour abandonner définitivement la caféine étant donné que ça fait presque une semaine que je n'en ai pas eu.

— Quand on arrivera à Dili, je vous trouverai une bonne grosse tasse d'expresso, qu'en dites-vous ?

— Ça a l'air divin

— Comment allez-vous ce matin ?

— Bien.

— Non, gronda-t-il à moitié. Ne me dites pas ce que vous pensez que je veux entendre. J'ai besoin d'honnêteté. Il nous reste une bonne distance à parcourir, et j'ai besoin de savoir comment vous tenez le coup.

Piper soupira. Une fois de plus, son souffle chaud lui donna la chair de poule sous sa chemise.

— Je ne sais pas. Je ne veux pas bouger d'ici. Je suis sûre que j'ai mal. J'avais mal hier, et le deuxième jour est toujours pire. Mais je peux le faire. Sinon il faudrait rester ici dans la saleté, et ce n'est pas acceptable.

— Vous voulez vous lever et voir comment vous vous sentez ?

— Non.

Il se mit à rire. C'est tout. Juste non.

— Allez. Je vais vous aider.

Ace se leva lentement, tenant Piper contre lui jusqu'à ce qu'il soit assis et qu'elle soit à cheval sur ses genoux. Ils étaient l'un contre l'autre, et Ace aurait juré que quelque chose d'intense s'était passé entre eux à ce moment-là. Mais elle cligna des yeux rapidement et détourna le regard.

Il l'aida à se relever, et attrapa son bras lorsqu'elle perdit l'équilibre.

— Piper ?

— Donnez-moi une seconde, supplia-t-elle.

Il le fit, et quand elle se maîtrisa, elle fit quelques pas chancelants, puis lui fit un sourire penaud.

— J'ai juste mal. J'irai mieux quand on aura commencé.

Ils marchaient depuis environ trois heures maintenant, et Ace n'avait maintenant plus aucun doute : Piper n'allait pas bien. Ce qui lui arrivait n'était pas seulement dû à des muscles endoloris.

Il fit un geste à Rocco en levant le menton vers Piper. Il tapa du pied et Rocco fit un signe de tête.

Il fallut encore dix minutes pour trouver un bon endroit pour faire une pause, et dès que tout le monde fut installé et après avoir grignoté quelques crackers sortis des rations, Ace se dirigea vers la jeune femme. Il se mit à genoux devant elle et posa sa main sur sa jambre.

— Je vais examiner vos pieds.

Ses yeux s'agrandirent et, comme il s'y attendait, elle essaya de rapprocher ses pieds de son corps. Ace lui palpa un mollet et la regarda simplement.

Piper jeta un rapide coup d'œil. Ace ne savait pas si elle cherchait de l'aide auprès d'une des filles ou si elle était gênée par quelque chose.

— Piper ? Parlez-moi. Qu'est-ce qui se passe vraiment ?

Ses épaules s'affaissèrent et elle fixa ses doigts sur ses genoux.

— Une chaîne est aussi solide que son maillon le plus faible. Et je ne veux pas que ce soit moi. Je veux quitter cette montagne, et pour l'instant, ma seule option pour y parvenir est de continuer à marcher. Un pied devant l'autre. Je peux le faire.

Le cœur d'Ace se brisa pour elle.

— Bien sûr que vous pouvez, fit-il calmement. Mais vous n'avez pas besoin de souffrir, non plus. Je peux regarder vos pieds ?

Elle ne répondit pas à sa question.

— Je suis sûre que ça ira. Je porte des baskets, alors que les filles sont en tongs.

— Elles ont porté ce genre de chaussures toute leur vie. Leurs pieds sont résistants et habitués à ce genre d'effort. Je suppose que les vôtres ne le sont pas.

Elle renifla.

— Pas vraiment.

Ace lui sourit, puis redevint sérieux.

— Laissez-moi au moins jeter un coup d'œil. On a quelques pansements et de la moleskine qu'on peut mettre sur toutes vos ampoules. Croyez-moi, prendre soin de vous maintenant vous fera beaucoup de bien et vous vous sentirez bien mieux.

Elle le fixa un long moment avant de dire :

— Je déteste avoir l'impression d'être le maillon faible.

— Nous avons tous nos faiblesses, lui répondit Ace, sans la brusquer. Cela ne nous rend pas meilleurs ou pires que quelqu'un d'autre.

— Quelle est la vôtre ? lui demanda-t-elle d'un air de défi.

— Les petits espaces, avoua-t-il sans honte.

Piper le fixa du regard, bouche bée.

— Il ne plaisante pas, répondit Bubba derrière eux. Moi, je ne suis pas le meilleur nageur.

— Et les hauteurs ne sont pas mon truc, cria Rex de loin.

— Nous savons tous quelles sont nos faiblesses, et nous nous aidons les uns les autres à les surmonter quand c'est nécessaire, déclara Ace. Nous sommes des humains, pas des machines. Et il est important que nous comprenions cela et que nous travaillions ensemble. Vous avez raison, une chaîne n'est pas aussi solide que le maillon le plus faible, mais, Piper, vous n'êtes pas faible. Vous en êtes loin. Regardez ce qu'il vous est arrivé ces cinq derniers jours. Je dirais que vous êtes sacrément forte. Maintenant... je peux voir vos pieds, s'il vous plaît ?

Sinta se dirigea vers l'endroit où ils étaient assis et s'appuya sur Piper. Elle mit ses bras autour de son cou et demanda :

— Je te tiens la main ?

Cela fonctionna. Piper prit une profonde inspiration et hocha la tête.

— Oui, s'il te plaît. Je me sentirais beaucoup mieux si tu me tenais la main.

Rani, ne voulant pas être laissée de côté, se précipita sur Piper et se tint de l'autre côté pour saisir sa main libre.

En jetant un regard circulaire, Ace vit Kemala, tranquille à côté de Bubba. Elle le faisait souvent. Elle se contentait d'écouter et de regarder, enregistrant toutes les informations.

— Nous progressons bien, dit Rocco, derrière Ace, alors qu'il commençait à délacer la chaussure de Piper. J'ai réussi à joindre le commandant, et il dit que notre meilleure chance est d'aller à la ville la plus proche et de faire du troc pour aller dans la capitale.

Ace ne quitta pas des yeux de ce qu'il était en train de faire. Tout le monde connaissait déjà le plan, et il savait que son ami parlait simplement pour essayer de faire oublier à Piper ses soucis.

Il ignora le commentaire de Rocco et se concentra sur le fait de retirer doucement la chaussette de Piper.

La vue de son pied nu lui donna envie de jurer et de frapper quelque chose, mais il garda cette réaction pour lui. Ses pieds étaient roses et ratatinés, comme si elle les avait trempés dans l'eau pendant des heures. Il y avait quelques taches blanches, et elle avait des ampoules en plus. Il n'était pas étonnant qu'elle boite.

Il était évident que ses chaussettes avaient été mouillées. Probablement quand elles avaient traversé un petit ruisseau la veille. Puisqu'elle ne portait pas de bottes de combat, comme lui et son équipe, l'eau avait traversé ses chaussures et ses chaussettes, et aucun d'eux n'avait eu le temps de sécher. Ace n'y avait même pas pensé, ce qui était stupide. Tellement stupide.

Ils savaient tous combien il était important de garder leurs pieds au sec, surtout lorsqu'ils marchaient si longtemps.

— Vous allez devoir les couper ? plaisanta Piper.

Ace leva les yeux. Elle le taquinait, mais il était évident qu'elle était inquiète. Se forçant à sourire, il secoua la tête.

— Non, ça va. On doit juste les laisser respirer un peu et sécher. Quand avez-vous enlevé vos chaussures et vos chaussettes pour la dernière fois ?

Piper haussa les épaules.

— Je ne sais plus quel jour on est, mais je ne les ai pas enlevées depuis le matin où Kalee et moi sommes allées visiter l'orphelinat.

Ace fit un signe de tête. C'est ce qu'il avait supposé. Il entendit quelqu'un bouger derrière lui, mais ne se retourna pas pour regarder. Il s'agissait sûrement de l'un de ses coéquipiers, fouillant dans leur sac pour trouver ce dont il avait besoin pour soigner les pieds de Piper.

— C'est bon, Piper. Ce n'est pas grave. Est-ce qu'ils sont douloureux ?

Elle haussa les épaules.

— Un peu. Ils sont plus lourds qu'autre chose. Et j'ai des picotements et des démangeaisons.

Ace savait que c'étaient des symptômes typiques des engelures. Même si la jungle n'était pas froide, ses pieds n'avaient pas pu sécher depuis plusieurs jours, et toute cette marche ne lui avait pas rendu service non plus. Elle avait une ampoule à l'arrière de son talon qui avait l'air assez sévère.

Phantom s'agenouilla à côté de lui et se mit au travail. Il ouvrit quelques compresses de nettoyage stériles, et prépara lingettes médicales et pansements. Il avait deux gants de toilette, qu'ils utiliseraient pour sécher ses pieds du mieux qu'ils pourraient. Une paire de chaussettes propres et sèches se trouvait également dans la pile de fournitures.

Piper ne dit pas un mot, mais regarda Phantom avec une expression soucieuse.

Ace savait que Piper était un peu réticente à l'idée d'être avec son coéquipier, mais s'il savait que son ami était un peu bourru, il était certain qu'il ne ferait jamais rien pour blesser Piper volontairement. Même s'il pensait que la mission était un échec parce qu'ils n'avaient pas pu sauver Kalee comme ils en avaient été chargés, il était tout aussi investi pour s'assurer que Piper et les filles étaient aussi en sécurité que les autres.

Faisant un signe de tête à son ami, Ace glissa sur ses fesses et prit le pauvre pied droit abîmé de Piper sur ses genoux, puis se mit au travail pour le sécher. Phantom fit de même avec son pied gauche.

Personne ne dit rien pendant quelques minutes, jusqu'à ce que Piper déclare :

— Si j'avais su que vous faisiez d'aussi bons massages de pieds, j'aurais dit quelque chose plus tôt.

Ace vit les lèvres de Phantom bouger, mais il ne leva pas les yeux de son pied.

— Et j'aurais aimé avoir du vernis à ongles. Je vous laisserais me faire une pédicure et vernir mes ongles de pieds pendant que vous y êtes, continua-t-elle à plaisanter.

Ace eut le sentiment qu'elle utilisait l'humour pour dissimuler son malaise et son inquiétude, alors il lui sourit.

— La prochaine fois, répondit-il d'un ton enjoué.

— Ped-i-cure ? demanda Sinta en crispant son petit front.

La question suffit à distraire Piper qui tenta d'expliquer le mot anglais, et permit à Ace et Phantom de s'occuper des pires de ses ampoules sans qu'elle ne remue trop.

Ace souhaitait faire une longue pause et laisser ses pieds s'aérer et se reposer, mais ils devaient continuer. S'ils voulaient sortir des montagnes aussi vite que possible, ils ne pouvaient pas faire de pause supplémentaire. Il mit une chaussette sèche sur le pied bandé de Piper aussi doucement que possible, puis remit sa chaussure en place. Phantom fit la même chose avec son autre pied, et peu de temps après, elle était debout.

— Comment vont vos pieds ? demanda Ace à genoux devant elle une fois de plus.

— Bien, confirma Piper.

— Ne me dites pas ce que vous pensez que je veux entendre, lui rappela Ace. J'ai besoin de la vérité. Faites quelques pas. Est-ce que quelque chose frotte au mauvais endroit ? Comment vont ces ampoules ?

Piper prit une grande inspiration et fit un petit cercle autour du rocher sur lequel elle était assise.

— Ils vont bien. Promis, dit-elle à Ace.

Puis elle se tourna vers Phantom.

— Merci, murmura-t-elle.

— De rien, répondit Phantom d'un léger signe de tête avant de ramasser les déchets des bandages et de se diriger vers son sac.

— Allez, les filles. Aidez-moi à nettoyer ce bazar et nous serons prêts à repartir, lança Rocco.

Sinta et Rani coururent vers lui pour l'aider, laissant Piper et Ace seuls.

Ace se mit debout et se força à rester immobile devant elle sans la prendre dans ses bras. Elle le regarda et se mordit la lèvre.

— Désolée de ne pas vous avoir dit que j'avais mal aux pieds. Je ne savais pas qu'ils étaient en si mauvais état.

Il prit une profonde inspiration.

— Je sais que vous ne le saviez pas. Ce soir, quand on se couchera, vous devrez enlever vos chaussures et vos chaussettes et laisser vos pieds respirer.

Elle plissa le nez.

Il voulait rire, mais ne le fit pas. Au lieu de cela, il céda à son besoin de la toucher et fit courir une main sur le côté de sa tête.

Même s'ils étaient ébouriffés et sales, ses cheveux étaient toujours doux sous sa main.

— Je sais, mais c'est la meilleure chose que vous puissiez faire pour eux.

— D'accord. Mais si un sale type me mord les orteils, c'est à vous que je le reprocherai.

Ace éclata de rire.

— C'est noté. Vous faites du bon travail, Piper.

— Je parie que vous dites ça à toutes les femmes que vous sauvez, plaisanta-t-elle, en jetant un coup d'œil à ses pieds.

Mettant un doigt sous son menton, Ace leva son visage jusqu'à ce qu'il puisse encore une fois voir ses yeux.

— Je ne fais jamais ça. Oui, je les encourage, mais j'ai plus tendance à dire des choses comme « accrochez-vous » ou « on y est presque » à des gens qui n'y arrivent pas. N'importe lequel d'entre nous pourrait vous porter s'il le fallait, mais c'est difficile et cela rend l'extraction beaucoup plus compliquée. Nous faisons du bon boulot. Le fait que vous ne vous soyez pas plainte rend les choses plus faciles pour tout le monde. Et vous donnez un bon exemple aux enfants. Vous vous en sortez très bien, Piper.

— Merci, chuchota-t-elle. C'est probablement là que beaucoup de femmes promettraient d'aller plus souvent à la gym en rentrant chez elles, mais pour être honnête, je pense que toute cette aventure m'a fait renoncer à la gym pour toujours. Je préfère de loin poser mes fesses sur une serviette à la plage et regarder tous les autres courir plutôt que de me lever et d'être moi-même active.

Ace ne put s'empêcher de sourire. Il aimait beaucoup sa capacité à se moquer d'elle-même sans aller à la pêche aux compliments.

— Demain, à cette heure-ci, nous serons tous entassés à l'arrière d'un pick-up trop petit en direction de la capitale.

— Eh bien, ça a l'air attirant, lui répondit-elle. On devrait y aller. Il n'y a rien de mieux que d'être assis à l'arrière d'un pick-up et de dévaler une montagne dans un pays étranger en espérant qu'il ne se retourne pas.

Faisant preuve de prudence, Ace la prit dans ses bras. Elle enroula immédiatement ses bras autour de son torse, et il la sentit s'accrocher à lui.

— Je vais vous ramener chez vous saine et sauve, jura Ace.

Elle prit une profonde respiration contre lui et hocha la tête.

Puis Ace sentit de petits bras l'entourer à sa gauche. En baissant les yeux, il vit Sinta qui le regardait de nouveau. Son visage était couvert de terre et il apercevait des miettes autour de sa bouche. Il n'avait jamais rien vu d'aussi adorable de toute sa vie.

Jusqu'à ce qu'il se tourne vers la droite. Rani avait copié Sinta, et elle s'accrochait à sa cuisse. Elle lui souriait. Ses cheveux étaient en bataille, mais elle était aussi mignonne qu'un bouton de rose.

— Vous êtes prêtes à y aller ? demanda-t-il aux filles.

— Allons-y ! répondit Sinta.

Rani fit un signe de tête.

Ace leva les yeux et vit Kemala se tenir à un mètre de là. Il crut apercevoir de la nostalgie sur son visage avant qu'elle ne tourne la tête pour regarder ses coéquipières qui attendaient patiemment que Piper et lui soient prêts à partir.

Souhaitant en savoir plus sur les adolescentes, sur ce qui se passait dans l'esprit de Kemala, il s'éloigna de Piper.

— Dites-moi si vos pieds recommencent à vous faire mal, nous nous arrêterons et je les examinerai.

— D'accord.

Il souleva ses sourcils, l'air soupçonneux.

— Je le jure, dit-elle.

En hochant la tête, Ace se pencha et ramassa Sinta et Rani, les reposant dans le creux de ses bras. Il les fit rebondir un moment, et les deux fillettes se mirent à rire. Il aimait ce son. Elles n'avaient pas eu beaucoup de raisons de rire dernièrement, et le fait de savoir qu'elles lui faisaient confiance pour ne pas les faire tomber lui donnait le vertige.

Piper gloussa à côté de lui et Ace sut sans l'ombre d'un doute que c'était ce qu'il voulait. Une femme à ses côtés et une famille. La femme n'était peut-être pas Piper, et la famille n'était peut-être pas ces précieuses filles dans ses bras... mais oh, comme il voulait qu'elles le soient.

Cette nuit-là, quand ils terminèrent leur journée de marche, Rocco et les autres pensèrent que la zone était assez sûre pour un petit feu. Ils n'en avaient pas besoin pour la chaleur, mais la lumière et la sécurité qu'il offrait donnaient à Piper l'impression d'être simplement en camping avec des amis. Elle en oubliait presque les rebelles armés qui avaient tué sa meilleure amie et qui lui feraient la même chose s'ils les rattrapaient.

Sinta et Rani s'étaient endormies sur une petite palette qu'Ace leur avait préparée. Kemala était assise de l'autre côté du feu, aussi loin que possible de Piper, ce qui la blessait, mais elle ne pouvait rien faire contre l'attitude de l'adolescente à son égard en ce moment.

Elle avait enlevé ses chaussures et emprunté des chaussettes. Ace avait encore une fois soigné ses pieds, et ils étaient tous assis autour du feu, bavardant tranquillement. Elle savait, d'après la conversation des gars pendant leur marche, que Rocco et Gumby avaient des petites amies sérieuses. Gumby était fiancé.

— Comment votre fiancée supporte-t-elle le fait que vous soyez parti en mission ? lui demanda Piper.

Il était assis le dos contre un tronc d'arbre, et il la regarda en souriant.

— Aussi bien qu'elle le peut. Je ne vais pas mentir, c'est dur. Pour nous deux. Mais elle a Hannah et Caite, ainsi que les femmes de nos autres amis des SEAL.

— Vous avez des filles ? demanda-t-elle.

Gumby eut l'air confus pendant une seconde, puis se mit à rire.

— Non, désolé. Hannah est notre pitbull, et Caite est la petite amie de Rocco.

Piper jeta un coup d'œil à Rocco.

— C'est bien que votre petite amie s'entende avec celle de Gumby.

Au lieu d'être simplement d'accord, Rocco se concentra sur elle avec un air si sérieux que Piper ne put s'empêcher de se sentir nerveuse sans raison.

— Caite et Sidney ne s'entendent pas. Elles sont proches. Très proches. Sortir ou être mariée à un Navy SEAL n'est pas une promenade de santé. Quand nous partons en mission, nous ne pouvons pas dire à nos proches où nous allons, ce que nous allons faire, ni quand nous reviendrons. C'est très stressant, et je dois admettre que j'ignore pourquoi une femme voudrait être impliquée dans ce genre de relation.

Assis à côté de Piper, Ace grogna sur son ami, et Piper réagit sans réfléchir et posa sa main sur sa cuisse. Il se tut aussitôt à son contact. Piper ne détourna pas le regard de Rocco. Elle voulait vraiment comprendre et entendre ce qu'il disait.

— Je serai le premier à admettre que les militaires peuvent être des crétins, continua Rocco. Ce n'est pas difficile de trouver une femme qui cherche un peu de sexe. Notre travail est éprouvant pour les nerfs, et beaucoup trop de soldats et de marines que je connais utilisent le sexe comme anti-stress. Le sexe avec des femmes qui ne sont pas leurs épouses ou leurs petites amies, je précise.

— Mais vous ne le faites pas, répondit Piper, sûre d'elle.

Il renifla.

— Non, je ne le fais pas. Et aucun des hommes assis autour de ce feu avec moi ne le ferait non plus. Nous avons vu le pire de l'humanité. Nous avons vu des hommes pousser leurs femmes et leurs enfants dans la ligne de tir pour se donner le temps d'échapper à l'ennemi. Nous avons vu des femmes vendre leurs enfants à des étrangers pour avoir quelques dollars dans leur poche. Je ne peux pas imaginer faire quoi que ce soit qui pourrait nuire à ma Caite. Que ce soit moralement ou physiquement. Je préfère mourir moi-même que de la tromper. Elle a vraiment failli donner sa vie pour la mienne, et je me tirerais une balle dans la tête avant de faire quoi que ce soit qui pourrait la faire douter de moi ou de mon amour pour elle.

Piper soupira. Elle voulait ce genre d'amour. Elle le désirait. Mais elle n'avait jamais été proche de le ressentir ou de l'expérimenter. Puis quelque chose dans les paroles de Rocco la fit tiquer.

— Elle a presque donné sa vie pour la vôtre ?

Rocco fit un signe de tête.

— Oui. Gumby, Ace et moi étions en mission et nous nous étions mis dans une situation délicate. Il est probable que nous n'en serions pas sortis vivants... sans Caite. Quand je lui ai posé un lapin pour notre rendez-vous, elle s'est inquiétée, a compris où j'étais et est venue me sauver.

Piper savait que ses yeux étaient écarquillés, mais elle ne pouvait pas s'en empêcher. Elle se tourna pour fixer Ace.

— Vraiment ?

Il fit un signe de tête.

— Oui.

— Putain de merde, soupira-t-elle.

— On a tous réalisé qu'on avait quelques regrets. Des choses que nous n'avions pas encore faites. Une des choses que je regrettais le plus était de ne pas avoir de chien, dit Gumby, sans aucune trace de gêne dans ses paroles. J'en avais toujours voulu un, mais je me disais qu'il ne serait pas juste de le laisser durant une mission.

Comme il ne continuait pas, Piper demanda :

— Et vous en avez un ?

— Oui. Un jour, Hannah est pratiquement tombée à mes pieds, pour ainsi dire. J'étais en voiture, m'occupant de mes affaires, et j'ai vu une femme se battre avec un gars. Je me suis arrêté pour lui botter les fesses et j'ai réalisé qu'ils se battaient pour un chien. Un pitbull qu'il avait maltraité

— Est-ce qu'elle va bien maintenant ?

Gumby sourit.

— Oui, elle est géniale.

— Et la femme ? insista Piper.

— Elle est géniale aussi. On va se marier plus tard ce mois-ci.

— Elle est d'accord avec ce que vous faites, alors, répondit Piper.

Gumby hocha la tête et devint sérieux.

— Comme l'a dit Rocco, ce n'est pas facile… pour aucun de nous. Elle me manque tout autant que je lui manque. Je m'inquiète pour elle autant qu'elle s'inquiète pour moi.

— Ce n'est pas la même chose, protesta Piper. Vous êtes ici à vous faire tirer dessus et pas elle.

— Mais j'ai cinq hommes en qui j'ai implicitement confiance derrière moi. Je suis sûr qu'ils feraient tout ce qu'il faut pour que je puisse rentrer chez moi et retrouver ma Sidney. Mais Sidney pourrait se faire renverser par une voiture pendant mon absence. Ou avoir une crise cardiaque. Ou tomber et ne pas pouvoir appeler à l'aide. Beaucoup de choses pourraient lui arriver à la maison, et je ne serai pas là pour elle. C'est ce qui est difficile pour nous. Nous sommes protecteurs. Probablement plus que d'autres hommes à cause de ce que nous avons vu et fait dans notre vie. Alors quitter son foyer est aussi dur pour nous que notre départ l'est pour nos femmes.

Piper y réfléchit un instant. Elle pouvait le comprendre. Son regard se porta sur Sinta et Rani, qui dormaient profondément l'une à côté de l'autre. L'idée de les quitter et de retourner en Californie était aussi douloureuse que de perdre Kalee. Que deviendraient ces filles ? Quelqu'un allait-il profiter d'elles ? Seraient-elles blessées ? Quelqu'un déciderait-il que vendre leur corps était un moyen facile de joindre les deux bouts ?

Il y avait tant de choses qui pouvaient arriver aux filles

après son départ, même après avoir fait tout ce qui était possible pour assurer leur sécurité. L'idée de tout simplement s'en aller était répugnante.

Faisant de son mieux pour mettre ces pensées de côté – c'étaient des soucis pour demain –, Piper demanda à Rocco :

— Quel est votre regret ? Si vous vous sentez à l'aise pour partager.

— Ne pas avoir pu aller au rendez-vous avec Caite, répondit Rocco sans hésiter. On venait de se rencontrer, et j'avais promis que rien ne m'empêcherait de sortir avec elle, mais j'étais là, coincé dans cette putain de cave sans issue.

— Demandez à Ace ce qu'il regrette le plus, suggéra Bubba.

Piper se retourna pour regarder l'homme à côté d'elle. Ses yeux étaient rivés sur les siens, et il n'avait pas l'air le moins du monde en colère contre son ami de lui faire révéler une sorte de secret.

— Qu'avez-vous regretté ? demanda Piper.

— Ne pas avoir d'enfants, répondit Ace aussitôt.

Piper prit une grande inspiration… et ne put le quitter des yeux.

— Je sais que beaucoup d'hommes dans notre métier ne pensent pas beaucoup aux enfants. Mais nous en avons déjà parlé un peu. J'ai toujours voulu en avoir. Plus d'un. Je veux que mes enfants aient des frères et sœurs dont ils pourront être proches pour le reste de leur vie. Et quand j'ai cru que j'allais mourir, c'est ce que j'ai le plus regretté.

Il semblait y avoir des étincelles entre eux. La main de Piper se serra sur la jambe d'Ace, et elle ne put détourner son regard. Elle imaginait très facilement l'homme avec des bébés. Il serait doux et protecteur, tout en leur apprenant à être forts, à atteindre tout ce qu'ils désiraient. Oui, il ferait un père extraordinaire.

Gumby brisa le sort qui entourait Piper et Ace en posant sa question à Bubba.

— Et toi, mec ? Si tu devais mourir aujourd'hui, qu'est-ce que tu regretterais ?

Bubba déclara immédiatement :

— Ne pas avoir arrangé ma relation avec mon père.

— Il vit en Alaska, c'est ça ? demanda Rex.

— Oui. À Juneau. On ne peut pas y aller en voiture, il n'y a pas de routes pour entrer ou sortir. Il faut y aller en avion ou en bateau. Je détestais cette ville et je suis parti dès que j'ai pu. Mais il l'aime, et après la mort de ma mère quand j'étais petit, il a refusé de partir parce que c'est là qu'il disait se sentir le plus proche d'elle. Mon frère jumeau, Malcom, y vit toujours aussi.

— Vous devriez appeler votre père à votre retour, ajouta Piper. La vie est trop courte pour avoir des regrets.

Bubba lui sourit.

— Je le ferai peut-être.

— Bien.

— Et toi, Rex ? demanda Rocco.

— Je n'ai pas trop de regrets, dit Rex. Mais je pense que je devrais arrêter d'admirer l'infirmière que j'ai vue sur la base et aller lui parler.

— Laquelle ? demanda Ace.

— Avery.

— La grande rousse avec les taches de rousseur ? demanda Gumby.

— C'est elle. Je l'ai vue dans l'hôpital de la base. Elle est mignonne.

— Mignonne ? dit Piper en fronçant un peu le nez. Voici un conseil. Je ne suis pas sûre qu'une femme veuille être qualifiée de « mignonne ». Jolie, belle, forte, efficace, ou un tas d'autres adjectifs. Mais « mignonne » donne à la plupart d'entre nous l'impression d'avoir huit ans et de porter des nattes.

Rex se mit à rire.

— C'est noté. Merci.

— Phantom ? demanda Bubba. Et toi ? Des regrets ?

— Oui, dit l'homme le plus silencieux. Ne pas avoir pris les trente secondes supplémentaires qu'il aurait fallu pour sortir Kalee de ce trou et la ramener avec nous.

Et après avoir lâché cette bombe, Phantom se leva et partit dans la jungle sombre.

Personne n'ajouta un mot après son départ, comme s'ils n'étaient pas sûrs de ce qu'il fallait dire. Piper fixa ses mains revenues sur ses genoux, et se mordit la lèvre, faisant de son mieux pour ne pas pleurer. Elle avait essayé de suivre le conseil d'Ace et de ne pas s'en vouloir pour la mort de Kalee, mais c'était vraiment difficile, surtout en sachant que Phantom lui reprochait probablement, ainsi qu'aux filles, de ne pas avoir pu mener à bien sa mission.

Étonnamment, c'est Kemala qui brisa le silence.

— J'aurais aimé ne pas crier sur ma mère le jour de sa mort. Après ça, j'ai été envoyée au foyer.

Tout le monde se retourna pour fixer l'adolescente en état de choc, mais ce fut Ace qui réagit. Il se mit rapidement debout et se dirigea vers l'autre côté du feu pour s'agenouiller à côté de la jeune fille.

— Ta mère a été tuée ?

Kemala fit un signe de tête.

— Papa était fou.

Même de là où elle se trouvait, Piper vit un muscle de la mâchoire d'Ace se serrer.

— Il t'a envoyée à l'orphelinat ?

Elle hocha à nouveau la tête.

— Mais je suis heureuse. Il était méchant. Maman était gentille.

Ace tendit lentement une main et la passa sur la tête de Kemala.

— Je suis désolé, petite. Ça a dû être dur.

Elle déglutit et hocha la tête.

— Mais vous les hommes, vous ne frappez pas.

Ace garda sa main sur sa tête, et c'était comme s'ils étaient seuls au monde à ce moment-là.

— Un homme bon ne frappe jamais ses enfants. Ou sa femme. Ou n'importe quelle femme. Tu mérites mieux, Kemala. Souviens-toi toujours de ça. Il vaut mieux être seule que d'être avec un homme qui te fait du mal.

— Pourtant, je devrai me marier avec un homme, chuchota-t-elle.

Ace secoua la tête.

— Non, ce n'est pas vrai. Tu peux vivre une bonne vie sans être mariée si c'est ce que tu veux. Ne laisse pas un homme te frapper. Ce n'est pas bien. Tu vaux plus que ça.

Piper se mit à pleurer. Elle n'avait jamais entendu Kemala parler autant, et ce qu'elle disait lui brisait le cœur. Mais ce que faisait Ace pour s'assurer que la jeune fille soit valorisée lui arrachait des larmes.

Beckett Morgan était destiné à être père. D'après son comportement avec Kemala, Sinta et Rani, il ferait un excellent père.

— Il a raison, ajouta Rocco. Tout homme qui utilise ses poings pour obtenir ce qu'il veut est mauvais.

Piper savait qu'il utilisait des mots simples pour que Kemala comprenne.

Cette dernière tourna la tête, regarda Piper de l'autre côté du feu et dit :

— La vie en ville est dure. Il y a trop d'hommes. Pas de choix pour Kemala.

Ses yeux étaient morts, il n'y avait aucune émotion.

Les larmes de Piper se mirent à couler de plus en plus, et la culpabilité sembla l'étouffer. Elle comprenait ce que Kemala disait. Juste avant que le chaos ne s'installe et que les rebelles n'attaquent l'orphelinat, Kalee et le directeur de l'orphelinat discutaient de la chance qu'ils avaient d'être dans les montagnes, car les filles des villes n'avaient pas autant de choix quant à leur avenir. Comme elles n'avaient pas de famille, elles étaient généralement données à tout homme qui faisait un « don » acceptable aux orphelinats surpeuplés.

C'était vraiment écœurant, et Piper était heureuse que, même si la vie était dure dans les montagnes, elle n'impliquait pas d'être vendue à l'homme qui déciderait qu'il voulait se marier avec une enfant.

Kemala avait évidemment entendu cette conversation aussi. Et comme elle approchait de l'âge où la plupart des filles étaient mariées, elle savait ce qui l'attendait en ville.

En fermant les yeux, Piper baissa la tête. Elle se sentait si mal pour la jeune fille. Elle voulait lui dire qu'elle souhaitait l'adopter et la ramener aux États-Unis afin qu'elle n'ait pas à se soucier de se marier avec un homme qu'elle n'aimait pas. Mais elle ignorait si ce serait possible. La dernière chose qu'elle voulait, c'était de lui donner de l'espoir pour ensuite la décevoir.

Le regard de Piper revint sur Rani et Sinta, qui dormaient profondément à proximité. Elles aussi. Il leur restait probablement encore quelques années avant d'être envoyées vivre avec un homme inconnu.

Ace n'ajouta rien d'autre, il s'assit simplement par terre à côté de Kemala et la prit dans ses bras. Étonnamment, la jeune fille se laissa faire et posa sa tête sur la poitrine d'Ace. Ils restèrent tous silencieux après cela. Il n'y avait plus rien à dire.

Au bout d'un moment, les hommes se levèrent et se dirigèrent vers les points de reconnaissance qu'ils avaient repérés avant le coucher du soleil. Ils monteraient la garde cette nuit, comme la veille. Même si le danger n'était pas aussi grand là où ils se trouvaient, personne ne prendrait de risques.

Ace se leva et éteignit le feu, puis tendit la main à Piper. Elle l'utilisa pour se mettre sur ses pieds à son tour. Comme la nuit précédente, il se coucha et installa Piper sur sa poitrine. Kemala s'installa un peu plus loin.

L'esprit de Piper était perturbé. Le désir de trouver un moyen de garder les filles était de plus en plus pressant. Ce ne serait pas facile, elle devrait peut-être passer plusieurs semaines dans la capitale à essayer de comprendre les formalités administratives et à obtenir les documents nécessaires pour ramener les filles aux États-Unis... mais elle ne pouvait pas se défaire du sentiment qu'elles étaient destinées à être à elle.

Après avoir entendu les paroles de Kemala ce soir, le simple fait de déposer les trois filles dans un orphelinat de la ville semblait de moins en moins être une option viable.

C'était de la folie. C'était une femme célibataire de trente-deux ans. Bien qu'elle gagne un salaire décent, elle vivait dans un appartement avec deux chambres. Elle ne pouvait pas compter sur ses grands-parents pour l'aider, car chaque centime de leur retraite servait à payer la résidence de retraite dans laquelle ils avaient emménagé il y a quelques années.

C'était fou d'envisager d'adopter ces filles, mais maintenant que la graine était plantée encore plus profondément, elle ne pouvait pas se défaire du sentiment que c'était la meilleure chose à faire. Pour Kalee, dont le dernier acte avait été de les sauver ; pour M. Solberg, qui voudrait conserver un lien avec sa fille disparue ; et pour les filles elles-mêmes.

— À quoi pensez-vous si fort ? demanda doucement Ace.

Piper se contenta de hausser les épaules. Elle ne voulait pas qu'il essaie de l'en dissuader ou qu'il lui fasse des promesses vides de sens concernant la sécurité des filles. À ce moment précis, elle se sentit beaucoup plus proche de ce que Phantom avait dû ressentir en regardant Kalee dans ce trou.

Elle ne partirait pas sans elles. Elle ignorait comment s'y prendre, mais elle y parviendrait.

Ace déclara :

— Les choses iront mieux demain matin. Moi et les gars, on fera tout ce qu'on peut pour vous faciliter les choses. Dormez un peu.

Elle aurait aimé qu'il parle de faire sortir les filles du Timor Oriental, mais elle savait qu'il voulait dire les installer dans un orphelinat de la ville. Pour le moment, elle devait garder ses plans pour elle... au moins jusqu'à ce qu'elle ait plus d'informations.

D'après ce que Rocco avait dit plus tôt, ils prévoyaient de se rendre à l'ambassade des États-Unis à Dili dès leur arrivée. Leur commandant travaillait avec les autorités pour remplacer son passeport afin qu'elle puisse quitter le pays. Pendant qu'elle serait là-bas, elle trouverait un moyen de demander des renseignements sur la façon d'adopter Rani, Sinta et Kemala.

En accord avec elle-même par rapport à cette décision, et même si elle avait peur, Piper hocha simplement la tête et se détendit contre le corps d'Ace. Malgré tout ce qui lui passait par la tête, elle s'endormit en quelques instants.

* * *

Le commandant Storm North serra les lèvres en signe de sympathie et fixa Paul Solberg. Ce n'était pas un homme heureux. Il venait d'être informé que sa fille avait été tuée au Timor Oriental, et les SEAL qui avaient été envoyés pour la récupérer avaient dû laisser son corps derrière eux pour escorter Piper et trois orphelines hors des montagnes.

— Ce n'est pas ce qui devait se passer, déclara Solberg sur un ton angoissé. Vos hommes ont été envoyés là-bas pour faire sortir Kalee ! Que s'est-il passé ?

— Nous n'avons pas encore tous les détails, dit Storm à l'homme désemparé.

— Avez-vous au moins quelque chose à me dire ? demanda Solberg. Vous dites que Piper a été secourue... étaient-elles ensemble ? Comment Piper a-t-elle survécu et pas Kalee ? Y a-t-il eu une fusillade ? Est-ce que ma fille s'est mise dans la ligne de mire pour aider les autres ? Elle n'aurait pas pu faire autrement.

— Je ne sais vraiment pas, ajouta le commandant à voix basse. Dès que je pourrai contacter mes hommes, une fois qu'ils seront dans la capitale, j'en saurai plus.

Storm regarda le vieil homme tenter de contrôler ses émotions. Il était évident que Paul aimait sa fille et qu'il était dévasté. Annoncer les décès était l'une des tâches les plus difficiles du commandant, et cette fois-ci ne faisait pas exception.

Solberg se racla la gorge et dit en s'éloignant :

— Quand Kalee a décidé de rejoindre le Corps de la Paix, je n'étais pas ravi, mais je pensais avoir eu de la chance et lui avoir obtenu un poste dans un pays sûr. J'aurais dû mettre les pieds dans le plat et refuser de la laisser partir. Kalee avait un trop grand cœur. Elle se souciait de tout le monde... Une fois que les SEAL auront emmené Piper à la capitale, vont-ils retourner chercher ma Kalee ? Ils ne peuvent pas la laisser là-bas.

— Encore une fois, monsieur, je dois parler à mes hommes avant de pouvoir répondre définitivement à quoi que ce soit. La zone est évidemment instable, et avec les rebelles qui prennent le contrôle de la région montagneuse autour de Dili, il faudra probablement plusieurs semaines, voire plusieurs mois avant que les choses soient assez sûres pour tenter une quelconque mission de sauvetage.

Storm détestait être le porteur de telles mauvaises nouvelles, mais il ne voulait pas mentir au pauvre homme sur leurs chances.

Solberg ne dit rien pendant un long moment durant lequel la tension était palpable. Puis il redressa les épaules et dit simplement :

— Je vois. Vous appellerez quand vous aurez plus d'informations pour moi ?

— Oui, bien sûr, promit Storm.

Puis M. Solberg fit un mouvement de tête et dit :

— J'apprécie que vous soyez venu chez moi pour m'annoncer la nouvelle personnellement.

Reconnaissant un congé lorsqu'on le lui signifiait, le commandant North hocha la tête.

— Je vous contacterai dès que possible. Je suis désolé pour la perte de votre fille.

Sans dire mot, Paul l'accompagna jusqu'à la porte d'entrée. Pas une parole de plus, et après que M. Solberg eut fermé la porte derrière lui, Storm n'arriva pas à déterminer si la terrible annonce s'était bien passée ou non.

Bien sûr, l'homme était bouleversé pour sa fille… mais il se passait autre chose derrière ses yeux que Storm était incapable d'identifier. Il était dans les marines depuis longtemps, et il avait annoncé plus de décès qu'il ne pouvait en compter. Chaque personne réagissait un peu différemment à l'annonce de la perte d'un être cher. Mais il y avait quelque chose dans la réaction de Paul Solberg qui semblait… déplacé.

En secouant la tête, le commandant se dirigea vers sa voiture. Il ne prit pas le temps de réfléchir. Il devait regarder les cartes de la zone autour de Dili et essayer de trouver un plan pour aider ses SEAL, et Piper Johnson, à sortir du Timor Oriental en un seul morceau. Les renseignements avaient indiqué que les rebelles quittaient rapidement les montagnes pour se diriger vers la capitale. Et s'il ne faisait pas sortir son équipe avant que cela n'arrive, leur extraction deviendrait beaucoup plus difficile.

* * *

À la seconde où la porte se referma derrière Storm North, Paul Solberg se retourna et revint dans son salon. Il resta immobile jusqu'à ce qu'il entende le véhicule à l'extérieur démarrer et repartir.

Puis il cria « MERDE ! » à pleins poumons.

La douleur et la colère qu'il ressentait à l'intérieur étaient atroces – et cela lui donna envie de tordre le cou de Piper Johnson.

C'était elle qui avait toujours encouragé sa petite fille à s'attirer des ennuis. Elle avait même encouragé la décision de Kalee de rejoindre le Corps de la Paix ! Il n'avait aucune idée de la raison pour laquelle Kalee s'était liée d'amitié avec elle il y a si longtemps. Il ne l'avait jamais aimée. Elle était un peu comme un parasite. Sa fille était belle et vive ; Piper était simple et timide. Sa fille était riche ; elle allait faire de grandes choses de sa vie. Piper quittait rarement son appartement.

Elle était indigne de Kalee. Dans tous les sens du terme.

Il savait qu'elle avait quelque chose à voir avec la mort de Kalee. Mais la marine ne lui aurait probablement jamais dit si tel était le cas.

Son esprit vagabondait entre les hypothèses de ce qui avait pu arriver. Piper avait probablement paniqué et s'était mise à crier, attirant l'attention et faisant tuer Kalee dans le chaos. Ou peut-être que Piper avait couru paniquée et que Kalee s'était fait tirer dessus en essayant de la poursuivre.

Ou bien sa loyale et généreuse Kalee s'était sacrifiée pour Piper...

Paul arpentait son salon à pas furieux pendant que son esprit bouillonnait. Pendant des semaines, il n'avait pas dormi plus quelques minutes chaque nuit, attendant des nouvelles. Trop distrait pour travailler, pour manger... Il avait une migraine atroce – pas la première ces derniers jours – et il ne pouvait s'empêcher de penser à sa petite fille, qui avait souffert et était morte seule, sans défense, terrorisée. Les images se gravaient dans son cerveau, l'une après l'autre, et elles ne voulaient pas disparaître.

Quelqu'un allait payer pour la mort de Kalee. Et ce quelqu'un était Piper Johnson. Elle était la raison pour laquelle sa fille était morte. Ce ne pouvait être qu'elle.

Et elle allait regretter le jour où elle avait décidé d'aller au Timor Oriental. Il ferait tout ce qui était en son pouvoir pour s'en assurer.

# CHAPITRE SIX

Ace poussa un soupir de soulagement en voyant la ville de Dili. La matinée avait été un peu tendue après les confessions de Phantom et Kemala la nuit précédente. Mais ils étaient partis au lever du soleil et avaient atteint une ville assez grande qui ne semblait pas encore avoir été infiltrée par les rebelles. Il y eut quelques heures d'angoisse alors qu'ils essayaient de trouver quelqu'un prêt à les conduire, mais ils réussirent finalement à conclure un accord avec deux hommes qui acceptèrent de les transporter en ville, moyennant une certaine somme. Ils s'entassèrent rapidement dans deux camionnettes et prirent la direction de la capitale.

À l'arrière d'une des camionnettes se trouvaient Rani, Sinta, Piper, Rocco et Bubba. Phantom, Rex, Gumby et Kemala étaient à l'arrière de l'autre véhicule. Le vent chaud lui faisait un bien fou, et Ace ferma les yeux une seconde pour réaliser qu'ils avaient enfin réussi à quitter la montagne.

Ace ne savait pas si les hommes au volant étaient conscients de la rébellion qui se déroulait dans les régions reculées de leur pays, mais cela n'avait pas d'importance. Il était simplement heureux qu'ils aient trouvé un moyen de transport et qu'ils aient pu faire sortir Piper et les filles.

Elle était venue dans le pays pour rendre visite à son amie et pour de courtes vacances, et avait presque perdu la vie. Elle était également tombée amoureuse de trois orphelines, comme l'avait fait Ace.

Et il ne pouvait pas nier l'étincelle qui semblait s'allumer chaque fois que Piper le regardait.

Ace avait certainement vu sa part de coïncidences, mais il ne pouvait s'empêcher de penser que sa vie et celle de Piper étaient désormais liées par les mains inconstantes du destin.

Rani se mit à rire et Ace se retourna pour fixer la petite fille. Elle était penchée sur le bord de la benne de la camionnette et Piper la tenait par le t-shirt. Il était évident que pour la petite fille de quatre ans, c'était l'expérience la plus excitante de sa vie. C'était probablement le cas. Ses cheveux s'envolaient dans tous les sens et il avait le sentiment qu'il serait quasi impossible de les brosser, mais il n'avait pas le cœur de lui dire de s'arrêter, de la tirer en arrière, à cause du petit bonheur que le vent sur son visage et dans ses cheveux lui procurait.

Sinta était juste à côté d'elle, mais bien qu'elle se penchât moins en dehors du camion, elle souriait autant que Rani.

Le fait de voir les deux fillettes profiter d'un plaisir aussi simple le fit sourire. C'était différent de voir le monde de leur point de vue. Innocent et joyeux.

Piper surprit son regard et lui adressa un petit sourire. Elle avait vécu l'enfer. Ses cheveux étaient ébouriffés et sales, ses vêtements étaient couverts de boue, elle avait perdu sa meilleure amie... et pourtant, la voilà, souriante.

Ace avait besoin de quelqu'un comme elle dans sa vie. Quelqu'un qui pouvait voir le bon côté des choses même lorsqu'il n'y avait que le mal autour. Il avait besoin de cet optimisme. De cette bonté.

Il était maintenant certain qu'il n'avait pas besoin de quelqu'un comme Piper. Il avait besoin de Piper.

Alors que cette pensée lui traversait l'esprit, Piper tourna à nouveau son attention vers Rani et Sinta.

Mais il aurait tout le temps de la convaincre de mieux le connaître à leur retour aux États-Unis. Il devrait faire preuve d'intelligence et ne pas précipiter Piper dans quoi que ce soit pour le moment. Elle aurait beaucoup de choses à régler une fois rentrée chez elle. Perdre Kalee, parler au père de son amie, gérer la perte des filles avec lesquelles elle s'était manifestement liée. Avec un peu de chance, il pourrait l'aider dans tout ce processus.

Les camionnettes ralentirent à l'approche de la ville et la circulation s'intensifia. Une fois arrivés à la périphérie, il leur fallut encore une heure pour atteindre la côte. Le plan était de se rendre dans une auberge que leur commandant leur avait réservée avant de se rendre à l'ambassade américaine pour régler les formalités administratives de Piper. Rocco l'avait à nouveau contacté alors qu'ils étaient en route pour la ville. Ace savait aussi que la visite de l'orphelinat le plus proche était à l'ordre du jour.

L'idée était déprimante. Et si c'était déprimant pour lui, il savait que ce serait dévastateur pour Piper et les filles.

Les camions s'immobilisèrent devant une clôture turquoise et brillante qui entourait un bâtiment d'apparence quelque peu délabré. Le panneau devant l'immeuble annonçait *Casa Hinha*.

— Qu'est-ce que c'est ? demanda Piper.

Elle était assise au fond du camion, avec Rani et Sinta à ses côtés.

— C'est une auberge de routards, lui répondit Rocco. Je sais que ce n'est pas un hôtel chic, mais on m'a rassuré en me disant qu'il y a de l'eau chaude dans les douches. Nous avons pensé qu'il valait mieux se fondre dans la masse et faire profil bas que de descendre dans un des hôtels les plus chics.

Les yeux de Piper s'illuminèrent.

— De l'eau chaude ? Ce sont des mots magiques. Je me fiche de son nom ou de son apparence, tant que je peux me laver.

Ace sauta de l'arrière du camion.

— Allez. Je ne sais pas pour vous, mais j'ai plus qu'envie d'être à l'abri du vent.

Piper fit un signe de tête enthousiaste et stabilisa les filles alors qu'elles se tenaient debout et se dirigeaient vers Ace.

Rani tendit les bras et Ace lui sourit. Il ne se lasserait jamais de leur confiance et de leur innocence. Il souleva la petite fille du camion et lorsque ses pieds furent sur le sol, il dit doucement :

— Reste à mes côtés, Rani. C'est dangereux en ville, ne t'enfuis pas.

Il attendit qu'elle fasse un signe de tête avant de se retourner pour atteindre Sinta. Elle mit ses bras autour de ses épaules sans hésiter lorsqu'il la souleva de l'arrière du camion. Il remarqua qu'elle prit la main de Rani dès qu'elle fut à terre, et elles cherchèrent Kemala, qui sortait de l'autre camion.

Le temps qu'Ace revienne pour aider Piper, elle était déjà arrivée au bord de la plateforme du camion.

— Comment vont vos pieds ? demanda-t-il en lui tendant la main afin d'assurer son équilibre pendant qu'elle sautait.

— Ils vont bien. Les aérer la nuit dernière a suffi. Ça, et la dernière paire de chaussettes propres que vous m'avez donnée ce matin.

— Bien. S'ils redeviennent douloureux, prévenez-moi et nous trouverons un médecin avant de rentrer.

À ces paroles, elle fronça les sourcils, et Ace eut envie de se frapper pour lui avoir rappelé qu'ils allaient bientôt partir. Piper lui fit courageusement un petit sourire en inclinant la tête avant de se placer derrière Rani et Sinta en posant ses mains sur leurs épaules.

Ils attendirent tous devant la porte alors que Rocco sonnait la petite cloche située sur le côté. Cela prit un certain temps, mais finalement, une femme plus âgée se traîna jusqu'à la porte et dit quelque chose en tetum.

Rocco ouvrit la bouche pour lui dire qui ils étaient, et

pour lui expliquer qu'ils ne parlaient pas le dialecte local, mais Kemala le devança. Elle commença à parler à la femme dans leur langue maternelle – et Ace eut honte du malaise qui le traversa. Aucun d'entre eux ne savait ce que Kemala disait, et le fait que la femme n'ait pas l'air contente l'inquiétait.

Mais en moins d'une minute, la vieille femme ouvrit la porte.

— Bienvenue, dit-elle dans un anglais au fort accent.

Ce devait être tout ce qu'elle savait dire, car elle recommença immédiatement à parler en tetum.

Le groupe la suivit dans le petit espace sombre. Ils étaient à environ trois blocs de l'océan, mais la brise côtière ne pénétrait pas dans l'auberge. L'air était étouffant et vicié, mais après ce que Piper et les filles avaient vécu, elles ne parurent pas s'en apercevoir. Ou alors, elles ne s'en souciaient pas.

La femme les conduisit dans une chambre avec quatre lits superposés et fit un geste aux hommes.

— Les garçons dorment ici, traduisit Kemala.

Ace secoua immédiatement la tête.

— Non. Dis-lui que nous ne dormons pas séparément de toi et des autres filles.

Kemala le regarda fixement pendant un instant, comme si elle voulait dire quelque chose, mais elle finit par se retourner vers la femme et elles eurent une longue et interminable conversation. La femme plus âgée n'était manifestement pas satisfaite mais elle finit par grogner, hocher la tête, avant de se retourner pour quitter la pièce.

— Qu'est-ce qu'elle a dit ? demanda Gumby.

Kemala haussa les épaules.

— Elle n'aime pas ça. Les garçons et les filles ne devraient pas dormir dans la même chambre. Elle a dit oui, mais nous devons dormir ici sur le sol.

Ace serra les dents.

— Quel enfer, murmura-t-il.

— Doucement, mec, dit Rocco, en lui prenant le bras et en éloignant Ace des autres.

Ace fronça les sourcils, baissant la voix.

— Hors de question. Je sais qu'on doit faire profil bas, mais c'est des conneries. Allons à l'hôtel Farol. C'est à un bloc d'ici et on pourra tous avoir de vrais lits.

— On est un groupe de sept Américains, rétorqua Rocco. On serait trop visibles. Sans compter que nous n'avons pas de bagages et qu'on a l'air un peu mal en point. Ils ne nous laisseront peut-être même pas entrer. On ne va pas rester ici longtemps, ça ira.

— Ce n'est pas bien, protesta Ace. J'ai promis à Piper un lit moelleux et un oreiller de plumes et regarde ce qu'elle aura.

Il montra l'endroit où Piper, Rani et Sinta étaient censées se trouver à l'extérieur de la chambre.

Mais elles n'étaient plus là.

En allant vers la porte, Ace vit que Piper avait conduit les deux petites filles vers les lits superposés et qu'elles avaient déjà enlevé deux des matelas pour les installer au milieu de la pièce.

— Tu vois ? On peut tous très bien s'installer ici. Tout comme nous l'avons fait dans la jungle, dit-elle à Sinta alors qu'elle était assise au milieu d'un matelas.

Rani et Sinta ricanèrent et la rejoignirent, sautant sur le vieux matelas plat comme si c'était un grand lit du Ritz Carlton.

— Ça va marcher, murmura Rex. Nous pouvons ajouter un ou deux matelas supplémentaires et surveiller à tour de rôle pour que nous puissions tous dormir.

Ace n'aurait pas dû être surpris que Piper ait rendu une mauvaise situation amusante pour les filles. Elle l'avait surpris dès le premier instant où il l'avait rencontrée. Il savait qu'elle tuerait probablement pour avoir son propre lit après avoir passé la semaine dernière à dormir contre les filles ou à utiliser son corps comme matelas, mais elle avait trouvé un moyen de tirer le meilleur parti de leur situation actuelle sans faire de crise.

Rocco posa sa main sur l'épaule d'Ace. À voix basse, pour que Kemala ne puisse pas l'entendre, il reprit :

— Nous devons prendre une douche et donner d'autres vêtements aux filles. Piper aussi. Aussi... Le commandant North a appelé le seul orphelinat d'État de la capitale après m'avoir parlé plus tôt, et ils ont dit qu'ils étaient vraiment complets et ne pouvaient plus prendre d'enfants. Il a même offert – selon lui – une bonne somme d'argent, et ils ont quand même refusé.

— Merde. Et maintenant ? demanda Ace.

— Il a réussi à trouver un autre foyer privé pour les enfants orphelins. Il est dirigé par une femme nommée Amisha, mais il y avait peu d'autres détails.

Ace voulut protester. Il voulait demander ce que la femme y gagnait, mais il ne dit rien. Ils n'avaient vraiment pas d'autre choix pour le moment.

— Bien, mais je veux emmener Piper visiter avant qu'on se mette d'accord sur quoi que ce soit.

Rocco fit un signe de tête.

— Je m'en doutais. On a rendez-vous dans deux heures avec Amisha pour visiter sa maison. Deux d'entre nous peuvent aller avec Piper à l'orphelinat privé et deux peuvent rester ici avec les filles.

— Et les deux autres ? demanda Ace.

— Ils vont se rendre à l'ambassade américaine et commencer les démarches pour qu'on se tire d'ici. Le commandant les a contactés, et ils attendent de voir certains d'entre nous aujourd'hui. Ils savent pourquoi nous sommes ici. Nous allons prendre un avion militaire australien et quand Piper aura vu un médecin à Sydney, nous prendrons un autre avion militaire pour rentrer en Californie.

Ace fit un signe de tête. Il n'avait pas été informé des conversations entre Rocco et leur commandant, en partie parce qu'il avait passé beaucoup de temps avec Piper et les filles, mais le plan d'extraction semblait correct.

Gumby, assez proche pour entendre leur conversation, déclara :

— Phantom et moi pouvons sortir et trouver des vêtements pour Piper et les filles... au moins pour les aider.

Ace fit un signe de tête.

— Et quelques petites choses à grignoter. Elles ont probablement faim et doivent en avoir marre des rations maintenant. Oh, et regarde si tu peux trouver à Rani et Sinta une peluche ou un jouet ou quelque chose comme ça ? Ça pourrait les aider à s'acclimater. Et je ne sais pas ce que Kemala aimerait, mais peut-être quelque chose de spécial pour elle aussi.

Gumby ne put s'empêcher de sourire et Rocco fit de son mieux pour cacher le sien, sans vraiment y arriver.

— Quoi ? demanda Ace sur la défensive.

Gumby fit une tape dans le dos d'Ace et dit :

— Rien. Je vais voir ce que Phantom et moi pouvons trouver.

— Merci. J'apprécie.

Le regard d'Ace se porta sur le lit de fortune au milieu du plancher, et il vit que Piper avait trouvé un morceau de papier quelque part, probablement dans le petit bureau au fond de la pièce, et qu'elle écrivait pendant que Rani et Sinta la regardaient avec des yeux écarquillés. Elle était à genoux au milieu du matelas et parlait tranquillement avec les filles alors que sa main se déplaçait sur le papier.

Curieux, Ace se rapprocha. Elle était en train de dessiner quelque chose. Au bout de quelques minutes, elle tendit l'esquisse à Sinta, posa le stylo et s'assit.

Rani frappa dans ses mains avec enthousiasme, et Sinta s'exclama :

— Nous !

— Exactement, Sinta, c'est nous, dit Piper.

Ace ne put s'en empêcher ; il se pencha plus près et regarda le papier dans les mains de Sinta.

Piper s'était dessinée à l'arrière d'une camionnette. À côté d'elle se trouvaient les trois filles. Elle les avait dessinées toutes les quatre en souriant et le vent ébouriffait leurs cheveux.

Ce n'était pas une image finie, simplement un dessin au trait, mais on pouvait quand même reconnaître les personnes sur le dessin. Ace pensa que Piper devait être une bonne artiste pour pouvoir gagner sa vie comme dessinatrice de bande dessinée. Il avait déjà vu certains de ses dessins auparavant, mais il était encore plus impressionné par cette démonstration de son talent brut.

— Ace, regarde ! dit Sinta en se levant et en rapprochant le papier. Nous !

— Je vois ça, Sinta. Quatre belles dames.

La petite fille rayonnait encore plus et apporta le papier à l'endroit où se tenait Kemala. Elle était appuyée contre un des lits superposés, regardant par la petite fenêtre couverte de barreaux.

La jeune fille y jeta un coup d'œil, dit quelque chose à Sinta en tetum et se retourna vers la fenêtre. Sinta fronça les sourcils et se retourna vers Piper.

— Qui est prêt pour une douche ? demanda Rex au groupe.

Piper tourna la tête, et Ace vit l'envie dans ses yeux. Mais au lieu de se précipiter, elle se tourna vers les filles.

— Allez, venez. C'est l'heure du spa.

Tous les trois la fixèrent du regard, ne comprenant manifestement pas.

Piper sourit et descendit du matelas. Elle remit le stylo sur le bureau et tendit les mains. Rani s'y accrocha immédiatement, mais Sinta partit vers le bureau et y déposa soigneusement le dessin de Piper. Puis elle revint à côté de Piper et saisit sa main libre.

— Kemala ? demanda Piper doucement.

Soupirant comme si on lui avait demandé de courir un

marathon, l'adolescente s'écarta du mur et se dirigea vers les autres, tête baissée en regardant le sol.

Ace voulait la réprimander. Pour lui suggérer d'avoir un peu plus de respect pour la femme qui lui avait sauvé la vie, mais il se tut. De toutes les filles, elle était la seule à savoir à quel point sa vie était sur le point de changer. Elles n'étaient plus dans les montagnes, elles étaient en ville, et leur avenir était très incertain.

Piper les accompagna vers la porte, mais Sinta s'arrêta lorsqu'elles furent sur le point de sortir et elle se retourna et tendit la main vers Ace.

— Ace aussi, dit-elle.

Piper secoua la tête.

— Pas cette fois, ma chérie. Seulement les filles.

Ace fut choqué quand les lèvres de Sinta se serrèrent et que ses sourcils se plissèrent. Elle tapa même du pied et remua sa main.

— Ace vient aussi ! dit-elle encore.

Piper le regarda, visiblement perdue. Il savait qu'il ne pouvait pas se doucher avec elles, mais il se dirigea vers le groupe. Il s'agenouilla devant Sinta et lui dit :

— Piper va t'emmener te laver. Je serai là quand tu reviendras.

Il fut consterné lorsque ses grands yeux bruns se remplirent de larmes et qu'elle secoua la tête.

— Ace protège des mauvais hommes !

Il mourrait d'envie de tendre la main à la petite fille. Si Sinta pensait qu'il pouvait la protéger des méchants, il veillerait à ne pas la quitter jusqu'à ce qu'il y soit absolument obligé.

— Il ne t'arrivera rien avec Piper, Sinta. Tu es en sécurité avec elle.

La petite fille fit un signe de tête. Elle lui caressa la barbe d'une main tout en posant sa tête sur son épaule.

— Ace protège Piper. Piper protège les filles.

— Je suppose qu'on va tous prendre une douche, dit doucement Ace.

— Phantom et moi sortons pour voir ce qu'on peut trouver à proximité pour qu'elles puissent s'habiller quand elles auront fini, dit Gumby. Ensuite, on repartira et on trouvera les autres choses sur ta liste.

Ace hocha la tête.

— Merci.

Gumby se contenta de lever les yeux au ciel.

— Faites attention là-bas, avertit Rocco. On dirait que la rébellion n'est pas encore arrivée en ville, mais cela pourrait changer en un clin d'œil. Le commandant dit que ce n'est qu'une question de temps.

Phantom et Gumby hochèrent la tête et partirent vers le hall où Ace et les filles se dirigeaient.

— Ils vont nous chercher des vêtements ? demanda Piper en se dirigeant vers la salle de bain après que Kemala le lui eut fait remarquer.

— Oui. À moins que vous préfériez remettre ce que vous portez maintenant, fit Ace.

Piper secoua la tête.

— Non... je préférerais mettre un sac à patates.

Ace ricana.

— Je suis sûr qu'ils pourront trouver quelque chose de plus approprié que ça.

Piper s'arrêta et posa sa main libre sur le bras d'Ace.

— Merci.

— Pourquoi ?

Elle eut l'air confuse.

— Pourquoi ? Pour tout ! s'exclama-t-elle. Pour avoir été si formidable avec les filles, pour avoir éloigné les bestioles, pour nous avoir sauvées, pour avoir fait en sorte que les rebelles ne nous trouvent pas, pour nous avoir donné des vêtements... tout ça.

Ace tenait Sinta dans le creux d'un de ses bras, mais il utilisa sa main libre pour lui caresser le côté du visage.

— Vous n'avez pas à me remercier pour tout ça.

— Mais...

— De rien, Piper. Je le referais mille fois et je n'attendrais pas de remerciements non plus.

Ils se fixèrent l'un l'autre pendant un long moment avant que Sinta n'allège l'ambiance en posant sa main sur l'autre joue de Piper.

— Merci, dit-elle avec un sourire.

Piper rit, et Ace ricana à nouveau.

— Tu es prête à te laver, ma petite souris ? demanda-t-il à Sinta.

Elle hocha la tête, mais n'avait pas l'air très sûre.

— Qu'est-ce qui ne va pas ? Tu n'aimes pas être propre ? demanda Ace.

Sinta se mordit la lèvre et détourna le regard.

Piper lui lança un regard confus, et Ace ne put que hausser les épaules. La petite fille semblait assez heureuse quelques instants plus tôt.

— Nous n'aimons pas les bains, dit Kemala, quelques pas devant eux.

— Pourquoi ? demanda Piper

— Faire mal.

— Les bains font mal ? demanda Ace perplexe.

Kemala acquiesça.

— Le froid fait mal.

Piper attira l'attention d'Ace, puis sourit à Kemala.

— Je pense que tu vas aimer le bain d'aujourd'hui, dit-elle.

Kemala fronça les sourcils.

Sinta tremblait dans les bras de l'homme, et il voyait Rani tenir la main de Piper d'une main angoissée. Il espérait vraiment que l'auberge avait de l'eau chaude. Il le fallait, mais sinon, au diable. Il louerait personnellement une chambre d'hôtel juste pour la journée si cela signifiait donner à ces précieux enfants leur première expérience de douche chaude.

Kemala poussa la porte de la salle de bain des femmes et Ace hésita.

— Il y a quelqu'un ? cria Piper.

Comme personne ne lui répondait, elle se tourna vers lui.

— C'est bon. Il n'y a personne à l'intérieur.

— Ce n'est pas bien, argumenta Ace en suivant Piper dans la pièce.

Il regarda autour de lui. Il y avait deux cabines de bain et des lavabos d'un côté de la pièce, et de l'autre, deux cabines de douche avec des rideaux de douche en plastique fragile tirés sur le côté.

Il se pencha et posa Sinta sur le sol et resta là, maladroitement, tandis que Piper entrait dans l'une des cabines de toilettes avec Rani.

— Tu as envie de faire pipi ? demanda Ace à Sinta.

Elle le regarda avec une expression triste et des larmes dans les yeux, et secoua la tête.

Ace se mit à genoux devant elle.

— Ne pleure pas, ma citrouille. Ça va aller.

À ses mots, elle pencha la tête.

— Citrouille ?

Il sourit.

— C'est un mot affectueux.

Elle avait encore l'air perplexe.

Ace chercha dans son esprit un mot qu'elle pourrait comprendre pour expliquer ce que « citrouille » voulait dire.

— C'est un nom amusant qui signifie que je t'aime beaucoup.

Elle fit un signe de tête.

— Ace, citrouille.

Il ne put s'empêcher de jeter sa tête en arrière et d'éclater de rire. Il devait faire attention à ce qu'il disait aux filles jusqu'à ce qu'elles comprennent mieux.

Et cette pensée fit disparaître sa gaieté. Il ne resterait pas assez longtemps avec elles pour leur apprendre l'anglais. C'était une pensée qui donnait à réfléchir. Et déprimante.

— Je ne sais pas ce qui est si drôle, mais j'entends l'eau qui m'appelle, dit Piper en sortant de la cabine avec Rani.

— Je vais attendre dehors, dit Ace en se levant et en désignant la porte avec son pouce.

— Non ! cria Sinta en l'attrapant par la taille.

— D'accord, d'accord, je n'irai nulle part, lui assura Ace, ne pouvant supporter la terreur de la petite fille.

Piper ramena Sinta auprès d'elle et s'accroupit sur le sol devant elle et Rani. Elle prit soin d'inclure Kemala dans son discours d'encouragement en la regardant constamment pendant qu'elle parlait.

— Je promets que ça ne va pas faire mal. Tu te souviens quand nous étions dans ce vide sanitaire et que j'ai juré de faire tout ce qui était en mon pouvoir pour assurer ta sécurité ? C'est la même chose. Je ne te demanderais jamais de faire quelque chose qui te ferait du mal. Je me soucie trop de toi. Je ne sais pas si cette eau sera chaude, mais si elle ne l'est pas, je ne te ferai pas prendre de douche. D'accord ?

Elle attendit un peu, et il était évident pour Ace que les filles n'avaient pas compris tout ce que Piper avait dit, mais Sinta fut la première à hocher la tête... à contrecœur. Rani hocha ensuite la tête aussi, probablement parce que Sinta l'avait fait. Kemala fixa simplement Piper, cachant ses pensées derrière un masque stoïque.

Soupirant, Piper se leva.

— Ok, je pense que puisque nos vêtements sont sales, on peut aussi bien se doucher avec, au moins pour commencer.

— Enlevez vos chaussures, Piper, ordonna Ace.

Elle le regarda et lui sourit.

— Bien sûr.

Puis elle se pencha et se mit à défaire les lacets de ses baskets, maintenant couleur boue. Elle les détacha et les plaça sous l'un des éviers, enlevant les chaussettes qu'il lui avait prêtées et les mettant à l'intérieur des chaussures.

— Je laverai les chaussettes ce soir, lui dit-elle doucement.

— Ne vous en faites pas, répondit Ace en regardant les pieds de Piper.

Il les avait déjà vus auparavant, lorsqu'il les soignait, mais à l'époque, il s'était plus préoccupé d'elle sur le plan médical. La voir debout sur le sol carrelé de la salle de bain, pieds nus, lui semblait beaucoup plus intime. Le vernis à ongles de ses orteils la rendait encore plus vulnérable.

— J'y vais en premier, qu'en pensez-vous ? dit Piper en se détournant du regard intense d'Ace.

Elle se pencha dans une des cabines de douche et fit couler l'eau. Les tuyaux grinçaient et gémissaient. La pression de l'eau laissait à désirer, mais c'était une douche. Ace regretta une fois de plus que Rocco n'ait pas dit à leur commandant de leur obtenir des chambres dans un endroit plus agréable. Avec des lits pour tous, et de vraies douches.

Mais Piper fit comme si la douche était la meilleure chose qu'elle ait jamais connue dans sa vie. Elle souriait aux filles et tenait sa main sous le petit ruisseau. Ace ne pouvait pas dire si l'eau était chaude ou froide, car Piper affichait un sourire figé. Finalement, elle le regarda et hocha la tête.

Ace poussa un soupir de soulagement.

— Viens ici, Sinta. C'est chaud. Je te le promets.

La petite fille refusa d'aller plus près de ce qu'elle pensait être une expérience horrible.

— Kemala ? Je sais que tu es contrariée et que tu ne veux rien avoir à faire avec moi, mais pourrais-tu venir ici et toucher l'eau ? Les filles t'admirent, et si elles voient que tu es d'accord, elles le seront aussi.

L'adolescente resta immobile.

— S'il te plaît ? supplia Piper.

Après une autre longue pause, Kemala se dirigea vers Piper avec à peu près le même enthousiasme que si elle allait à la guillotine. Elle se tint aussi loin de l'eau que possible et tendit la main en se penchant assez pour éviter que l'eau puisse toucher le reste de son corps.

À la seconde où sa main toucha le filet d'eau, elle frissonna et ramena sa main en arrière.

Piper lui offrit un sourire rassurant.

— Elle est chaude, dit-elle sur un ton neutre.

Kemala ramena lentement sa main vers l'eau et l'y maintint en fixant les gouttelettes éclabousser sa main.

Les genoux d'Ace faillirent lâcher quand Piper se tourna vers Sinta et Rani pour leur adresser un sourire si large que la pièce en fut presque illuminée. Elle s'adressa dans leur langue maternelle aux petites filles, et elles se rapprochèrent de la douche avec hésitation.

Ace regarda ses quatre filles côte à côte dans la petite cabine de douche, et qui souriaient comme si on venait de leur offrir le plus beau cadeau de leur vie.

— Tu vois ? Elle est chaude. Ça ne te fera pas mal. En fait, je peux vous garantir que vous n'avez jamais rien ressenti d'aussi divin qu'une douche chaude, déclara Piper.

Il y avait une vieille barre de savon dans le coin de la douche, et Ace se doutait bien qu'en d'autres circonstances elle n'aurait jamais touché cette chose répugnante, mais Piper l'attrapa et fit mousser ses mains. Puis elle saisit les mains de Rani et y transféra les bulles.

— Frottez vos mains ensemble, comme ceci, leur montra-t-elle.

Alors que Rani se lavait les mains, elle savonna les mains de Sinta puis tendit le savon à Kemala. Toutes les quatre rirent et gloussèrent en se lavant les mains et les bras.

Ace resta silencieux et regarda ses filles s'unir autour de l'eau chaude et du savon. Elles auraient pu se disperser et utiliser l'autre cabine de douche, mais elles semblaient heureuses de se tenir proches et de ressentir ensemble la joie d'une douche chaude après une dure journée.

Très vite, elles furent toutes mouillées. Leurs vêtements pendaient sur leur corps, et Piper débarrassa Rani et Sinta de leur t-shirt et de leur short. Elle savonna leurs petits corps et fit de son mieux pour laver leurs cheveux. Elle souleva Rani pour lui rincer les cheveux afin que le savon n'aille pas dans ses yeux.

Kemala et Piper gardèrent leurs vêtements pour prendre leur douche.

Ace savait qu'il était stupide de ne pas avoir quitté la pièce, mais il ne pouvait pas détacher ses yeux du corps de Piper. Son t-shirt mouillé était moulé à ses courbes, et il pouvait clairement voir ses tétons pointer sous le soutien-gorge qu'elle portait. Ses jambes étaient couvertes par le pantalon kaki qu'elle portait depuis qu'il l'avait vue pour la première fois, mais même celui-ci s'accrochait maintenant à elle à tous les bons endroits.

Même après son épreuve, elle était tout en courbes et voluptueuse, et ses doigts se contractèrent dans ses paumes tandis qu'il s'imaginait en train de la toucher. Il l'aurait aidée à enlever ses vêtements trempés et se serait assuré qu'elle était bien propre partout.

Lorsque les quatre filles furent toutes mouillées et aussi propres qu'il était possible de l'être pour le moment, Piper le regarda en retroussant son nez.

— Je suppose qu'il n'y a pas de serviettes que nous pourrions utiliser ?

Secouant la tête pour s'éclaircir les idées, Ace répondit :

— Je vais voir ce que je peux trouver.

— Merci. Peut-être que vous pourriez emmener Rani et Sinta quand vous reviendrez pour les sécher, pendant que Kemala et moi finissons nos douches ?

L'idée de Piper debout sous l'eau, le savon coulant sur son corps nu, lui fit réaliser depuis combien de temps il n'avait pas eu de femme. Des mois. Non, au moins un an. Merde.

Ace se retourna pour cacher son érection et se dirigea vers la porte.

— Bien sûr. Je reviens tout de suite.

— Merci, Ace, dit Piper.

Hochant la tête mais sans se retourner, Ace poussa la porte des sanitaires des femmes et prit une grande inspiration une fois dans le couloir. La chaleur de la petite salle de bain et le climat naturellement chaud faisaient rougir ses joues.

Mon Dieu, il dut faire de gros efforts pour se contrôler. La dernière chose qu'il voulait, c'était de mettre la moindre pression sur Piper. Elle en avait assez sans avoir à se soucier d'être convoitée par un SEAL en rut.

En quelques instants, il trouva une pile de ce qu'il supposa être des serviettes de toilette pour les invités. Elles n'étaient pas très grandes et étaient assez abîmées, mais elles feraient l'affaire.

Il en prit six, pensant que Piper et Kemala pourraient facilement en utiliser deux chacune, puis retourna vers la salle de bains. Il frappa à la porte et attendit que Piper lui donne le feu vert pour entrer.

Et quand il pénétra dans la pièce, il se figea pour contempler le spectacle.

Sinta et Rani dansaient devant la douche pendant que Piper et Kemala les aspergeaient à tour de rôle avec le filet d'eau. Toutes les quatre riaient, et Ace regretta de ne pas avoir un appareil photo à ce moment-là pour immortaliser la scène.

Lorsque Piper le vit se tenir près de la porte avec les serviettes, elle coupa l'eau et s'approcha de lui. Elle prit une des serviettes et se pencha pour l'enrouler autour de Rani.

Ace détourna le regard lorsque ses seins pointèrent sous son t-shirt mouillé alors qu'elle se penchait. Il mit quatre serviettes sur un des éviers et prit la dernière pour commencer à sécher Sinta. La petite fille était maigre et longiligne.

Il avait vu Phantom et Gumby revenir lorsqu'il était allé chercher des serviettes dans le hall et savait qu'ils mettraient les vêtements qu'ils avaient achetés dans la chambre où ils séjournaient. Quand les filles furent assez sèches, il se pencha et les ramassa toutes les deux en même temps. Elles gloussaient encore, visiblement trop excitées par la douche chaude et leurs enfantillages ultérieurs.

— Phantom et Gumby sont revenus pendant que vous preniez votre douche. Je vais emmener ces deux petits singes dans la chambre et les habiller. Je vais demander à Rocco d'apporter tout ce qu'ils ont pour vous deux dans une seconde. Mais ne vous déshabillez pas avant qu'il soit parti.

Piper lui sourit et lui fit un signe de tête.

— Merci.

— Qu'est-ce que j'ai dit à propos des remerciements ? répondit-il doucement.

Puis il se retourna et se dirigea vers la porte une fois de plus, les deux petites filles encore humides dans ses bras.

— Venez, allons voir si Gumby a trouvé une brosse, et voyons ensuite ce que nous pouvons faire de ces cheveux en bataille, d'accord ?

Ne comprenant manifestement pas ce qu'il disait, Sinta et Rani hochèrent la tête avec impatience.

Ace jeta un dernier coup d'œil à Piper avant de se forcer à sortir de la salle de bain.

* * *

Piper poussa un long soupir de soulagement lorsque Ace quitta la pièce. Elle jura que son entrejambe se rappelait à elle chaque fois qu'il faisait preuve de tendresse envers Rani et Sinta. Il ferait un père incroyable. Cela se voyait à sa manière de traiter les filles ; y compris Kemala, avec qui il se montrait également sympathique et très compréhensif.

Il était plus qu'évident que l'adolescente n'aimait pas Piper, mais cela ne l'empêchait pas de faire tout son possible pour faciliter les choses pour la jeune fille. Sa maison avait été détruite, ses amis tués et elle avait été arrachée à tout ce qu'elle connaissait. Et elle n'était pas stupide. Kemala était plus que consciente qu'il était probable qu'elle et les autres soient laissées dans un autre orphelinat dès que cela serait possible.

Mais pendant un instant, alors qu'elles jouaient avec Rani et Sinta, Piper sentit les barrières de la jeune fille s'effondrer. Elle rit et fut heureuse pendant un court moment. L'eau chaude avait fait des merveilles pour briser sa carapace, même si ce n'était que temporaire.

Au moment où Rocco partit après avoir déposé une pile de vêtements propres dans la salle de bains, Piper enleva la vilaine chemise et le pantalon qu'elle portait depuis près d'une semaine. Elle se rendit dans l'autre cabine et ouvrit l'eau, heureuse qu'elle soit encore chaude après tous leurs ébats, et se tint sous le mince filet, essayant d'imaginer qu'il s'agissait plutôt d'une luxueuse douche à pommeau de pluie. Elle mit plus de savon et frotta chaque centimètre de son corps deux fois, faisant de son mieux pour se débarrasser de la saleté et de la mort qui s'étaient infiltrées dans chaque pore.

Quand elle eut enfin fini, Piper réalisa que Kemala était encore sous la douche. L'adolescente avait fermé le rideau, alors Piper la laissa seule dans son intimité en utilisant deux des serviettes qu'Ace avait apportées pour se sécher. Les vêtements que Gumby et Phantom avaient trouvés n'étaient pas exactement de la dernière mode, mais le pantalon de survêtement coupé et le grand t-shirt étaient propres, donc ils étaient divins. Ils n'avaient pas apporté de sous-vêtements, alors Piper fit de son mieux pour laver ses sous-vêtements dans l'évier.

Voyant que Kemala n'était toujours pas sortie de la cabine de douche, Piper s'approcha prudemment du rideau.

— Kemala ?

Comme elle n'eut aucune réponse, Piper repoussa le rideau – et ce qu'elle vit lui brisa le cœur. Kemala était assise sur le carrelage sous le jet d'eau, nue. Ses jambes étaient recroquevillées et ses bras étaient enroulés autour de ses genoux et elle pleurait. Elle était silencieuse, ce qui rendait l'image d'autant plus déchirante.

Piper retourna au lavabo et prit les deux serviettes sèches restantes. Elle alla dans la cabine et coupa l'eau, puis s'agenouilla sur le sol et enroula une serviette autour des épaules de Kemala. Elle drapa doucement l'autre serviette sur sa tête.

Elle enroula ses bras autour de l'adolescente et la serra aussi fort que possible pendant que Kemala pleurait. Ni l'une ni l'autre ne prononcèrent un mot pendant un long moment.

Enfin, quand les genoux de Piper commencèrent à être douloureux à force d'être ainsi posée sur le carrelage, elle dit :

— Je suis désolée pour tes amis.

Kemala fit un signe de tête.

— Ils avaient peur.

Piper hocha la tête en retour.

— Oui, j'en suis sûre.

— Kalee a essayé de les aider.

Piper hocha à nouveau la tête.

— Oui, c'est ce qu'elle a fait.

Elle n'avait aucun doute là-dessus. Kalee n'aurait pas fui les rebelles si cela signifiait laisser certaines des filles vulnérables.

— Je n'aime pas la ville. Je veux rentrer à la maison.

Le cœur de Piper faillit se briser à nouveau, et elle sentit la culpabilité refaire surface. Elle avait amené la jeune fille à la capitale. Mais elle n'aurait pas pu la laisser dans les montagnes. Ce n'était pas sûr.

Elle ne répondit rien.

— Tu dois arrêter d'être gentille, dit Kemala.

Piper regarda dans ses yeux rougis.

— Quoi ?

— Rani et Sinta ne savent pas ce qui va arriver. Arrête d'être gentille pour qu'elles ne sachent pas ce que c'est que d'être gentil quand tu partiras.

Piper ne trouva rien à répondre. Kemala avait raison… et tort en même temps. Piper voulait donner aux filles – à toutes les filles – autant de gentillesse qu'elle pouvait avant de partir. Elles méritaient toute la gentillesse du monde, mais il était évident que Kemala était beaucoup plus consciente de ce qui les attendait après le départ de Piper et des SEAL.

— Allez, dit Piper au bout d'un moment. On va te relever.

Kemala permit à Piper de l'aider à se dégager du sol, mais dès qu'elle fut debout, elle écarta la main de Piper.

— Je peux le faire.

Piper soupira. On aurait dit que Kemala la grincheuse était de retour. Mais elle ne pouvait pas se mettre en colère contre elle. Elle se tenait tout près alors que Kemala s'habillait avec les vêtements que Gumby et Phantom lui avaient achetés. Ils étaient un peu grands, mais ça irait pour l'instant.

Elle fit de son mieux pour éponger l'eau qu'elles avaient répandue sur le sol de la salle de bain pendant que Kemala se tenait à côté et regardait. Puis elles sortirent de la salle de bain pour retourner dans la chambre où se trouvaient les autres.

Piper était en fait très contente de ne pas avoir à dormir dans une chambre sans les SEAL. Elle ne voulait être nulle part ailleurs qu'à leurs côtés jusqu'à ce qu'ils aient officiellement quitté le pays. Elle savait aussi bien qu'eux que sans passeport ni argent, elle était autant vulnérable ici qu'elle l'avait été dans les montagnes.

Lorsqu'elles pénétrèrent dans la chambre, les yeux de Piper se tournèrent immédiatement vers Rani et Sinta. Elles étaient recroquevillées au milieu d'un des matelas qu'elle avait retiré des lits, dormant profondément.

— Elles sont tombées dès qu'elles ont été habillées, lui dit Rex.

Piper hocha la tête. Elle ne savait pas grand-chose des enfants, mais elle supposait qu'après la matinée stressante, puis l'excitation du trajet en camions, ainsi que la douche chaude, leur adrénaline avait finalement chuté.

Kemala se dirigea vers le matelas et, sans faire de commentaires, s'allongea à côté des autres filles et ferma les yeux.

— Avez-vous réussi à leur brosser les cheveux ? demanda Piper à Ace alors qu'il s'approchait d'elle.

Il secoua la tête.

— Non. J'essayais de trouver la meilleure façon de m'y prendre quand elles sont littéralement tombées dans un profond sommeil.

— C'est bon. On verra ça plus tard, dit Piper, sans quitter les filles des yeux.

Plus elle passait de temps avec elles, plus elle souffrait.

— On devrait y aller, fit Ace.

— Où ça ? demanda Piper.

— Notre commandant a trouvé un foyer privé pour les orphelins. On a rendez-vous pour le visiter. Ensuite, nous devons aller à l'ambassade américaine.

Piper se figea.

Non. Elle n'était pas prête. Elle ne pouvait pas abandonner les filles.

Mais quel choix avait-elle ?

Elle leva les yeux et vit les six SEAL la regarder attentivement. Elle était totalement dépendante d'eux. Si elle leur disait qu'elle voulait rester et trouver un moyen d'adopter les filles, ils se moqueraient d'elle. Elle avait besoin d'argent pour rester. Beaucoup d'argent. Elle en avait sur son compte en banque aux États-Unis et elle pourrait probablement obtenir de l'aide de l'ambassade américaine, mais elle n'avait aucune idée du temps qu'il faudrait pour adopter les filles, ni même si elle aurait l'agrément.

« Un foyer privé pour orphelins sonne mieux qu'un énorme orphelinat gouvernemental », pensa-t-elle à contrecœur. Les enfants recevraient probablement plus d'attention et auraient probablement plus de chances de réussir... quoi que cela signifie.

Piper hocha la tête, puis se regarda.

— Je suppose que c'est ce que je vais porter quand on visitera l'orphelinat, hein ?

— Désolé qu'on n'ait rien trouvé de mieux, dit Gumby.

— Non, c'est bon, répondit Piper immédiatement. Je préfère de loin être là-dedans que dans mes vêtements sales et dégoûtants.

— Que je laverai pendant votre absence, lui dit Rex.

— Vous restez ici ? demanda Piper.

Rex fit un signe de tête.

— Gumby et moi, nous restons ici avec les filles. Rocco et Phantom iront à l'ambassade et vous y rejoindront. Et toi, Ace et Bubba irez chez Amisha pour visiter.

— Après avoir fini à l'ambassade, nous pourrons tous aller faire du shopping pour trouver le reste des choses dont nous aurons besoin pour nous dépanner, poursuivit Rocco.

Piper fixa le sol. À cette heure demain, elle serait peut-être sur le chemin de la maison... sans les filles. Son cœur était brisé.

— Ok, marmonna-t-elle.

Elle sentit plus qu'elle ne vit Ace s'approcher. Il mit sa main sous son menton et lui fit lever la tête. Pendant qu'elle et Kemala finissaient leur douche, il s'était manifestement lavé. Ses cheveux étaient humides et sa barbe retenait encore quelques gouttes d'eau. Il portait un pantalon cargo et un t-shirt propres. Il n'avait pas sa veste blindée, mais sa poitrine était aussi dure que lorsqu'il la portait.

— Nous n'irons nulle part tant que nous ne serons pas sûrs que les filles soient en sécurité. D'accord ?

Piper acquiesça immédiatement. C'était le mieux qu'elle pouvait espérer.

— J'ai attrapé ses chaussures, dit Phantom sur le pas de la porte.

Piper se retourna et vit qu'il avait ses chaussures à la main. Elle ne l'avait même pas vu quitter la pièce. Ace se dirigea vers le sac qu'il portait et en sortit une autre paire de chaussettes sèches.

Piper secoua la tête en riant. Il était comme un père Noël

avec ce sac. Elle croyait lui avoir pris sa dernière paire de chaussettes propres, mais elle s'était manifestement trompée. Son sac était un puits sans fond, et il faisait comme s'il était léger comme une plume... alors qu'elle savait pertinemment qu'il était extrêmement lourd. Elle s'en était aperçue lorsqu'elle avait voulu lui apporter ce matin-là et qu'elle avait à peine pu le soulever.

Une fois prête, Piper inspira profondément. Ace lui prit la main et Bubba ouvrit la voie pour sortir de la chambre. Elle n'avait aucune idée de ce que les douze heures suivantes allaient lui apporter, mais avec Ace à ses côtés, elle pourrait peut-être faire face à tout ce qui se présenterait à elle.

# CHAPITRE SEPT

Ace fixait la femme qui s'était présentée simplement comme Amisha. Elle ne leur avait pas donné de nom de famille, et il commençait à comprendre pourquoi. Au début, la visite de sa maison s'était bien passée. Ils virent la pièce où les filles dormaient sur des palettes à même le sol. Il y en a quelques-unes dans la cuisine qui préparaient ce qu'ils pensaient être le dîner. Amisha avait même un petit jardin où certaines jouaient au ballon.

Tout semblait assez propre et la zone où se trouvait la maison n'était pas aussi délabrée que certaines qu'ils avaient traversées pour venir jusqu'ici.

Amisha les conduisit dans une sorte de bureau une fois la visite terminée – et ce fut là que les picotements à l'arrière du cou d'Ace commencèrent. À chaque mot prononcé par la femme, son compteur de « bordel, non » grimpait de plus en plus haut.

— Comme vous pouvez le voir, je dispose d'un lieu sûr pour les filles, dit Amisha dans son anglais au fort accent. Elles vont à l'école jusqu'à l'âge de douze ans, puis elles commencent à apprendre à tenir la maison. La cuisine, le ménage, des choses de femmes comme ça.

Alors qu'Ace et Piper étaient assis sur deux chaises pliantes devant le bureau de la femme, Bubba était appuyé contre un des murs, les bras croisés.

— Où sont les filles plus âgées ? demanda-t-il.

— Plus âgées ? demanda Amisha. Que voulez-vous dire par là ?

— Oui, vous dites que lorsqu'elles ont douze ans, elles sont retirées de l'école pour apprendre des choses de femmes. Les filles dans la cuisine semblaient avoir treize ou quatorze ans. Où sont les filles de seize ou dix-sept ans ?

— Mariées, dit Amisha en haussant les épaules.

Ace sentit Piper se raidir à côté de lui. Il lui tendit une main qu'elle saisit sans hésiter. Ses ongles s'enfoncèrent dans sa peau alors qu'elle s'y accrochait désespérément. Elle était restée muette jusqu'alors et avait laissé Ace poser les questions avec Bubba, mais il ne savait pas combien de temps son silence durerait.

Pour une femme qui avait ouvert son foyer à des orphelines, Amisha ne semblait pas beaucoup les aimer. Ace avait surpris Amisha en train de regarder quelques enfants qui ne faisaient pas assez vite ce qu'elle leur demandait, et il avait remarqué que les filles dans la cuisine faisaient de leur mieux pour détourner leur regard d'Amisha et des invités qui faisaient le tour du foyer.

Rien de tout cela ne lui plut.

Et il savait que Piper ressentait la même chose.

— Mariées, hein ? demanda Bubba. Comment les filles rencontrent-elles les hommes ? Où trouvent-elles le temps de tomber amoureuses ?

Amisha éclata de rire. C'était un rire dur et froid.

— L'amour ? J'ai oublié comment vous, les Américains, pensez. Pas d'amour. Le devoir.

— Devoir ? demanda Ace. Comment ça marche ?

Amisha se pencha en arrière et haussa les épaules.

— Cette maison coûte cher. Il faut de l'argent pour nourrir les filles. On les envoie à l'école. Quelques enfants sont adoptés, mais la plupart des familles ici n'ont pas les moyens d'en avoir d'autres. Les filles ne peuvent pas rester pour toujours. Les jeunes, quinze mille dollars américains. Les moyennes, dix. Et quand ce sont des femmes, plus que cinq.

Ace fixa la femme avec horreur.

— Vous vendez les filles ?

Il savait que cela se passait dans certaines maisons en campagnes, mais il espérait qu'Amisha dirigeait un sanctuaire légal pour les orphelines.

— Comme je l'ai dit, entretenir une maison n'est pas donné. Il faut de l'argent pour se nourrir. Ce n'est pas l'Amérique. Si on ne se marie pas, il n'y a rien pour les filles. Elles savent que plaire à l'homme est le meilleur moyen pour elles d'avoir leur maison.

— À treize ans ? Quatorze ans ? demanda Bubba.

Amisha fit un signe de tête.

— Elles sont femmes à ce moment-là. Elles peuvent avoir des bébés. Du temps pour leur propre maison.

Les ongles de Piper s'enfonçaient si fort dans sa main qu'Ace savait qu'il aurait des petites entailles en forme de demi-lune, mais il ne lâcha pas prise. Il ne faisait aucun doute que leur commandant ignorait que le « foyer privé pour orphelins » où il les avait envoyés vendait des filles comme si elles n'étaient que de vulgaires marchandises. S'il l'avait su, il ne leur en aurait jamais parlé.

Il fallait reconnaître que les filles qu'ils avaient vues avaient l'air en bonne santé. La maison était propre et aucun des enfants ne semblait terriblement maigre, ce qui indiquait qu'ils recevaient une alimentation adéquate. Ace et les autres avaient vu beaucoup de choses horribles dans leur vie. Ils étaient bien conscients que dans les pays pauvres l'égalité des femmes n'était pas celle que les États-Unis offraient. Mais entendre cette femme parler calmement de vendre des filles au plus offrant était odieux.

Le trafic sexuel est un trafic sexuel, même si l'emballage est très joli.

Poussant sa chaise en arrière, Ace fit un signe de tête à Amisha.

— Merci de nous avoir fait visiter. Nous vous contacterons.

Sans laisser à la femme une chance de répondre, Ace entraîna Piper dans le couloir. Elle trébucha mais ne dit pas un mot. Il la fit sortir dans l'air épais et humide, et la prit dans ses bras. Elle saisit sa chemise dans le dos et enterra sa tête dans l'espace entre son cou et son épaule. Il la sentait trembler, et Ace fit de son mieux pour la serrer plus fort.

Il attendit que Bubba réapparaisse, un instant gêné d'avoir laissé son coéquipier s'occuper d'Amisha et lui expliquer leur départ brutal.

Elle ne savait manifestement pas s'ils étaient sur le marché pour « acheter » un enfant, ou s'ils voulaient en déposer un. Elle fut donc prudente dans ses commentaires... jusqu'à la fin, quand elle leur indiqua combien cela coûterait d'acheter une fille. Elle pensait probablement qu'il s'agissait d'un couple américain en quête d'une adoption rapide.

Piper frissonna dans ses bras. Elle pensait probablement la même chose que lui. À quel point il était facile d'acheter une enfant de sept ans pour le commerce du sexe. Ou une enfant de quatre ans. Ou de faire « affaire » pour une enfant de treize ans. Kemala serait probablement vendue dans les semaines qui suivraient son arrivée. Et penser que les petites Rani ou Sinta seraient achetées par un vieil homme excité le rendait physiquement malade.

Heureusement, Bubba apparut quelques instants plus tard et héla un taxi qui passait, aidant Ace à se concentrer au lieu de s'attarder sur des hypothèses. Il aida Piper à monter dans le véhicule et, après s'être assis à côté d'elle, il la tira sur ses genoux. Elle partit sans se plaindre.

— Ambassade américaine, dit Bubba en serrant les dents lorsque le chauffeur demanda où ils voulaient aller.

— C'était une connerie, dit Ace une fois qu'ils étaient en route.

Il ne dirait rien de plus devant le chauffeur, car il n'avait aucun moyen de savoir si l'homme comprenait l'anglais ou non et n'allait pas prendre le risque.

— Oui, acquiesça Bubba.

— Je ne les laisserai pas là-bas, chuchota Piper.

— Putain non, vous ne le ferez pas, répondit Ace, en même temps que Bubba qui déclara :

— Aucune chance.

Bien sûr, cela ne résolvait pas la question de savoir quoi faire avec les enfants. Ace ne savait pas quoi dire à Piper pour la rassurer, car il n'avait aucune idée de l'étape suivante. Ils devaient parler à leur commandant et lui dire ce qu'Amisha faisait. Il avait peut-être les contacts nécessaires pour faire fermer définitivement son soi-disant orphelinat, mais ils devaient encore trouver où laisser Rani, Sinta et Kemala.

Les SEAL ne pouvaient pas rester dans le pays indéfiniment. Ils étaient là aux frais des États-Unis, et maintenant que leur mission était terminée, ils devaient retourner en Californie.

Piper cessa de trembler mais elle tenait toujours fermement Ace. Il ressentait de la satisfaction en pensait au fait qu'elle s'était tournée vers lui pour la réconforter, mais il était furieux de la situation en général.

Le taxi arriva à l'ambassade américaine et ils en descendirent tous. Bubba paya l'homme et il repartit. Les trois Américains se tenaient là, fixant les portes blanches de l'ancien bâtiment. Pour une ambassade, ça ne ressemblait à rien, mais Ace savait que les apparences pouvaient être trompeuses. À l'intérieur de ces murs et de ces portes se trouvaient les personnes qui pouvaient les ramener chez eux avec le moins de tracas possible. Il n'appréciait pas la bureaucratie des ambassades, mais ils s'y étaient tous habitués, car la plupart des gens qu'ils avaient sauvés n'avaient pas leur passeport sur eux lorsqu'ils avaient été enlevés.

— Bubba, tu nous laisses une seconde ? demanda Ace à son ami.

Bubba hocha la tête et s'approcha du portail pour appuyer sur le bouton qui ouvrirait l'interphone de la sécurité.

Ace concentra son attention sur Piper.

— On ne va pas les laisser là, dit-il fermement, répétant ce qu'elle avait dit dans le taxi.

Piper le fixa du regard.

— Qu'est-ce qu'on va faire ?

Il aimait qu'elle ait dit « nous », mais il détestait ne pas avoir de réponse à lui donner.

— Je ne sais pas, admit-il. Mais on va trouver une solution.

Étonnamment, Piper se contenta de hocher la tête. Il pencha la tête et la fixa, essayant de comprendre ce qui se passait derrière ses beaux yeux bleus. Il avait réussi à la lire jusqu'à ce moment. À présent, tout ce à quoi elle pensait était enfermé derrière un masque illisible.

— Avez-vous confiance en moi pour ne pas faire quelque chose qui pourrait les blesser ? demanda-t-il.

Il avait besoin de connaître la réponse.

— Oui.

Sa réponse fut immédiate, ce qui lui permit de se sentir un peu mieux.

— Bien. Allons voir si notre commandant a pu faire accélérer votre passeport. Plus vite vous aurez vos papiers, plus vite on pourra vous ramener chez vous.

Elle hocha la tête sans enthousiasme.

Ace grimaça. Ce n'était probablement pas la meilleure chose à dire, pas avec la visite à Amisha encore fraîche dans leur esprit, mais il ne pouvait pas revenir en arrière maintenant.

Il prit la main de Piper dans la sienne et ils se dirigèrent ensemble vers le portail qui commençait à s'ouvrir.

— Ils nous attendent, dit Bubba.

Légèrement mal à l'aise, Ace jeta un coup d'œil à Piper. Elle regardait droit devant elle avec un air déterminé. Il savait qu'elle ne voulait pas quitter les filles, et avait même déjà exprimé son désir de les garder.

Il ne savait pas ce qu'elle pensait mais priait pour que, quoi que ce soit, cela ne leur cause pas d'ennuis.

* * *

Piper n'arrivait pas à oublier les visages des petites filles qui jouaient dans le jardin d'Amisha. Ni les visages des plus âgées qui préparaient le repas dans la cuisine. Avaient-elles la moindre idée de ce qui les attendait. Elle espérait que non, pour leur bien.

Cette visite lui avait retourné l'estomac et lui avait ouvert les yeux sur le sort des moins fortunés au Timor Oriental, mais elle avait aussi renforcé sa détermination. Elle n'allait pas laisser Rani, Sinta et Kemala dans ce pays. Elle ferait tout ce qu'il fallait pour les ramener chez elle, et elle espéra que cette visite à l'ambassade américaine lui permettrait de se rapprocher de cet objectif.

Elle se sentait mal de ne pas avoir prévenu Ace de ce qu'elle comptait faire, mais elle craignait qu'il essaie de l'en dissuader. Elle lui faisait confiance mais son plan était si fou qu'elle avait peur qu'il dise quelque chose qui la ferait renoncer.

Ils furent conduits dans une salle où ils retrouvèrent Rocco et Phantom. À la seconde où ils pénétrèrent dans la salle, les deux autres SEAL étaient tendus et se tenaient très droits.

— Que s'est-il passé ? demanda Rocco.

Il avait visiblement perçu quelque chose sur leurs visages.

— C'était une catastrophe, dit Bubba en secouant la tête.

— Explique, ordonna Phantom.

Piper vit Ace la regarder, comme s'il demandait la permission de parler, alors elle lui fit un signe de tête. La dernière chose qu'elle voulait faire était de trop penser aux pauvres orphelines dans la maison d'Amisha.

Lorsque Ace finit d'expliquer comment fonctionnaient les « adoptions » au foyer privé, Rocco et Phantom eurent tous deux l'air scandalisé.

— Nous devons la dénoncer, déclara Rocco.

— À qui ? demanda Ace, frustré. Ce n'est pas comme s'il y avait assez de foyers pour les enfants orphelins et, à première vue, Amisha ne maltraite pas les filles. Elles reçoivent une éducation, même si c'est seulement jusqu'à l'âge de 12 ans. Elles sont nourries, elles apprennent des compétences… et avouons-le, ce n'est pas l'Amérique. Une fille qui se marie au début de l'adolescence, ce n'est pas vraiment inhabituel ici.

— Mais elle les vend. Et je parierais un million de dollars qu'elle ne contrôle pas les hommes, dit Phantom d'un ton grave et nerveux.

Pour une fois, Piper était sur la même longueur d'onde que le SEAL.

— Piper Johnson ? dit une femme sur le pas de la porte de l'autre côté de la pièce.

Les quatre hommes se retournèrent pour la regarder, et Piper la vit faire un pas en arrière en voyant qu'elle attirait toute leur attention.

— C'est moi, dit Piper.

— Veuillez me suivre, lui dit la femme.

Piper hocha la tête et se dirigea vers la porte, Ace sur ses talons.

— Juste mademoiselle Johnson, fit avec impatience l'employée en regardant Ace.

Il secoua la tête.

— Sauf votre respect, il y a quelques jours, Piper se cachait dans la poussière sous le plancher d'un orphelinat, effrayée à l'idée que des rebelles puissent la trouver et la tuer. Sa meilleure amie a été tuée par ces mêmes rebelles. Elle se sent un peu mal à l'aise et elle angoisse si moi ou un de nos amis ne sommes pas avec elle. Je crois comprendre que vous allez simplement vérifier son identité avant de lui délivrer à nouveau son passeport. Si des informations confidentielles sont révélées, je suis prêt à sortir de la pièce, mais pour l'instant, nous nous sentirions tous plus à l'aise de ne pas la perdre de vue. Je suis sûr que vous comprenez.

Piper leva les yeux vers Ace, surprise. Il s'en était tenu aux faits, mais honnêtement, Piper se sentait plutôt en sécurité derrière les portes de l'ambassade. Bien qu'elle ne puisse pas nier qu'elle soit plus à l'aise avec lui à ses côtés, ou avec un de ses amis, elle se dit qu'elle pourrait probablement passer une demi-heure sans être en sa présence sans paniquer.

Mais lorsque l'employée de l'ambassade lui adressa un regard plein d'empathie, Piper décida de faire comme si de rien n'était. En outre, elle pourrait poser des questions auxquelles elle ne savait pas répondre. Elle n'avait pas discuté avec Ace de ce qu'elle pouvait et ne pouvait pas dire sur la mission de son équipe. Il valait mieux qu'il soit là avec elle, pour qu'elle ne se trompe pas et ne dise pas quelque chose qu'elle ne devait pas dire.

En sentant la main d'Ace sur le bas de son dos, elle eut la chair de poule. Oui, l'avoir avec elle était une bonne décision. Il lui donnait l'impression que rien ne pouvait la toucher tant qu'il était là. C'était un sentiment effrayant... mais un sentiment agréable.

Ils suivirent la femme dans un bureau terne sans fenêtres. Piper ne comprenait pas comment celle-ci pouvait travailler dans ces conditions. Elle entendait le bourdonnement des lampes fluorescentes au-dessus de sa tête, mais hormis cet élément, c'était presque comme si elle était de retour dans ce vide sanitaire. Si les lumières s'éteignaient, il ferait nuit noire dans la pièce, tout comme dans les montagnes, dans le trou où elle s'était cachée avec les filles.

Le fait de penser à elles renforça la détermination de Piper.

Elle s'assit patiemment pendant que la femme fouillait dans les papiers et posait quelques questions de base sur son identité et son adresse aux États-Unis. Il semblait que le commandant d'Ace avait envoyé tous les papiers nécessaires et que sa présence n'était qu'une formalité.

Lorsque la femme se détendit, et après avoir remis son tout nouveau passeport sur le bureau, Piper prit une profonde inspiration et posa la question qu'elle avait au bout de sa langue avant de se dégonfler.

— J'ai une question, déclara-t-elle.

Piper vit Ace la fixer du coin de l'œil, mais son regard ne quitta pas l'employée de l'ambassade.

— Bien sûr, allez-y.

— Il y a trois jeunes filles qui ont échappé aux rebelles avec moi. J'aimerais savoir quel est le processus pour les adopter et les ramener aux États-Unis avec moi.

La femme afficha un air surpris. Elle se rassit sur sa chaise et fixa Piper pendant un long moment avant de se redresser et de se tourner vers son ordinateur. Elle appuya sur quelques touches pendant une minute ou deux avant de regarder Piper une nouvelle fois.

— Les adoptions américaines du Timor Oriental sont extrêmement rares. En fait, au cours de la dernière décennie, il n'y a eu qu'environ cinq adoptions par des citoyens américains.

— Waouh. Si peu ?

La femme haussa les épaules.

— Oui. Quoi qu'il en soit, vous devez déposer une demande auprès des services américains de la citoyenneté et de l'immigration, qui comprend entre autres une étude du foyer. Vous devrez donner des preuves que vous pouvez subvenir aux besoins des enfants. Vous devrez également fournir des pièces justificatives, notamment une preuve de votre état civil et de votre citoyenneté. Êtes-vous mariée ?

Piper cligna des yeux. La question la déstabilisa. Elle n'avait pas beaucoup réfléchi à la procédure d'adoption jusqu'à présent, mais elle ignorait que cela ferait une différence si elle était mariée ou non.

— Est-ce que ça compte ?

Piper se força à ne pas se tortiller sur sa chaise en voyant le regard que lui lançait la femme.

— Techniquement ? Non. Mais les autorités ici sont très strictes quant aux personnes qui peuvent adopter. C'est en partie parce que le Timor Oriental est l'une des deux seules nations à prédominance chrétienne d'Asie du Sud-Est. Ils ont tendance à adopter une position plus stricte sur les adoptions par des étrangers.

Piper se sentait mal. Elle espérait tellement ramener les filles à la maison avec elle. Elle pouvait se débrouiller au niveau financier, contracter un prêt si les frais d'adoption étaient trop élevés, mais elle n'avait pas de mari.

Avant qu'elle ne puisse faire quoi que ce soit – comme remercier la femme pour son temps puis sortir de la pièce et fondre en larmes – Ace se pencha et prit sa main dans la sienne en annonçant :

— Elle a un fiancé. Est-ce que cela suffit ?

Piper se retourna pour fixer Ace. Il ne la regardait pas ; son attention était concentrée sur l'employé de l'ambassade.

Elle lui sourit.

— Malheureusement, non.

Ace haussa les épaules et se tourna vers Piper.

— Alors je suppose que notre calendrier de mariage vient d'être avancé, chérie.

Piper ne trouva rien à dire.

— Suis-je censée croire que vous êtes fiancés ? demanda la femme, sceptique. Tout cela a l'air terriblement pratique.

Le sourire d'Ace disparut en un éclair, et l'irritation le

remplaça. Ses yeux se rétrécirent quand il se retourna pour fixer la femme derrière le bureau.

— Pratique ? Si vous considérez comme pratique le fait que ma fiancée soit venue dans ce pays dans l'espoir de rendre visite à une bonne amie et de rencontrer les enfants à qui elle écrivait depuis quelques mois, alors vous avez raison. Nous avons rencontré les filles parce que sa meilleure amie était membre du Corps de la Paix au Timor Oriental. Nous avons toujours voulu une grande famille, et comme son amie était bénévole dans un orphelinat, cela semblait être le destin.

« Mais ça n'a pas été pratique quand les rebelles ont décidé de se révolter alors que ma fiancée rendait visite aux filles que nous espérions faire nôtres. Ça n'a pas été pratique non plus quand elle a dû se cacher dans un trou pendant trois jours avec nos filles pour qu'elles ne se fassent pas tirer dessus ou pire. Et ça n'a vraiment pas été pratique quand sa meilleure amie a été tuée lors de ce raid, et que Piper et les filles ont dû fuir les montagnes à pied. J'ai pris l'avion dès que j'ai entendu ce qui se passait. Nous devions nous marier dans un an environ, mais je me fiche que la cérémonie ait lieu aujourd'hui ou dans dix ans, tant que Piper est heureuse.

Piper retint son souffle pendant qu'Ace parlait, et poussa un soupir quand il eut fini. Il se tourna vers elle, et elle aurait juré que le regard sur son visage était en fait révérencieux.

— Nous pouvons organiser des cérémonies légales ici à l'ambassade, déclara l'employée. Et le fait d'être mariés rendra certainement les choses plus faciles lorsqu'il s'agira de gérer la paperasserie du Timor Oriental. Mais il faut encore remplir la demande auprès de l'USCIS, et cela prend du temps pour avoir l'accord.

Ace jeta un coup d'œil à Piper. Elle ne pouvait pas détourner son regard de l'homme, se demandant ce qu'il faisait.

— J'ai un ami d'un ami qui peut accélérer la paperasse, dit Ace. On peut y arriver.

Piper savait qu'il s'adressait plus à elle qu'à l'employée.

— Je ne suis pas sûre que ce soit si facile, mais si vous êtes prêts à vous marier tout de suite, je ne vous en empêcherai pas. J'adore les histoires d'amour. Restez ici, je reviens tout de suite avec mon collègue, celui qui est autorisé à marier les gens.

Piper continua à fixer Ace lorsque la femme quitta la pièce.

À la seconde où la porte se referma derrière elle, il repoussa sa chaise et se mit à genoux, juste là, dans le petit bureau. Il prit sa main dans la sienne et lui dit :

— Veux-tu m'épouser, Piper ? Ici et maintenant ? Tu aurais peut-être voulu un grand mariage en bonne et due forme, et nous pourrons le faire quand nous rentrerons aux États-Unis. Je ne peux pas supporter de laisser les filles ici, pas après tout ce qui s'est passé, et je sais que tu ne peux pas non plus, alors... Tu veux m'épouser ?

La bouche de Piper était si sèche qu'elle ne pouvait même pas avaler.

Elle remarqua qu'Ace n'avait rien dit sur son travail, ni sur le fait qu'il l'aimait. La majorité des choses qu'il avait dites à l'employée de l'ambassade était vraies, mais soigneusement formulées. Elle fit la seule chose qu'elle pouvait faire à ce moment-là.

Elle fit un signe de tête.

Ace sourit et se leva, la faisant se relever avec lui. Il mit ses bras autour d'elle et la serra dans ses bras.

Quelques secondes plus tard, elle murmura :

— Qu'est-ce qu'on fait ?

— On se marie, apparemment, dit-il avec un sourire.

Piper secoua la tête.

— Tu ne peux pas m'épouser.

— Pourquoi pas ?

— Parce que.

Son cerveau ne fonctionnait pas correctement.

— Ce n'est pas une raison, rétorqua-t-il.

— Tu ne m'aimes pas, lui dit-elle.

— Mais je te respecte. Et je t'admire. Et je te fais confiance. C'est beaucoup plus que ce que beaucoup de gens ont. Est-ce que tu me fais confiance ?

— Tu sais que oui, dit Piper. Mais quand même... se marier ?

— J'ai vu ton visage dans ce semblant d'orphelinat aujourd'hui, dit Ace. On ne pourra jamais laisser les filles là-bas.

Piper secoua la tête, malade au seul souvenir de ce lieu.

— Connais-tu vraiment quelqu'un qui peut t'aider dans la procédure de demande ? Je sais que la plupart des gens doivent attendre des mois et des années avant d'être autorisés à adopter.

— Oui, vraiment, répondit Ace d'un air sûr. C'est un génie de l'informatique, et la plupart du temps, personne ne lui demande comment il fait les choses qu'il fait. Nous faisons simplement avec. Il va nous aider, je le sais. Je pense que dans quelques jours, ou plus tôt, il fera signer tous les papiers par les bonnes personnes et les fera livrer ici à l'ambassade pour qu'ils puissent délivrer les passeports aux filles.

Cela semblait trop beau pour être vrai. Piper hésita.

— Et si le gouvernement dit qu'on ne peut pas avoir les trois ? chuchota-t-elle. Et s'ils disent qu'on ne peut en avoir qu'une ?

Ace pinça ses lèvres avant de répondre :

— Je ne pense pas qu'ils diront ça.

— Mais s'ils le font ? insista-t-elle.

— Alors on en choisira une, fut la réponse d'Ace. Et on fera tout ce qu'on peut pour les convaincre de nous laisser les deux autres.

Des larmes se formèrent dans les yeux de Piper et elle les ferma pour essayer de les empêcher de tomber. Elle ne pouvait pas s'effondrer maintenant. C'était censé être un jour heureux pour elle. Le jour de son mariage. Si elle semblait bouleversée quand la femme reviendrait, elle se montrerait sûrement plus méfiante qu'elle ne l'était déjà.

Ace ne la poussa pas à dire quoi que ce soit. Il se contenta de la tenir contre lui et de la soutenir.

Prenant une profonde inspiration, Piper ouvrit les yeux.

— Kemala, chuchota-t-elle. Il faudrait que je choisisse Kemala.

Ace hocha la tête.

Il ne lui demanda pas quelle était la raison de son choix, mais elle lui en fit quand même part.

— Elle est la plus vulnérable en ce moment. En tant qu'aînée, elle devra se marier d'ici un an environ. Rani et Sinta sont plus jeunes, elles ont encore le temps de s'acclimater à la situation dans laquelle elles se trouvent. Je sais que Kemala ne m'aime pas beaucoup, mais cela me donnerait aussi le temps de réunir l'argent et les ressources nécessaires pour peut-être faire sortir les autres filles avant qu'elles ne soient assez âgées pour se marier.

— Si on en arrive là, on trouvera quelqu'un de confiance ici à Dili pour garder Rani et Sinta jusqu'à ce qu'on puisse revenir et les ramener à la maison.

Elle apprécia le fait qu'Ace utilise le pronom « nous ». Elle détourna quand même brièvement le regard.

— On pourra annuler le mariage quand on rentrera en Californie.

Il secoua la tête.

— Non. Je suis sûr que l'USCIS contrôle les parents adoptifs et les enfants dont ils ont la charge. Surtout dans notre cas, puisque mon ami Tex va accélérer la procédure de demande. Ils voudront s'assurer que tout va bien. Les filles et toi pouvez emménager chez moi, j'ai plein de place. On va faire en sorte que ça marche, Piper.

Sa tête tournait. Ce qui n'était au départ qu'une idée lointaine se transformait rapidement en quelque chose d'énorme et incontrôlable.

Ace baissa son front et le posa contre le sien.

— J'aime ces filles autant que toi, dit-il. Ça ne fait que quelques jours que je les connais et elles ont pris leur place dans mon cœur. Laisse-moi t'aider à les ramener à la maison. Je t'en prie.

Piper hocha la tête. Comment pourrait-elle faire autre chose ? Sa meilleure chance d'avoir les filles était de suivre ce plan complètement fou.

Quelques minutes plus tard, l'employée de l'ambassade revint dans la pièce avec un homme portant un costume bleu marine. Sa cravate était de travers et il avait l'air extrêmement pressé. Derrière lui se trouvaient Rocco, Phantom et Bubba.

Piper admira les qualités des autres hommes ; aucun d'entre eux ne demanda à Ace ce qu'il faisait. Ils se contentèrent de suivre le mouvement, la félicitant elle et Ace et souriant comme s'ils étaient heureux d'assister au mariage improvisé.

Cinq minutes plus tard, Piper fixait Ace pendant que l'employé de l'ambassade prononçait les vœux de mariage les plus rapides de l'histoire de l'humanité.

— Beckett Morgan, voulez-vous prendre Piper Johnson comme épouse légitime ? Pour le meilleur et pour le pire, dans la richesse et dans la pauvreté, dans la maladie et dans la santé, jusqu'à ce que la mort vous sépare ?

— Je le veux.

Les mots d'Ace furent immédiats et sincères. Il la regarda dans les yeux pendant qu'il les prononçait, faisant battre plus vite le cœur de Piper. Il le faisait vraiment. Cela semblait irréel, mais beau en même temps.

— Piper Johnson, voulez-vous prendre Beckett Morgan pour époux ? Pour le meilleur et pour le pire, dans la richesse et la pauvreté, dans la maladie et la santé, jusqu'à ce que la mort vous sépare ?

— Je le veux, dit-elle d'une voix tremblante d'émotion.

— Par les pouvoirs qui me sont conférés par le gouvernement des États-Unis, je vous déclare mari et femme. Vous pouvez maintenant embrasser votre épouse.

Piper se tut. Elle n'avait même pas pensé à cette partie de la cérémonie. Elle avait épousé un homme qu'elle n'avait jamais embrassé.

Mais Ace ne sembla pas déconcerté par l'étrangeté de ce qui se passait. Il prit son visage dans ses mains et la fixa un instant avant de baisser la tête.

Piper ferma les yeux et leva le menton, en attendant le baiser.

Au début, il se contenta de frotter ses lèvres contre les siennes. Un léger son sortit du fond de sa gorge et lorsqu'il l'embrassa à nouveau, il le fit comme s'il le désirait. Ses lèvres se séparèrent et la langue d'Ace se glissa dans sa bouche.

Elle se sentait bien. C'était si bon. Comme s'ils s'étaient embrassés mille fois auparavant.

Sa barbe chatouillait son visage, et Piper inclina sa tête pour qu'il puisse l'embrasser encore plus profondément. Sans hésiter, Ace suivit sa demande tacite, et elle ne put arrêter le petit gémissement qui grondait à l'arrière de sa gorge.

Bien avant qu'elle ne soit prête, Ace se recula. Ses yeux s'ouvrirent et elle le regarda fixement. Ses pupilles étaient dilatées, et il se léchait les lèvres pendant qu'elle le regardait. Son cœur battait à des millions de pulsations par minute et elle se sentait plus vivante à ce moment-là qu'elle ne l'avait été depuis des années.

Avant que l'un d'entre eux ne puisse dire un mot, Rocco donna une tape dans le dos à Ace et le félicita. Bubba fit de même, mais Phantom demeura silencieux près de la porte. Les employés de l'ambassade attirèrent leur attention et leur firent signer les documents nécessaires pour légaliser leur mariage.

La main de Piper tremblait en signant le document, mais elle remarqua qu'Ace le fit sans hésiter. Il semblait presque impatient de déposer sa signature sur le morceau de papier.

— Nous allons en faire une copie pour que vous puissiez l'emporter avec vous, leur dit la femme.

Ace fit un signe de tête.

— Merci. Et attendez-vous à recevoir bientôt une correspondance d'un certain John Keegan. Ce sera notre dossier d'adoption de l'USCIS.

Elle eut l'air surprise et sceptique.

Ace l'ignora.

— Je vais écrire l'adresse où nous allons séjourner avec les filles.

— Tout cela est très inhabituel, bégaya la femme. Habituellement, les enfants adoptés sont placés dans un orphelinat ou un foyer privé.

— Elles restent avec nous, dit fermement Ace. Elles ont été traumatisées, et il n'est pas nécessaire de les séparer de nous. De plus, nous ignorons si, ou quand, les rebelles pourraient décider de sortir leur combat des montagnes et de l'amener ici, dans la capitale. Piper et moi nous sentirions mieux en sachant qu'elles sont en sécurité avec nous.

Comme si ses paroles étaient une loi, la femme fit un signe de tête.

— D'accord, mais il y a une chose sur laquelle nous ne pouvons pas transiger, c'est que les filles doivent avoir un entretien avec un représentant du Timor Oriental. La dernière chose que nous voulons, c'est que quelqu'un accuse les Américains d'avoir kidnappé des enfants du pays.

— Pas de problème, répondit Ace sûr de lui. Vous avez nos coordonnées, nous pouvons revenir dès que vous le souhaitez. Maintenant, si ça ne vous dérange pas, j'aimerais passer ce qui reste du jour de mon mariage avec ma femme.

— Bien sûr. Nous resterons en contact. Félicitations pour votre mariage.

Ace la remercia et ils quittèrent le petit bureau, cette fois-ci avec son bras enroulé autour de sa taille, ne se contentant plus de lui toucher le bas du dos comme il l'avait fait quand ils étaient entrés.

Personne ne pipa mot jusqu'à ce qu'ils sortent de l'ambassade et s'arrêtent sur le trottoir devant le bâtiment.

— Putain, c'était quoi ça ? demanda Phantom.

Ace se tenait à côté de Piper, l'air tout à fait détendu.

— Oui, tu veux nous dire ce qui vient de se passer ? demanda Rocco.

— On s'est mariés, dit simplement Ace.

Piper prit une profonde inspiration et essaya de s'éloigner d'Ace, mais il resserra son emprise, ne la laissant pas mettre un centimètre d'espace entre eux. Elle devait arranger les choses avec ses amis.

— En gros, j'ai demandé à adopter les filles, et la dame a dit que je devais être mariée. Ace l'a convaincue que nous étions déjà fiancés, et elle a suggéré que nous nous mariions sur-le-champ. J'ai dit à Ace que nous pourrions obtenir une annulation quand on sera de retour aux États-Unis... dès que ce sera sûr et que les filles ne pourront pas nous être enlevées.

Piper ne parvint pas à regarder Ace pendant qu'elle donnait ses explications. La cérémonie qui avait semblé quelque peu romantique il y a un instant semblait maintenant clinquante et bon marché. Elle était plus que consciente qu'elle portait un énorme t-shirt et un jogging coupé. Pas exactement la belle robe qu'elle avait toujours imaginé porter quand elle ferait enfin le grand saut.

— Qui aurait cru que tu serais le premier à te marier, dit Bubba, puis il se mit à rire et donna une nouvelle tape dans le dos de son ami.

— Félicitations, mec.

— Merci, dit facilement Ace. Rocco, j'ai besoin de ton aide.

— Tout ce que tu veux, répondit immédiatement l'autre homme.

— Eh bien, en fait, j'ai besoin de Tex. Il nous faut une

demande soumise à l'USCIS, comme hier. Et il faut qu'elle soit accélérée. J'imagine que Tex a probablement quelques contacts là-bas, depuis qu'il a adopté sa fille d'Irak. Dis-lui d'utiliser mon adresse sur les formulaires, car c'est là que nous allons vivre. Et comme nous ne connaissons pas le nom de famille des filles, dis-lui d'utiliser Morgan. Autant commencer comme nous allons continuer. Il a mon entière permission de tirer toutes les ficelles nécessaires pour que ça marche, pour moi et Piper. Vérifications des antécédents, entretiens avec les voisins, tout ce que tu veux.

Rocco sourit.

— Il va adorer ça. Et je l'appellerai sur le chemin du retour à l'auberge. Si je connais Tex comme je pense le connaître, il recevra demain en fin de journée un dossier complet avec tous les formulaires signés et les pièces justificatives requises.

— Merci, répondit Ace.

Pour la première fois, Piper sentit une graine d'espoir s'épanouir au fond de sa poitrine. Elle ne s'inquiétait pas que ce Tex s'immisce dans sa vie privée. Elle n'avait rien à cacher. Elle était la personne la plus ennuyeuse qui soit. Ses finances étaient bonnes, même si elle n'avait pas autant d'argent qu'elle aurait pu le souhaiter sur ses comptes. Ses voisins l'aimaient bien. Tex ne trouverait aucun cadavre dans ses placards parce qu'elle n'en avait pas.

Cela pourrait bien marcher.

Merde, elle était sur le point de devenir mère de trois enfants mais surtout... une mère de trois enfants mariée !

— Ace ?

Il se retourna pour la regarder.

— Oui ?

Et soudain, tout ce qu'elle voulait dire sortit de sa tête. En regardant son mari, Piper fut incapable de prononcer un seul mot. Elle était nerveuse, étourdie et reconnaissante. Elle était bouleversée et avait envie de pleurer et de rire en même temps. Bref, elle était dans un sale état.

Comme s'il avait compris, Ace la prit à nouveau dans ses

bras. La tête appuyée contre sa poitrine, un torse bien musclé sans veste blindée, Piper pouvait à la fois entendre et sentir son cœur battre sous sa joue. Elle demeura immobile. Elle n'avait toujours aucune idée de ce qu'elle faisait, mais pour la première fois en une semaine, elle avait le sentiment qu'après tout, les choses pourraient bien se passer.

# CHAPITRE HUIT

Rocco et Phantom repartirent directement à l'auberge, et Piper, Ace et Bubba firent quelques haltes pour acheter des vêtements, des jouets et de la nourriture pour les filles. Comme ils allaient probablement rester un jour ou deux de plus en ville, ils voulaient s'assurer qu'elles auraient tout ce ce qu'il leur fallait. Lorsqu'ils revinrent à l'auberge, ils avaient chacun une valise pleine de produits de première nécessité pour les filles et Piper.

Ace avait même réussi à s'éclipser pendant que Bubba et Piper marchandaient quelques robes pour les filles afin d'acheter une bague pour Piper. Il s'agissait d'une copie bon marché qui ferait probablement virer son doigt au vert, mais Ace voulait être sûr que tous ceux qui prenaient la peine de regarder verraient la bague à son doigt. Il la remplacerait par un énorme diamant dès leur retour en Californie, car il ne voulait pas qu'elle passe un seul jour sans porter le symbole de leur union.

C'était fou, cette possessivité et cet instinct de protection qu'il ressentait pour Piper, mais il ne pouvait pas nier que ces sentiments étaient là. Lorsque l'employée de l'ambassade lui avait dit que Piper devait être mariée pour pouvoir adopter les filles, il n'avait même pas hésité. Son histoire était un peu bancale, mais il ne s'en souciait pas puisque la femme l'avait crue. Et maintenant, il était marié.

Lui. Marié.

Son esprit s'embrouillait... mais il avait aussi l'impression que c'était inéluctable.

Il ne la connaissait que depuis quelques jours, et comme elle l'avait dit, ils n'étaient pas amoureux, mais il ressentait plus pour Piper après seulement trois jours que pour toute autre femme avec laquelle il était sorti. Tout se passerait bien, il n'avait aucun doute.

Et Ace n'avait pas honte d'admettre qu'il n'avait pas épousé Piper uniquement pour le bien des enfants. Oui, il les voulait autant qu'elle, mais au fond, il voulait aussi Piper. Il était impatient qu'elle emménage dans sa maison. De la voir tous les jours. De la connaître sans avoir à faire face à une bande de rebelles et à des bestioles effrayantes. Il voulait la voir créer ses bandes dessinées et découvrir ce qu'elle souhaitait pour son avenir. Il ignorait quel était son plat préféré ou ce qu'elle aimait regarder à la télévision. Mais c'était des choses superficielles. Il connaissait ses réactions quand elle était sous pression. Il savait qu'elle était équilibrée, généreuse et compatissante.

Et après ce premier baiser, il était certain qu'elle était passionnée. Il le sentait sur ses lèvres, dans la vigueur avec laquelle elle avait inconsciemment attrapé sa chemise. Il le sentait dans l'inclinaison de sa tête pour se rapprocher de lui. Il l'entendait dans les petits bruits qu'elle faisait au fond de sa gorge.

Oui, il avait hâte de connaître Piper Johnson. Ou plutôt, Piper Morgan.

Ils entrèrent dans la grande chambre qui leur avait été donnée à l'auberge et virent Rani et Sinta jouer au morpion sur un morceau de papier, quand Kemala se tenait une fois de plus à côté de la fenêtre, à regarder dehors.

Gumby et Rex se dirigèrent immédiatement vers eux.

— J'ai entendu dire que des félicitations étaient de rigueur, dit Rex avec un grand sourire.

— Quand tu décides de faire quelque chose, tu le fais à fond, n'est-ce pas ? demanda Gumby en riant.

Ace serra la main de ses deux amis, puis il tendit à nouveau la main à Piper. Ça faisait du bien de s'accrocher à elle.

— Merci. Tout va bien ici ?

— Oui, répondit Rex en baissant la voix. Bien que Phantom ait marmonné qu'il allait retourner à l'orphelinat pour récupérer Kalee. Il dit que si on doit rester ici quelques jours de plus, il doit prendre le temps d'aller la chercher.

Ace détestait le désespoir qui traversait le visage de Piper. Il secoua la tête.

— Honnêtement, je ne pense pas qu'on ait le temps. J'ai le sentiment que Tex va régler cette demande en un temps record. Vous savez déjà qu'il ne plaisante jamais, et la dernière chose qu'on veut faire, c'est de traîner ici une fois qu'on aura l'autorisation d'adopter les filles.

— Vous allez vraiment le faire ? demanda Gumby. Tu ne vas même pas y réfléchir un peu ? Franchement, j'ai eu un chien sur un coup de tête, mais un enfant n'est pas comme un animal de compagnie. Et trois ? demanda-t-il en secouant la tête. C'est beaucoup.

Ace hocha la tête. Il comprenait ses inquiétudes. Pour la plupart des gens, décider d'adopter trois filles pouvait sembler extrême et hors du commun, mais depuis Bahreïn, où il avait été plus proche de la mort qu'il ne l'avait été depuis très longtemps, il pensait aux enfants. Il regrettait de ne pas avoir fondé une famille. Il avait les moyens et la capacité de s'occuper de Rani, Sinta et Kemala, alors pourquoi ne le ferait-il pas ?

— Tu n'as pas vu ce soi-disant orphelinat aujourd'hui, Gumby. Cette femme vend littéralement les filles dont elle a la charge. Nous avons croisé pas moins de douze enfants mendiant dans la rue en nous rendant à l'ambassade. J'ai vu des filles pas plus âgées que Kemala marcher bras dessus bras dessous avec des hommes trois fois plus âgés. Ce n'est peut-être pas la façon dont je pensais avoir des enfants, mais je ne panique pas et je ne regrette absolument pas ma décision.

Les yeux de Gumby se tournèrent vers Piper, et Ace se raidit devant le regard qu'il lui lança. Il savait déjà qu'il n'allait pas aimer ce que son ami allait lui dire. Avant de pouvoir le prévenir de faire très attention et de ne pas l'insulter, Gumby continua.

— Et toi ? Sans vouloir t'offenser, Piper et toi vous ne vous connaissez même pas. Se marier, c'est un peu beaucoup.

Ace lâcha la main de Piper et fit un pas en avant, la poussant derrière lui.

— Chaque fois que quelqu'un commence une phrase par « sans vouloir t'offenser », il va inévitablement être offensant, grogna-t-il.

— C'est bon, répondit doucement Piper, en se mettant sur le côté.

Elle croisa le regard de Gumby puis de Rex et dit fermement :

— Je n'ai pas demandé à Ace de m'épouser. En fait, personnellement, je pense qu'il est fou. J'ai proposé d'annuler le mariage quand nous rentrerons aux États-Unis.

— Nous n'annulerons pas notre mariage, insista Ace.

Mais Piper l'ignora et continua à parler.

— On n'a pas eu le temps de parler de beaucoup de choses. Je suis prête à signer un contrat prénuptial si ça le met à l'aise, lui et vous. Ou est-ce que ce serait un contrat postnuptial maintenant ? Je ne sais pas comment ça fonctionnerait. Je n'ai pas beaucoup d'argent, mais j'ai économisé un peu. Je n'ai pas épousé Ace pour l'argent, ou l'assurance maladie, ou quoi que ce soit d'autre... je ne dis pas que c'est ce que vous sous-entendez, je voulais juste que ce soit clair.

— Alors pourquoi l'avoir épousé ? demanda Phantom qui se tenait tout près.

Les autres gars s'étaient rapprochés et écoutaient maintenant la conversation.

Une fois de plus, Ace eut envie de dire à ses amis d'arrêter, mais s'il était honnête avec lui-même, il était curieux de connaître la réponse de Piper.

Il était fier de la détermination avec laquelle elle regarda Phantom dans les yeux lorsqu'elle répondit.

— Je pourrais probablement dire que c'est parce que c'était la seule façon de ramener les filles à la maison. Ou je pourrais dire que c'est parce que je suis reconnaissante d'avoir été secourue. Bien que ces deux choses soient vraies, la vraie raison est que lorsque je suis près de lui, la vie semble cent pour cent plus excitante. Et je ne parle pas de son travail ou du fait que nous nous sommes rencontrés alors que nous étions en train de fuir des hommes qui voulaient nous tuer. Je parle d'un sentiment ici...

Elle toucha sa poitrine au-dessus de son cœur.

— Être près de lui me donne envie d'être une meilleure personne. Il me fait sourire même quand il n'y a rien de joyeux. Et je sais que c'est idiot, puisque nous ne nous connaissons que depuis quelques jours, mais quand je pense à rentrer chez moi en Californie et à ne plus jamais le revoir, je me sens physiquement malade. Vous avez raison, nous ne sommes pas amoureux l'un de l'autre. Pas encore... c'est trop tôt. Mais j'ai le sentiment que s'il y a un homme que je pourrais aimer, et avec qui je pourrais être heureuse de me réveiller dans soixante ans... c'est bien lui.

Le silence accueillit ses mots alors que les six SEAL endurcis se contentaient de la regarder.

Ace vit Piper déglutir nerveusement alors qu'elle demandait à Phantom :

— Est-ce que c'est assez bien pour vous ?

Ace savait que son ami n'était pas très émotif. Ce qui lui était arrivé en grandissant avait profondément enfoui ses émotions. Mais ce qu'il vit sur son visage à ce moment-là, c'était du respect. Et même de l'admiration.

Il hocha la tête une fois.

— C'est parfait, dit-il doucement, puis il lui tendit la main. Bienvenue dans la famille.

Ace se détendit tandis que Piper le tenait fermement par la main. Puis Phantom la fit sursauter en la tirant dans ses bras. Il l'étreignit rapidement avant de la relâcher et de reculer.

Ace récupéra rapidement sa femme et la serra contre sa poitrine. Il aimait Phantom comme un frère, mais les seuls bras qu'il voulait lui donner étaient les siens.

— Je pense que vous allez rapidement devoir mettre en pratique vos compétences parentales, leur dit Phantom en penchant la tête vers la fenêtre où se tenait Kemala. Il y a assez d'hormones d'adolescente en colère qui viennent de cette direction pour nous étouffer tous.

Ace étouffa un rire. Kemala représenterait certainement un défi. Mais un défi pour lequel il était plus que prêt. Piper se retira de ses bras et se dirigea immédiatement vers Kemala. Elle jeta un coup d'œil à Rani et Sinta, qui jouaient encore à leur jeu, sans leur prêter attention.

Sachant qu'ils n'avaient pas vraiment été silencieux, mais ne sachant pas trop ce que Kemala pouvait entendre ou comprendre, Ace suivit Piper de près. Il n'allait pas la laisser se lancer là-dedans avec l'adolescente sans être à ses côtés.

En s'approchant des deux femmes, il entendit Piper lui demander :

— Est-ce que ça va ?

— Oui, répondit Kemala peu après.

— Tu ne me sembles pas aller bien, continua doucement Piper.

Kemala souffla et se tourna vers Piper. Ses bras étaient croisés sur sa poitrine, ses cheveux noirs étaient propres mais en désordre autour de son visage, et ses yeux étaient plissés.

— Pourquoi tu ne pars pas maintenant ? demanda-t-elle d'un ton furieux.

— Partir ?

— Oui. Nous sommes ici à Dili. Il est temps pour vous de rentrer chez vous aux États-Unis.

— Je voulais m'assurer que toi et les filles étiez en sécurité avant de partir, commença Piper.

— Nous étions en sécurité dans notre maison. Maintenant, nous sommes parties. Pas de maison ici en ville. Et maintenant ?

Pour quelqu'un qui ne connaissait pas beaucoup l'anglais, Kemala avait fait un très bon travail pour faire passer son message. Ace vit le visage de Piper se décomposer, mais elle fit de son mieux pour contenir ses émotions.

— Nous avons visité un orphelinat privé aujourd'hui, mais ce n'était pas bien. Je fais ce que je peux légalement faire pour m'assurer que vous êtes en sécurité, continua Piper.

— Je sais, l'interrompit à nouveau Kemala. Tu épouses Ace. Bien. Maintenant, pars.

Piper fronça les sourcils.

— Partir ?

— Partir, confirma Kemala. Retour aux États-Unis. Rani, Sinta, et moi allons bien.

Piper attrapa l'adolescente, mais elle tenta de se dégager.

Ace en avait assez entendu. Il savait que Kemala était perturbée et effrayée, mais il ne tolérerait pas qu'elle soit irrespectueuse et méchante avec Piper.

— Oui, Piper et moi nous sommes mariés aujourd'hui. Tu veux savoir pourquoi ? demanda Ace.

— Le sexe, répondit Kemala en pinçant ses lèvres.

Ace ne voulait pas parler de sexe avec sa future fille.

— Non, nia-t-il. Ce n'est pas pour ça. C'est parce que le gouvernement n'aime pas que les adoptants potentiels soient des femmes célibataires. Ils veulent des couples mariés.

Kemala le fixa en état de choc.

— Tu comprends ce que je dis ? demanda Ace, à voix basse. Piper m'a épousé parce que ça lui permettrait d'adopter plus facilement. Et je l'ai épousée parce que je l'admire. J'aime être avec elle, et grâce à elle, je ressens quelque chose au fond de moi que je n'ai jamais ressenti avec une autre femme. J'ai hâte de mieux la connaître et de découvrir ce qui la rend heureuse et ce qui la rend triste. C'est pour cela que nous nous sommes mariés.

Au lieu de calmer Kemala, ses paroles semblaient la mettre encore plus en colère. Elle serra les poings et les planta sur ses hanches.

— Alors tu te maries pour emmener Rani avec toi ? demanda-t-elle.

— Oui, commença Piper, mais Kemala l'interrompit encore une fois.

— Mignonne petite Rani. Pas surprise. Tout le monde veut des petites filles. Bien. Je m'occupe de Sinta. Je n'ai pas besoin de toi !

— Kemala, je te veux toi et Sinta aussi, ajouta rapidement Piper.

Elle avait choqué la jeune fille en la réduisant au silence.

Ace la rassura également.

— Piper et moi allons toutes vous adopter. Rani, Sinta, et toi, Kemala. Nous vous voulons toutes. Nous vous ramènerons toutes les trois aux États-Unis dès que le gouvernement nous donnera son accord.

Les yeux de Kemala devinrent énormes alors que son regard passait de Ace à Piper puis revenait à Ace.

— Mais Rani et Sinta sont jeunes, protesta-t-elle.

— Oh, chérie, dit Piper. Toi aussi, tu es encore jeune. Même si je sais que tu n'en as pas envie parfois.

Elle secoua la tête.

— Tu ne peux pas vouloir de moi.

— Je te veux, insista Piper.

— Quand nous étions à l'ambassade, Piper et moi avons

discuté de ce qui se passerait si on nous disait que nous ne pouvions prendre qu'une seule fille, expliqua Ace sur un ton doux.

— Ace, non, supplia Piper.

— Elle a besoin de savoir, dit Ace sans détourner le regard de Kemala. Tu veux savoir qui Piper a dit qu'elle choisirait si on lui donnait seulement la permission d'adopter l'une d'entre vous ?

Les yeux de Kemala se dirigèrent vers le matelas au milieu du sol où les deux autres filles avaient mis de côté leur jeu et dormaient maintenant avant de revenir au regard d'Ace.

Il secoua la tête.

— Non. Pas Rani. Pas Sinta. Elle t'a choisie, Kemala. Si le gouvernement dit que nous ne pouvons adopter qu'une seule enfant, tu es son choix.

L'adolescente regarda Piper.

— Moi ?

Elle fit un signe de tête.

— Oui.

— Pourquoi ?

— Parce que c'est toi qui as le plus besoin de moi, dit Piper.

Kemala trébucha en s'avançant vers Piper. Elle tomba à genoux puis enroula ses bras autour des jambes de Piper. Elle inclina la tête et ses épaules furent secouées de tremblement.

— Kemala ? demanda Piper, essayant vainement d'amener la jeune fille à la regarder.

Après quelques instants, Kemala leva enfin les yeux.

— J'ai peur, admit l'adolescente. Je savais que tu partirais. Je ne comprends pas la ville. Je vis dans les montagnes.

Ace passa un bras autour de Kemala, l'aidant à se relever. Tous les trois se mirent debout, accrochés dans leur propre petit cocon. Ace savait que ses coéquipiers pouvaient entendre leur conversation, mais à ce moment, cela n'avait pas d'importance.

— J'ai peur aussi, admit Piper. Je ne sais pas si je serai une bonne mère. Je vais probablement tout rater en beauté, mais je suis prête à essayer.

Ace vit que Kemala n'avait pas compris la deuxième partie de ce que Piper avait dit.

— Nous n'avons jamais été parents et nous aurons besoin de ton aide avec Rani et Sinta. Tu nous aideras ? Comme tu l'as fait depuis que nous avons quitté la montagne ?

Kemala acquiesça avec empressement.

— Je vous aiderai.

Piper sourit et posa une de ses mains sur la joue de Kemala.

— Je te veux, Kemala. Je veux t'emmener aux États-Unis et t'inscrire à l'école. Tu vas devenir une femme étonnante, qui réussira. Je le sais, c'est tout.

— L'école ? demanda Kemala, et son visage s'illumina.

— J'espère qu'elle sera toujours aussi excitée à l'idée d'aller à l'école dans quelques années, marmonna Ace.

Piper se tourna vers lui pour se moquer de son regard avant de se retourner vers Kemala.

— Oui. L'école.

— J'aime l'école. Rends l'anglais meilleur.

— Oui, ça va le faire.

— Kemala, reprit Ace et elle se tourna pour le regarder. Ce n'est pas encore officiel. Nous devons retourner à l'ambassade demain. Il y a beaucoup de papiers à remplir avant de pouvoir vous emmener toutes les trois aux USA.

L'adolescente acquiesça sobrement, et l'excitation dans ses yeux s'atténua un peu.

— Mais tu as un rôle très important à jouer dans tout ça.

Elle pencha la tête d'un air interrogatif.

— Une partie du processus d'adoption consiste à ce que vous et les autres filles soyez interrogées par une personne du gouvernement. Il faut que vous le vouliez. On ne peut pas décider de vous adopter comme cela. Tu dois aussi vouloir que nous soyons tes parents. Vous avez le choix. Tu comprends ?

Kemala acquiesça lentement.

— Oui. Si nous ne voulons pas des États-Unis, vous ne nous prenez pas.

— C'est vrai, lui dit Ace. Toi, Rani et Sinta parlerez à quelqu'un dans une pièce sans Piper et moi. On vous demandera si vous nous aimez. Si vous voulez y aller.

— Si je dis oui, on y va ? demanda Kemala.

Ace sourit.

— J'espère que ce sera aussi facile que ça, oui.

— Alors je dis oui, dit Kemala d'un signe de tête. Je veux aller aux États-Unis. Pas rester ici. Kalee m'a parlé des États-Unis. Beaucoup d'arbres. L'école. La liberté. Pas de tirs.

Ace n'allait pas entrer dans les statistiques de la criminalité avec l'adolescente, alors il se contenta de hocher la tête.

— C'est vrai.

— Et on vivra avec toi et Ace ? demanda-t-elle à Piper.

Elle fit un signe de tête.

— Oui. Aussi longtemps que vous le voudrez.

Puis, tout à coup, Kemala éclata à nouveau en sanglots. Piper la prit dans ses bras et la serra simplement. Ace enveloppa ses deux filles dans ses bras et les berça.

Il ne savait pas depuis combien de temps ils étaient restés là quand le bruit des coups de feu retentit de l'extérieur de la fenêtre. Ce n'était pas proche, mais ce n'était pas non plus très loin.

— Merde, murmura Rocco en se pressant devant eux pour regarder par la fenêtre.

Il n'y avait rien à voir, mais d'autres coups de feu retentissaient au sud.

— On dirait que les rebelles ont décidé de passer à l'action, dit Bubba.

En soupirant, Ace s'éloigna de Piper et de Kemala. Il prit le temps d'essuyer une larme du visage de l'adolescente.

— Ça va maintenant ?

— Bien, dit-elle avec un signe de tête.

Puis il caressa le visage de Piper.

— Tu vas bien ?

Elle lui sourit.

— Oui.

Sans réfléchir ni hésiter, Ace se pencha et couvrit les lèvres de Piper avec les siennes. C'était un baiser court et doux, mais il était aussi incroyable que leur premier baiser.

— Pourquoi ne pas réveiller Rani et Sinta et montrer à nos filles ce que tu as fait pour elles aujourd'hui ?

Piper passa sa langue sur ses lèvres, ce qui donna envie à Ace de l'embrasser à nouveau, et il eut l'impression de mériter une médaille quand il s'éloigna. Elle hocha la tête et se tourna vers Kemala.

— Nous sommes allés faire des courses. Tu veux voir ce qu'on a ?

Agissant comme n'importe quel adolescente, Kemala hocha rapidement la tête. Puis elle dit :

— Je prends Rani et Sinta.

Elle se dirigea vers le matelas, et Piper attrapa Ace par le bras.

— Sommes-nous en sécurité ici ? Les rebelles vont-ils bombarder la ville ?

— Nous sommes aussi en sécurité que possible, répondit-il. Nous sommes près de la côte, je doute qu'ils aient la puissance de feu nécessaire pour atteindre cette distance.

— Et même s'ils descendent et envahissent la ville, ils se concentreront très probablement sur la zone autour du bâtiment du gouvernement, expliqua Rocco.

— Ils auront aussi moins tendance à envahir une auberge délabrée que l'un des hôtels touristiques de luxe, ajouta Gumby.

— Je n'ai aucune idée du nombre de personnes qu'ils ont, mais si les choses deviennent trop risquées, nous évacuerons vers l'ambassade, assura Rex.

— Tu es en sécurité, conclut Ace. Toi et nos filles serez en sécurité. Fais-moi confiance et fais confiance à mes amis pour te ramener chez toi.

— Je vous fais confiance, dit doucement Piper. Merci.

Ace la regarda alors qu'elle se dirigeait vers l'endroit où Kemala réveillait les fillettes en leur faisant des câlins. Il était heureux de constater qu'il y avait beaucoup moins de tension entre Piper et Kemala. Ils n'avaient plus qu'à se soucier des papiers d'adoption.

Les rebelles. Ils pouvaient devenir soit un énorme problème soit un léger désagrément. Quoi qu'il en soit, Ace se sentirait mieux une fois qu'ils seraient dans un avion pour les États-Unis.

— Allez, Tex, murmura-t-il. J'ai besoin que tu t'en sortes bien.

# CHAPITRE NEUF

Les choses étaient devenues chaotiques en ville. Les rebelles semblaient avoir plus de puissance de feu qu'on ne l'imaginait, mais comme l'avaient dit les SEAL, ils concentraient leurs efforts sur la capitale et les bâtiments gouvernementaux.

Cela ne signifiait pas pour autant que la situation était la même ailleurs. Tout le monde était sur les nerfs et les gens restaient chez eux. Piper avait à peine dormi la nuit précédente, bien qu'elle ait fini par se retrouver une nouvelle fois sur Ace. Ce dernier en avait eu assez de la voir se retourner, alors il avait fini par la rejoindre pour l'aider, comme il l'avait fait durant leur fuite.

— Peut-être que maintenant tu vas pouvoir dormir, avait-il murmuré.

Elle se sentait beaucoup plus en sécurité et heureuse de le voir sous elle, mais chaque fois que des coups de feu retentissaient de l'extérieur, elle se rappelait les jours cachée sous la cuisine avec les filles et priait pour que les rebelles ne les trouvent pas.

Elles n'étaient plus dans un vide sanitaire et elles avaient six Navy SEAL pour les protéger cette fois, mais son cerveau ne trouvait pas la paix et ne la laissait pas dormir. Ace savait parfaitement qu'elle ne dormait pas, mais il ne disait rien. Il se contentait de la serrer contre lui et de lui caresser le dos.

Elle finit par s'endormir, mais fut réveillée à l'aube par le bruit des vomissements de Rani. Apparemment, la nourriture qu'elle avait ingurgité la veille était trop riche pour son estomac vide. Piper passa la matinée à essayer de distraire les filles avec des dessins rigolos, du morpion et la lecture d'un livre pour enfants qu'elles avaient pris la veille.

Kemala fut d'une grande aide, et son attitude prit un tournant radical. L'adolescente maussade et lunatique avait disparu, remplacée par une jeune fille désireuse de faire plaisir et qui faisait tout son possible pour aider. Piper dut admettre que le changement était agréable, mais elle ne voulait pas non plus qu'elle se sente obligée de toujours veiller sur Rani et Sinta. Elle espérait qu'à leur arrivée en Californie, Kemala se détendrait un peu.

C'était maintenant la fin de l'après-midi, et Rocco et les autres avaient pris la décision de retourner à l'ambassade américaine. Ils n'avaient plus entendu parler de la demande d'adoption, mais les coups de feu se rapprochaient de plus en plus de l'auberge, et personne ne voulait risquer d'être coupé de l'ambassade.

Ils se mirent alors en route, par petits groupes, et arrivèrent enfin devant l'édifice modeste mais bien fortifié. Cette fois, des gardes armés se tenaient à l'intérieur des portes et il leur fallut montrer leur passeport américain pour pouvoir entrer. Ils durent néanmoins patienter à l'extérieur jusqu'à ce que la même employée qui avait rencontré Piper la veille se porte garante pour eux et donne la permission aux trois filles d'entrer également.

Piper, Ace et les enfants furent conduits dans une pièce, et les SEAL dans une autre.

— Du nouveau sur la demande ? demanda Ace.

La femme serra les lèvres et secoua la tête, incrédule.

— Si je ne l'avais pas vu de mes propres yeux, je ne l'aurais pas cru.

— Quoi ? demanda Ace, anxieux.

— Nous avons reçu l'approbation de l'USCIS pour votre adoption aujourd'hui. Ils ont reçu la demande et l'ont envoyée cet après-midi. Tout ce qui reste à faire, c'est que les filles rencontrent le représentant du gouvernement et qu'il signe, et elles seront toutes à vous.

Piper se tourna vers Ace et lui murmura :

— Ce Tex s'est vraiment bien débrouillé.

— C'est Tex, répondit-il, avant de se tourner vers l'employée. Y a-t-il une chance que l'entretien ait lieu cet après-midi ?

Elle avait l'air sceptique.

— Avec les escarmouches qui ont éclaté, tout le monde est sur les nerfs. Je ne suis pas sûre que quelqu'un pourra venir ici, ou voudra venir. Pas pour quelque chose d'aussi insignifiant qu'une adoption.

Piper pinça ses lèvres avec agacement. Elle tenait les mains de Rani et de Sinta, et elle les serrait de façon rassurante pour éviter d'étrangler l'employée. Mais elle n'avait aucune raison de s'inquiéter. Il était hors de question qu'Ace laisse passer le commentaire de l'employée.

— Insignifiant ? Cela peut vous sembler ainsi, ou à un autre employé du gouvernement surchargé, mais pour nous, c'est le jour le plus important de notre vie. Vous voyez ces filles ? demanda-t-il, en montrant Rani, Sinta et Kemala.

Sans attendre que la femme fasse un signe de tête, il continua.

— Elles ont attendu ce jour toute leur vie. Après l'adoption, elles n'auront pas à s'endormir en priant pour que quelqu'un les réclame. Elles n'auront pas à s'inquiéter de savoir si elles auront à manger. Elles sauront qu'elles ont deux parents qui les aiment, qui les aimeront toujours et qui veulent ce qu'il y a de mieux pour elles. Chaque jour qui passe est un jour supplémentaire qu'elles vivent dans la crainte d'être abandonnées et de devoir se débrouiller seules.

L'employée eut l'air plus compatissant, mais elle ne prit pas immédiatement le téléphone pour demander à quelqu'un de venir interroger les filles.

— Je suis sûr que vous vous demandez comment nous avons pu soumettre cette demande et avoir l'accord si rapidement, déclara Ace sur un ton faussement amical.

La femme acquiesça avec enthousiasme.

— Oui. En fait, toute l'ambassade ne parle que de ça.

— Je suis un Navy SEAL. Tout comme les cinq hommes qui se tiennent dans l'autre pièce. Nous avons des relations que vous ne pouvez qu'imaginer. Nous sommes envoyés dans des pays pour faire face au pire de l'humanité, et nous le faisons jour après jour sans demander un merci ou une once de reconnaissance. Mais vous pouvez parier que lorsque l'un d'entre nous a besoin d'une faveur, nous avons des gens qui se plient en quatre pour que nous obtenions cette faveur. Tout ce que je veux, c'est obtenir une signature sur les papiers et obtenir des passeports américains pour pouvoir ramener mes filles chez moi et quitter ce pays. C'est ce que vous voulez aussi, non ?

— Bien sûr, mais...

— Je suppose que ce ne serait pas une bonne chose si ces rebelles découvraient que six SEAL se terrent dans l'ambassade américaine, n'est-ce pas ? demanda Ace.

Piper le fixa du regard. Essayait-il d'intimider la femme ?

— Nous n'annonçons pas nos déplacements, mais beaucoup de gens nous ont vus. Les chauffeurs de taxi, les vendeurs dans les magasins, les employés de l'auberge... les nouvelles circulent, je suppose. Et si j'étais un rebelle, je voudrais d'abord m'occuper des éléments les plus dangereux, pour me faciliter la tâche et celle de ma cause.

Putain de merde, Ace faisait exprès d'être intimidant. Piper retenait son souffle et serrait encore plus fort les petites mains dans les siennes.

— Vous avez raison, je m'excuse, répondit la femme avec fermeté. Je vais appeler et voir si je peux convaincre quelqu'un de venir faire passer l'entretien. Je suis sûre que vous et vos... amis... souhaitez rentrer chez vous le plus vite possible.

— Nous vous en remercions, fit simplement Ace, comme s'il ne lui avait pas forcé la main.

— Si vous voulez bien attendre ici, dit-elle avant de se glisser hors de la pièce.

— Ace... dit Piper, mais il lui coupa la parole.

— Je sais, ce n'était pas cool. Mais j'en avais marre de son attitude condescendante. Et si ça nous fait sortir d'ici plus vite, tant mieux, reprit-il avec un petit sourire.

— Mais je croyais que vous deviez être discrets ?

Il haussa les épaules.

— Je pense qu'on a renoncé à faire profil bas quand on a passé une heure à se balader dans les magasins du coin. On ne se fond pas vraiment dans la masse.

C'était très vrai. Avec leur barbe, leurs muscles et leur air de dur à cuire, personne ne pourrait les voir autrement que comme des soldats. Et avec leur accent prononcé, il ne serait pas difficile pour quiconque de savoir d'où ils venaient.

Piper s'agenouilla et retourna Rani et Sinta pour leur faire face.

— Ok, les filles, espérons que bientôt, on vous demandera d'aller parler à quelqu'un pour savoir si vous voulez venir aux États-Unis avec Ace et moi.

— Oui ! dit Sinta avec enthousiasme.

Piper sourit.

— Soyez juste honnête avec l'homme quand il vous posera des questions. Vous pouvez parler de ce qui s'est passé dans les montagnes, dans votre ancienne maison. Ça ira.

Kemala se mit soudain à parler en tetum aux autres filles. Rani et Sinta la regardèrent fixement pendant un long moment, puis hochèrent la tête quand elle eut fini.

— Qu'est-ce que tu leur as dit ? demanda Ace.

— Que c'est la meilleure chose qui nous soit arrivée. Et nous devons dire et faire tout ce qu'il faut pour que l'homme nous laisse partir avec vous. S'il ne le fait pas...

Sa voix se brisa et Piper vit des larmes au bord de ses yeux.

Elle se leva et prit les mains de l'adolescente.

— Il vous laissera partir avec nous. Je le sais. Dis-lui juste que c'est ce que tu veux. Il t'écoutera.

La porte se rouvrit alors, et la femme de l'ambassade revint dans la salle.

— Quelqu'un sera là dans cinq minutes. Je peux emmener les filles dans la salle d'interrogatoire maintenant.

Piper se leva et prit une profonde respiration. C'était le moment. Mais elle détestait laisser les filles hors de sa vue. Et si la femme les emmenait, puis les faisait sortir par la porte de derrière ou autre chose ?

Comme si Ace pouvait lire dans ses pensées, il passa son bras autour de la taille et la tira vers lui.

— Tout ira bien. On va sortir et attendre avec mes coéquipiers.

Quand la femme hocha la tête, il demanda :

— Combien de temps durent les entretiens d'habitude ?

— En général, environ une demi-heure, mais je suppose que celui-ci ne sera pas aussi long, répondit-elle d'un air entendu.

Ace fit un signe de tête, comme si elle avait dit exactement ce qu'il s'attendait à entendre.

— Rani ne parle pas beaucoup, annonça Piper lorsque l'employée fit un geste pour que les filles la suivent.

— Je vais en informer l'interlocuteur, dit la femme.

Lorsque Kemala passa devant lui, Ace se pencha pour lui chuchoter quelque chose à l'oreille. L'adolescente hocha la tête, puis rejoignit Rani et Sinta. Elles sortirent main dans la main en suivant l'employée de l'ambassade.

— Viens, Piper, on va attendre avec les gars.

Elle laissa Ace l'emmener vers la deuxième porte de la pièce, celle par laquelle ils étaient entrés.

— Qu'as-tu dit à Kemala ? s'enquit-elle.

— Je lui ai dit de pleurer, dit Ace sans remords.

— Sérieusement ? s'exclama Piper.

— Oui. Je suppose que le représentant du gouvernement est un homme. Et les hommes détestent quand les filles et les femmes pleurent. Si elles disent qu'elles veulent venir avec nous et qu'elles se mettent à pleurer, cet entretien sera terminé en quelques minutes.

— Mais il ne pensera pas qu'elles pleurent parce qu'elles ne veulent pas venir avec nous ?

— Je pense que nos filles vont faire savoir plus que clairement avec qui elles veulent vivre, affirma Ace avec confiance.

— C'est vrai, murmura Piper. Mais...

— Quoi ?

— Tu as dit que les hommes détestent les larmes, mais jusqu'à présent je n'ai pas eu l'impression que celles de Kemala ou les miennes t'ont dérangé.

Ace s'arrêta au milieu du couloir et prit son visage entre ses mains.

— J'ai beaucoup d'expérience avec les femmes qui pleurent, admit-il. Je déteste quand tu pleures, mais je peux faire avec, parce que verser des larmes te permet d'aller mieux. C'est une libération émotionnelle. Le genre de larmes que je ne peux pas gérer sont celles qui sont causées par la douleur physique. Ou celles qui sont dues à quelque chose que quelqu'un d'autre vous fait pour vous faire pleurer. Celles que je vais gérer à ma façon. Mais Kemala ou Rani et Sinta ou toi pleurez à cause de vos émotions. Je vous soutiendrai jusqu'à ce que vous ayez fini, puis je vous soutiendrai encore s'il le faut.

Piper déglutit péniblement pour contenir les larmes émotionnelles dont il parlait. Comme s'il savait qu'elle luttait, il sourit. Puis il se pencha en avant et déposa un baiser sur son front.

— Allez, mon cœur. Allons traîner avec les gars. Je suis sûr que Rocco pu parler au commandant via le téléphone satellite. Je sens presque l'odeur du kérosène maintenant. Si on y arrive, dans quelques heures on sera dans un avion pour quitter cet endroit.

L'excitation menaçait de submerger Piper, mais elle se retint. Les filles n'étaient pas encore à elles, et même si Ace était confiant, elle ne pouvait être sûre de rien tant qu'elle ne tenait pas trois autres passeports américains entre ses mains. Jusqu'à ce qu'ils prennent un vol pour quitter le pays avec Rani, Sinta et Kemala, elle ne pourrait pas se détendre.

Vingt minutes plus tard, la porte de la pièce où ils attendaient s'ouvrit et la même employée fit signe à Piper et Ace.

— Les entretiens sont terminés.

— Et ? demanda Gumby avec impatience.

— Les papiers ont été signés, et leurs passeports sont en cours d'impression. Il y a des frais qui doivent être payés et...

Piper n'entendit rien d'autre de ce que la femme disait. Elle se tourna vers Ace et se jeta dans ses bras.

— On y est arrivés, chuchota-t-elle.

En posant sa main sur son cou, Ace déclara à voix basse :

— Tu es officiellement une maman.

Piper le regarda quand il s'arrêta et lui répondit :

— Et tu es papa.

— Putain de merde ! dit Ace avec un sourire.

Putain de merde. Il avait raison. C'était aussi effrayant qu'excitant.

— Je vais aller m'occuper des affaires administratives, leur dit Rex, en donnant une tape dans le dos à Ace en passant.

— Merci, lui dit Ace. J'apprécie.

Il se tourna ensuite vers Rocco.

— Est-ce qu'on a une heure d'arrivée prévue pour l'extraction ?

— Vingt-deux heures, répondit immédiatement Rocco. Les plans ont un peu changé avec l'arrivée des rebelles dans la ville.

Nous allons retrouver un groupe de citoyens australiens qui ont reçu l'ordre d'évacuer. Nous allons les accompagner à Sydney, et le commandant a prévu de nous ramener en Californie avec un avion militaire.

Ace sourit à son ami et lui fit un signe de tête. Puis il regarda Piper.

— On rentre à la maison.

— Chez nous, soupira Piper. Il y a eu quelques fois où j'ai pensé que je ne sortirais jamais d'ici vivante.

Puis son expression se fit plus triste.

— Pauvre Kalee. Elle devrait être ici avec moi.

— Je jure sur ma vie que Kalee rentrera à la maison, dit Phantom à voix basse.

Piper se tourna vers lui. Elle ne comprenait pas l'obsession qu'avait cet homme pour ramener le corps de son amie aux États-Unis, mais elle l'appréciait quand même.

— Merci, lui dit-elle doucement.

Typique de Phantom, il ne répondit pas. Il se contenta de hocher la tête.

La porte s'ouvrit plus largement, et Rani, Sinta et Kemala apparurent. Sinta courut vers Piper et Ace et leur demanda :

— Je t'appelle maman ? Et papa ? demanda-t-elle.

Piper ferma les yeux pendant une seconde, submergée d'émotions.

Heureusement, Ace répondit pour elle. Il s'agenouilla et regarda les jeunes filles dans les yeux en disant :

— Vous pouvez nous appeler comme vous voulez. Mais à partir de maintenant, vous êtes à nous. Compris ?

Elles hochèrent toutes les deux la tête joyeusement et le serrèrent dans leurs bras.

Piper se dirigea vers Kemala.

— Que s'est-il passé là-bas ? Est-ce que ça va ?

L'adolescente sourit, et Piper apprécia l'illumination que ce sourire apportait à son visage et qui la rendait étonnamment jolie.

— J'ai pleuré. Sinta aussi. On a dit qu'on voulait aller aux États-Unis. Que tu nous as sauvés.

Piper lui sourit.

— Et il a dit qu'il allait signer les papiers ?

Ça semblait encore trop facile, et elle avait peur que quelqu'un entre dans la pièce et dise « Je plaisante ! ».

— Il a posé des questions sur Ace et les hommes. Il a dit qu'il allait faire vite. On a dit oui, allez-y, et il a écrit son nom sur le papier.

Piper hocha la tête en signe de soulagement. Puis elle demanda :

— Tu crois que je peux avoir un autre câlin ?

Elle tendit les bras et attendit.

Sans hésiter, Kemala sourit à nouveau et l'entoura de ses bras.

— Je serai sage, dit doucement Kemala. Merci d'avoir voulu de moi.

— Merci de me vouloir, répondit immédiatement Piper.

Elle recula et regarda Kemala dans les yeux.

— Je ferai des erreurs. Je n'ai jamais été mère avant. Mais je te promets que tout ce que je ferai, je le ferai en pensant à mon amour pour toi. D'accord ?

— L'amour ? demanda Kemala.

À ce moment-là, Piper réalisa qu'elle aimait vraiment la jeune fille.

— Oui, l'amour. Comment pourrais-je ne pas t'aimer ?

— Je ne sais pas, répondit Kemala en fronçant les sourcils.

Piper secoua la tête.

— Tu n'étais pas méchante, chérie. Tu avais peur et tu étais inquiète pour ton avenir. Je ne peux pas t'en vouloir pour ça. Sois juste patiente avec moi.

Kemala acquiesça, mais Piper n'était pas sûre qu'elle ait compris ce qu'elle disait. Elle balaya cette pensée et fit un autre câlin à sa fille.

Sa fille. Putain de merde.

Cette semaine avait été épuisante sur le plan émotionnel. Elle avait pu voir sa meilleure amie pour la première fois depuis des lustres, elle avait été poussée dans un trou, avait eu peur de mourir, avait failli mourir, avait perdu Kalee, avait marché des kilomètres et des kilomètres, s'était mariée et avait adopté trois petites filles. Elle avait eu sa part de drames, c'était sûr.

À leur retour aux États-Unis, après avoir travaillé avec M. Solberg pour organiser une cérémonie à la mémoire de Kalee, elle vivrait une vie sans drame. Elle l'avait méritée.

# CHAPITRE DIX

Ace poussa un soupir de soulagement lorsque les roues de l'avion se posèrent sur le sol de Californie. Le vol avait été sacrément long depuis Sydney. Ils avaient même fait escale à Honolulu. Bien qu'il s'agisse d'un avion militaire, ils avaient dû passer la douane à Hawaï, et Ace ne se souvenait pas d'avoir été aussi nerveux. Même s'ils avaient des passeports pour les filles, il avait retenu son souffle jusqu'à ce qu'on leur fasse signe de passer.

Ils voyageaient depuis plus de trente-six heures maintenant, et la seule chose à laquelle il pensait, c'était sa maison, son lit, et la sieste qui l'attendait.

Bien sûr, ça devrait attendre. Piper devait emménager, et ils avaient découvert pendant qu'ils étaient à Hawaï que le père de Kalee viendrait les accueillir à leur arrivée. Ace avait protesté, disant qu'il voulait simplement ramener Piper et les filles à la maison après une très longue journée de voyage, mais le commandant lui avait dit qu'il n'y avait aucun moyen d'éloigner son père.

Ace fut cependant soulagé de savoir que l'homme était déjà au courant de la mort de Kalee. Ce n'était pas facile d'annoncer à quelqu'un que son enfant était décédé, et d'après le ton de la voix du commandant, Paul Solberg le vivait mal. Peut-être qu'après avoir vu Piper et les enfants que sa fille avait largement contribué à sauver, il se sentirait un peu mieux.

Kemala et Sinta, le nez collé au hublot, furent heureuses d'apercevoir pour la première fois leur nouveau pays. Rani dormait profondément dans les bras de Rocco, la tête posée sur son épaule. Chaque fois qu'il regardait la petite fille, le cœur d'Ace semblait s'arrêter. Elle était adorable... et c'était sa fille.

Soudain, il réalisa qu'avec le départ agité du Timor Oriental, l'excitation des filles et la recherche d'endroits où dormir, il n'avait jamais donné à Piper la bague qu'il avait achetée pour elle.

Elle manipulait actuellement l'un des bagages à main qu'ils avaient achetés à Sydney et qu'ils avaient remplis de snacks et de jouets pour les filles.

— Piper ?

Elle leva les yeux vers lui – et une fois de plus, Ace n'arrivait pas à croire qu'elle était vraiment sa femme. Qu'elle l'avait épousé. Voyager avec elle avait été révélateur... dans le bon sens. Son comportement au Timor Oriental semblait correspondre à ce qu'elle était dans la vie de tous les jours. Elle ne se plaignait pas d'être fatiguée. Elle ne semblait pas perturbée par le fait que leur voyage avait été si long. Il savait qu'elle était épuisée, mais plus il la regardait, plus Ace la trouvait belle.

— Oui ?

— J'ai acheté quelque chose pour toi à Dili, et je n'ai pas eu l'occasion de te le donner jusqu'à maintenant. J'aurais dû trouver le temps plus tôt, car je sais que nous sommes tous les deux pressés en ce moment et que tu vas avoir quelques minutes difficiles quand tu verras le père de Kalee, mais je voulais être sûr que tu l'aies avant que nous descendions de l'avion.

Ace ouvrit sa main, la bague posée dans sa paume. C'était une petite aigue-marine taille princesse sertie dans un anneau en or blanc. Du moins, c'est ce que le vendeur lui avait dit. En réalité, c'était probablement un morceau de verre bleu coincé dans un métal quelconque avec quelque chose qui ressemblait à de l'or blanc.

Comme Piper se contentait de fixer la bague, Ace s'empressa de poursuivre :

— Je t'en trouverai une autre. J'ai l'impression que cette chose ne vaut pas plus de deux dollars, mais le bleu m'a fait penser à la couleur de tes yeux.

Quand elle leva la tête vers lui, il put voir les larmes dans ses yeux bleus.

Alarmé, il tenta de lui expliquer qu'il lui offrirait le vrai bijou dès que possible, mais elle avait déjà attrapé le bijou avant qu'il ne puisse parler.

Elle l'arracha doucement de sa main et l'exhiba.

— C'est magnifique, dit-elle.

Il secoua la tête.

— Je n'ai rien trouvé de mieux au Timor Oriental.

— Sérieusement, Ace. C'est parfait. Je l'adore.

Elle la fit glisser sur son annulaire gauche et Ace lui prit la main et embrassa l'anneau avant de la prendre dans ses bras. Elle se pencha immédiatement vers lui et, comme s'ils l'avaient fait tous les jours de leur vie, leurs lèvres se rencontrèrent dans un baiser doux et affectueux.

— Est-ce qu'elle te va ? demanda doucement Ace.

Piper acquiesça.

— Je vais quand même te trouver une vraie bague, lui dit-il. Et une alliance.

Elle se mordit la lèvre avant de demander :

— Est-ce que tu porteras une bague aussi ?

— Tu le voudrais ? lui demanda-t-il.

— Oui.

Sa réponse fut immédiate et ferme.

— Alors oui, j'en porterai une aussi.

— Je sais que tu m'as épousée uniquement pour qu'on puisse avoir les filles, mais tant que tu décideras que tu veux que ça continue, je ferai de mon mieux pour être une bonne épouse pour toi. Je ne sais pas ce que c'est qu'être une femme de militaire, mais je vais essayer. Je préfère être assise chez moi, seule avec mes pensées et mes bandes dessinées, mais je sais que tu as probablement besoin que je sois plus extravertie à cause de ce que tu fais.

— Piper, je ne veux pas que tu sois quelqu'un d'autre. Nous avons tous les deux des choses à apprendre l'un de l'autre, mais tu n'as pas à faire les choses différemment à cause de mon travail. Je vais te présenter à Caite et Sidney dès que possible, pour qu'elles puissent t'aider à comprendre tout ça. Mais l'essentiel, c'est que je t'ai épousé parce que je le voulais. D'accord ?

À la seconde où les mots sortirent de sa bouche, Ace sut qu'ils étaient vrais. Oui, il avait hâtivement proposé de lui faciliter l'adoption des filles, mais il savait, au fond de lui, que Tex aurait trouvé un moyen de faire sortir les filles du pays, que Piper soit mariée ou non.

Mais il ne voulait pas que le Timor Oriental marque la fin de leur histoire. Et il s'était lié à Piper de la manière la plus élémentaire possible. Il avait l'impression que leur licence de mariage brûlait sa poche, et il était impatient d'amener Piper chez lui.

Dans son lit.

Il savait que le sexe n'était pas prévu pour l'instant. Il était prêt à occuper une des chambres d'amis de sa maison jusqu'à ce qu'ils soient tous les deux à l'aise pour partager une chambre et un lit. Mais en se fiant à leur alchimie, il était fort probable qu'ils en arrivent là plus tôt que prévu, ce qui lui convenait parfaitement.

Piper était belle. Il savait que certaines personnes ne seraient pas d'accord, qu'elles la trouveraient trop ordinaire pour être le genre de femme pour laquelle les hommes se disputent et tombent à la renverse, mais pour lui, elle était parfaite.

— Je n'aurais pas dit oui si je ne voulais pas être mariée avec toi, non plus, lui dit-elle.

Ace sourit. Chaque fois qu'elle ouvrait la bouche, elle l'époustouflait.

— Piper, Ace. Regardez ! dit Kemala en montrant le hublot.

Sans quitter Piper des yeux, Ace répondit distraitement :

— Je vois.

Piper gloussa, puis se retourna pour voir ce qui excitait tant Kemala.

Ace prit une profonde inspiration pour se maîtriser. L'heure à venir allait être difficile. À la seconde où ils sortiraient de l'avion, le père de Kalee les attendrait, et ils devraient en passer par là. Ensuite, l'équipe et lui devaient débriefer, parler de ce qui s'était passé au Timor Oriental, tandis que Piper rencontrerait le personnel de la base pour obtenir leurs identifications militaires. Après cela, Ace pourrait enfin ramener ses filles à la maison.

Ses filles.

Bon sang, ça sonnait bien.

Dans les prochains jours, Piper devrait déménager ses affaires chez lui et réorganiser ses propres meubles pour y installer ceux qu'elle voudrait garder. L'idée de mêler sa vie à la sienne semblait naturelle. Et il était impatient.

Ils n'étaient pas les seuls sur le transport militaire, et pendant qu'il aidait Piper à préparer Sinta et Kemala pour le départ, il prit à Rocco une Rani encore endormie.

— Merci de l'avoir tenue, mec, dit-il à son ami.

— Quand tu veux, dit Rocco. Et je le pense vraiment. Les choses se sont passées à la vitesse de l'éclair, mais ces filles sont étonnantes. Bien élevées, douces, et elles ont un désir naturel d'apprendre autant qu'elles le peuvent. Vous avez fait le bon choix.

— Merci.

Ça signifiait beaucoup pour Ace que son ami soutienne sa démarche.

— Je ne les connais que depuis quelques jours et je ne peux déjà pas imaginer ma vie sans elles.

— Et Piper ? demanda doucement Rocco.

— Elle aussi. Il y a quelque chose en elle qui m'a saisi dès la première fois que je l'ai vue sortir la tête de ce trou dans le sol.

— Je vois ce que tu veux dire. C'est ce que j'ai ressenti pour Caite quand je l'ai vue dans cet ascenseur.

— Alors tu ne penses pas que je suis fou de l'avoir épousée ? ne put s'empêcher de demander Ace.

— Absolument pas, répondit Rocco. Si tu posais la question à Bubba, Rex ou Phantom, ils diraient peut-être oui, mais Gumby et moi savons ce que c'est que d'être bouleversé par une femme. Quand on sait, on sait. Il y a quelque chose de spécial avec la femme qui est censée être à toi. Je peux te donner un conseil ?

— Je t'en prie.

— Vous avez tous les deux beaucoup à faire avec son emménagement, l'installation des filles, leur inscription à l'école, et vos emplois. Mais ne donnez pas trop d'espace à tout ça. Ne tombez pas dans une routine que vous regretterez plus tard. Si tu veux un vrai mariage avec elle, tu vas devoir travailler pour ça. Séduis-la. Emmène-la à des rendez-vous. Inclut les filles de temps en temps, mais n'oublie pas de passer des moments de qualité en tête-à-tête avec elle aussi.

Ace réfléchit à ce que son ami disait, puis il hocha la tête. Il avait raison. S'ils s'impliquaient trop dans leur vie avec les filles, ils gâcheraient le couple qu'ils pourraient former.

— Tu peux nous aider ? Nous aurons besoin d'un baby-sitter.

Rocco sourit.

— Absolument. Peut-être que ça aidera à convaincre Caite de m'épouser le plus vite possible – et je ne serais pas non plus opposé à l'idée d'avoir des enfants. Les autres aideront aussi, j'en suis sûr.

Ace hocha la tête. Il avait les meilleurs amis du monde.

Son plan avait été de donner à Piper un peu d'espace. De ne pas la presser. Mais maintenant que Rocco lui avait fait remarquer, il réalisa que son ami avait raison. Piper et lui avaient une alchimie incroyable, mais il avait le sentiment qu'elle mettrait cela de côté pour faire ce qu'elle pensait être le mieux pour les filles. S'ils voulaient une vraie relation – et il savait que c'était le cas – ils devaient y travailler dès qu'ils seraient à l'aise tous les deux.

— Prêt ? demanda Piper à côté de lui.

Sinta et Kemala se tenaient devant elle dans l'allée. Elles portaient de nouveaux jeans et de jolis t-shirts qu'elles avaient achetés à Honolulu lors de leur escale. Leur peau couleur moka avait la brillance caractéristique de la vitalité de la jeunesse. Toutes deux portaient également les confortables tongs qu'elles avaient depuis leur fuite de Dili. Leurs cheveux avaient été domptés et leur excitation d'être dans un nouveau pays et de vivre de nouvelles expériences laissait des taches rose sur leurs joues.

Piper, en revanche, avait l'air fatigué et stressé. Elle savait aussi bien que lui que la rencontre avec M. Solberg allait être difficile.

Sans réfléchir, et avec les derniers mots de Rocco dans sa tête, Ace tendit la main qui ne tenait pas Rani et l'enroula autour du cou de Piper. Il la tira vers lui et l'embrassa passionnément pour lui faire savoir qu'elle n'était pas seule. Qu'il était là pour la soutenir et l'épauler. Il espérait ainsi lui dire que tout irait bien. Qu'ils affronteraient ensemble tous les obstacles qui se présenteraient.

Il recula mais ne la lâcha pas. Ace sentit la satisfaction le parcourir lorsque Piper n'essaya pas de se dégager de son emprise. Il la regarda dans les yeux et dit doucement :

— Tu peux le faire, Piper. Je serai là avec toi. Le père de Kalee va être bouleversé, mais il sera soulagé que tu ailles bien, et que tu aies aussi sauvé trois filles innocentes.

Elle avala de travers.

— Tu ne le connais pas. Il est… intense. Même si je connais Kalee depuis toujours, je n'ai jamais été sûre de ce qu'il pense de moi. Parfois j'avais l'impression qu'il m'aimait bien, et d'autres fois j'étais sûre qu'il me tolérait juste pour faire plaisir à Kalee.

— Il n'a pas besoin de t'aimer. Il doit juste te respecter. De plus, tu es le dernier lien avec sa fille. Il serait stupide de ne pas te vouloir dans sa vie. Tu m'entends ?

Elle hocha la tête.

— Merci d'être là.

— Ne me remercie jamais pour ça, lui dit Ace.

Puis il se pencha en avant et l'embrassa sur le front.

— Allez, finissons-en avec ça. Nous avons une longue journée devant nous, et je suis impatient de voir la réaction des filles quand elles arriveront dans leur nouvelle maison.

— Ou la mienne, dit Piper avec un sourire. D'après moi, tu vis dans un tout petit deux pièces avec une télévision de 90 pouces et c'est la quintessence de la garçonnière.

Ace partit d'un petit rire en la lâchant enfin et recula d'un pas. Elle verrait très vite qu'il avait plus qu'assez de place pour elle, leurs filles et quelques autres enfants. Il avait utilisé l'argent qu'il avait reçu après la mort de ses parents et celui qu'il avait économisé au fil des ans pour acheter une grande maison. Il avait cinq chambres, un sous-sol aménagé et une cuisine professionnelle. Il supposait que son désir d'avoir une grande famille avait joué un rôle important dans cet achat. Et même s'il avait toujours espéré rencontrer une femme qui voulait des tas d'enfants comme lui, il n'avait jamais pensé avoir autant de chance qu'en ce moment.

— J'ai raison non ? demanda Piper quand il prit trop de temps pour répondre.

— Tu vas devoir attendre pour voir, répondit Ace avec un sourire.

En réponse, Piper leva les yeux au ciel et se tourna pour encourager Sinta et Kemala à sortir de l'avion. Ace relâcha sa prise sur Rani, n'ayant pas le cœur de la réveiller, et suivit sa famille hors de l'avion sur le tarmac en direction du hangar.

Ace ne fut pas surpris de voir le Commandant North les attendre à la sortie de l'avion. Ils avaient pris un vol militaire et avaient atterri sur la base navale. Il y avait des groupes d'hommes et de femmes qui saluaient les membres de leur famille tout autour d'eux dans le grand hangar à avions, mais Ace gardait les yeux sur l'homme debout à côté de son commandant.

Paul Solberg était grand. Imposant. Plus grand que leur commandant et qu'Ace lui-même. Il était aussi enrobé. Il avait un petit ventre qu'il essayait de cacher derrière une chemise débraillée. Ses cheveux roux étaient en désordre, comme s'il s'était passé la main dessus plusieurs fois ou avait mal dormi. Il avait une barbe naissante, ce qui ne le rendait pas plus avenant.

Mais c'est son regard qui mit Ace sur les nerfs.

Il était complètement vide. Il n'avait pas l'air heureux de voir Piper, ou triste que ce ne soit pas sa fille qui descende de l'avion. C'était comme s'il rencontrait une étrangère et non la femme qui avait été la meilleure amie de sa fille pendant la majeure partie de sa vie.

Lors de leur sortie de l'avion et leur marche à travers le hangar, Piper avait réussi à prendre un peu d'avance sur lui – et un sentiment d'injustice frappa Ace comme un éclair.

Elle était en train de se retourner pour remettre Rani à Rocco une fois de plus quand elle arriva à la hauteur du commandant et de Paul Solberg.

Ace n'était qu'à quelques pas derrière elles, mais ce n'était pas assez près pour empêcher ce qui se passa. Comme s'il regardait au ralenti, Ace vit Piper s'avancer vers le père de sa meilleure amie, les bras ouverts.

Au lieu de la serrer dans ses bras, Solberg avança sa main et la gifla aussi fort qu'il le pouvait.

La tête de Piper vola en arrière et elle trébucha sur le côté avant de tomber sur le sol en béton. Le temps qu'Ace arrive à sa hauteur, elle posait une main sur sa joue et regardait Solberg avec une incrédulité stupéfaite.

— Ça aurait dû être toi, siffla Solberg.

Si Ace avait pensé que l'homme n'avait aucune émotion sur son visage auparavant, c'était maintenant tout le contraire. Il fixait Piper comme si elle avait tenu un pistolet sur la tête de sa fille et appuyé sur la gâchette elle-même.

La colère qui suintait de chaque pore de son corps n'était pas naturelle... et plus qu'étrange.

Ace s'interposa lorsque Solberg, rempli de fureur fit un pas de plus. Le commandant North attrapa rapidement le bras de l'homme, mais il fit comme s'il n'avait même pas remarqué la présence du commandant.

Le père de Kalee fit de son mieux pour regarder Piper à côté d'Ace, mais il resta sur ses positions.

— Reculez, aboya Ace, désireux de le frapper, mais ne voulant pas effrayer ses filles en montrant son côté violent.

— Dégagez de mon chemin, éructa Solberg.

— Reculez, dit Ace, en tendant les bras sur les côtés.

Il entendit un de ses coéquipiers aider Piper à se relever, mais il ne détourna pas son attention de Solberg.

Maintenant qu'il était plus proche de lui, il se rendit compte que l'homme avait l'air... déséquilibré. Ses yeux étaient injectés de sang, comme s'il avait bu ou pleuré sans arrêt. Ace supposa qu'il s'agissait plutôt de larmes, car il ne sentait pas l'alcool dans son haleine. Il voyait des taches sur la chemise de l'homme, comme s'il n'avait pas changé de vêtements depuis des jours.

Mais c'était surtout la haine dans les yeux de Solberg qui le préoccupait.

Il préférait de loin le regard vide qu'il avait vu plus tôt.

— Bouge de là. Cette salope a tué ma Kalee ! hurla-t-il.

— Paul, dit le commandant North. Piper n'a rien à voir avec la mort de votre fille.

— C'est Kalee qui aurait dû se mettre à l'abri au lieu d'elle, reprit Paul sur un ton glacial. Elle a toujours suivi ma fille. Jamais le leader. Si elle avait pris des initiatives pour une fois dans sa vie, Kalee serait encore en vie !

— M. Solberg... commença Piper derrière lui.

Comme elle s'interrompit, Ace se dit qu'un de ses amis s'était assuré qu'elle ne dirait rien d'autre qui pourrait aggraver une situation explosive. Il était évident que, quoi que Piper dise, Solberg n'en écouterait pas un mot. Dans son esprit, Piper était la raison pour laquelle sa fille était morte, et rien de ce qu'elle dirait ne pourrait changer cela.

— Ce sont les enfants ? demanda Solberg d'un ton méchant.

— Oui, dit le commandant. Voici Rani, Sinta, et Kemala. Kalee leur a sauvé la vie quand elle les a cachées des rebelles avec Piper.

— Œil pour œil, murmura Paul avec une lueur bizarre dans le regard.

— Putain, qu'est-ce que ça veut dire ? demanda Ace, d'un ton menaçant.

Solberg le regarda pour la première fois, et Ace lui rendit son regard fixe. Il s'était retrouvé face à face avec le pire de l'humanité. Il avait combattu des terroristes avec des couteaux et avec ses poings. Il avait regardé à travers la lunette d'un fusil dans les yeux d'une ordure juste avant de se faire exploser, et avec lui des dizaines de soldats courageux et dévoués. Il y avait peu de choses qu'Ace n'avait pas fait, et pas grand-chose dont il avait peur.

Mais en regardant dans les yeux sans âme de Paul Solberg, et en sachant que ses filles observaient chacun de ses mouvements, Ace fit quelque chose qu'il n'avait jamais fait auparavant.

Il battit en retraite.

En apparence, l'homme tenait le coup – à peine. Mais Solberg était une bombe à retardement, et Ace ne voulait pas que ses filles s'approchent de cet homme. Il était peut-être le père de la meilleure amie de Piper, mais leur relation s'arrêtait ici et maintenant. Si l'homme croyait vraiment que Piper était responsable de la mort de Kalee, alors il était un danger pour elle.

Sans compter qu'il avait déjà levé ses mains sur elle. Il l'avait frappée. Et il était clair qu'il ne ressentait aucun remords à ce sujet.

Utilisant les seules munitions dont il disposait pour le moment, Ace dit :

— Kalee aurait honte de vous si elle vous voyait.

Il vit que l'affront faisait mouche quand Solberg sursauta, alors il continua à parler.

— Je n'ai pas connu votre fille, mais je sais pertinemment qu'elle serait dégoûtée par vos actes. Elle était volontaire du Corps de la Paix parce qu'elle voulait rendre le monde meilleur pour les enfants comme ceux qui sont derrière moi. Piper n'a pas demandé à être prise au milieu d'une rébellion. Votre fille non plus. Ni les enfants qui ont été tués en même temps que Kalee. Mais c'est ce qui s'est passé. Vous devriez être à genoux et remercier Dieu d'avoir épargné Rani, Sinta et Kemala. Mais au lieu de ça, vous balancez vos muscles et votre pouvoir comme un idiot. Profitez de votre vie solitaire et pathétique, parce que c'est la dernière fois que voyez ma femme ou mes enfants. Les dernières personnes à avoir vu et parlé à votre fille sont perdues pour vous. Pour toujours.

Ace ne détourna pas le regard quand l'homme le fixa avec une haine pure. C'était une bataille de volontés, une bataille qu'Ace était déterminé à gagner. Ses filles avaient traversé l'enfer, et il était hors de question que Paul Solberg leur fasse revivre un cauchemar une seconde de plus.

— Venez, Paul. Nous allons parler dans mon bureau, dit Storm, resserrant visiblement sa prise sur le bras de l'homme et le tirant en arrière.

Ace maintint le contact visuel avec Solberg jusqu'à ce qu'il sorte du hangar avec le commandant.

À la seconde où il disparut, Ace se tourna vers Piper. Elle se tenait en face de Phantom et de tout le monde. Il avait placé son bras en diagonale autour de sa poitrine, et Piper s'y accrochait des deux mains, fixant Ace.

Sa joue avait une énorme tache rouge à l'endroit où Solberg l'avait giflée. Cette vision donna à Ace l'envie de le poursuivre et de le blesser à son tour.

Rocco tenait toujours dans ses bras une Rani endormie, Sinta était dans les bras de Gumby, le visage enfoui dans son cou, et Kemala se tenait à côté de Bubba, l'air naturellement bouleversé.

Ace détestait que ses filles soient effrayées, mais sa principale préoccupation pour le moment était Piper. Ses amis s'occuperaient des enfants jusqu'à ce qu'il puisse les rassurer.

Dès qu'il s'approcha d'elle, Phantom hocha la tête et fit un pas en arrière, puis Ace prit Piper dans ses bras. Ils se tenaient tous les deux aussi fort qu'ils le pouvaient. Ace sentait son cœur battre contre sa poitrine et ses respirations frissonnantes contre son cou.

Lentement mais sûrement, sa colère fit place à l'inquiétude. Il se força à reculer pour pouvoir voir son visage.

— Tu vas bien ?

Elle hocha la tête.

Ace leva la main et passa le dos de ses doigts sur sa joue dans une caresse à peine perceptible.

— Je suis désolé, je n'étais pas assez près pour empêcher que ça arrive.

Piper ferma les yeux une seconde avant de les ouvrir et de croiser le regard d'Ace.

— Il n'a jamais fait quelque chose comme ça avant. En fait, Kalee n'a jamais dit qu'il était violent. Pas du tout. Au contraire, elle s'est toujours plainte qu'il soit trop protecteur. Il lui a pratiquement donné tout ce qu'elle demandait en grandissant. C'était toujours eux deux contre le monde.

Ace pressa ses lèvres l'une contre l'autre. Sa Piper avait le plus grand cœur de toutes les personnes qu'il avait rencontrées. Le père de son amie venait de lui dire les choses les plus viles, lui disant qu'il aurait souhaité qu'elle meure à la place de sa fille, et Piper était là à le défendre.

— Ne déforme pas les choses dans ta tête, Piper, prévint-il. Ce qu'il a dit et fait n'était pas bien. Je me fiche qu'il soit en deuil.

— Je sais... mais, Ace, tu ne le connais pas. Tu ne sais pas comment était leur relation. Kalee était tout pour lui. Il est dévasté. Brisé. Je ne peux pas imaginer ce qu'il traverse.

— La seule raison pour laquelle je ne lui ai pas cassé la gueule, c'est parce que je ne voulais pas le faire devant toi et nos enfants. Mais s'il ose à nouveau se montrer en ma présence, je n'hésiterai pas. Personne ne lève la main sur toi ou sur nos filles. Personne. Compris ?

Piper le regarda fixement pendant un long moment, et Ace lutta pour maîtriser sa colère.

Solberg l'avait frappée. Frappée. La frapper. S'il ne s'était pas mis entre eux, on ne sait pas ce qu'il aurait fait d'autre. C'était inacceptable.

— Pourquoi l'homme a frappé Piper ? demanda Kemala. Qu'est-ce qu'elle a fait ?

Ace se retourna pour regarder l'adolescente. Elle avait l'air choquée, mais pas particulièrement effrayée, comme l'était manifestement Sinta.

— Piper n'a rien fait, répondit Ace.

Kemala hocha la tête.

— Les hommes frappent, dit-elle avec un air de certitude. Regarde avec les yeux, dit-elle à Piper. Bouge vite.

Ace était consterné qu'elle ait eu à apprendre cela. En gardant un bras autour de Piper, il posa sa main libre sur l'épaule de Kemala.

— En Amérique, les hommes n'ont pas le droit de frapper les femmes. C'est contre la loi.

Les yeux de Kemala s'écarquillèrent sous le choc.

— Et les femmes ne peuvent pas non plus frapper les hommes, ajouta Piper.

Ace hocha la tête en signe d'accord.

— Regarde-moi, Kemala.

L'adolescente s'exécuta.

— Si jamais quelqu'un te frappe, toi ou tes sœurs, tu me le fais savoir. Si tu ne peux pas venir me trouver, dis-le à Rocco, Gumby, Bubba, Rex ou Phantom, et l'un d'eux s'en occupera. Aucun vrai homme ne frappe quelqu'un de plus petit que lui. Peu importe la raison, ce n'est jamais correct. Si un homme te frappe, Kemala, c'est qu'il ne t'aime pas. Souviens-toi de ça.

Ses yeux allèrent d'Ace à la joue de Piper, puis revinrent vers lui.

— Donc tu ne frappes pas Piper quand elle fait une erreur ?

— Non. Absolument pas, affirma Ace.

— Ou moi ?

— Non.

— Ou Sinta ?

— Non. Ou Rani non plus. Tu vas faire des erreurs, Kemala. Tu vas faire des choses qui vont me contrarier. Peut-être même me mettre en colère. Mais ça ne veut pas dire que j'ai le droit de te frapper. Je ne te ferai jamais de mal physiquement. Jamais. C'est le serment que je te fais en tant qu'homme qui t'a adopté. Tu comprends ?

Elle acquiesça, puis inclina la tête et demanda :

— Tu n'as pas frappé Piper ou nous, donc tu aimes ?

La question serra le cœur d'Ace, et il n'hésita pas.

— Oui. Je vous aime les filles. Je ferai tout ce qu'il faut pour que vous soyez toutes les quatre en sécurité.

Kemala hocha la tête et sourit de satisfaction, comme si sa réponse était celle qu'elle avait désespérément voulu entendre.

— J'aime les États-Unis.

— J'ai entendu ce qui s'est passé, dit une voix grave derrière eux.

Ace se retourna pour voir le contre-amiral Creasy qui se tenait à proximité.

— Je m'excuse sincèrement. M. Solberg est une plaie pour le commandant North depuis que nous avons appris ce qui est arrivé à sa fille. Il le harcèle pour avoir des détails, même les plus confidentiels. Nous aurions dû savoir qu'il ne fallait pas l'autoriser à vous rencontrer. Il a insisté, et comme nous n'avions aucune raison de lui refuser, nous l'avons laissé venir... mais apparemment c'était une erreur. Vous allez bien, Madame Morgan ?

Ace sentit Piper sursauter légèrement dans ses bras. Mme Morgan. Le contre-amiral était évidemment au courant de leur mariage. Il avait dit à Kemala qu'il les aimait, elle et Piper, et bien qu'il ait rapidement confirmé ce que la jeune fille avait manifestement besoin d'entendre, Ace ne fut pas surpris de réaliser qu'il avait dit la vérité. À la seconde où il avait compris que Piper était en danger, quelque chose en lui changea.

Personne ne pouvait blesser sa femme impunément. Et personne n'avait le droit de menacer ses enfants.

Œil pour œil.

Les mots que Paul Solberg avait prononcés lui revinrent en mémoire. Qu'avait-il voulu dire ? C'était une menace claire, mais envers qui ? Piper ? Les enfants ?

Le fait de ne pas savoir mit Ace extrêmement mal à l'aise.

Piper répondit à la question du contre-amiral.

— Je vais bien. Je vous remercie. Pensez-vous que nous pouvons aller quelque part et installer les filles pour qu'elles se reposent ? Elles ont fait un très long voyage, et je sais que nous devons encore rencontrer quelqu'un sur la base pour finaliser certaines choses.

Très fier d'elle, Ace agit sans réfléchir et se pencha pour l'embrasser sur la tempe avant de se tourner vers son officier supérieur.

— Oui, s'il vous plaît, Monsieur. J'aimerais offrir à ma famille quelque chose à manger et leur permettre de se dégourdir un peu les jambes avant de passer aux choses sérieuses.

Le sourire sur le visage du contre-amiral était authentique et il hocha la tête.

— Bien sûr. Les autres, suivez-moi. Si votre équipe est d'accord, je pense que vous pouvez rester avec votre femme pendant que les autres débriefent... à moins que vous ne vouliez être là.

Ace signifia immédiatement son accord. Il préférait rester avec Piper et les filles. Il ne se sentait pas à l'aise de les laisser seules pour le moment. Il ne savait pas où Paul Solberg était parti, et la dernière chose qu'il voulait était qu'il retrouve Piper pendant qu'elle parlait avec les ressources humaines. Qu'il lui balance d'autres méchancetés ou qu'il l'attaque physiquement à nouveau.

— Merci, Monsieur. Cela semble parfait. Je lirai le rapport et ajouterai tout ce qui me semble manquer.

Le contre-amiral hocha la tête et se dirigea vers une porte près de l'endroit où le commandant et Solberg avaient disparu. Piper tendit la main vers Rani, et lorsque Rocco la lui remit, elle se réveilla enfin.

— Bienvenue aux États-Unis, dit doucement Piper à la fillette endormie.

Rani s'approcha et tapota la joue légèrement rouge de Piper, puis fit fondre le cœur d'Ace en se penchant en avant et en l'embrassant.

Avec des larmes dans les yeux, Piper croisa son regard.

Oui. Ace tuerait quiconque oserait poser la main sur une de ses filles.

* * *

Paul Solberg fut escorté jusqu'à sa Porsche et suivi jusqu'à ce qu'il quitte la propriété de la base navale. Il roula sans but pendant une heure avant de revenir chez lui. Il sortit de sa voiture de luxe, sans se soucier du fait qu'il avait laissé les clés sur le contact, et tituba jusqu'à la porte d'entrée.

La maison n'était pas verrouillée non plus, mais il ne s'en souciait pas et ne le remarqua pas. Plus rien ne semblait avoir d'importance. Pas avec la mort de sa belle Kalee.

Paul s'affala sur le canapé en cuir du salon et fixa l'énorme télévision numérique en face de lui.

Kalee était morte.

Et Piper Johnson… non, Piper Morgan, était vivante et apparemment très heureuse.

Il serra les poings.

Pourquoi aurait-elle le droit d'être heureuse alors qu'il vivait sa propre version de l'enfer ?

Il l'imaginait en train de pousser Kalee pour l'empêcher d'aller dans le trou qu'elle avait trouvé parce qu'il n'y avait pas de place pour deux.

Et maintenant, elle était mariée et avait adopté trois enfants. Ces enfants auraient pu être ceux de Kalee. Si Piper n'avait pas été la petite souris effrayée qu'elle avait toujours été, Kalee n'aurait pas ressenti le besoin de s'occuper d'elle. Elle serait en vie aujourd'hui. Elle serait mariée à un brave SEAL et adopterait ces enfants.

Kalee avait parlé de toutes les filles de l'orphelinat dans un e-mail qu'elle lui avait écrit peu de temps avant sa mort. Elle avait raconté à son père combien elles étaient mignonnes, combien elle aimait passer du temps avec elles, leur donner des cours.

Il devrait être grand-père à l'heure qu'il est, et non pas pleurer la mort de sa fille !

L'humeur de Paul passa de la fureur à la dépression, à la jalousie, puis revint à la fureur à nouveau. Il ne pouvait pas s'empêcher de penser à tous ces « et si ».

Et si c'était Kalee qui s'était cachée dans le trou au lieu de Piper ?

Et si Piper n'était pas allée voir sa Kalee du tout ?

Et s'il avait interdit à Kalee de rejoindre le Corps de la Paix ?

La tête de Paul tournait, et il se sentait mal.

Dans son esprit, il voyait sa fille rire, puis il imaginait à quoi devait ressembler son cadavre. Rempli d'impacts de balles et étendu dans la poussière, dans les putains de montagnes du Timor Oriental.

Portant ses mains à sa tête, Paul ne put empêcher les larmes de couler. Il avait l'impression que sa tête allait exploser. Il était confus, et il n'avait jamais eu autant mal de toute sa vie. Émotionnellement et physiquement.

Il ne savait pas quand il avait mangé ou pris une douche pour la dernière fois, mais c'était la dernière chose à laquelle il pensait. Il n'avait pas dormi plus de dix minutes depuis des jours, car il ne pouvait s'empêcher de penser aux derniers moments de sa fille sur cette Terre.

Il donnerait tout pour prendre sa place. Pour être celui qui est mort, et l'avoir toujours là, vivante et en bonne santé.

Alors que Paul était assis dans son salon désert, sur son canapé hors de prix, au milieu de toutes les choses matérielles qu'il avait accumulées au fil des ans, une chose était devenue claire comme de l'eau de roche.

Rien de tout cela n'avait d'importance sans sa fille.

Œil pour œil.

La phrase traversa son esprit une fois de plus.

Il pensait chacun de ses mots quand il avait dit à Piper que c'est elle qui aurait dû mourir.

Les enfants auraient dû être ceux de Kalee.

Le SEAL aurait dû être celui de Kalee.

Œil pour œil.

Il allait faire les choses bien. Pour Kalee.

# CHAPITRE ONZE

Piper était épuisée, affamée, et avait le cœur brisé, mais elle faisait de son mieux pour garder tout cela à l'intérieur et afficher un air radieux pour ses filles.

La réunion avec les ressources humaines avait duré une éternité, et chaque fois que la porte de la pièce où elle se trouvait s'ouvrait, elle sursautait, se demandant si le père de Kalee était revenu pour l'agresser à nouveau.

Ses mots résonnaient encore et encore dans son cerveau.

*Ça aurait dû être toi.*

Elle l'avait pensé. Désormais, elle n'était plus la seule.

— Arrête ça, dit Ace à côté d'elle.

Il les conduisait à sa maison dans son SUV. Elle fut surprise qu'il ait une si grosse voiture, mais il s'était contenté de hausser les épaules et lui avait dit qu'il se sentait plus en sécurité dans un gros véhicule.

— Arrêter quoi ? demanda-t-elle en tournant la tête pour le regarder.

— Arrête de penser à ce que ce connard a dit.

— Comment sais-tu que j'y pensais ? demanda-t-elle.

— Ton front est plissé et tu fronces les sourcils.

Comment pouvait-il lire aussi bien en elle ? Piper l'ignorait.

— Je ne peux pas, admit-elle. Il était si bouleversé. Vraiment, bouleversé à l'extrême.

— Il l'était, reconnut Ace. Mais c'est de sa faute, pas de la tienne.

Il attrapa sa main et la serra fort.

— Moi, je suis très heureux que tu sois ici. Et il y a trois petites filles à l'arrière qui sont heureuses aussi.

Piper sourit et se retourna pour voir ses filles. Elles regardaient toutes par la fenêtre avec des yeux immenses, s'imprégnant de tout ce qui concernait leur nouveau monde aussi vite qu'elles le pouvaient. Ils devaient encore acheter des sièges auto pour Rani et Sinta, mais c'était une chose parmi les milliers d'autres qu'ils avaient encore à faire.

— Il m'a fait peur, admit Piper à voix basse. Je pensais qu'il serait heureux de me voir. Soulagé. Mais il ne l'était pas. Il était furieux.

— Sors-le de ton esprit, dit Ace. Je ferai tout ce qui est en mon pouvoir pour le garder loin de toi. Mais si jamais tu le vois, ne t'engage pas. Fais demi-tour et pars. Je me fiche que vous soyez au milieu d'un supermarché... laissez le chariot où il est et sortez. Compris ?

Elle hocha la tête.

— Je suis sûre qu'avec le temps, son chagrin s'atténuera, et peut-être qu'il arrivera à un point où il voudra me parler, pour savoir ce qui s'est passé.

— Peut-être, fit Ace. Tu es prête à voir ta nouvelle maison ?

Piper prit une profonde inspiration et se redressa. Elle se rendit compte qu'Ace n'avait pas lâché sa main, mais c'était si bon qu'elle en était heureuse. Quelque chose avait changé entre eux. Depuis qu'ils étaient descendus de l'avion, et que le père de Kalee s'était acharné sur elle, il avait été encore plus attentif qu'avant – et ce n'était pas peu dire. Il se sentait mal de ne pas avoir été capable de la rejoindre avant que M. Solberg ne la frappe, mais Piper ne lui en voulait pas. Comment aurait-il pu savoir qu'il allait s'énerverait ainsi ?

L'étincelle que ressentait Piper se renforçait chaque fois qu'elle regardait Ace. Maintenant qu'ils ne fuyaient plus pour sauver leur vie, elle pouvait savourer le fait d'avoir épousé le magnifique homme à ses côtés. Cela semblait irréel. Mais la bague à son doigt était un bon rappel. Et elle n'avait pas non plus oublié ce moment où il avait dit à Kemala qu'il les aimait. Il l'avait probablement dit juste comme ça, comme quand on dit à un ami qu'on l'aime.

— Je suis plus que prête. Du moment que tu as un lit, je serai heureuse.

Quand Ace rit, elle le regarda, perplexe, puis elle réalisa la signification de ce qu'elle venait de dire. Elle rougit et leva les yeux au ciel.

— Je ne voulais pas dire ça, clarifia-t-elle rapidement.

— Dommage, répondit Ace avec un petit sourire.

Avant qu'elle ne puisse réagir, il continua.

— J'ai plein de lits pour nous tous. J'ai pensé que nous pourrions mettre les filles toutes ensemble dans une seule chambre, au moins jusqu'à ce qu'elles s'habituent à leur nouvel espace.

— Tu as assez de chambres pour tout le monde ? demanda Piper. Je n'ai même pas pensé à ça.

— Ma maison a cinq chambres et trois salles de bain. Plus qu'assez pour nous tous.

Piper le regarda d'un air incrédule.

— Vraiment ?

— Ouaip.

— Mais les maisons ici à Riverton sont super chères.

— Ouaip.

— Oh mon Dieu, tu es millionnaire ? lâcha-t-elle.

Ace éclata de rire.

— Non. Mais j'ai beaucoup d'argent pour m'assurer que vous ne mourrez pas de faim, et que vous aurez toujours un toit sur vos têtes.

Piper n'arrivait pas à croire à quel point sa vie avait changé en si peu de temps. Le simple fait de l'entendre dire « nos enfants » lui donnait des papillons dans l'estomac.

— C'est tellement fou, marmonna-t-elle.

Ace lui serra la main.

— Le commandant m'a donné une semaine de congé pour que je puisse la passer avec toi et les filles, et nous pourrons faire de notre mieux pour terminer une partie de notre liste de choses à faire. Je sais que tu as besoin de reprendre le travail, et je m'occuperai des filles pendant quelques heures chaque jour pour que tu puisses avoir du temps libre pour dessiner. Et j'imagine qu'on devra aussi discuter de beaucoup de choses, sur la façon d'élever les filles et tout le reste. Des choses comme l'heure du coucher, si nous voulons avoir des dîners en famille à table au lieu de manger devant la télé, où les inscrire à l'école, et un million d'autres choses. Alors tu as raison, c'est fou – mais c'est aussi excitant, exaltant, et seulement angoissant si on se laisse submerger.

Piper regarda Ace pendant qu'il conduisait. Il avait raison. À propos de tout ça. Elle avait le sentiment d'être dépassée par les événements, mais elle n'était pas seule : Ace était là pour l'aider. Si elle avait été une mère célibataire, cela aurait été deux fois plus difficile.

— J'ai peur, chuchota-t-elle.

— De quoi ?

Elle aimait qu'il ne lui dise pas immédiatement de ne pas avoir peur.

— Et si on se plante et qu'elles finissent par nous détester pour les avoir emmenées loin de leur maison ?

— Regarde-les, ordonna Ace.

Piper se tourna et regarda à nouveau les filles. Elles absorbaient tout ce qu'elles voyaient aussi vite qu'elles le pouvaient. Les voitures, les magasins qu'elles croisaient, les vêtements des passants. Elle ressentait même leur excitation et leur bonheur à l'approche de leur nouvelle maison.

— On va se planter, fit Ace à voix basse. Tous les parents le font. Mais tant qu'elles savent qu'elles sont en sécurité et qu'elles font maintenant partie d'une famille qui les aime beaucoup, tout ira bien. Si elles veulent en savoir plus sur le Timor Oriental quand elles seront plus âgées, nous ferons de notre mieux pour leur apprendre. Peut-être qu'un jour, nous pourrons même les emmener en voyage.

Piper frissonna. Elle ne voulait même pas penser à remettre les pieds au Timor Oriental.

— Pas de sitôt, ajouta Ace. Tout ce que je dis, c'est qu'elles ont toute la vie devant elles, et tant que nous les aimons et les soutenons, je ne pense pas que de petites erreurs de notre part feront une grande différence.

— J'espère que tu as raison.

— Nous sommes arrivés, annonça Ace.

Piper tourna la tête et fixa l'énorme maison devant elle. L'une des trois portes de garage s'ouvrit lentement.

— C'est grand ! dit Sinta avec admiration depuis le siège arrière.

— C'est un hôtel ? demanda Kemala.

Ace ricana, et après avoir garé la voiture, il se tourna vers les filles.

— Non, ce n'est pas un hôtel. C'est votre nouvelle maison. C'est ici que nous vivons.

Piper faillit rire en voyant la tête des filles. Leurs yeux étaient immenses et leurs bouches grandes ouvertes. Elle était tout aussi impressionnée qu'elles, mais elle réussit à le cacher un peu mieux. Elle sortit et ouvrit la porte arrière pour aider les filles à sortir. Ace prit Rani, et elle emmena Sinta et Kemala jusqu'à la porte voisine.

Ace l'ouvrit et leur fit signe d'entrer en premier. Aucune des filles n'osa avancer, comme si elles avaient peur de faire le premier pas.

Piper se glissa entre elles pour ouvrir la voie vers la maison d'Ace.

— Je devrais te porter pour franchir le seuil, mais j'ai peur que ça les effraie encore plus qu'elles ne le sont déjà, murmura Ace en le dépassant.

Piper grimaça et se retourna pour partager la blague avec lui, mais il n'avait pas l'air de plaisanter. Il avait en fait l'air désolé de ne pas pouvoir la soulever et l'emmener à l'intérieur. Elle ouvrit la bouche pour dire quelque chose – quoi, elle n'en avait aucune idée – mais tout ce qu'elle aurait pu dire resta bloqué dans sa gorge quand elle jeta un coup d'œil à sa maison.

Les sols étaient en beau bois dur foncé et le hall du garage menait à une immense pièce. Il y avait un énorme lustre à sa droite, suspendu au-dessus d'une grande table en bois. Cette dernière semblait faite à la main et était plus que suffisante pour qu'ils puissent s'asseoir tous les cinq confortablement. La cuisine se trouvait dans un coin, mais était également ouverte sur le grand espace.

Piper s'imagina immédiatement en train de préparer le dîner pour les filles pendant qu'elles faisaient leurs devoirs à table ou regardaient la télévision dans l'autre pièce. Il y avait une énorme télévision fixée au mur, ainsi qu'un canapé convertible qui semblait doux et confortable.

Sinta se heurta à l'arrière des jambes de Piper alors qu'elle contemplait le grand espace.

— Bienvenue à la maison, dit Ace.

Piper se tenait au milieu de la pièce et tournait en rond, continuant à admirer la maison d'Ace. C'était vraiment magnifique.

— Piper ? fit-il, d'une voix différente de l'homme qu'elle avait appris à connaître.

Elle se retourna pour le regarder.

Ace fronçait les sourcils et pinçait ses lèvres.

— Ça ne te plaît pas ? demanda-t-il, visiblement inquiet.

— Ne pas aimer ça ? Ace... c'est parfait ! Comme si tu étais allé chercher dans mon cerveau la maison de mes rêves. Et la voilà, répondit-elle en secouant la tête. Je suis bouleversée, et un peu en état de choc.

Souriant, Ace s'approcha pour prendre son visage dans ses mains et l'embrasser. Sa barbe la chatouilla quand ses lèvres s'approchèrent des siennes. Ce n'était pas un baiser passionné, mais sincère et intime.

En reculant, il dit :

— Je vis dans cette grande maison tout seul depuis deux ans, et jusqu'à cette seconde je ne m'étais jamais senti chez moi.

Piper fut émue. Elle ne pouvait pas s'en empêcher. Comment faisait-il pour toujours dire ce qu'il fallait ? Elle n'en avait aucune idée.

— Ace ? dit Kemala timidement.

Il se tourna immédiatement vers elle.

— Oui ?

— Combien d'autres enfants gardez-vous ici ?

Piper fronça les sourcils. Peut-être n'avait-elle pas compris la question de Kemala. Elle parlait remarquablement bien pour quelqu'un qui n'étudiait pas l'anglais depuis très long-temps, mais il y avait des moments où ses phrases décousues perdaient leur sens.

Mais Ace ne semblait pas avoir de problème à comprendre ce qu'elle voulait dire. Il s'agenouilla pour se mettre au niveau des yeux de ses filles.

— Personne. Juste toi, Sinta et Rani, lui répondit-il.

Kemala secoua la tête, comme si elle était frustrée qu'Ace ne comprenne pas sa question.

— Trop grand pour nous seuls.

Elle regarda autour d'elle.

En montrant cinq fois ses dix doigts, elle annonça :

— Au moins, autant d'enfants pourraient vivre ici. D'autres orphelins viennent aussi ?

Ace s'approcha et posa doucement sa main sur la nuque de Kemala, donnant à leur fille aînée toute son attention. Piper connaissait ce sentiment... savait que son emprise était forte sans être menaçante.

— Ici, en Amérique, cette maison est d'une taille assez normale pour une famille comme nous. Il y a cinq chambres à l'étage, une pour chacune de vous, une pour Piper et moi, et une pour les autres enfants que nous pourrions avoir ensemble. Tout ceci est à nous, Kemala. C'est ta nouvelle maison. Pour toujours et à jamais. Rien que nous. Pas d'autres orphelins.

L'estomac de Piper se serra quand il parla d'autres enfants. Ils n'avaient rien fait d'autre que s'embrasser mais maintenant, elle ne pouvait pas s'empêcher de penser à la conception de ces futurs enfants.

L'idée de faire l'amour avec Ace la fit changer d'avis. Mon Dieu, elle était épuisée et accablée, mais la simple idée d'être nue avec le bel homme qui avait réalisé tous ses rêves lui donnait la nausée et l'excitait en même temps.

Elle n'était pas belle comme Kalee l'avait été. Bien sûr, elle avait les cheveux blonds et les yeux bleus typiques des Californiennes, mais elle était trop grosse pour être considérée comme sexy dans son état actuel de conscience corporelle. Sans compter qu'elle était timide et préférait rester chez elle à dessiner plutôt que de sortir. Si elle avait rencontré Ace dans la rue, il ne l'aurait pas regardée deux fois.

Mais maintenant, ils étaient mariés.

Mariés.

Et il allait vouloir faire l'amour.

Mon Dieu.

Tout à coup, Piper ne pensa à rien d'autre qu'à faire l'amour avec Beckett Morgan. Et au vu de tout ce qu'elle avait appris sur lui jusqu'à présent, elle savait sans aucun doute qu'il serait attentif et généreux au lit.

Avant que son esprit ne puisse s'évader trop loin, Kemala se tourna vers les autres filles et dit quelque chose en tetum, ce qui fit fondre en larmes Sinta et Rani.

Alarmés, Ace et elle firent de leur mieux pour les apaiser, mais sans savoir exactement ce qui faisait pleurer, c'était difficile.

— Qu'est-ce que tu leur as dit ? demanda doucement Ace à Kemala.

— Ce que tu as dit. Cette maison. Notre maison. Pour de vrai.

Kemala eut du mal à trouver les bons mots pendant qu'elle pleurait.

— Nous rêvons de ça. De notre maison. Famille. De la nourriture. D'être en sécurité. Nous parlons et disons que les États-Unis doivent être meilleurs que les montagnes. Mais on n'a pas pensé à ça. C'est un rêve.

Ace rayonnait et s'adressa aux filles.

— Il y a beaucoup de choses que vous allez voir au cours de la semaine prochaine qui seront surprenantes. Mais bientôt, tout cela deviendra normal pour vous. Tout ce que Piper et moi vous demandons, c'est de ne jamais considérer cela comme acquis. Rappelez-vous d'où vous venez, et faites de votre mieux pour aider ceux qui n'ont pas autant de chance que vous. D'accord ?

Les trois filles hochèrent la tête.

Piper ignorait si elles avaient compris ce qu'Ace avait dit, mais elle avait le sentiment qu'il leur répéterait encore et encore. Elle approuva. Elles avaient de la chance, et elle se fit la réflexion d'ajouter des visites de refuges pour sans-abri à leur routine, et de faire des projets qui feraient en sorte qu'aucun d'entre eux – Piper et Ace inclus – n'oublie les moins fortunés.

— Et si on allait voir le reste de la maison maintenant, hein ? proposa Ace. Je veux vous montrer vos nouvelles chambres.

Les filles se mirent à sourire, et après s'être levé, Ace tendit la main à Piper et ils montèrent les escaliers main dans la main.

Quand il ouvrit la première porte, Piper sursauta. Il y avait un lit et une étagère pleine de livres pour enfants, avec une dizaine d'animaux en peluche posés sur la couette rose du lit. La porte de l'armoire était également ouverte, et Piper aperçut au moins vingt tenues différentes accrochées là.

— Comment as-tu réussi à faire ça ? demanda-t-elle alors que les filles entraient dans la pièce et regardaient tout avec attention.

— Caite et Sidney.

— Qui ?

— Les femmes de Rocco et Gumby.

— Oh, Oui, waouh.

Ace se mit à sourire.

— J'ai demandé aux gars de voir si Caite et Sid pourraient aller acheter le strict nécessaire pour les filles. J'ai deviné leurs tailles, donc si les vêtements ne leur vont pas, on pourra les rendre. Mais je ne voulais pas qu'elles rentrent dans une chambre vide. Je voulais qu'elles se sentent à l'aise.

Il soupira et fit signe aux filles de la tête.

— Je suppose que j'ai échoué sur ce point, hein ?

Aucune des filles n'avait touché aux jouets ou aux livres. Elles se tenaient au milieu de la pièce comme si elles ne pouvaient pas comprendre ou croire que tout ce qui s'y trouvait était pour elles. Piper vit qu'Ace était quelque peu déçu que son geste ne soit pas apprécié comme il l'avait espéré.

— On doit leur laisser du temps, dit Piper doucement. Et même si elles n'apprécient pas encore, moi j'apprécie. Merci, Ace. Vraiment. Tu as fait bien plus que le maximum. Il y a une semaine, tu t'es envolé pour une nouvelle mission, et maintenant tu es à la maison avec une femme et trois enfants.

— Je ne changerai rien, déclara Ace d'un air sérieux. Parfois, les choses se mettent en place toutes seules. Et à partir du moment où je t'ai vu sortir ta tête du plancher de cette cuisine dans la montagne, j'ai eu un déclic.

— Jolie, dit Sinta, juste à côté d'eux.

Piper sursauta légèrement. Elle était tellement perdue dans

l'expression du visage d'Ace qu'elle avait oublié où ils étaient l'espace d'une seconde.

— Venez, leur dit Ace. Regardons les deux autres chambres. Vous pourrez décider qui veut quelle chambre plus tard.

Après avoir visité les deux autres chambres qui avaient été aménagées pour les filles, Ace les conduisit dans la chambre principale. Une fois de plus, Piper ne put que soupirer de plaisir. La pièce entière était accueillante et apaisante, comme une chambre à coucher devrait l'être. Le lit *King size* était recouvert d'une magnifique couette qui semblait faite à la main. Il y avait une grande commode en face du lit et un fauteuil surdimensionné dans le coin.

Piper se dirigea vers l'entrée de la salle de bain principale et ne fut pas surprise de voir la salle de bain de ses rêves. Deux lavabos, un petit placard pour les toilettes, une baignoire jacuzzi et une douche séparée.

— Le placard se trouve par-là, indiqua Ace, en désignant une entrée au fond de la salle de bains. Il serpente autour et la buanderie va jusqu'au coin. C'est pratique d'avoir le lave-linge et le sèche-linge juste à côté du placard. Il y a aussi une porte qui mène dans le hall.

Ace lui adressa un sourire.

— Bien sûr, nous pourrions regretter ce placement un jour, lorsqu'on apprendra aux filles à faire leur propre lessive. Il faudra juste se rappeler de garder la porte de notre salle de bain fermée pour ne pas être surpris à un moment inopportun.

Piper ne put s'empêcher de rougir. Chaque fois qu'Ace parlait de leur relation comme s'ils étaient un couple marié depuis et pour toujours, elle l'imaginait de plus en plus facilement. Elle avait imaginé qu'une fois qu'ils seraient rentrés aux États-Unis et qu'ils ne seraient pas dans une situation extrême de vie ou de mort, Ace pourrait regretter de l'avoir épousée. Qu'il essaierait de mettre de la distance entre eux. Mais la réalité jusqu'à présent était exactement le contraire.

Plus ils passaient de temps ensemble en dehors de sa

mission, plus ils semblaient se rapprocher. Piper ne pouvait s'empêcher de le regarder furtivement et, le plus souvent, il la regardait aussi. Son corps tout entier était conscient de lui. C'était à la fois excitant et effrayant.

— Qui a faim ? demanda Ace, comme s'il savait que Piper était débordée.

— C'est l'heure de manger ? demanda Kemala avec impatience.

— C'est une autre chose qui a changé, expliqua Ace en précédant sa petite famille dans le couloir. Si vous avez faim, vous pouvez manger. Nous ferons de notre mieux pour avoir trois vrais repas par jour, le petit-déjeuner, le déjeuner et le dîner, mais si tu as faim entre ces moments, tu peux prendre une collation saine.

— Pourquoi des vrais repas ? demanda Kemala.

Ace gloussa, et Piper ne put s'empêcher de penser à quel point elle aimait l'entendre rire.

— C'est une expression, répondit-il à Kemala. Mais l'essentiel est qu'il y ait assez de nourriture pour tout le monde. Vous comprenez ?

Les trois filles hochèrent la tête.

— Alors, quelqu'un veut un en-cas ?

Une fois de plus, trois petites têtes se levèrent et se baissèrent.

Ace capta le regard de Piper.

— Caite et Sidney sont aussi allées au supermarché, donc il doit y avoir plein de choses à manger. Je peux préparer quelque chose pour le dîner de ce soir, dis-moi simplement ce que tu veux manger ; nous pouvons discuter de ce que tu penses être le mieux pour elles le temps qu'elles s'adaptent à la nourriture américaine.

Une fois de plus, Piper se sentit dépassée. Chaque petite chose devait être prise en compte pour ses nouvelles filles. Elles ne pouvaient pas se contenter d'un bon gros hamburger et de frites. Leurs estomacs et leurs papilles gustatives devaient s'acclimater à de nouveaux aliments.

Lorsqu'ils atteignirent la cuisine, Ace ouvrit le réfrigérateur et Piper vit qu'il était effectivement rempli à ras bord d'aliments frais.

— Je dois rencontrer ces femmes, murmura Piper.

— Je suis sûre qu'elles viendront probablement demain, répondit Ace avec nonchalance.

— Demain ? demanda Piper.

Ace la regarda.

— Ce n'est pas bien ?

— C'est juste que... je veux faire bonne impression, et j'ai le sentiment qu'avec les millions de choses qu'on a à faire, je serai un peu épuisée.

— Tu as raison, répondit dit Ace immédiatement. Je vais appeler Rocco et Gumby et m'assurer qu'ils savent que nous avons besoin de temps avant qu'ils ne débarquent tous.

— C'est bon, Ace, dit Piper. Je veux les rencontrer.

— Non, je n'ai pas réfléchi. Tu as raison, nous avons besoin d'un peu de temps juste avec les filles et nous. Pour comprendre notre nouvelle normalité et pour faire des choses. Que diriez-vous d'un peu de fromage ?

L'empressement avec lequel il changeait de sujet était assez amusant. La seconde précédente il lui parlait, et la suivante il se concentrait sur les filles.

Il installa les trois filles à table avec une assiette de fromage américain, du cheddar et de la mozzarella en tranches, ainsi que des raisins et des petites carottes.

— Et toi ? demanda-t-il alors qu'ils regardaient Rani, Sinta et Kemala sentir et examiner soigneusement chacune des tranches de fromage avant de les goûter.

— Ça va, merci.

Ace posa sa main sur son bras, et Piper jeta un regard vers lui.

— Merci.

Elle fronça les sourcils.

— Pourquoi ?

— Pour ça, dit-il en inclinant la tête vers la table. Pour ne pas m'avoir dit d'aller me faire voir quand j'ai suggéré qu'on se marie. Pour m'avoir donné la famille que j'ai toujours voulue.

— Je pense que c'est moi qui devrais vraiment te remercier, argumenta Piper.

Ace la fit tourner pour la prendre doucement dans ses bras. Piper s'y blottit volontiers. Elle avait l'impression qu'à chaque fois qu'il la tenait, son esprit s'apaisait et elle se détendait. Mais cette fois, au lieu de se vider l'esprit, tout ce qui occupait son esprit était de voir à quel point c'était bon d'être dans ses bras. Elle sentit sa main glisser le long de son dos, et il passa ses doigts dans ses cheveux avant de caresser sa nuque. Elle posa ses mains sur ses hanches et le regarda avec impatience.

— Je veux que notre mariage soit un vrai mariage, dit-il doucement.

À ces mots, la chair de poule se répandit sur les bras de Piper.

— Je sais que nous n'avons pas abordé la question de manière normale, mais chaque fois que je te regarde, j'ai envie de mieux te connaître. Je veux tout savoir, y compris comment tu as fait carrière avec tes bandes dessinées. J'ai hâte de voir nos filles grandir. J'ai hâte qu'on lève les yeux au ciel pour voir comment Kemala peut prendre une douche de 30 minutes sans y voir un problème. Que Rani commence à nous parler sans arrêt et qu'on doive lui dire de se taire. Que Sinta se sente suffi-samment à l'aise pour ne pas être d'accord avec tout ce qu'on dit. Et je sais qu'il est trop tôt pour parler d'intimité entre nous, mais je le veux aussi. J'étais sérieux quand j'ai dit à Kemala que je voulais d'autres enfants. J'aimerais avoir des enfants avec toi, Piper. Pas tout de suite, on a assez à faire pour l'in-stant, mais un jour. Je suis attiré par toi, et j'espère que tu es attirée par moi. Je veux définitivement faire plus que juste t'embrasser, je veux tout. Je veux un vrai mariage, dans tous les sens du terme. Penses-tu que tu arriveras au point où tu voudras ça aussi ?

Il semblait si peu sûr de lui lorsqu'il posa cette question, que Piper répondit sans réfléchir.

— Oui. J'y suis déjà.

Le sourire qui se forma sur son visage était magnifique, et Piper fit de son mieux pour ne pas rougir alors qu'elle s'empressait de poursuivre :

— Je ne t'aurais pas épousé si je ne t'aimais pas et ne te respectais pas, Ace. Je serais restée à Dili et j'aurais trouvé une autre solution s'il le fallait. Je craignais que tu ne me demandes en mariage que par sens du devoir ou autre chose.

— Et tu veux un vrai mariage ? Et d'autres enfants ? demanda-t-il, comme s'il avait besoin qu'elle confirme cela aussi.

— Oui. Peut-être pas ce soir, ni même dans un avenir proche, mais oui. Je veux aussi apprendre à mieux te connaître. Même si on est mariés, on peut peut-être sortir ensemble ou quelque chose comme ça. Ça semble stupide vu qu'on vivra dans la même maison, mais... je veux savoir pourquoi tu as rejoint les marines. Entendre parler de tes parents. Traîner avec tes amis dans des situations qui n'impliquent pas des insectes, des rebelles et la fuite d'un pays. Et...

Elle hésita, puis décida d'aller de l'avant. S'ils ne pouvaient pas commencer ce mariage en étant honnêtes l'un envers l'autre, alors il était voué à l'échec avant même d'avoir commencé.

— Et je veux sortir avec toi. Je veux ressentir l'impatience de me demander si tu vas te rapprocher quand on est assis sur le canapé à regarder un film ensemble. Je veux connaître la sensation que provoque ta barbe quand tu m'embrasses partout. Je veux tout ça aussi, Ace. Et je le veux avec toi.

Pendant qu'elle parlait, elle vit que l'expression de son visage était apaisée... jusqu'à ce qu'elle parle de sortir avec lui. Alors sa mâchoire se crispa, et elle le sentit se figer.

Merde, elle n'aurait pas dû être aussi honnête ?

— Comment se fait-il que tu sois toujours célibataire ? demanda-t-il.

Piper haussa les épaules.

— Parce que je suis introvertie, que je n'aime pas traîner dans les bars et que je n'aimais pas l'idée de rencontrer un homme sur une application de rencontre. Et honnêtement, je ne suis pas si jolie que ça.

— Ce sont des conneries, rétorqua immédiatement Ace. Tu es parfaite. Si je voulais épouser un mannequin, alors j'aurais épousé un mannequin. Je voulais une femme qui soit réelle. Que je puisse tenir dans mes bras comme ça et la sentir, pas de la peau et des os. Et le fait que tu penses que tu n'es pas jolie en dit plus sur la société que sur toi.

Les paroles d'Ace étaient réconfortantes et apaisantes.

— Tu as lu trop de magazines de beauté, ma chérie. Ton idée de la beauté doit être détraquée. La beauté n'est qu'à fleur de peau, et le genre de personne que tu es à l'intérieur compense largement tous les défauts que tu penses avoir. Et au cas où tu penserais que cela signifie que je ne te trouve pas jolie, laisse-moi être clair… tu es magnifique, et je suis fier de t'avoir comme femme.

Piper voulait le contredire. Elle voulait lui faire remarquer son bourrelet, ses yeux trop éloignés et les petits grains de beauté bizarres qu'elle avait sur tout le corps et qui laissaient parfois pousser de petits poils gênants. Mais s'il voulait la trouver belle, loin d'elle l'idée de ne pas être d'accord avec lui.

— Merci, dit-elle un peu mollement.

Il se mit à rire.

— Bien, ne me crois pas. Mais je dois dire que je suis plutôt content que tu portes cette bague à ton doigt, comme ça tous les autres gars savent que tu es bel et bien prise.

Elle aima entendre ça aussi.

— Maintenant, tu veux que je fasse le dîner, ou tu as envie de le faire ?

Le pouce d'Ace effleurait sa nuque d'avant en arrière, lui donnant envie de fondre à ses pieds. Elle était épuisée par le voyage et le décalage horaire et ne voulait rien d'autre que de s'écrouler dans son lit, mais elle était une mère maintenant. Elle avait trois filles dont elle devait s'occuper, et elle devait s'assurer que leurs besoins étaient satisfaits.

— Tu sais cuisiner ?

— Oui.

Elle le crut. Il n'y avait probablement rien qu'Ace ne sache faire.

— Si ça te va, pourquoi ne pas faire du poulet et du riz. Gardons les choses assez fades ce soir, et nous pourrons passer à des choses plus savoureuses plus tard.

— Ça me semble bien. Que vas-tu faire pendant que je cuisine ?

— Je vais peut-être leur faire la lecture ?

Elle détestait sa formulation qui ressemblait à une question, mais la vérité était qu'elle ne savait pas ce qu'elle devait faire avec les filles. Elles avaient des valises à défaire, entre autres choses, mais elle voulait juste s'asseoir et être au calme pendant un moment.

— C'est parfait.

Ace l'embrassa brièvement avant de la tirer contre lui. Ils restèrent comme ça pendant un long moment, appréciant la sensation d'être avec quelqu'un et d'être en sécurité, heureuse et au chaud.

— Bon ! s'exclama Sinta depuis la table.

Piper et Ace se retournèrent pour regarder, et virent que l'assiette était maintenant vide et que toutes les filles avaient d'énormes sourires sur leurs visages.

— C'était bon ? demanda Ace.

— Oui ! dirent Sinta et Kemala en même temps, et Rani hocha la tête avec autant d'enthousiasme.

— Nous devrons établir des tâches régulières pour tout le monde, mais pour l'instant, Sinta, pourrais-tu porter les assiettes à l'évier ? Kemala, il y a un rouleau de serviettes en papier sur le comptoir, pourrais-tu en mouiller une et essuyer la table ? Et, Rani, ton travail est de t'assurer que toutes les chaises sont replacées sous la table quand tout le monde se lève. Vous pensez pouvoir le faire ?

Les trois filles acquiescèrent et se levèrent avec empressement pour accomplir leur tâche.

— J'imagine qu'il ne leur faudra pas longtemps pour en avoir marre de leurs corvées et s'en plaindre, commenta Piper avec une pointe d'ironie.

Le rire d'Ace se répercuta dans sa poitrine car elle était toujours dans ses bras.

— Je suis impatient. J'ai hâte que chaque moment arrive.

Piper se pencha sans hésiter et l'embrassa. Elle ne put s'empêcher de passer sa langue sur sa lèvre inférieure et il lui rendit immédiatement la pareille... et avant qu'elle s'en rende compte, ils s'embrassaient avec une passion qu'ils n'avaient jamais connue ensemble auparavant. Comme si leur discussion sur un vrai mariage avait augmenté l'intensité de leurs réactions l'un envers l'autre.

Sachant que les filles étaient là et les regardaient probablement, Piper recula et ne put s'empêcher de se lécher les lèvres pour savourer le goût d'Ace. Elle sentit son érection contre son ventre, mais n'en fut pas choquée. Ils prenaient les choses au jour le jour. Elle était heureuse qu'il soit attiré par elle, qu'elle puisse lui faire cet effet. Tout comme il lui faisait de l'effet. Pour la première fois depuis longtemps, Piper sentait de l'humidité entre ses jambes. Pour un simple baiser.

Oh, oui, elle voulait autant que lui un vrai mariage.

Souriant, Ace desserra son étreinte et se retourna pour regarder leurs filles accomplir leurs premières corvées. Quand elles eurent fini, Piper annonça :

— J'ai pensé que je pourrais vous lire un livre. Quelqu'un est intéressé ?

Les filles hochèrent la tête. Alors qu'elle quittait la cuisine pour remonter à l'étage et regarder les livres que Sidney et Caite avaient apportés dans l'espoir d'en trouver un qui retiendrait l'attention des trois filles, elle se retourna vers Ace.

Il se tenait là où elle l'avait laissé, les regardant avec le plus grand sourire qu'elle ait jamais vu sur son visage. Il avait l'air heureux et détendu, ce qu'elle n'avait pas vu quand ils étaient au Timor Oriental. Piper fut alors frappée de voir combien elle avait à apprendre sur son mari... et combien elle était impatiente de le faire.

# CHAPITRE DOUZE

La semaine suivante fut mouvementée. Ace savait qu'être père pouvait être chaotique, mais il ignorait à quel point exactement. Malgré tout, il aimait chaque seconde.

Ils se rendirent chez le médecin de la base pour faire examiner les filles. Elles étaient toutes un peu trop maigres et trop petites par rapport aux enfants américains du même âge, mais dans l'ensemble leur santé était bonne, ce qui fut un soulagement.

Le médecin suggéra de prendre rendez-vous avec un orthophoniste pour Rani car elle n'avait pas prononcé un seul mot depuis que Piper la connaissait. Ace fit valoir avec succès qu'un orthophoniste ne pouvait rien faire si elle ne parlait pas, et que tant qu'elle était en bonne santé et heureuse, elle parlerait à son rythme. Piper fut d'accord.

Ils inscrivirent Sinta et Kemala au programme d'anglais seconde langue à l'école de la base, et Rani à l'école maternelle par demi-journées. Une sortie au supermarché s'avéra complètement stupéfiante pour les trois filles, car elles n'avaient jamais vu de grandes surfaces auparavant. Elles furent impressionnées par la quantité de nourriture et de marchandises, et

Piper et Ace finirent par abandonner leur chariot pour calmer les filles.

Ils visitèrent un terrain de jeux et se rendirent à la bibliothèque publique locale pour obtenir une carte pour chacune des filles. Piper et Ace avaient déjà lu tous les livres que Caite et Sidney avaient achetés pour elles, et ils voulaient s'assurer qu'elles avaient assez de livres pour continuer à les intéresser.

Ils visitèrent même les grands-parents de Piper en maison de retraite. Ces derniers furent choqués d'apprendre que Piper s'était mariée et était désormais mère de trois enfants, mais ils étaient heureux pour elle. Ace eut l'impression qu'ils aimaient bien leur petite-fille, mais qu'ils n'avaient pas très envie de passer beaucoup de temps avec leurs nouveaux arrière-petits-enfants. Ils préféraient jouer aux cartes et passer du temps avec d'autres personnes de leur âge.

Avant leur départ, Ace tint à parler au couple en privé, et leur assura qu'il prendrait soin de Piper et des filles, et qu'il ferait tout ce qui était en son pouvoir pour que leur petite-fille ait une vie sûre et heureuse. Ils le remercièrent poliment, mais ce fut à peu près tout. Après la visite, Ace comprit mieux pourquoi Piper avait pris la décision d'adopter les filles. Elle avait manifestement besoin d'un lien plus profond avec sa famille, et si elle devait créer sa propre famille pour l'avoir, elle n'hésiterait pas.

Même si la semaine fut totalement folle, Ace ne manqua pas de remarquer combien l'anglais des filles s'était déjà amélioré. Cela ne faisait que sept jours, mais le fait d'être immergées dans la langue – écouter, parler, lire, regarder des émissions de télévision pour enfants – avait fait des merveilles pour leurs niveaux de compréhension. Ace ne doutait pas que toutes trois seraient capables d'intégrer une classe normale dans un avenir proche.

Il avait profité d'un moment où Piper était à la maison avec les filles pour acheter une nouvelle alliance. Il ne la lui avait pas encore donnée, voulant attendre le moment idéal. Plus il passait de temps avec Piper, plus il était amoureux, mais la force de ses sentiments ne l'inquiétait pas. Il avait vu Gumby et Rocco tomber amoureux aussi vite et aussi fort avec leurs compagnes.

Mais il n'avait aucune certitude concernant les sentiments de Piper à son égard. Ils avaient passé presque toutes leurs journées avec les filles, et le soir, une fois les enfants couchés, Piper s'endormait généralement sur le canapé presque immédiatement. Ace avait même pris l'habitude de la porter à l'étage jusqu'au lit. Elle était souvent fatiguée, et il ne pouvait pas la blâmer. Il l'était aussi. S'occuper des filles, s'assurer de satisfaire tous leurs besoins, tant physiques qu'émotionnels, était épuisant.

Penser à leurs conditions de sommeil fit sourire Ace. Pendant la semaine précédente, les filles eurent peur de dormir seules dans leurs propres chambres, alors Piper et lui les avaient autorisées à s'endormir dans le grand lit de la chambre principale, et tous deux avaient rejoint les filles quand elles étaient prêtes à se coucher. La première nuit, lorsque Piper n'arrêtait pas de se retourner, il fit ce qu'il avait fait toutes les autres fois qu'ils avaient dormi ensemble – il l'avait installée sur lui et l'avait laissée utiliser son corps comme oreiller. Elle s'était endormie immédiatement.

Il aimait sentir son corps couvrir le sien. Il aimait sentir le souffle chaud de sa respiration profonde sur son cou. Elle s'était excusée chaque matin de l'avoir « écrasé », et chaque fois, Ace lui avait dit de ne pas s'en faire. Qu'il aimait qu'elle dorme sur lui. Il ne faisait pas que l'apaiser. Être son matelas humain était bien mieux que de dormir dans la chambre d'amis jusqu'à ce qu'elle soit à l'aise. Elle était déjà à l'aise avec lui, ce qui était le meilleur sentiment du monde.

Il y a deux jours, ils avaient cédé et acheté un grand lit pour la chambre de Kemala, et ce soir serait la première nuit où leurs filles allaient essayer de dormir dedans ensemble, sans Piper et Ace. Chaque jour qui passait, elles se sentaient de plus en plus en sécurité dans leur environnement. Pas au point de vouloir dormir dans des lits séparés, dans leurs propres chambres, mais assez courageuses pour essayer de dormir ensemble dans le grand lit.

Ace détestait attendre. Il ignorait si Piper lui demanderait de dormir dans la chambre d'amis maintenant qu'ils n'avaient plus besoin de rassurer leurs filles.

Il espérait que non.

Au cours de la semaine précédente, Ace avait également fait déménager les affaires de Piper de son appartement à sa maison. Tous les autres gars étaient venus pour aider, et ils avaient fait le travail en une journée. Avec les affaires de Piper, la grande maison prit encore plus l'apparence d'un foyer. Ses coussins aux couleurs vives sur son canapé. Son ordinateur à côté du sien dans leur bureau. Ses vêtements dans son armoire.

Oui, plus il passait de temps avec Piper, plus il se sentait bien.

Aujourd'hui, elle allait rencontrer Caite et Sidney pour la première fois. Gumby organisait une petite fête dans sa maison sur la plage et avait invité toute l'équipe.

Rani, Sinta, et Kemala ne savaient pas nager, donc c'était aussi au programme d'Ace pour la journée. Même si elles avaient grandi sur une île tropicale, elles avaient passé toute leur vie dans les montagnes, et la première fois que Piper avait rempli la baignoire d'eau et essayé de faire prendre un bain à Rani et Sinta, elles avaient été terrifiées.

Les leçons de natation étaient donc à l'ordre du jour.

Ace savait que Piper était nerveuse à l'idée de rencontrer Sidney et Caite, et il lui avait dit maintes et maintes fois de ne pas l'être. Mais il la connaissait maintenant assez pour savoir qu'elle ne se calmerait pas avant d'avoir vu par elle-même à quel point les deux femmes étaient merveilleuses.

En arrivant à la petite maison nichée entre les plus grandes, les plus extravagantes et les plus luxueuses demeures, Ace ne put s'empêcher d'être un peu envieux. Comme tous ses amis

SEAL, il aimait l'eau et aurait aimé avoir un endroit où il pourrait courir dans les vagues quand il le voudrait. Parce qu'il savait qu'il voudrait un jour avoir une grande famille, il lui avait semblé plus pratique d'avoir plus de superficie en achetant dans les terres.

Il aida Piper à sortir les enfants de la voiture, puis récupéra Rani, tandis que Sinta s'accrochait à la main de Piper alors qu'ils se dirigeaient vers la porte d'entrée. Avant qu'ils puissent sonner, Sidney ouvrit la porte et les accueillit chaleureusement.

— Bonjour ! Je suis si heureuse que vous soyez venus ! Oh mon Dieu, vos filles sont magnifiques ! Tu dois être Rani, dit Sidney à la petite fille dans les bras d'Ace. J'adore ta chemise ! Le rose est ma couleur préférée. Et toi, tu dois être Sinta. Ton nom est si joli ! Et, Kemala, j'ai tellement entendu parler de toi ! Ace a dit à mon fiancé combien tu es intelligente, et je suis si heureuse de te rencontrer. Entre !

Ace ne put s'empêcher de rire en voyant l'enthousiasme de Sidney. Dès que les filles furent à l'intérieur, elle se tourna vers Piper et sourit à nouveau.

— J'aimerais te faire un gros câlin, mais comme on ne se connait pas, ce serait bizarre, non ? Mais je suis si heureuse que tu ailles bien. Je ne connais pas les détails, car Gumby ne peut pas me les dire, mais j'en sais assez pour savoir que tu as vécu un enfer. Je suis vraiment désolée. Mais d'après ce que j'ai compris, tu as été super courageuse, et tu as sauvé ces trois belles filles en plus !

En rougissant, Piper rendit son sourire à Sidney.

— Je ne suis pas sûre d'avoir fait grand-chose d'autre que me cacher jusqu'à ce qu'Ace et les autres viennent me sauver.

— N'importe quoi, dit Sidney avec un geste de la main. Il y avait un million de décisions que tu aurais pu prendre pendant que tu attendais qu'ils se montrent, et chacune d'entre elles aurait pu empirer le résultat.

C'était très vrai. Ace n'avait pas pensé à toutes ces décisions, mais maintenant que Sidney en parlait, il n'arrête pas d'y penser. Si elle était sortie du trou quand les rebelles étaient là, si elle avait éternué au mauvais moment. Tous ces « et si » étaient accablants.

— Arrête de les monopoliser, Sid. Tout le monde est encore debout à l'intérieur. Je suis Caite, se présenta la femme qui venait d'arriver à Piper, en lui tendant la main.

Piper la serra, puis Caite reprit le contrôle.

— Venez. Tout le monde est derrière. Il y a des gars qui jouent au football, Gumby fait des grillades, et Sidney et moi on s'est gavées de chips. Vous aimez les chips ? demanda-t-elle aux filles.

Comme, au lieu de répondre, elles regardèrent Piper, Caite se mit à rire.

— Venez. Vous allez les adorer. Promis.

Ace fit un signe de tête à Kemala. L'adolescente s'occupait parfaitement bien de ses sœurs. Cela le rendait fier, mais en même temps, il voulait qu'elle sache qu'elle pouvait se détendre et simplement s'amuser avec leurs amis.

— Nous venons aussi, Kemala, dit Ace.

Elle hocha la tête et prit la main de Sinta.

—On y va tous, annonça Kemala.

Piper posa Rani sur ses pieds, et elle attrapa l'autre main de Kemala. Regarder ses filles marcher main dans la main fit presque fondre le cœur d'Ace. C'était exactement ce qu'il voulait. Oui, être un père était une aventure frénétique et insensée. Il savait que les filles ne s'entendraient pas toujours aussi bien. Mais pour l'instant, il profitait de chaque moment.

Il attrapa la main de Piper et ils échangèrent un sourire. Il savait qu'elle pensait la même chose. Ils suivirent Caite, Sidney et leurs filles jusqu'à la terrasse à l'arrière.

Pendant quelques minutes, les filles eurent peur du pitbull noir de Sidney et Gumby, mais après que Sidney les eut rassurées en leur disant que Hannah était d'une grande douceur, elles se détendirent. Pas assez pour vouloir caresser le gros chien, mais assez pour passer devant lui jusqu'à la plage, tandis que Caite les guidait vers une petite zone déjà aménagée avec une couverture, un parasol et suffisamment de jouets pour s'occuper dans le sable pendant des heures.

— C'est bon de te voir, Piper, dit Gumby à côté du grill.

— Pareil. Tu as l'air différent avec des vêtements, répondit Piper.

À la seconde où les mots sortirent de sa bouche, elle réalisa ce qu'elle venait de dire et posa une main sur les lèvres. Sidney se mit à rire.

— Je ne voulais pas dire ça comme ça, ajouta rapidement Piper. Tout ce que je voulais dire, c'est qu'il porte des vêtements normaux en ce moment. Un t-shirt et un short, alors qu'avant il était en uniforme.

Elle ferma les yeux quand Ace ricana à côté d'elle.

— Je vais me taire maintenant. Il y a une raison pour laquelle je reste souvent à la maison.

— Je comprends tout à fait, dit Sidney en la laissant tranquille. En fait, ils sont tous sexy dans leurs uniformes, mais ils sont complètement différents dans leurs vêtements de tous les jours. Et, soyons honnêtes... qu'ils portent des shorts et des t-shirts nous donne une chance de vraiment voir leurs muscles.

Elle fit un geste vers le reste des gars qui sautaient partout et jouaient avec un ballon de football sur la plage.

— Hé, protesta Gumby d'un ton moqueur. Ne regarde pas mes amis, femme.

Sidney éclata de rire à nouveau et le prit dans ses bras.

— Tu sais que je n'ai d'yeux que pour toi.

Ace aimait voir Gumby détendu et heureux. Après tous les ennuis qu'ils avaient eus, ça faisait du bien de savoir qu'il avait trouvé la personne avec qui il pouvait baisser sa garde et simplement profiter de la vie.

— C'est vraiment très agréable de te voir aussi détendue, Piper. Les choses ont été un peu intenses là-bas pendant un certain temps, et je suis plus heureux que je ne pourrais le dire qu'on vous ait fait sortir, les filles et toi du Timor Oriental, dit Gumby.

Ace était d'accord. Les nouvelles en provenance de ce petit pays n'étaient pas bonnes. Les rebelles semblaient être plus forts que ce que l'on pensait. Ils avaient fait des ravages dans la capitale, en enrôlant autant d'hommes et de garçons qu'ils le pouvaient. Ils avaient fait irruption dans les maisons et avaient soit tué les femmes et les filles et forcé les hommes à prendre les armes au nom des rebelles, soit menacé de tuer les femmes jusqu'à ce que les hommes n'aient d'autre choix que d'obéir aux ordres.

Certaines bandes de rebelles forçaient également les femmes à prendre les armes, les violant et les déstabilisant jusqu'à ce qu'elles acceptent n'importe quoi pour que les abus cessent. C'était horrible, et Ace savait qu'ils avaient eu beaucoup de chance de faire sortir Piper et les filles du pays.

— C'est affreux, dit Piper en frissonnant. Je ne comprendrai jamais la guerre et la politique.

Détestant que leur journée heureuse prenne une direction qui rappellerait à Piper tout ce qu'elle avait traversé, Ace fit de son mieux pour changer de sujet.

— Après le repas, j'aurais besoin d'aide pour apprendre aux filles à nager. Tu penses que les autres pourraient m'aider aussi ?

— Bien sûr. Nous en serions ravis. Rocco a appris à Caite, donc je n'ai aucun doute qu'il sera capable d'apprendre à vos filles aussi.

Vos filles. Ace ne se lasserait jamais d'entendre ça. Il n'était père que depuis une semaine environ, alors qu'il ne s'attendait pas à ce que cela arrive avant au moins deux ans, mais il ne pouvait pas nier qu'il était tombé éperdument amoureux de Rani, Sinta et Kemala.

— Merci. Tu veux nous aider ? demanda-t-il à Piper.

Elle secoua immédiatement la tête.

— Non. Elles te font confiance, et je serais probablement

trop nerveuse et elles le remarqueraient. Je me contenterai de regarder.

— Caite et moi allons nous asseoir ici avec toi. Nous pourrons discuter et apprendre à mieux nous connaître, répondit immédiatement Sidney.

Ace vit que Piper que cette idée la rendait également nerveuse, mais elle se contenta de hocher la tête en disant :

— Volontiers.

— Super. Les hamburgers et les hotdogs sont presque prêts. Que vont choisir ces demoiselles ? demanda Gumby.

Pendant que Piper discutait de la probabilité que les filles mangent l'un ou l'autre, Ace l'observa attentivement sans qu'elle s'en aperçoive. Elle portait un short qui mettait en valeur ses jambes galbées. Il savait qu'elle n'était pas ravie de sa silhouette, mais il ne trouvait rien à redire. Non, elle n'était pas mince comme un fil de fer, mais il aimait la sentir sur son torse la nuit... et rien que de penser à s'installer entre ces cuisses, les sentir se refermer sur ses hanches, faisait frémir sa queue dans son short.

Elle portait un t-shirt trop grand qui cachait la majeure partie du haut de son corps, mais lorsqu'il posait sa main sur sa taille ou le bas de son dos, il sentait à quel point elle était douce et féminine. En bref, elle était tout ce qu'il avait toujours voulu chez une femme. Et elle était à lui.

La bague qu'il avait achetée plus tôt dans la semaine était dans sa poche. Il voulait remplacer la version bon marché qu'il avait achetée au Timor Oriental, mais n'avait toujours pas trouvé le bon moment pour le faire. C'était important pour lui, et il ne voulait pas la lui offrir au milieu du chaos qui régnait à la maison.

— ... tu crois ?

Ace cligna des yeux. Il n'avait saisi que la fin de la question de Piper parce qu'il était trop occupé à regarder ses fesses et à penser à la ramener à la maison, à installer les enfants dans leur lit et à l'embrasser sur leur canapé. La nuit dernière, avant qu'elle ne tombe d'épuisement, ils s'étaient conduits comme des adolescents essayant d'échanger des baisers avant que l'un de leurs parents ne descende les escaliers.

Ils avaient leurs mains partout l'un sur l'autre, et à chaque baiser et caresse, Ace la désirait davantage. Il voulait lui prouver à quel point il l'aimait et la respectait, et à quel point il la désirait.

Il était en train de tomber fou amoureux de Piper. Une semaine auparavant, elle était juste une autre mission. Maintenant, elle était sa femme, la mère de ses enfants, et devenait rapidement la personne la plus importante dans sa vie. C'était de la folie. De la folie totale. Mais il se sentait si bien.

— Ace ? demanda-t-elle en inclinant la tête.

— Désolé, je n'ai pas suivi, avoua-t-il un peu penaud.

Ace vit le sourire de Gumby avant qu'il ne se retourne face au grill pour le cacher. L'autre homme savait manifestement exactement ce qu'il pensait et ressentait.

— Je t'ai demandé si tu pensais que les filles auraient plus envie de goûter un hotdog si je le découpais.

— Oui, fit Ace. Et pense à remplir celui de Rani avec du ketchup. Tu sais qu'elle adore ce truc.

— Mais c'est tellement dégoûtant ! Et tout ce sucre, protesta Piper.

Ace se dirigea vers elle et fit ce qu'il voulait faire depuis cinq minutes... c'est-à-dire poser ses mains sur elle. Il enroula sa main autour de sa nuque et la serra contre lui tandis qu'elle le regardait fixement. Elle posa ses mains sur son torse, et il sentit ses doigts se contracter.

Pendant une brève seconde, l'image d'eux, debout comme maintenant, mais nus comme le jour de leur naissance, traversa son cerveau. Sentir ses doigts se contracter contre sa chair nue alors qu'il s'enfonçait profondément en elle. Elle le regarderait comme elle le faisait maintenant...

Secouant la tête pour chasser cette idée, il reprit :

— Mais si ça les fait manger, c'est ce qui est important.

Leurs papilles gustatives vont finir par s'acclimater et leur alimentation sera variée. Nous devons juste leur laisser le temps. Et tu sais que si Rani en mange, les autres vont au moins essayer. Elle est comme cette vieille pub pour les céréales *Life* des années 70. « Mickey aime ça ! »

Piper soupira mais acquiesça.

— Ok.

— Ok, répéta Ace.

Puis, avec une dernière caresse de son pouce sur la peau sensible de son cou, il la laissa partir et fit un pas en arrière.

— On est presque prêts, dit Gumby. Sid, Piper et toi, vous voulez bien aller chercher les autres ? Leur dire de venir ?

— Bien sûr, lui dit-elle, et elle se mit sur la pointe des pieds pour embrasser Gumby.

Comme il était beaucoup plus grand qu'elle, il accepta en se penchant sur elle. Ils échangèrent un baiser court mais intense avant de se tourner vers Piper.

— Allez, viens. Je suis affamée. Plus vite on arrive à faire en sorte que ces idiots cessent de jouer à cache-cache, plus vite on pourra manger.

À la seconde où les femmes quittèrent la terrasse, Gumby déclara :

— Tu as de la chance, mon frère.

Ace sourit et garda les yeux sur les fesses de Piper qui marchait dans le sable.

— Ouaip.

— Content pour toi, dit Gumby.

Ace se retourna enfin pour regarder son ami et coéquipier.

— Pas de leçon sur le fait de l'épouser trop vite ou de faire une erreur ?

— Bon Dieu non, répondit immédiatement Gumby. Écoute. Nous savons tous combien la vie peut être courte. J'étais là avec toi dans ce putain de trou à Bahreïn. Je me souviens de ce que tu as dit que tu regrettais le plus dans ta vie. Et j'ai l'impression que tu as touché le jackpot. Non seulement tu as eu les enfants que tu as toujours voulus, mais tu as trouvé une femme merveilleuse et attentionnée pour les accompagner. Et je vois comment tu regardes Piper. Ce mariage n'est pas vraiment une épreuve. En fait, j'irais même jusqu'à dire que si tu ne le consommes pas correctement, et rapidement, tu es un idiot.

Ace ne put s'empêcher de rire.

— Je l'aime beaucoup, admit-il. Vraiment beaucoup. Elle est drôle et tellement altruiste que je dois la forcer à respirer un peu et à penser à elle. Elle se tue à la tâche et s'inquiète pour ses filles à chaque heure de la journée. C'est une mère formidable, et elle me donne envie d'être un meilleur père. Mais plus que ça, chaque jour qui passe, je me rends compte que je l'aime vraiment bien. Je crois que j'ai plus ri cette semaine que dans toute ma vie. Je redoute de retourner travailler à plein temps parce que je ne pourrai plus passer toute la journée avec elle.

— On dirait que tu fais plus que bien l'aimer, observa Gumby.

— Oui, répondit simplement Ace.

Leur conversation fut interrompue par le groupe qui revenait pour manger.

— Mon conseil : arrête de lutter contre ça, ajouta rapidement Gumby avant leur arrivée. Tu as envie d'elle, il est évident qu'elle a envie de toi, si l'on en croit les regards qu'elle te lance. Vous êtes mariés. Il est temps de la faire officiellement tienne. La vie est courte, et on ne sait jamais, elle peut être là un jour et partie le lendemain.

Alors que le reste de leurs coéquipiers, ainsi que les femmes et les enfants, remontaient les escaliers vers la terrasse, Ace pensa à ce que Gumby avait dit. Son ami avait presque perdu Sidney. Comme il l'avait rappelé, la veille elle était là, en sécurité et heureuse, et le lendemain elle luttait pour rester en vie.

Des pensées de Paul Solberg traversèrent l'esprit d'Ace. Ils ne l'avaient pas vu depuis qu'ils étaient descendus de l'avion, mais le commandant North avait gardé un œil sur lui – et ce qu'il rapportait n'était pas bon.

Il ne s'était pas présenté à son travail. La police avait effectué un contrôle de routine chez lui. L'homme avait l'air de ne pas s'être douché depuis des jours. La maison sentait mauvais et, d'après le peu qu'ils avaient pu voir du seuil de la porte, c'était le bazar. Avec des ordures éparpillées partout et ses affaires en désordre.

Œil pour œil.

Ace n'arrivait pas à sortir ces mots de sa tête.

La dernière chose qu'il voulait, c'était que Paul dépasse les bornes et s'en prenne à Piper. Cette pensée le répugnait et l'horrifiait.

Oui, il aimait plus que tout Piper Morgan. Sa femme. Et il était prêt à tout pour la protéger. Elle et ses enfants.

Il était temps de passer à la vitesse supérieure. Piper et lui s'étaient peut-être mariés par nécessité, mais il voulait qu'elle sache ce qu'il ressentait vraiment. Il voulait qu'ils aient un vrai mariage dans tous les sens du terme.

Piper s'assit sur la terrasse et regarda Ace et les autres hommes apprendre à nager à leurs filles et jouer avec elles. Ils étaient déterminés à leur montrer au moins les bases de la natation.

Elle fut obligée de reconnaître que son rythme cardiaque s'était accéléré lorsque Ace avait enfilé son maillot de bain. Les six hommes portaient tous ce qui ressemblait à des caleçons. Des maillots noirs serrés qui collaient au haut de leurs cuisses.

À côté d'elle, Caite poussa un gros soupir.

Sidney gloussa.

— Ils sont tellement sexy, déclara-t-elle.

— Je te jure, c'est comme un de ces calendriers de militaires à la barbe magnifique qui prennent vie, admit Piper.

Caite et Sidney éclatèrent de rire.

— Oh mon Dieu, tu as raison ! dit Caite.

— Et les regarder avec les filles... je crois que mes ovaires sont en train d'exploser, dit Sidney, toujours en riant.

Piper dut admettre que c'était très sexy. Mais elle n'avait d'yeux que pour Ace. Malgré quelques centimètres de moins que le reste des hommes, il se démarquait.

Peut-être étaient-ce ses regards incessants vers la terrasse, comme s'il voulait s'assurer qu'elle allait bien. Mais à chaque fois qu'ils se regardaient, elle sentait leur connexion encore plus forte.

Elle luttait contre son attirance pour lui depuis une semaine, mais chaque jour qui passait, à chaque geste tendre envers elle et les filles, elle le désirait davantage.

Elle avait déjà aimé auparavant, mais rien de comparable aux sentiments profonds qu'elle développait déjà pour Ace. Peut-être que leur séjour au Timor Oriental avait en quelque sorte accéléré ces sentiments, les rendant plus intenses et plus urgents qu'avec quiconque par le passé. Mais en tout cas, elle savait qu'elle avait plus de sentiments pour Ace que pour tout autre homme avec qui elle était sortie.

Il avait fait tout son possible pour qu'elle soit à l'aise dans sa maison. Il ne s'était pas plaint du changement de sa routine – et installer quatre femmes dans sa maison était certainement un énorme changement. Mais c'est le temps qu'ils passaient le soir, quand ils n'étaient que tous les deux, qui contribua à cimenter ses sentiments. Ils parlaient de tout et de rien, et Ace n'avait jamais l'air sur la réserve.

La nuit précédente, quand ils s'embrassèrent, elle fut tentée de lui dire qu'elle était plus que prête à ce qu'ils fassent l'amour. Mais il semblait connaître son corps mieux qu'elle, car moins de cinq minutes après s'être doucement éloigné et lui avoir dit de fermer les yeux et de se reposer, elle s'était endormie.

Elle aimait dormir sur lui. C'était presque gênant de voir à quel point elle se sentait bien sur son corps. Dormir de cette façon lui rappelait comment il avait pris soin d'elle lorsqu'ils avaient fui les montagnes du Timor Oriental. Comment il s'était littéralement mis entre elle et les insectes qu'elle avait imaginé voir ramper sur elle si elle dormait dans la terre.

Et les premières nuits, quand ils étaient entourés de Rani, Sinta et Kemala, elle s'était réveillée en pensant qu'ils étaient en fait de retour à l'auberge de Dili. Mais ce soir, ils ne seraient que tous les deux. Et Piper ne pouvait s'empêcher de penser à ce qui pourrait se passer dans son lit. Serait-il le gentleman qu'elle connaissait et la pousserait-il à s'endormir, ou une autre séance de pelotage en entraînerait-elle d'autres ? Elle était sûre de ce dont elle avait envie.

— Alors... Rocco m'a dit que tu es une artiste, dit Caite.

Faisant de son mieux pour calmer ses hormones incontrôlables et avoir une conversation normale avec ces femmes avec lesquelles elle voulait être amie, Piper acquiesça.

— Oui, j'ai un diplôme d'école de commerce, mais l'idée de rester assise derrière un bureau, à regarder des chiffres ou à mettre en place des business plans pour le reste de ma vie, ne m'attirait pas. J'ai une façon originale de voir les choses, et j'ai toujours aimé dessiner. J'ai créé un blog pour partager mes dessins humoristiques, juste pour éviter de m'ennuyer à mourir dans mon travail. J'ai toujours reçu beaucoup de commentaires positifs, mais un jour, j'ai posté une caricature particulière qui est devenue virale sur les médias sociaux. C'est fou comme ma vie a changé rapidement après ça. Mon blog a eu tellement de visites qu'il a carrément buggé. Des gens m'envoyaient des messages et des e-mails pour me demander s'ils pouvaient avoir mes dessins sur des t-shirts. D'autres voulaient des tasses à offrir en cadeau. Certains voulaient acheter mes œuvres pour les mettre sur leurs murs. C'était fou, mais j'étais beaucoup plus heureuse de passer mon temps à dessiner qu'à travailler.

— Attends une seconde ! Tu es Piper ? demanda Sidney en se redressant sur sa chaise.

Piper acquiesça.

— Oui.

— Putain de merde. J'adore ton travail ! s'exclama-t-elle. Tu prends des situations quotidiennes et normales auxquelles personne ne pense et tu les transformes de façon hilarante !

— Oui, je suis d'accord, dit Piper.

Elle savait qu'elle rougissait, mais elle ne se lassait jamais que les gens lui disent qu'ils appréciaient ses bandes dessinées. Ce qui avait commencé comme un moyen de préserver sa santé mentale était devenu une carrière, et le fait qu'elle puisse faire sourire les gens en même temps était un énorme bonus.

— Merci.

— Et j'ai adoré le dessin que tu as posté cette semaine. Maintenant que je te connais un peu, j'ai l'impression que tes bandes dessinées vont commencer à être plus orientées vers les enfants, n'est-ce pas ?

Piper haussa les épaules.

— Probablement. En fait, avoir les filles a ouvert tellement de possibilités dans mon esprit.

— Sans parler du fait d'être mariée, dit Caite avec un sourire.

— Ça aussi. J'en ai dessiné une hier soir où un type demande à une femme ce qu'il y a pour le dîner, et après une longue explication de cet énorme repas gastronomique, le type dit : « Je vais peut-être commander une pizza ».

Les deux autres femmes se mirent à rire.

— Bien sûr, c'est plus pour les filles qu'Ace fait tout ça. L'autre soir, il a travaillé très dur pour faire ces macaronis au fromage maison incroyablement délicieux, et les trois filles n'ont rien voulu savoir. J'ai fini par leur servir le même vieux riz et poulet qu'elles ont mangé toute la semaine.

— Elles semblaient aimer les hotdogs aujourd'hui, lui rappela Caite.

— Oui, ce qui est un soulagement, honnêtement, dit Piper. Je veux qu'elles mangent sainement, qu'elles aient un bon mélange de légumes et de protéines dans leur alimentation, mais jusqu'à présent, j'échoue. Je n'aime pas que Rani veuille du ketchup sur tout, mais si ça peut la faire manger, je suis d'accord.

— Je n'ai pas d'enfants, mais je suppose qu'il leur faudra un certain temps pour s'habituer à la nourriture d'ici. Et les enfants sont notoirement difficiles, dit Sidney.

— Je sais. J'ai rejoint un groupe sur les réseaux sociaux où les parents parlent de trucs et astuces pour faire manger de nouveaux aliments à leurs enfants, et j'ai réalisé que je suis loin d'être un cas isolé, déclara Piper avec un petit sourire. Et suite à cela, j'ai pensé à une nouvelle bande dessinée.

— Il faut absolument que je me renseigne sur toi, dit Caite. Mais... je peux te demander quelque chose ?

Piper acquiesça immédiatement. Elle se sentait à l'aise avec les deux autres femmes. Elles ne la jugeaient pas du tout, et elle se sentait mieux en constatant qu'elles n'étaient pas belles comme des mannequins. Elle savait qu'elle avait tort de penser à cela, mais elle aurait été complètement intimidée et gênée si elles avaient été des beautés hors du commun.

Honnêtement, elles étaient classiques, à l'aise dans leur peau. Caite arborait une énorme tache de ketchup sur le devant de son t-shirt, là où Rani avait posé ses doigts couverts de sauce, et Sidney avait des taches de boue sur son short, là où son chien, Hannah, avait posé ses pattes un peu plus tôt. En bref, elles étaient très réelles. Tout comme elle.

Elle se promit de répondre à toutes leurs questions.

— Rocco m'a un peu raconté ton histoire, comment tu es allée au Timor Oriental pour rendre visite à ton amie Kalee et comment tu t'es retrouvée au milieu des ennuis. Je suis vraiment désolée d'apprendre ce qui est arrivé à Kalee, dit Caite.

— Merci, dit doucement Piper. Elle me manque tous les jours. Elle était drôle et mettait de la vie dans toutes les réunions auxquelles elle participait. Les gens étaient attirés par elle. J'avais l'habitude de rester en retrait et de la regarder se faire des amis, puis une fois que tout le monde était sous son charme, j'arrivais et je passais un bon moment.

— On dirait qu'elle était incroyable. Je regrette de ne pas l'avoir rencontrée, répondit Sidney.

— Elle était incroyable, reprit Piper. Ce qui lui est arrivé n'était pas juste, et quoi qu'en dise Ace, je me sens toujours un peu coupable.

—Tu ne l'es pas, affirma Caite. Je sais, c'est facile pour moi de dire ça, mais tu ne peux pas passer ta vie à regarder en arrière. Tu dois aller de l'avant. Je crois vraiment que les choses arrivent pour une raison. On ne sait peut-être pas tout de suite pourquoi tout est arrivé, mais ça finira par devenir clair. Et je dois dire, tu as trois petites raisons juste là, et tu as Ace. Je dirais que c'est un assez bon début.

Piper songea aux mots de Caite. Elle avait raison. Elle aurait préféré que Kalee soit ici avec elle aujourd'hui, mais si les événements ne s'étaient pas déroulés ainsi, elle ne serait peut-être pas assise là où elle était à cette seconde, regardant ces trois filles qui étaient maintenant légalement les siennes. Sans parler du fait qu'elle était mariée à l'homme le plus incroyable qu'elle ait jamais rencontré...

Oui, les mots de Caite avaient vraiment du sens.

— Revenons à ma question, dit Caite. Qu'est-ce qui t'a donné envie d'adopter Rani, Sinta et Kemala ? En fait, je comprends que vous avez traversé quelque chose d'intense ensemble, mais comment l'adoption s'est faite ?

Piper s'était posé la même question plus d'une fois, alors elle ne fut pas offensée que Caite la lui pose.

— Ça m'a manqué d'avoir des frères et sœurs en grandissant. J'étais fille unique. Quand ma mère est morte et que j'ai cru que j'allais devoir être placée dans une famille d'accueil, j'ai eu une peur bleue. Mes grands-parents sont intervenus et ont accepté de m'élever, mais je n'ai jamais oublié ce sentiment d'être vraiment seule au monde. Tu as raison, c'est bizarre de passer du statut de femme seule avec peu de responsabilités au souhait d'adopter trois filles, dont une adolescente. C'est difficile à expliquer, mais les trois jours que nous avons passés ensemble dans ce vide sanitaire sous la cuisine m'ont transformée. Ces filles étaient complètement dépendantes de moi. Lorsque nous entendions des hommes traverser la maison, à la recherche de qui ils pouvaient trouver, nous nous blottissions les unes contre les autres et retenions notre souffle. Quand la petite Sinta avait envie de faire pipi, je devais trouver un moyen de fabriquer des toilettes pour nous toutes. Quand nous avons manqué d'eau et de nourriture, il était hors de question que je prenne le risque de laisser l'une d'entre elles sortir du trou pour aller en chercher. J'y suis allée moi-même.

J'ai réalisé très vite que je ferais tout – et je dis bien tout – pour que ces filles soient en sécurité. Elles n'ont pas demandé à être dans cette situation. Moi non plus, mais ce sont des enfants. Elles devaient être protégées et aimées. Au lieu de cela, elles grandissaient dans un orphelinat sans que personne ne se soucie de leur vie ou de leur mort. Quand les gars sont arrivés, et que je les ai entendus parler anglais, ma seule pensée était pour les filles. Que c'était ma chance de les faire sortir. Je savais que nous ne pourrions pas survivre plus longtemps blotties sous ce plancher, et l'équipe était une réponse à mes prières. Même si j'avais déjà envisagé de les ramener avec moi aux États-Unis, ce n'est que lorsque j'ai vu ce soi-disant orphelinat privé, et que j'ai réalisé que la propriétaire vendait carrément des filles aux plus offrants, que j'ai su avec certitude que je ne pouvais pas les laisser là-bas. Personne n'allait les protéger comme je le ferais. Personne n'allait s'assurer que leurs ventres seraient pleins comme je le ferais. Personne ne risquerait vraiment sa vie pour elles comme je le ferais.

— Et elles étaient d'accord pour quitter leur pays ? demanda Caite.

Elle s'était déplacée pour s'asseoir devant et avait posé sa main sur la jambe de Piper pour la soutenir.

Piper hocha la tête.

— Oui. Je pense que le temps passé dans ce trou les a aussi transformées. Sans parler de la protection de l'équipe pendant notre voyage vers la ville. Je ne pense pas que quelqu'un n'ait jamais pris autant soin d'elles auparavant. Surtout les hommes. Mais, je dois admettre que Kemala ne m'aimait pas beaucoup à ce moment-là. Je pensais qu'elle était simplement une adolescente lunatique, mais il s'est avéré qu'elle avait peur d'être abandonnée une fois que nous aurions atteint la capitale. Elle avait une peur bleue d'être laissée seule dans la ville. Elle pensait que j'allais juste partir sans me retourner. Quand elle a compris que ce n'était pas le cas et qu'elle allait rentrer avec moi en Amérique, son attitude a complètement changé.

— Elle semble complètement dévouée à Ace et toi, observa Sidney.

— J'espère qu'avec le temps, elle se détendra un peu plus et ne se sentira pas aussi obligée de nous aider tout le temps. Je veux qu'elle soit la jeune fille insouciante qu'elle est censée être. Elle n'a pas à s'inquiéter d'être mariée à l'âge de quatorze ans. Elle n'aura pas à porter les bébés d'un homme à seize ans, et elle n'aura pas à s'inquiéter de l'arrivée de son prochain repas.

— Je suis en admiration devant toi, dit Caite en se rasseyant.

Piper secoua immédiatement la tête.

— J'ai fait ce que n'importe qui dans cette situation aurait fait.

— Faux, répondit Caite. Je pense que tu es la seule personne qui aurait non seulement mis sa vie en danger pour les garder en sécurité, mais qui les aurait adoptées sur le champ.

— Eh bien, il y a une autre personne… Ace. Et ce n'est pas comme si je m'étais aventurée seule dans un quartier dangereux d'une ville étrangère pour essayer de sauver un Navy SEAL ou quoi que ce soit d'autre, répondit Piper avec un petit sourire.

Caite se mit à rire.

— C'est vrai.

— Ou essayé de voler un chien à un membre de gang connu et une personne vraiment horrible, ajouta Piper en regardant Sidney.

— C'est officiel alors, nous sommes toutes de vraies folles, dit Caite avec un sourire.

— C'est pour ça qu'on s'entend si bien, ajouta Sidney.

Piper rayonnait. Elle aimait ces femmes. Elle aimait les avoir comme amies, et savait sans même avoir à le demander qu'elles seraient là si elle avait besoin de quelque chose. Tout comme elle pouvait compter sur les coéquipiers d'Ace.

Pour la première fois de sa vie, elle ne se sentait plus seule.

En entendant des cris venant de la plage, Piper dirigea son regard vers l'endroit où elle avait vu ses enfants pour la dernière fois. Elle se leva immédiatement, prête à courir jusqu'à la plage pour protéger celle qui était en danger. Mais elle ne vit aucun des gars paniquer, ni ses filles. Au lieu de cela, un homme marchait entre la maison de Gumby et celle d'à côté, et se dirigeait vers eux.

— Qui est-ce ? demanda Piper.

— Je ne sais pas, répondit Caite. Mais on dirait que les gars sont contents de le voir.

Et c'était le cas. L'équipe était sortie de l'océan et se dirigeait vers l'homme mystère. Ace tenait Rani, Bubba portait Sinta, et Kemala était entre Phantom et Rex.

— Venez. Je suis curieuse, claironna Caite en se levant.

Sidney et Piper lui emboîtèrent le pas, bientôt rejointes par Hannah, qui dormait sur la terrasse, et elles se dirigèrent toutes dans la direction de l'homme.

* * *

— Putain de merde, c'est vraiment toi, Tex ? demanda Ace alors qu'ils se rapprochaient de l'homme qui se dirigeait vers eux.

— En chair et en os, répondit l'homme avec son accent familier du sud.

— Mais qu'est-ce que tu fais là ? demanda Rocco en embrassant l'homme.

— J'étais curieux, fit Tex, en adressant un clin d'œil à Ace. Après avoir tiré toutes les ficelles possibles pour que ton adoption soit accélérée et approuvée et que tu puisses faire sortir tes filles du Timor Oriental, je voulais venir les rencontrer en personne.

Ace vit Piper s'approcher, écoutant les explications de Tex. Il l'invita à le rejoindre et elle passa son bras autour de sa taille, ce qui remplit Ace de fierté.

— Et nous sommes heureux que vous l'ayez fait. Voici Rani, Sinta est là avec Bubba, et la belle adolescente avec Phantom est Kemala.

Tex salua chacune des filles, et Ace fut heureux de les voir répondre, timidement mais sans aucune crainte. Il pensa que, puisqu'elles étaient entourées de personnes en qui elles avaient confiance, cela rendait les choses plus faciles pour elles. En plus du fait qu'elles venaient de mettre leurs vies entre les mains des hommes qui leur apprenaient à nager.

— Et voici Piper, dit Tex en lui souriant.

— Tex, voici ma femme, Piper Morgan, annonça Ace, très heureux de la présenter comme sa femme à l'un des hommes qu'il respectait et admirait le plus au monde.

— C'est un plaisir de vous rencontrer, affirma solennellement Piper. Et je ne pourrai jamais vous remercier assez pour ce que vous avez fait pour nous. Je sais que les adoptions ne se déroulent normalement pas comme la nôtre, elles demandent beaucoup d'argent et de temps. Mais sachez que je... nous... vous en sommes reconnaissants.

Tex ignora ses remerciements, ce qui ne fut pas une surprise pour Ace.

— Je n'ai pas besoin de vos remerciements. Tout ce dont j'ai besoin, c'est de savoir que ces beautés sont en sécurité et heureuses.

— Comment vont Akilah et Hope ? demanda Rocco.

— Elles vont très bien. Hope pousse comme de la mauvaise herbe et Akilah passe son bac cette année.

— Waouh, déjà ? s'exclama Gumby. C'est vrai ? J'ai l'impression que c'est hier que je l'ai rencontrée pour la première fois.

Ace s'approcha et expliqua à Piper :

— Il a adopté Akilah en Irak. Elle a été amenée aux États-Unis pour des soins médicaux à son bras blessé dans une fusillade.

Elle hocha la tête.

— C'est donc comme ça qu'il a connu la bonne personne à contacter à l'USCIS.

Tex, qui entendait leur conversation, hocha la tête.

— Oui. Et j'ai pu faire quelques travaux pour eux ici et là au fil des ans. Ce n'était pas difficile pour eux de me faire une petite faveur.

Ace secoua la tête. Une « petite faveur » pour Tex signifiait remuer ciel et terre pour Piper et lui.

— Viens, dit Gumby en tapant dans le dos de son ami. Il nous reste de quoi manger. Détends-toi un peu.

— Je ne peux pas rester, répondit Tex. Je suis en route pour aller chez Wolf et Caroline, et pour voir le reste de son équipe. Je voulais juste m'arrêter pour rencontrer tes filles, Ace, et pour vous dire à tous que si je peux faire quoi que ce soit pour vous, tout ce que vous avez à faire est d'appeler. Je suis conscient que vous pensez que je suis surtout en contact avec Wolf, mais ça ne pourrait pas être plus éloigné de la vérité. Je suis là pour chacun d'entre vous, et j'espère que vous en êtes conscients maintenant. Vous n'avez pas besoin de passer par le Commandant North pour me joindre non plus. Décrochez juste ce foutu téléphone et appelez. D'accord ?

Tout le monde acquiesça, et Ace ne put nier que les mots du SEAL à la retraite étaient un soulagement. Tex en savait plus sur le piratage et la recherche d'informations que toutes les personnes qu'il avait jamais rencontrées dans sa vie. Et la facilité avec laquelle il avait fait adopter ses filles était une preuve plus que suffisante du type de relations qu'il avait. Tex était la ressource ultime, et Ace prit note de s'assurer que tous, y compris Piper et les autres femmes, avaient son numéro.

— Allez, on retourne à notre leçon de natation ! s'exclama alors Rocco tandis que Tex repartait vers son véhicule.

Ace se pencha pour embrasser Piper, puis sourit. Il aimait voir l'expression de satisfaction – et de désir – sur son visage.

Sachant que plus ses filles passeraient du temps dans l'océan et à courir sur la plage, plus elles seraient fatiguées, son sourire s'élargit. Il espérait avoir la chance de donner à Piper sa nouvelle bague dans la soirée, et lui montrer à quel point il voulait que leur relation change... pour le meilleur.

* * *

Phantom courut après Tex et le rattrapa à côté de la maison de Gumby.

— Hé, je peux te demander quelque chose ? cria-t-il en s'approchant.

Tex s'arrêta et hocha la tête.

— Bien sûr. Je ne racontais pas de conneries quand je vous ai dit de me contacter si vous aviez besoin de quelque chose.

— Je sais que le commandant North se tient au courant de tout ce qui se passe au Timor Oriental, mais j'apprécierais que tu gardes un œil sur tout ça aussi.

— Tu veux retourner chercher Kalee, dit Tex.

Ce n'était pas une question.

Phantom aurait dû être surpris que l'ancien SEAL soit au courant, mais il n'était pas étonné.

— Oui. Nous n'aurions pas dû la laisser.

— D'après ce que j'ai entendu, vous n'aviez pas le choix. Vous n'auriez pas pu vous balader pendant des jours avec son corps en bandoulière. C'était impossible, et aurait probablement marqué Piper et ces filles à vie. Et l'extraction n'aurait pas pu se faire immédiatement, comme c'est généralement le cas lorsque vous êtes en mission et que ça tourne mal.

Phantom le savait, mais ça l'agaçait quand même.

— Je sais, mais quelque chose dans ce qui s'est passé là-bas ne me convient pas. Je n'arrive pas à mettre le doigt dessus, mais ça me dérange.

Tex le regarda fixement pendant un long moment.

— Parle-moi, finit-il par dire d'un ton insistant.

Phantom haussa les épaules.

— C'est justement ça qui me tracasse. Je ne sais pas ce qui ne tourne pas rond. Nous avons déjà dû laisser des gens derrière nous pour le bien de tous, mais j'ai presque l'impression que... mon cerveau a bloqué quelque chose à propos de ce jour à l'orphelinat. J'étais là, à regarder ce charnier, puis j'ai regardé Piper et les autres qui sortaient d'un des bâtiments. Je me suis retourné vers la tombe... Je ne me souviens de rien d'autre, mais je ne peux m'empêcher de penser que j'ai raté quelque chose. Quelque chose d'important.

— Tu en as parlé aux autres ? demanda Tex.

— Non, répondit Phantom. On a entendu les rebelles arriver et on a dû se tirer de là. Et puis, je ne suis pas sûr d'avoir vraiment vu quelque chose d'étrange. C'est juste une impression que j'ai. Mais l'important, c'est que je déteste ne pas être capable de terminer une mission. J'ai besoin d'y retourner. Pour ramener Kalee à la maison.

— J'ai entendu dire que son père ne gère pas bien sa mort.

— C'est un doux euphémisme, marmonna Phantom.

— Bien. C'est noté. Je garderai les yeux et les oreilles

ouverts, et je te préviendrai à la seconde où j'entends quelque chose qui pourrait être intéressant.

— Merci, fit Phantom.

Tex leva les yeux au ciel.

— Si tu me remercies, je vais devoir prendre des mesures drastiques.

Phantom ricana. Il était bien connu que Tex détestait être remercié, et si quelqu'un osait envoyer un cadeau ou faire un geste, Tex faisait le maximum pour l'embarrasser. Il leva les mains en signe de capitulation.

— Pas de merci de ma part.

— Bien. Garde la tête froide, Phantom. Le monde a besoin de plus d'hommes comme toi.

Clignant des yeux de surprise, Phantom ne put que fixer Tex qui se dirigeait vers son véhicule garé devant la maison de Gumby.

Phantom ne s'était jamais considéré comme particulièrement spécial. Son enfance avait été un enfer – un véritable enfer – et il avait passé la majeure partie de sa vie d'adulte à essayer d'oublier et de passer à autre chose. Il y était un peu parvenu, mais il y avait des moments où son passé faisait de son mieux pour s'insinuer en lui et le bousiller encore plus.

Secouant la tête pour s'éclaircir les idées, il fit demi-tour pour retourner vers l'océan. Il ne le montrait peut-être pas très bien, mais il aimait vraiment Caite, Sidney, et même Piper. Il s'était inquiété des effets qu'elles auraient sur ses amis, en particulier sur la façon dont ils faisaient leur travail, mais ces inquiétudes n'étaient pas fondées. Rocco, Gumby, et Ace étaient des professionnels, capables de séparer leur vie personnelle de leur vie professionnelle.

Et il devait admettre que plus il passait de temps avec Rani, Sinta et Kemala, plus il les appréciait aussi. Le regard de Sinta lorsqu'il l'avait aidée à flotter sur le dos dans l'océan resterait gravé dans sa mémoire pendant très longtemps. Ses grands yeux bruns ne montraient rien d'autre que de la confiance… et ça faisait du bien.

Alors qu'il trottinait vers ses amis pour apprendre à flotter et à nager aux filles, Phantom n'arrivait pas à se débarrasser du sentiment étrange qu'il avait manqué quelque chose quand ils étaient dans les montagnes du Timor Oriental. Il ne savait pas ce que c'était, et c'était ça le problème. Mais le doute qui planait au fond de son esprit était omniprésent, et il était plus qu'inquiétant.

Il chassa ces pensées de sa tête, prit une grande inspiration et plongea dans l'océan, éclaboussant les filles au passage. Les entendre crier et rire le détendit un peu.

* * *

Paul Solberg était assis sur la plage, à une centaine de mètres de l'endroit où les filles qui auraient dû appartenir à sa Kalee jouaient dans l'océan avec leurs protecteurs. Il se cachait pour observer la grande réunion de famille, où des gens jeunes et moins jeunes couraient partout. Il passait inaperçu dans son short et son t-shirt et, assis sur un banc de la promenade, il pouvait observer les hommes et les enfants qui jouaient dans l'eau sans craindre d'être vu.

Rien ne transparaissait sur son visage, mais à l'intérieur, il était en vrac. Depuis des jours, ses émotions passaient de la colère, au désespoir, à la jalousie, puis revenaient sans cesse à la colère. C'était un cycle sans fin.

Il avait commencé à passer tout son temps libre à surveiller les filles. Il avait dit au conseil d'administration de son entreprise qu'il prenait un congé, et comme ils savaient ce qu'il traversait, ils n'avaient pas sourcillé.

Paul ne pouvait pas s'empêcher de penser à ce qui aurait pu se passer. Il avait suivi Piper et les filles au magasin, à la bibliothèque, et partout où elles allaient. Il savait qu'Ace avait acheté des bijoux à sa nouvelle femme, et même ça, ça lui faisait mal, de savoir que sa Kalee n'aurait jamais un homme qui ferait tout pour prendre soin d'elle comme Ace prenait soin de Piper.

Mais un plan se formait dans son esprit. Pour le moment, comme les filles venaient d'arriver chez eux, Ace et Piper les surveillaient attentivement. Ils restaient en permanence avec elles, et les filles n'étaient jamais hors de leur vue plus de quelques minutes.

Mais ils finiraient par baisser leur garde. Les filles se sentiraient plus à l'aise, et leurs parents aussi.

Il était censé être celui qui apprendrait à ses petits-enfants à nager. Il pourrait les couvrir de plus de cadeaux qu'un simple marine et une dessinatrice stupide.

Paul n'était pas stupide. Il savait qu'il ne pourrait pas facilement prendre les trois filles. Mais il pouvait en prendre une. Personne ne le suspecterait avant qu'il ne soit trop tard. Il avait assez d'argent pour quitter le pays avec sa petite-fille.

Alors que ses plans tourbillonnaient dans son esprit, se mêlant aux souvenirs de sa Kalee, il fixait les filles qui riaient et jouaient dans l'océan – et quelque chose dans son esprit se brisa.

Le chagrin causé par la mort de sa fille prit le dessus sur son esprit rationnel. Au lieu de voir la fillette dans l'océan comme l'un des enfants qui avaient fui le Timor Oriental, elle devint la petite fille qu'il avait élevée.

Ce n'était pas Rani dans l'océan, c'était Kalee.

Sa fille.

Sa fille.

Sa vie.

Et il devait la sauver. Il devait l'emmener loin de la femme diabolique qui la lui avait volée. Il devait sauver sa Kalee.

# CHAPITRE TREIZE

Malheureusement, Ace n'eut pas l'occasion de donner à Piper sa nouvelle bague ou d'approfondir leur relation physique après le barbecue chez Gumby. Ou la nuit suivante. Ou pendant la semaine et demie suivante, en fait.

Ils étaient occupés en permanence, et le soir venu, ils étaient trop épuisés pour faire plus que s'installer sur le canapé et regarder les informations avant de ronfler tous les deux.

Les filles s'acclimataient à leurs nouvelles conditions de sommeil, adorant pouvoir se blottir ensemble dans le grand lit qu'ils avaient installé dans la chambre de Kemala.

Ace était fou de joie à l'idée que Piper dorme toujours dans son lit et l'utilise comme oreiller géant, mais ils n'avaient pas fait plus que s'embrasser. Il aurait pu en être frustré, mais comme la vie avec leurs filles se passait si bien, il ne l'était pas.

C'était tout ce qu'il avait toujours voulu. Le chaos, la joie de voir ses filles s'acclimater à leur nouvelle vie et apprendre de nouvelles choses, et le confort de savoir que sa femme serait à la maison chaque soir quand il rentrerait. Pendant longtemps, sa maison lui avait semblé trop grande, et il s'était demandé pourquoi il avait acheté une maison de cinq chambres à coucher, mais il comprenait maintenant. Elle était destinée à Piper et à ses filles.

C'était samedi matin, les filles prenaient leur petit-déjeuner et il discutait avec Piper de leurs projets pour la journée. Ils avaient décidé d'emmener les filles à l'aquarium, puis à la bibliothèque. Piper avait terminé une bande dessinée la veille, elle n'avait donc pas à travailler pour le reste du week-end, et à moins que le commandant n'appelle pour une mission de dernière minute, il était également libre jusqu'au lundi.

— Il faut trouver des chaussures pour les filles, dit Piper. Je pensais que nous pourrions essayer d'aller au centre commercial.

— Souviens-toi comment elles ont paniqué quand on les a emmenées à Wal-Mart, lui rappela Ace.

— Je sais, mais elles sont ici depuis presque trois semaines maintenant. Je pense qu'elles sont un peu plus habituées. Et nous leur dirons à quoi s'attendre. Je suis sûre que tout ira bien pour elles.

— D'accord, mais il ne faut pas y rester longtemps.

Piper lui adressa un sourire.

— Tu dis ça parce que tu détestes faire du shopping.

Ace lui sourit en retour.

— Ouaip. Et je suis bien conscient que c'est probablement la seule fois où je supporterai de faire une petite sortie shopping. Avec trois filles, j'entrevois mon avenir maintenant.

Le sourire de Piper s'élargit.

— Tu as probablement raison. J'ai trouvé Sinta en train de feuilleter quelques-unes des publicités que nous avons reçues, et elle avait l'air complètement captivée.

Ace tendit la main et étreignit Piper. Elle vint sans se faire prier, et il aima la façon qu'elle eut de se blottir contre lui.

— Si on m'avait demandé il y a un mois, dit Piper tranquillement, je n'aurais jamais deviné que cela pourrait être ma vie. Et je sais que certaines personnes, comme mon agent, pensent que je suis folle, et que les choses sont allées trop vite, mais honnêtement… être au Timor Oriental et vivre ce que j'ai vécu m'a fait réaliser à quel point la famille est importante pour moi. J'ai perdu ma meilleure amie, mais j'ai gagné trois filles magnifiques et étonnantes.

— Et un mari, dit Ace.

— Et un mari, répéta Piper.

Ace baissa la tête pour l'embrasser quand un coup frappé à la porte d'entrée le stoppa dans son élan.

— Porte ! cria Sinta.

— Je m'en occupe, dit Ace.

— Je peux le faire, répondit Piper.

Ace secoua la tête et ignora le deuxième coup frappé à la porte.

— Je sais que tu peux, mais nous n'attendons personne, et nous n'avons aucune idée de qui se trouve de l'autre côté de cette porte. Ça pourrait être une troupe de scouts vendant des cookies, ou ça pourrait être Paul qui veut encore te crier dessus. Je sais que nous n'avons pas entendu parler de lui depuis le jour où nous avons atterri, mais les informations que nous a données notre commandant me rendent très nerveux. Je ne l'ai peut-être pas dit à haute voix lorsque nous nous sommes mariés, mais j'ai juré de faire tout mon possible pour assurer ta sécurité et celle de nos filles, et une partie de cela consiste à me tenir entre vous toutes et tout danger potentiel – y compris des visiteurs inattendus un samedi matin.

— C'est probablement juste le facteur qui dépose un paquet, insista Piper avec douceur, mais Ace ne put manquer l'éclat de son visage.

Elle le regardait comme s'il décrochait la lune.

— Probablement, admit Ace, sans la lâcher d'une semelle.

— Bien, dit-elle après un moment. Je vais voir si les filles ont goûté aux œufs brouillés que tu leur as préparés.

— Essaie de ne pas trop t'inquiéter, répondit Ace. Elles ne meurent pas de faim, et elles finiront par manger autre chose que du riz et du poulet.

Il s'approcha et embrassa Piper. Cela semblait naturel maintenant, et il était incapable de garder ses mains loin d'elle. Dès qu'elle était près de lui, il voulait la toucher, la sentir et l'embrasser pour qu'elle ait envie de lui autant que lui d'elle.

Elle lui sourit et posa sa paume sur sa joue avant de se diriger vers la table pour s'occuper de leurs enfants.

Ace se dirigea vers la porte d'entrée, où un autre coup avait été frappé, et jeta un coup d'œil par le judas. Surpris, il l'ouvrit rapidement et fixa ses amis.

— Gumby, Sidney. Qu'est-ce que vous faites ici ?

— On vous met à la porte, dit Sidney avec un sourire. C'est une intervention.

— Une intervention ? demanda Ace, confus.

Gumby eut un petit haussement d'épaules.

— Sid et moi avons discuté, et nous avons réalisé que ni toi ni Piper n'avez eu une journée à vous depuis que vous avez ramené vos filles à la maison. Donc aujourd'hui, vous avez un peu de temps libre.

— Et ce soir aussi, ajouta Sidney.

Hannah, leur pitbull, était avec eux, assise sur le porche, la langue pendante. Elle avait l'air d'une bienheureuse – et c'est alors qu'Ace remarqua les deux sacs posés à côté de ses amis.

— On échange nos maisons avec Piper et toi jusqu'à demain midi au moins, annonça Sidney. Et crois-moi, ce n'est pas difficile de passer un peu de temps dans ton magnifique manoir. Nous allons prendre soin de vos filles, et vous ne devez pas vous inquiéter. Passe du temps avec Piper, juste tous les deux. Vous le méritez.

Ace n'était pas sûr de ce qu'il devait dire. Il était complètement surpris et touché par le geste. Il eut envie de donner immédiatement son accord, mais il devait aussi tenir compte des sentiments de Piper. Elle pourrait ne pas se sentir à l'aise de laisser les filles avec leurs amis.

— Entrez, dit-il en ouvrant complètement la porte et en se penchant pour attraper le sac de Sidney. Les filles terminent leur petit-déjeuner, et nous étions justement en train de discuter de ce que nous allions faire pour la journée.

Ace suivit ses amis jusqu'à la cuisine. Kemala mettait les assiettes du petit-déjeuner dans le lave-vaisselle, et il vit Sinta essuyer la table avec un chiffon humide. Il sourit. Il aimait que les filles soient prêtes à faire tout ce qu'elles pouvaient pour aider. Il savait que leur désir de plaire était à un niveau particulièrement élevé en ce moment, parce qu'elles voulaient s'assurer qu'elles ne faisaient rien qui pourrait faire regretter à Piper ou à lui de les avoir adoptées – comme si cela pouvait arriver.

— Oh, salut, Sidney. Gumby, dit Piper avec un regard interrogateur pour Ace.

— Salut ! répondit joyeusement Sidney.

Sidney se dirigea immédiatement vers Rani et la prit dans ses bras, la faisant rebondir sur sa hanche jusqu'à ce que la petite fille se mette à rire.

— Nous sommes ici pour vous libérer, toi et Ace, pour la journée et la soirée, dit Sidney sans hésiter. Je sais, vous n'êtes probablement pas encore très rassurés de laisser les filles, mais je vous jure qu'elles iront bien. Gumby et moi avons prévu tout un tas de choses pour les divertir.

— Quoi ? demanda Piper, l'air totalement confus.

Ace se dirigea vers elle et passa un bras autour de sa taille.

— Je n'étais pas au courant non plus, lui dit-il. Mais ils ont proposé de garder les filles jusqu'à demain après-midi. Ils ont dit que nous pourrions rester dans leur maison sur la plage.

— Nous voulons que vous ayez un peu de temps pour vous. Vous avez travaillé si dur depuis que vous avez les filles, et nous avons pensé que ce serait bien pour vous de pouvoir vous concentrer l'un sur l'autre pendant un petit moment.

— Oh, mais nous devions aller au centre commercial aujourd'hui et acheter des chaussures pour les filles. Et Kemala et Sinta ont besoin de nouveaux livres, alors nous allions partir à la bibliothèque, dit Piper.

— On peut s'en occuper, rétorqua Gumby.

Le regard de Piper passa de Gumby à Sidney, puis à Ace.

Il attendit patiemment sa décision. Il voulait cela plus que tout ce qu'il avait voulu depuis longtemps. Il aimait Rani, Sinta et Kemala, mais il voulait aussi égoïstement passer du temps en tête-à-tête avec sa jeune épouse. Il avait promis de l'emmener en rendez-vous, mais ils n'avaient pas encore trouvé le temps de le faire. C'était l'occasion rêvée.

— Je ne suis pas sûre... annonça Piper d'un ton hésitant.

— Piper et Ace s'en vont, dit soudain Kemala. J'aide avec les sœurs.

Ace cligna des yeux en direction de sa fille aînée. C'était la première fois qu'elle parlait de Rani et Sinta comme de ses sœurs. Il sentit la main de Piper saisir sa cuisse, et elle y enfonça ses doigts avec force. Elle réalisait la signification de ce que Kemala avait dit.

— Je sais que tu le feras, dit Piper après un moment. Tu as été d'une grande aide, et Ace et moi l'apprécions. Tu es sûre que ça ira avec Sidney et Gumby ?

Kemala hocha la tête avec enthousiasme.

Sinta était trop occupée à caresser Hannah pour prêter attention à ce que faisaient les adultes. Elle avait eu peur du pitbull la première fois qu'elle l'avait rencontré, mais elle était maintenant complètement sous le charme. Au Timor Oriental, les seuls chiens qu'elles voyaient étaient des chiens errants qui ne voulaient rien avoir à faire avec les humains. Alors avoir un chien qui non seulement vivait dans une maison, mais qui aimait donner des bisous, c'était presque aussi bien que d'avoir son propre petit zoo pour enfants.

Rani n'avait pas l'air de se soucier de ce que Piper et Ace faisaient, car Sidney l'occupait en la faisant rebondir dans ses bras et en la faisant basculer en arrière de sorte que sa tête touche presque le sol, avant de la redresser.

— Et vous êtes vraiment d'accord avec ça ? demanda Piper à Gumby et Sidney. Elles sont assez difficiles en ce qui concerne la nourriture. On travaille encore là-dessus. Et elles dorment ensemble dans la chambre de Kemala. Rani fait toujours une sieste l'après-midi et...

— On s'en occupe, dit Sidney avec assurance. Les draps de notre lit à la maison sont propres, et vous pouvez vous servir de tout ce que nous avons dans la cuisine. Le temps est censé être magnifique aujourd'hui et demain, donc vous pouvez vous asseoir sur la terrasse et vous détendre, ou aller nager dans l'océan, ou faire une longue promenade. Tout ce que vous avez envie de faire.

Ace gardait les yeux sur le visage de Piper, et il y vit l'envie. Elle en avait envie autant que lui. Il ne sut pas dire si c'était l'idée de pouvoir se détendre pendant une journée, ou de passer du temps avec lui qui lui plaisait autant. Quant à Ace, il était juste impatient d'être seul avec elle.

— Si vous êtes sûrs... commença Piper.

— Nous sommes sûrs, répondit Sidney, sans la laisser finir sa phrase. Monte à l'étage et fais tes bagages. On s'en occupe.

Quand Piper quitta la pièce et que Sidney emmena les filles dans l'autre pièce pour regarder la télé, Ace se tourna vers Gumby.

— Je suppose que c'était ton idée ?

Son ami haussa les épaules.

— Tu disais l'autre jour à quel point tu étais frustré de ne pas avoir pu trouver le bon moment pour offrir à Piper la bague que tu lui as achetée. J'y ai pensé et j'ai réalisé que vous n'aviez probablement pas eu le temps de faire grand-chose d'autre que d'aider les filles à s'installer. J'ai pensé que tu n'aurais pas d'objection à passer du temps avec ta femme en tête-à-tête.

— Tu as raison. Je t'en suis reconnaissant.

— Sidney et moi finalisons les détails de notre mariage sur la plage, et nous avons aussi parlé de ce que nous voulons dans le futur. Et bien sûr, on a parlé des enfants. Nous laisser passer du temps avec vos filles est une bonne répétition générale pour nous. Et nous envisageons d'acheter une maison dans les terres quelque part. Nous ne vendrons pas la maison de la plage, car elle représente beaucoup de souvenirs extraordinaires pour nous deux, et nous avons pensé qu'elle ferait une bonne escapade pour nous et tous les membres de l'équipe. On travaille très dur, et pouvoir se détendre et se relaxer à la maison de la plage sera inestimable.

Ace hocha la tête, la gorge serrée. Gumby n'était pas seulement un bon ami, il était formidablement généreux.

— C'est quand le grand jour ? demanda-t-il après un moment.

— Nous pensons dans environ deux semaines... en supposant que nous ne soyons pas envoyés en mission. Nous n'allons rien faire d'extraordinaire. Le contre-amiral Creasy a dit qu'il officierait, et nous ne prévoyons pas de fleurs, de demoiselles d'honneur, de smokings et de grandes robes. Mon père et sa femme ont dit qu'ils pourraient être là, tout comme mon frère. Tu sais qu'on veut quelque chose d'intime, alors avec eux et vous tous avec nous, ce sera parfait.

— J'ai hâte, dit Ace, en tapant sur l'épaule de son ami.

Ils discutèrent de tout et de rien pendant un moment avant que Piper ne revienne dans la cuisine. Elle tirait une petite valise derrière elle.

— J'ai fini, leur dit-elle. J'ai enlevé les draps du lit et les ai mis dans la machine à laver. J'ai pensé que je pourrais expliquer à Sidney la routine des filles pendant que tu fais tes bagages.

Ace hocha la tête.

— Ça me paraît bien.

Il s'approcha et l'embrassa sur le front avant de se diriger vers les escaliers. Il avait le sentiment qu'il faudrait un certain temps avant qu'ils ne sortent de la maison. Sidney allait devoir être très patiente pendant que Piper lui raconterait tout ce qu'elle ce à quoi elle pouvait penser concernant les filles.

Ace se surprit à sourire alors qu'il préparait rapidement un sac de voyage. Il était impatient de passer les prochaines vingt-quatre heures avec Piper. Il était aussi pressé qu'un adolescent allant à son premier rendez-vous.

La première chose qu'il mit dans son sac fut la bague en diamant qu'il avait achetée il y a quelques semaines. Il allait enfin pouvoir la voir à son doigt... du moins il l'espérait.

* * *

Huit heures plus tard, Piper était assise sur la terrasse de Gumby et soupirait d'aise. La journée avait été extrêmement relaxante... et amusante. Traîner avec Ace était bien plus agréable qu'elle ne l'aurait imaginé. C'était exactement ce dont elle avait besoin. Elle aimait Rani, Sinta, et Kemala, mais être une mère était extrêmement fatigant. Elle essayait constamment de les divertir et de s'assurer qu'elles avaient tout ce dont elles avaient besoin pour s'épanouir, et cela ne lui laissait pas beaucoup de temps pour se concentrer sur elle ou sur sa relation avec Ace.

Mais Ace et elle firent ce qu'ils avaient envie toute la journée, et ce fut absolument parfait. À leur arrivée à la maison de la plage, Ace suggéra qu'ils aillent se baigner. Elle avait vu la façon dont il l'avait regardée dans son maillot, et elle l'avait regardé tout aussi attentivement. Ils avaient ri et joué dans les petites vagues pendant au moins une heure avant de s'allonger sur leurs serviettes dans le sable et de bavarder tranquillement une heure de plus.

Puis ils se douchèrent et prirent une collation. Ils évoquèrent leur enfance, puis brièvement ce qui s'était passé au Timor Oriental. Elle prit des nouvelles de Sidney, et son amie lui envoya une photo des filles dégustant des cônes de glace au centre commercial. La petite Rani en avait plus sur son visage et son t-shirt qu'elle n'en avait probablement mangé, mais c'était les sourires joyeux sur leurs visages qui importaient le plus pour Piper.

Puis Ace se porta volontaire pour cuisiner. Elle s'assit dans la cuisine et lui tint compagnie pendant qu'il préparait leur repas. Après le dîner, ils s'installèrent dans les fauteuils très confortables sur la terrasse pour regarder le coucher du soleil.

— Viens ici, dit Ace après qu'un silence confortable se soit installé entre eux.

En le regardant, Piper vit qu'il lui tendait la main. Elle se leva lentement et fit les deux pas nécessaires pour se tenir en face de lui. Il se releva et la prit par les hanches pour la faire asseoir sur ses genoux. Il lui fallut un moment pour se mettre à l'aise, mais une fois qu'elle fut installée, ce fut merveilleux d'être dans ses bras. Elle se tourna sur le côté, et prit appui sur son torse puissant en posant sa tête sur son épaule.

Elle avait senti sa barbe contre son visage et son cou plus de fois qu'elle ne pouvait les compter, mais elle n'avait jamais vraiment pris le temps de l'examiner. Elle leva sa main et fit enfin ce qu'elle avait rêvé de faire plusieurs fois au cours des dernières semaines. Elle la caressa.

Ace sourit, mais ne l'arrêta pas et demeura silencieux.

Après plusieurs instants, Piper dit :

— C'est si doux. J'ignore pourquoi, mais je pensais que ce serait rugueux.

Il haussa les épaules.

— Je suppose que si ça me grattait, je la raserais. La dernière chose que je voudrais, c'est irriter ma femme ou mes enfants chaque fois que je les frôle ou que je les embrasse.

— Tu ne m'irrites pas, répondit Piper sans réfléchir.

Elle se sentait très détendue après cette journée de calme et de repos. Sans oublier que sa libido faisait des heures supplémentaires, elle aussi. Elle n'avait pas eu autant de temps qu'elle l'aurait voulu pour admirer la beauté de son mari. Ou sa musculature. Ou à quoi il ressemblait dans son caleçon quand il se levait le matin.

Elle avait tellement de choses à faire avec les filles et pour apprendre à connaître son mari que le sexe était passé au second plan.

Mais après avoir passé la journée à le regarder et en avoir appris encore plus sur lui, son corps était impatient de le découvrir. Elle savait déjà qu'elle aimait l'homme qu'était son mari, mais cette journée lui apporta la confirmation de tout ce qu'elle avait pressenti au cours des dernières semaines. Cela faisait longtemps qu'elle n'avait pas fait l'amour, et elle découvrit qu'elle désirait Ace plus qu'elle ne se souvenait avoir désiré un homme. C'était un peu déconcertant, en fait. Et savoir qu'ils ne seraient pas interrompus était presque un aphrodisiaque.

— Bon à savoir, fit Ace avec un petit rire.

Piper était plus que consciente du mouvement de sa main, de haut en bas, sur sa cuisse nue. C'était une douce caresse, et il n'avança pas sa main vers un territoire intime. Il semblait simplement prendre plaisir à la toucher. Comme elle portait un short, le contact de sa main sur sa chair nue envoya des décharges électriques à son clitoris. C'était à la fois angoissant et excitant.

Ne sachant que faire de ses mains, elle finit par en enrouler une autour de la nuque d'Ace et laissa l'autre sur ses genoux. Ils restèrent assis comme ça un long moment. S'imprégnant de l'ambiance du moment. Le clapotis des vagues contre le rivage, le gazouillis des oiseaux, et la vue du soleil qui descendait sous l'horizon. Piper ne voulait pas que la soirée se termine.

Après le coucher du soleil, la lumière de l'intérieur de la maison était la seule à éclairer la terrasse. La semi-obscurité était intime et confortable – et Piper en arriva à un point où elle voulait prendre la main d'Ace et le forcer à la toucher entre ses jambes. Elle n'avait aucune idée s'il savait à quel point il l'avait excitée, mais elle avait envie de lui. Méchamment.

— Je suis heureux, annonça Ace sans crier gare, ce qui fit sursauter Piper, mais lui permit de se concentrer sur autre chose que l'humidité entre ses jambes et ses mamelons durcis.

— Moi aussi, répondit-elle.

— Non, je veux dire, je suis vraiment heureux, répéta-t-il

Piper releva la tête et le fixa du regard.

— Quand je suis parti pour cette mission au Timor Oriental, je n'avais aucune idée à quel point ma vie allait changer. Je sais que certaines personnes pensent que nous sommes fous, mais te demander de m'épouser était un peu égoïste. Je t'aimais bien, bien sûr, mais je ne peux pas mentir, l'idée d'être père fut un facteur très important. Mais j'ai réalisé ces dernières semaines que si j'ai apprécié de connaître les filles et de découvrir comment être un père, c'est la vie avec toi qui m'a le plus ouvert les yeux.

Piper continuait de le fixer, redoutant à moitié ce qu'il pourrait dire, mais voulant aussi plus que tout au monde qu'il dise les mots qu'elle avait dans son propre cœur.

— Tu es compatissante et gentille, mais pas du genre à te laisser faire. Tu as un sens inné de ce dont nos filles ont besoin et tu n'as pas peur de leur dire non. Tu es prévenante et travailleuse, et le plus souvent, tu donnes plus que tu ne demanderas jamais en retour. Le soir, quand on va se coucher, et que tu es morte de fatigue sur ma poitrine, je ne peux penser à rien d'autre qu'à la chance que j'ai. J'ignore comment j'ai pu me retrouver non seulement avec trois magnifiques enfants, mais aussi avec une femme extraordinaire et unique en son genre. Et passer la journée avec toi aujourd'hui, te voir rire, sourire et simplement être présente ici avec moi, était un cadeau. Un cadeau que je chérirai pour le reste de ma vie. Je suis heureux, Piper. Et tu en es la cause. J'aurais pu adopter des enfants et satisfaire mon besoin d'être père tout seul, mais t'avoir dans ma vie a rendu tout cela parfait. Je t'ai dit quand je t'ai donné cette bague que je la remplacerais par quelque chose de mieux... et je suis allé faire du shopping il y a quelques semaines, et j'ai pris ça pour toi.

Piper était au bord des larmes, mais elle s'accrocha à Ace alors qu'il soulevait une fesse et fouillait dans la poche du jean qu'il portait. Il en sortit un objet et le lui tendit. Elle y voyait à peine dans la faible lumière – mais ce qu'elle aperçut la sidéra.

La bague était composée de quatre diamants jaunes de

taille princesse, entourés de plus petits diamants blancs. Elle avait l'air très chère… et était absolument magnifique.

— Je voulais quelque chose qui représente notre famille. Je pensais que quatre diamants feraient l'affaire, trois pour nos filles et un pour nous. Je voulais qu'elle soit pratique et pas énorme, mais qu'elle dise à tous ceux qui veulent bien regarder que tu es plus que prise.

Piper ne la prit pas, elle resta figée. Elle ne pouvait pas croire qu'Ace lui avait acheté un bijou aussi beau. Elle avait déjà reçu des fleurs de la part d'un homme, mais jamais rien de tel. Rien d'approchant. Elle n'était pas sûre de ce qu'elle devait faire. Pleurer ? Rire ? Sauter et faire une petite danse ?

— Si tu ne l'aimes pas, je peux la reprendre et t'acheter autre chose, dit Ace avec appréhension en constatant qu'elle restait muette.

Sans réfléchir, Piper se raidit et attrapa son poignet alors qu'il commençait à baisser sa main.

— C'est la plus belle bague que j'ai jamais vue, chuchota-t-elle. C'est beaucoup trop cher pour quelqu'un comme moi.

— Au contraire, rétorqua Ace. Elle n'est pas assez chère. Si ça n'avait tenu qu'à moi, je t'aurais offert une bague odieuse de dix carats qui dépasserait tellement de ton doigt que tu ne pourrais rien faire avec. Mais je me suis dit que c'était plus ton style. Tu peux la garder pour dessiner et pour jouer avec Rani dans la baignoire. Elle ne rendra pas ton doigt vert, comme probablement celle que tu portes. Et j'aime l'idée que nous soyons tous sur ton doigt, donc chaque fois que tu la regarderas, tu penseras à notre famille.

Prenant une profonde inspiration, Piper prit la simple bague en or blanc qu'Ace lui avait passée au doigt au Timor Oriental. Elle la mit à sa main droite et tendit sa main gauche.

Souriant tendrement, Ace enroula sa main autour de la sienne et fit lentement glisser la belle bague le long de son doigt, l'embrassant doucement lorsqu'elle atteint sa jointure.

— Magnifique, murmura-t-il. J'ai aussi une alliance en platine à l'intérieur pour aller avec ça.

Son cœur fondit.

— Et toi ? demanda-t-elle.

Ace leva un sourcil en signe d'interrogation.

— Tu en porteras une aussi ?

Il sourit d'un air penaud et fouilla à nouveau dans sa poche, en retirant une large bague noire qu'il tendit pour qu'elle l'examine. Piper la prit et l'observa.

— C'est du titane noir. Je me suis dit qu'il me fallait quelque chose de solide, puisque je vais probablement lui faire vivre un enfer. Elle sera probablement rayée et entaillée, mais je suppose que ça la rendra encore plus intéressante. Je voulais aussi quelque chose qui soit facile à voir à mon doigt, pour que tout le monde sache que je suis pris aussi. Je ne peux pas la porter en mission, mais je jure que je l'aurai toujours sur moi. Dès que je le pourrai, je la remettrai à mon doigt.

Les larmes qu'elle avait réussi à contenir finirent par déborder. Piper attrapa sa main gauche et fit glisser la bague sur son doigt, comme il l'avait fait avec la sienne. Elle l'embrassa une fois qu'elle eut atteint la base, et il se pencha en avant, posant son front contre le sien.

Ils ne parlèrent pas, s'imprégnant du moment pour ne jamais l'oublier. Piper ne s'était jamais sentie aussi aimée. Si attentionnée. Si... désirée.

Elle recula et prononça les mots qui avaient flotté dans son esprit toute la journée.

— J'ai envie de toi, Ace.

Retenant son souffle, elle attendit sa réponse.

Elle sentit son rythme cardiaque s'accélérer contre sa paume, et l'instant d'après, il se leva en la prenant dans ses bras et se dirigea vers la porte.

— Je n'ai pas eu l'occasion de te porter pour franchir le seuil de notre maison, alors je vais devoir le faire. Tu m'aides à entrer ?

Piper sourit, puis se pencha pour ouvrir la porte. Il la porta facilement à l'intérieur. Il ne la déposa pas dans le salon, mais se rendit directement dans la chambre principale et la porta jusqu'au lit. Il se pencha et la déposa, avant de placer ses paumes sur le matelas de part et d'autre de son corps.

Piper se sentait petite et elle aimait cette sensation. La seule autre fois où elle s'était sentie ainsi, entourée par lui et tout aussi protégée, c'était lorsqu'il avait recouvert son corps du sien dans la forêt de Timor Oriental.

— Si je te fais l'amour, il n'y aura pas de retour en arrière, prévint Ace.

Piper savait exactement ce qu'il voulait dire.

— Je ne veux pas revenir en arrière. Je ne veux pas d'une annulation ou d'un divorce. Tu es un père incroyable et un homme encore meilleur. Je veux vieillir avec toi, et j'ai hâte de voir ce que notre avenir nous réserve. Nous ne serons pas d'accord, et tu t'énerveras probablement contre moi, tout comme moi contre toi. Tu partiras en mission plus souvent que je ne le voudrais, et tu seras peut-être irrité par toutes les hormones féminines dans la maison. Mais chaque jour qui passe avec toi à mes côtés, je tombe de plus en plus amoureuse de toi. Ça me fout les jetons, Ace... mais j'espère qu'un jour tu seras capable de m'aimer en retour.

— C'est déjà le cas, répondit Ace.

Son regard se planta dans le sien, et Piper put à peine respirer.

— Je pense que le fait est que je vais finir par t'agacer bien plus que tu ne pourras jamais m'agacer. J'espère juste que tu me parleras et me laisseras réparer ce que j'aurais fait.

Piper approcha une main de son visage et couvrit ses lèvres avec douceur.

— En ce moment, je suis agacée parce que tu ne veux pas te taire et me faire l'amour, dit-elle avec un sourire.

Elle sentit ses lèvres dessiner un sourire sous sa main, puis il la remonta le long de son corps. Elle était allongée sur lui, comme tous les soirs depuis leur rencontre, mais cette fois, elle sentait son érection se presser entre ses cuisses.

— J'adore dormir avec toi, mais je dois admettre que j'ai plus d'une fois fantasmé de te voir m'accueillir au plus profond de ton corps, allongée sur moi, comme ça, dit-il, très sérieux.

— Loin de moi l'idée de priver l'un des héros des SEAL américains d'un de ses fantasmes.

Sur ce, Piper prit une profonde inspiration, s'assit, et fit passer son t-shirt par-dessus sa tête, le laissant tomber sur le sol à côté du lit.

Elle savait qu'elle se souviendrait du regard d'Ace pour le reste de sa vie. Un mélange d'humour et de désir traversa son visage avant qu'il ne se redresse en la gardant sur ses genoux, enfouissant son visage entre ses seins.

Son souffle était chaud contre sa peau, et sa barbe chatouillait légèrement sa peau tendre.

— Magnifique, murmura-t-il tandis que ses doigts trouvaient le fermoir de son soutien-gorge et le défaisaient.

Il se desserra, et Ace le retira sans hésiter avant de sucer l'un de ses tétons comme si sa vie en dépendait.

Piper cria de plaisir, la tête en arrière, une main dans les cheveux d'Ace. Il n'était pas timide dans son exploration ; il allait vers ce qu'il voulait comme s'il se retenait à peine. Sa main soutenait son sein contre sa bouche pendant qu'il le suçait. De l'autre, il la pinçait et jouait avec son téton.

Incapable de se contenir, elle commença à se frotter contre l'érection qu'elle sentait sous ses fesses.

— Ace, mon Dieu... souffla-t-elle en se tortillant contre lui.

Il ne répondit pas par des mots, mais il se dirigea vers son autre téton et l'aspira dans sa bouche, le mordillant et le léchant avec avidité.

La chair de poule envahit les bras de Piper, et elle eut désespérément envie de sentir sa peau nue contre la sienne. Elle attrapa l'ourlet de sa chemise et essaya de la soulever pour la lui retirer, mais il ne coopérait pas. Il ne la lâchait pas.

— Ace, gémit-elle alors que ses mains caressaient sa poitrine nue sous sa chemise.

Ses mamelons étaient durs comme les siens, et elle les pinça brutalement pour accentuer son désir. Cela fit l'affaire. Il s'éloigna et sa chemise disparut quelques secondes plus tard. Puis ses doigts se dirigèrent vers le bouton et la fermeture éclair de son short, et en une seconde, il les avait défaits.

— Déshabille-toi, dit-il d'une voix grave et rauque qui excita Piper autant qu'elle l'incita à agir.

Elle détestait se détacher de lui, mais savait qu'elle ne serait jamais capable d'enlever son short et sa culotte si elle ne le faisait pas tout de suite. Elle quitta rapidement Ace et se mit à côté du lit, enlevant son soutien-gorge et se débarrassant de ses autres vêtements.

Le temps qu'elle se remette à califourchon sur Ace, il avait enlevé son jean et son caleçon, sur le dos une fois de plus, attendant qu'elle revienne. Piper ne pouvait pas détacher ses yeux de son érection. Elle était aussi belle qu'intimidante. Cela faisait un moment qu'elle n'avait pas été avec un homme, et soudain, elle n'était pas sûre d'être capable de le supporter confortablement.

— Viens ici, dit Ace, alors qu'il se levait vers elle.

Piper passa de nouveau une jambe sur ses hanches, se sentant beaucoup plus exposée cette fois.

Elle sentit ses pouces caresser les plis de son aine. Comme il ne se jeta pas immédiatement sur elle, elle se détendit lentement.

— C'est ça, dit-il doucement. Allons à ton rythme. Tu es tellement belle, putain, que je pourrais rester assis ici toute la nuit à te regarder.

— Je ne suis pas sûre que ça nous satisferait tous les deux, répondit-elle ironiquement.

Ace pouffa, puis il la regarda avec tant d'amour et d'intensité que Piper eut presque du mal à respirer.

— Moi, Beckett Morgan, te prends, Piper Morgan, comme

épouse légitime. Pour le meilleur et pour le pire, dans la richesse et dans la pauvreté, dans la maladie et dans la santé, jusqu'à ce que la mort nous sépare. Je prendrai soin de toi et de nos enfants sans rien attendre en retour. Je ne te ferai jamais de mal, et je tuerai pour te protéger de quiconque voudrait te faire du mal.

Elle avait la gorge serrée et fut seulement capable de souffler :

— Ace...

— Laisse-moi t'aimer, reprit-il. Je ne te ferai pas de mal. Jamais.

— Oui, chuchota-t-elle.

Ace déplaça une main entre ses jambes, et il commença à caresser lentement et doucement son clitoris. Ses jambes étaient écartées sur lui, et elle était complètement ouverte à tout ce qu'il voulait faire, mais il n'enfonça pas ses doigts. Il prit son temps, joua avec elle. Il étala sa moiteur sur sa vulve, la taquinant et la préparant.

Il ne fallut pas longtemps à Piper pour que ses hanches bougent en même temps que ses doigts. Elle en voulait plus. Plus, et plus fort. Elle se baissa et prit sa verge dans sa main. Sans surprise, ses doigts se touchaient à peine lorsqu'elle les enroula autour de son membre. Elle exerça un mouvement de va-et-vient.

Ace gémit, mais il n'avança pas les hanches. Il ne la força pas à l'accueillir en elle. Son pouce décrivit des mouvements plus rapides et plus forts contre son clitoris, le touchant presque comme elle l'aurait fait si elle s'était masturbée. Son autre main vint alors se poser sur l'un de ses seins, dont il pinça le mamelon tandis qu'elle se tortillait contre lui.

— C'est ça, murmura-t-il. Juste comme ça. Tu es tellement belle, Piper. Seigneur, je pourrais te regarder faire ça toute la nuit. Chevauche-moi, prends ton pied avec moi.

Piper essaya, mais aussi bon que soit son pouce, il ne bougeait pas assez vite. Il ne frottait pas son clitoris assez fort.

Elle était au bord de l'orgasme, et c'était frustrant de ne pas y arriver.

Sans réfléchir, elle se mit à genoux pour soutenir son corps, et sa main libre passa entre ses jambes.

Pendant une seconde, les doigts d'Ace demeurèrent dans son chemin, puis il recula.

— Baise-moi, c'est trop bon, l'entendit-elle dire, mais elle était trop éperdue dans son propre plaisir.

Ses doigts appuyaient et elle frotta frénétiquement son clitoris. Elle voulait jouir. Elle voulait aller jusqu'au bout.

Piper sursauta en sentant l'un des doigts d'Ace se glisser dans son corps. Elle lui avait laissé de la place en se mettant à genoux, mais elle ne pouvait plus garder les hanches immobiles sous les caresses de son doigt. Elle se mit à gémir bruyamment.

— Continue, ma chérie. Je vais te prendre. Tu es tellement sexy. Bordel.

Ce fut la dernière chose qu'elle entendit avant de perdre pied en gémissant.

— Dis oui, supplia Ace.

Piper baissa les yeux et vit qu'il grimaçait. Puis elle le sentit entre ses jambes. Et pas son doigt, cette fois. Il tenait sa queue dans une main et en faisait courir le bout entre les plis maintenant ruisselants de son sexe. Il ne poussa pas à l'intérieur, attendant qu'elle lui donne le feu vert.

En réponse, et encore sous le coup de l'orgasme, Piper enroula sa main autour de la sienne et s'enfonça lentement sur lui.

Ils gémirent tous les deux lorsque son gland durci s'enfonça dans son corps moite. Elle s'arrêta un moment, s'adaptant à sa circonférence. Le corps d'Ace sous le sien était aussi solide qu'un rocher. Il resta immobile, la laissant le prendre et ne poussant pas plus que ce qu'elle pouvait supporter.

Lentement, toujours très lentement, Piper s'enfonça encore

de quelques centimètres avant de se relever. La fois suivante, sa verge s'inséra plus profondément en elle.

En quelques minutes, ou plutôt en quelques secondes, il l'avait entièrement pénétrée.

Il était enfoui si profondément en elle que leurs poils pubiens s'entremêlaient. Quand elle regarda où ils étaient connectés, elle ne pouvait pas voir où il finissait et où elle commençait.

— Putain, c'est tellement sexy, grogna Ace.

Piper leva la tête pour constater que ses yeux étaient également fixés sur l'endroit où ils étaient joints. Ses muscles internes se contractèrent, et il se mit à gémir.

— Fais-le encore, supplia-t-il.

Elle le fit, puis sourit en voyant l'air de plaisir qui traversait son visage.

Puis ses yeux se levèrent vers les siens… et elle s'immobilisa. Elle ne pouvait pas détourner son regard de lui, de l'amour qu'elle voyait dans ses yeux.

— Baise-moi, Piper, supplia-t-il.

Piper n'avait pas beaucoup d'expérience sexuelle, et elle n'avait jamais fait l'amour comme ça, mais elle fit ce qui lui semblait bon. Elle se souleva un peu sur ses genoux et fit pivoter ses hanches en s'abaissant une fois de plus.

— Oui, bébé. Juste comme ça.

Alors, elle le fit à nouveau. Encore et encore. Mais bientôt, ce ne fut plus suffisant. C'était agréable, mais elle ne voulait pas s'en contenter. Elle voulait une passion incontrôlable.

— Aide-moi, chuchota-t-elle.

Ses mains, qui avaient joué doucement avec ses tétons, se dirigèrent immédiatement vers ses hanches et les saisirent fermement. Sans avoir l'air de déployer la moindre énergie, Ace la souleva, puis la replongea bien plus fort qu'elle ne l'aurait cru. C'était comme si sa queue s'enfonçait encore plus profondément dans son corps alors que ses cuisses claquaient contre lui.

Puis il recommença.

Encore et encore.

Piper prit le rythme de ses mouvements et commença à l'aider. Elle utilisa les muscles de ses cuisses pour le chevaucher. De haut en bas. Encore et encore. Les bruits humides provenant d'entre leurs cuisses étaient follement érotiques. Elle n'avait jamais été aussi mouillée, aussi excitée.

En baissant les yeux, elle vit qu'Ace avait quitté son visage et alternait entre ses seins rebondissants et sa verge qui disparaissait et réapparaissait alors qu'elle le chevauchait.

C'était hors de contrôle. Et désordonné. Et meilleur que tout ce qu'elle avait jamais connu auparavant.

Soudain, elle eut envie de jouir à nouveau. Elle voulait serrer sa queue pendant qu'il la baisait. Piper n'avait jamais eu deux orgasmes en une seule séance d'amour, elle ne savait pas qu'elle en était capable, mais à ce moment, elle en avait besoin.

Une fois de plus, une main se plaça entre ses jambes. Elle caressa son membre alors qu'elle disparaissait en elle, et elle l'entendit gémir. Une fois que ses doigts furent enduits de sa propre excitation, elle recommença à effleurer son clitoris.

— Oui... oh, mon Dieu, tu es si serrée, dit Ace. Fais-toi plaisir encore une fois. Je veux le sentir sur ma queue. C'est ça. Putain !

Piper aimait voir Ace perdre toute sa cohérence quand elle lui faisait l'amour. C'est ce qu'elle fit. Elle activa son clitoris plus fort et plus vite, et en quelques secondes, elle fut au bord de l'extase. Elle se figea au-dessus de lui, mais ça ne l'arrêta pas. Alors que les muscles de ses cuisses tremblaient, ses hanches se mirent à bouger de leur propre initiative et il la prit avec fougue alors qu'elle s'immobilisait.

C'était sexy, torride, et Piper fut incapable de retenir son orgasme.

Elle gémit, et comme son corps tremblait et se resserrait autour de lui, Ace attrapa ses hanches et la fit s'empaler sur lui.

Brutalement. Il était enfoui en elle aussi profondément qu'il le pouvait, et Piper jura qu'elle sentait sa queue palpiter.

— Oh, oui, Piper... Ton sexe est incroyable ! Tu serres ma queue si fort... Mon Dieu, je vais jouir. Unghhhhhh !

Elle aurait bien ri du bruit qu'il faisait en jouissant, mais elle était elle-même dans les vapes. Ace voulut l'installer sur sa poitrine, mais elle se contenta de s'allonger comme un sac de pommes de terre.

Ils étaient toujours connectés, et c'était incroyable. Elle aimait dormir sur lui, mais elle ne pourrait plus jamais le faire sans se souvenir de ce moment.

Lorsque son rythme cardiaque eut suffisamment baissé pour qu'elle puisse penser de façon cohérente, elle caressa sa barbe.

Elle le sentit et l'entendit rire quand il prit sa main dans la sienne.

— Nous n'avons rien utilisé, dit-il doucement.

Piper ne comprit pas pendant quelques instants, mais à ce moment-là, sa queue ramollie glissa hors de son corps – et elle sut exactement ce qu'il voulait dire. Elle releva la tête.

— Je suis clean, annonça-t-elle très sérieusement.

Étonnamment, il ricana à nouveau.

— Je sais que tu l'es, ma chérie. Moi aussi. Je peux te montrer les rapports si tu veux. Nous sommes régulièrement examinés dans le cadre de nos contrôles de santé pour les marines. Je parlais plutôt de contraception. Es-tu couverte ?

Elle secoua lentement la tête.

— Je n'avais pas besoin de prendre quoi que ce soit parce que mes règles sont régulières et que je ne sortais avec personne. Pas depuis longtemps.

Elle fut incapable d'interpréter l'expression du visage d'Ace. Mais finalement, il répondit :

— Je t'aime, Piper. Je t'aime vraiment. Tout s'est fait si rapidement, mais cela n'enlève rien à mes sentiments pour toi.

Juste pour dire... je ne serais pas contrarié si tu tombais enceinte.

Piper n'arrivait plus à respirer.

— Tu es sûr ?

— Oui, fit-il immédiatement. Je n'ai pas caché que je voulais d'autres enfants. Et je ne peux rien imaginer de mieux que de les avoir avec toi.

— Combien en veux-tu encore ? demanda-t-elle, essayant toujours de comprendre ce qu'il disait.

— Autant que tu m'en donneras.

Elle cligna des yeux.

— Et si je disais que j'en voulais huit ? dit-elle avec un petit sourire.

— Alors je commencerais à chercher une maison plus grande.

Piper secoua la tête.

— Je ne veux pas huit enfants de plus, répondit-elle.

— Je suis désolé pour ce soir. Je voulais prendre un préservatif dans mon sac en venant ici, mais je me suis laissé emporter. Si tu n'es pas trop endolorie demain matin, j'aimerais réessayer. Peut-être prendre mon temps un peu plus. Ça fait longtemps que je n'ai pas fait l'amour, et tu étais juste trop belle pour que je puisse me retenir. J'aimerais te goûter, t'explorer. Voir ce qui te fait te tortiller et ce qui t'excite. Mais j'ai besoin de savoir ce que tu veux en matière de contraception, Piper. Je suis prêt à mettre un préservatif si tu n'es pas prête à avoir un bébé maintenant.

Une fois que l'idée d'avoir un enfant avec Ace fut entrée dans sa tête, elle ne put plus s'en défaire. Elle l'aimait. Plus qu'elle ne l'aurait jamais cru possible.

— Tu n'as pas besoin d'utiliser de préservatifs, murmura-t-elle.

— Tu veux un bébé avec moi ? demanda Ace.

Il n'y avait pas à se cacher de lui. Prenant une profonde inspiration, elle hocha la tête.

Le sourire qui se forma sur ses lèvres était magnifique, et Piper aurait aimé pouvoir prendre une photo et la conserver pour toujours. Mais elle savait qu'il sourirait à nouveau comme ça pour elle. Parce qu'il le faisait tout le temps.

Il se pencha et embrassa ses lèvres. Un baiser long et lent qui la fit se tortiller légèrement sur lui. Ace posa une main sur son dos et la serra contre lui tandis que sa tête retombait sur l'oreiller.

— Dors, Piper. Je te réveillerai plus tard et nous pourrons nous découvrir. D'accord ?

— D'accord, murmura-t-elle.

Elle tenta de rester éveillée, de savourer le fait qu'Ace et elle étaient enfin officiellement mari et femme, mais ses deux orgasmes et la chaleur de l'homme sous elle rendirent cela impossible. En quelques minutes, elle sombra dans le sommeil, rassurée de savoir qu'elle était dans les bras de l'homme qui l'aimait, et qu'elle aimait en retour.

Leurs enfants étaient en sécurité dans leur maison, gardés par de bons amis, et même lorsqu'elle s'assoupit, la possibilité qu'un autre enfant se forme au fond de son utérus la fit sourire et se blottir contre son homme avec satisfaction.

* * *

De l'autre côté de la ville, Paul Solberg observait attentivement la maison de Piper et Ace assis dans sa voiture. Coûte que coûte, il devait faire sortir Kalee pour qu'ils puissent fuir le pays et commencer une nouvelle vie.

Mais comment ?

Il avait pu obtenir un passeport pour Kalee en utilisant une photo qu'il avait prise d'elle quand il avait suivi Piper et les enfants à la plage. Cette femme avait volé sa Kalee, et il allait la récupérer, d'une manière ou d'une autre.

Il allait bientôt sauver sa petite fille. Ils passeraient d'abord par le Mexique, puis par l'Amérique du Sud. Avec sa couleur de peau plus foncée, Kalee se fondrait mieux dans la masse.

La tête de Paul palpitait. Il ne se souvenait pas de la dernière fois qu'il avait mangé. Mais s'alimenter n'était pas important. Kalee était la seule chose qui comptait.

Penser à ses cheveux noirs lui donnait encore plus la migraine... quelque chose clochait à ce sujet... mais il appuya la paume de ses mains sur ses yeux jusqu'à ce que sa tête lui fasse un peu moins mal.

Il se sentait coupable. Il avait promis à sa Kalee de toujours prendre les pilules que le médecin lui avait prescrites, mais il les avait toutes jetées aux toilettes il y a deux semaines. Paul prit une profonde inspiration. Il n'avait pas besoin des pilules. Il était bien sans elles. Tout à fait bien.

En regardant vers la maison, Paul sut que Piper et Ace n'étaient pas là, qu'ils avaient laissé sa Kalee à des baby-sitters. C'était une bonne chose. Cela signifiait qu'ils baissaient leur garde. Il n'avait plus qu'à faire le guet et quand le moment serait venu, il reprendrait sa fille. Elle lui avait été volée. Piper lui avait volé sa fille... et le moment était venu pour elle de rentrer à la maison.

Œil pour œil.

Il faisait ce qu'il fallait.

# CHAPITRE QUATORZE

Les deux semaines suivantes passèrent en un éclair pour Ace. Il était plus occupé que jamais, mais avec le changement dans sa relation avec Piper était arrivée une décontraction dont il avait toujours ignoré avoir besoin. Piper l'aimait. Il l'aimait. Tout le chaos et les courses incessantes qui accompagnent l'arrivée de trois enfants ne semblaient plus aussi insurmontables.

Les filles devenaient curieuses et mangeaient autre chose que la nourriture fade qu'elles demandaient à leur arrivée aux États-Unis. La petite Rani avait un penchant pour les sucreries qui surpassait tous les autres. Elle était prête à tout pour un morceau de chocolat, et Ace n'avait pas honte d'admettre qu'il l'avait soudoyée plus d'une fois avec des friandises.

Sinta avait découvert à quel point elle aimait les céréales. Elle en aurait mangé matin, midi et soir si elle en avait eu la permission. *Frosted Flakes, Cheerios, Life, Shredded Wheat, Lucky Charms*... peu importait ce que c'était, elle les mangeait comme si on lui donnait un gros morceau de tarte.

Même Kemala faisait de son mieux pour essayer différents aliments. Elle découvrit finalement qu'elle aimait les macaronis au fromage, mais n'était pas encore sûre de la purée de pommes de terre. Elle adorait la sauce barbecue et en recouvrait souvent tous ses plats, des légumes à la pizza.

Ace s'intéressait aux bandes dessinées de Piper, et un soir, elle le surprit en train de consulter son blog. Elle s'assit avec lui et ils passèrent presque deux heures à regarder ses vieux dessins. Elle décrivit ce qu'elle pensait quand elle dessina chaque image. Ils rirent ensemble, et il fut encore plus étonné par son talent et sa capacité à rendre l'ordinaire extraordinaire.

L'un de ses dessins préférés représentait une femme âgée assise dans un chariot de supermarché, les bras écartés et la tête rejetée en arrière. Un homme âgé, son mari, la poussait à travers le parking, un énorme sourire aux lèvres. La joie et l'amour qu'elle avait pu montrer dans ce seul dessin, et le fait qu'elle ait vu la beauté de l'instant, au lieu de secouer la tête en pensant que le couple était fou, faisait partie des raisons pour lesquelles il l'aimait.

Elle lui montra également les derniers dessins qu'elle avait réalisés, et il constata l'impact que leurs filles avaient déjà eu sur son travail. La plupart de ses nouveaux dessins comportaient des enfants et montraient le beau côté de l'innocence de la jeunesse.

Mais son dessin préféré restait celui qu'elle avait fait spécialement pour eux. Il l'avait fait encadrer et l'avait accroché dans leur chambre, pour qu'il puisse le voir dès son réveil et le soir, quand Piper et lui se glissaient dans leur lit.

Elle avait dessiné un personnage de dessin animé, couchée sur un homme dans un lit. Sa tête était tournée sur le côté, comme la sienne. Une de ses mains était enroulée autour de son cou. Il avait une main posée sur le bas de son dos, et l'autre plus haut, entre ses omoplates. Le drap était sur le bas de son dos et il était évident qu'ils étaient tous les deux nus.

Piper avait écrit le mot *Home* sous le dessin, et la première fois qu'il l'avait vu, Ace avait senti sa gorge se serrer.

Elle avait saisi exactement ce qu'il ressentait chaque fois qu'elle se blottissait contre lui la nuit. Elle était son foyer. Peu importe qu'ils soient dans leur lit, dans leur maison, ou qu'ils soient allongés dans la jungle du Timor Oriental.

Leur vie sexuelle était intense, bien que pas très régulière. Ils étaient tous les deux fatigués en fin de journée, et ils se contentaient souvent de se mettre au lit et de bavarder tranquillement avant de sombrer dans un profond sommeil.

Mais les nuits où ils avaient encore de l'énergie après une longue journée à s'occuper des enfants étaient érotiques et magnifiques. Ils firent l'amour sous la douche, debout, et dans toutes les positions imaginables. Piper était sensuelle et généreuse dans la chambre, tout comme elle était agressive et exigeante. Il aimait toutes les facettes de sa personnalité, et savait qu'il se plierait en quatre pour lui donner tout ce dont elle avait besoin et envie dans leur lit.

Elle n'était pas encore enceinte, mais cela n'inquiétait pas Ace. Ça arriverait quand ça arriverait, et si ça n'arrivait pas, alors ils adopteraient une fois de plus. Peut-être même pourraient-ils accueillir quelques enfants. Ils avaient tous deux un fort désir d'avoir d'autres enfants, et Ace savait sans aucun doute que cela finirait par arriver de toute façon. Pour l'instant, il appréciait simplement de vivre sa vie trépidante avec Piper à ses côtés.

Malheureusement, il savait qu'ils avaient des moments difficiles à l'horizon. Tout s'intensifiait au travail, et il était probable que leur commandant les appelle à tout moment pour une mission. Ils avaient élaboré tous les scénarios probables et si les informations reçues étaient vérifiées, l'équipe serait probablement appelée plus tôt que prévu.

Ace détestait quitter Piper, mais c'était inévitable. Sidney et Caite les avaient rassurés en leur disant qu'elles seraient disponibles en cas de besoin, mais il détestait savoir à quel point Piper travaillerait dur quand il ne serait pas là pour l'aider.

Avec Kemala et Sinta qui allaient en classe sur la base, et Rani qui allait à l'école maternelle le matin, Piper passerait beaucoup de temps à conduire tout le monde. Elle lui avait assuré qu'elle irait bien, mais Ace était toujours inquiet.

Mais aujourd'hui, il allait essayer de ne pas penser aux missions et au fait de laisser Piper se débrouiller seule. Aujourd'hui, Gumby et Sidney se mariaient. Tout le monde se retrouverait à leur maison sur la plage, et le contre-amiral Creasy les marierait sur le sable. Ils avaient prévu un barbecue décontracté après la cérémonie, et tout le monde allait en profiter pour traîner et se détendre, probablement jusqu'à ce que Gumby en ait marre d'eux et les mette dehors.

Ace prit la main de Piper dans la sienne alors qu'ils roulaient vers la maison de la plage. À l'insu de Gumby et de Sidney, les gars s'étaient réunis et avaient décidé de porter leur tenue blanche pour la cérémonie. Leurs amis ne voulaient peut-être pas de fantaisie, mais porter leur uniforme était l'un des meilleurs moyens qu'ils connaissaient pour montrer leur respect à leur frère d'armes.

Caite et Piper s'étaient également coordonnées et portaient des robes couleur lilas. Sidney avait prévu de porter une jolie robe blanche d'été, et avait choisi des marguerites violettes et des lilas pour son simple bouquet. Après avoir entendu cela, Caite et Piper étaient allées faire du shopping un après-midi et avaient trouvé des robes de couleurs similaires.

Ace aimait la façon dont sa femme avait contribué à rendre ce jour mémorable pour Sidney. Il la trouvait magnifique dans sa robe fluide au genou. Le dos était zippé jusqu'au cou. Elle avait relevé ses cheveux blonds en torsade, et il ne pouvait détacher son regard d'elle ni garder ses mains pour lui... comme d'habitude.

Elle avait réussi à faire partir tout son petit monde dans les temps et ils arrivèrent à l'heure à la maison de la plage.

— On peut se baigner ? demanda Sinta depuis la banquette arrière.

— Peut-être, lui répondit Piper. Mais certainement pas avant la fin de la cérémonie. Les filles, vous devez faire tout votre possible pour rester propres et sans sable jusqu'à ce qu'on prenne les photos, d'accord ?

Ace partit d'un petit rire. Ses filles étaient attirées par la saleté. Elles n'avaient aucun problème à creuser dans la terre ou à ramper sous les lits et autres meubles, trouvant chaque petit brin de poussière que sa femme de ménage n'avait pas réussi à balayer. Toutes les trois portaient également des robes. Rani portait une robe bleu foncé bouffante dont elle était tombée amoureuse au premier regard. Sinta portait une robe à la cheville avec juste assez de tissu fluide pour qu'elle puisse tourner en rond et le voir virevolter autour d'elle. Et Kemala portait une magnifique robe fourreau gris clair, qui, selon Ace, lui donnait un air beaucoup trop adulte.

Piper avait brossé et coiffé les cheveux de leurs filles, et les avait même laissées utiliser un peu de son gloss.

— Hannah sera-t-elle là ? demanda Kemala.

Ace s'émerveillait de voir à quel point l'anglais de sa fille aînée s'était amélioré. Oui, elle était dans une classe spéciale anglais seconde langue, mais il y avait quand même une grande différence après seulement un mois.

— Oui, lui dit Piper. Sidney a dit que c'est Hannah qui portera les alliances dans l'allée.

— Et si elle s'enfuit ? demanda Sinta.

— Alors vous devrez l'attraper, dit Piper en riant.

Sinta était aussi de plus en plus douée pour parler et comprendre l'anglais. Ses filles étaient si intelligentes qu'Ace ne pouvait concevoir qu'elles arrêtent leur éducation après avoir atteint l'âge de douze ans, comme elles l'auraient fait si elles étaient encore au Timor Oriental.

Rani n'avait toujours pas dit un mot, ni en anglais ni en tetum, mais d'après tout ce qu'ils avaient lu, les professionnels disaient que ce n'était pas anormal. Son cerveau absorbait tout, et quand elle se sentirait prête à parler, elle le ferait. En attendant, elle réussissait à faire passer son message avec des gestes non verbaux, de grands yeux de biche, des moues et des grognements occasionnels.

— Tu regrettes qu'on n'ait pas eu un vrai mariage ? demanda Piper alors qu'ils approchaient de la maison.

Ace la regarda.

— En ce qui me concerne, nous avons eu un vrai mariage.

Il porta sa main à sa bouche et embrassa les bagues sur son doigt.

— Bonne réponse, dit Piper. Mais est-ce que cela te contrarie de ne pas avoir pu partager quelque chose comme ça avec tes amis ?

— Non, lui répondit Ace. Je crois vraiment que tout s'est passé comme il le fallait. Si tu veux organiser une grande fête, je suis parfaitement d'accord avec ça, mais je n'ai pas besoin de mettre mon uniforme ou de te voir sur ton trente-et-un pour me sentir engagé à cent pour cent envers toi et nos filles.

Piper lui sourit.

— Je veux juste que tu ne regrettes rien.

— La seule chose que je regretterai, c'est que tu aies des regrets, lui dit-il.

Elle secoua la tête.

— Je vais bien. Honnêtement, je n'avais pas beaucoup pensé à un mariage parce que je n'étais pas sûre de me marier un jour. C'est difficile de rencontrer quelqu'un quand on est assise dans son appartement toute la journée.

— Je t'aime, lui dit Ace en se garant dans la rue près de la maison de Gumby.

— Et je t'aime, répondit Piper.

— Tu es prête ?

— Absolument. Allons-y.

Ace embrassa la paume de sa main une fois de plus, puis ils sortirent du véhicule et ouvrirent les deux portes arrière pour rassembler leurs enfants et se diriger vers l'intérieur.

* * *

— Ça s'est bien passé, tu ne trouves pas ? demanda Caite à Piper quelques heures plus tard.

Elles étaient assises sur le porche arrière et regardaient les gars jouer avec les enfants. Ils avaient quitté leurs uniformes et leurs robes pour passer un peu de temps dans l'eau. Maintenant, ils jouaient avec un ballon de plage. Hannah s'était parfaitement acquittée de sa tâche lors de la cérémonie, et Piper savait qu'elle n'oublierait jamais ce jour.

Gumby et Sidney avaient disparu depuis une heure. Il avait emmené sa femme à l'hôtel pour la nuit, en leur disant de rester à la maison de la plage aussi longtemps qu'ils le souhaitaient. Caite et Rocco avaient prévu d'y passer la nuit pour s'occuper d'Hannah, et quand les filles sembleraient fatiguées, Piper et Ace les ramèneraient à la maison. Mais pour l'instant, elles passaient un moment merveilleux sans montrer aucun signe de fatigue.

Le soleil commençait à se coucher et il se faisait tard, mais Piper n'eut pas le cœur de dire aux filles qu'elles devaient partir. Décidant qu'il était plus important de donner à ses enfants des souvenirs fantastiques qu'elles garderaient toute leur vie plutôt que de les mettre au lit, elle s'installa confortablement dans son fauteuil et regarda tout le monde jouer sur la plage en réfléchissant à la journée.

Sidney et Gumby formaient un couple magnifique, et leurs vœux étaient beaux et sincères. La cérémonie fut rapide et simple ; en fait, les photos prirent plus de temps que la cérémonie de mariage elle-même. Au milieu de la cérémonie, Ace prit sa main droite dans la sienne, et comme son pouce caressait la bague bon marché qu'il avait achetée au Timor Oriental – qu'elle avait refusé d'enlever – elle sut qu'il se souvenait du jour de leur mariage aussi clairement qu'elle.

La partie la plus surprenante de la cérémonie se déroula après la fin de celle-ci : Rocco se mit à genoux et demanda Caite en mariage.

Toutes les femmes versèrent quelques larmes et, du début à

la fin, la journée fut vraiment parfaite. Piper aimait voir toutes ses amies si heureuses et les hommes si détendus.

Le contre-amiral et sa femme étaient partis trente minutes plus tôt, et Piper fut agréablement surprise de voir à quel point ils lui plaisaient. Elle était intimidée par son grade, mais après avoir entendu le récit de la prise en otages de Brenae Creasy et Caite dans leur résidence, et avoir vu à quel point la femme plus âgée était ouverte et amicale, sa nervosité s'était rapidement envolée.

— C'était parfait, dit Piper à Caite, répondant à sa question précédente. Ta bague est magnifique.

Caite leva sa main gauche et admira la bague que son homme y avait glissée quelques heures plus tôt.

— Tu trouves ?

Piper acquiesça.

— Ce solitaire semble te convenir parfaitement. Il est très classique.

— Je l'adore, dit Caite. J'avais peur qu'il prenne quelque chose d'énorme qui aurait l'air bizarre à mon doigt.

Piper gloussa.

— Je connais ce sentiment. Qu'est-ce qu'il y a avec nos hommes et leur besoin de s'assurer que tous les gars dans un rayon de 15 km savent que nous sommes prises ?

Caite se mit à rire en même temps qu'elle.

— Je n'en ai aucune idée, mais je dois admettre que ça ne me dérange pas vraiment.

— Moi non plus. Ta mère était-elle excitée ? demanda Piper.

— J'ai cru qu'elle allait avoir une crise cardiaque au téléphone, dit Caite. En fait, je sais qu'ils savaient déjà que Blake allait me demander en mariage, puisqu'il a pris l'avion en douce pour rencontrer mon père et demander ma main, mais quand même.

— Il a fait ça ? Wouah !

— Je sais. C'est tellement vieux jeu, mais le geste était

quand même très gentil. Ma mère m'a dit qu'il avait promis de toujours me protéger et de me rendre heureuse, dit Caite avec un petit sourire.

— C'est génial, lui dit Piper. Tu sais quand aura lieu la cérémonie ?

Caite leva les yeux au ciel.

— Pas toi aussi. Je veux profiter du fait d'être une fiancée pendant un bon moment avant que tout le monde ne se mette à parler de cette fichue cérémonie. Pour répondre à ta question, non, nous ne savons pas, mais j'ai envie de quelque chose comme ce que Sidney a eu aujourd'hui. Discret. Décontracté. Je suis trop vieille pour vouloir avoir vingt demoiselles d'honneur et dépenser une tonne d'argent. Je préfère économiser cet argent et le dépenser dans une nouvelle maison, par exemple.

— Je ne te blâme pas, dit Piper. Mais dis-moi que les garçons porteront leurs uniformes. Je te jure, je ne pense pas qu'ils auraient pu être plus sexy aujourd'hui.

— N'est-ce pas ? répondit Caite. Bon Dieu. Avec leurs barbes et toutes ces médailles sur leurs poitrines, j'ai failli baver.

Elles éclatèrent de rire.

— On a vraiment de la chance, dit Piper. Hier, on s'occupait de nos affaires et on vivait nos vies, et aujourd'hui, on est là, à vivre le rêve américain.

— Exactement, répondit Caite avec émotion.

Elles restèrent assises encore un moment à regarder les hommes jouer avec les enfants. Mais quand Rocco courut vers la maison, et que les autres gars commencèrent à rassembler les filles et à se diriger vers eux aussi, Caite et Piper se levèrent, inquiètes.

— Pas de panique, dit Rocco à Caite. Mais nous devons partir. Le commandant vient d'appeler. On a besoin de nous à la base.

— Merde, dit Piper à voix basse.

Ace et elle avaient parlé de la possibilité qu'il soit réquisitionné sous peu, mais elle n'était pas prête. Encore moins aujourd'hui.

— Mais il est tard, dit-elle.

L'instant d'après il était là, en face d'elle. Il posa ses mains de chaque côté de sa tête et inclina son visage vers le sien.

— Je sais. Je suis vraiment désolé.

Piper attrapa ses poignets et prit une profonde inspiration.

— Ce n'est pas grave. On s'en occupe, lui dit-elle.

Il lui fit un sourire.

— Bien sûr que oui. Le bon côté, c'est que les filles doivent être épuisées et vont probablement s'endormir directement quand tu rentreras à la maison.

Elle fit de son mieux pour lui sourire.

— Tu penses que tu vas partir si tôt ?

— Honnêtement, je ne sais pas. C'est peut-être juste une précaution. D'autres informations sont manifestement arrivées et doivent être examinées immédiatement. Nous pourrions partir plus tard ce soir, ou je pourrais être à la maison dans quelques heures. Je te le ferai savoir de toute façon.

— Et Gumby ?

— On en a déjà parlé. Il est hors de question que l'un de nous l'arrache à sa lune de miel. Si on doit partir ce soir, on partira sans lui.

— C'est prudent ? s'inquiéta Piper.

— Bien sûr. On gère, dit Ace, reprenant ses mots.

Piper prit une profonde inspiration et hocha la tête. Elle sentit une paire de petits bras autour de sa taille et baissa les yeux. Sinta la serrait et levait les yeux au ciel, inquiète. Kemala se tenait tout près, tenant Rani dans ses bras.

— Tout va bien, les filles, leur dit Ace.

Il passa une main sur les cheveux humides de Rani et posa l'autre sur l'épaule de Sinta.

— J'ai été appelé au travail. J'espère que je serai à la maison ce soir, mais je pourrais avoir à partir tout de suite. Soyez sages avec Piper. D'accord ?

Rani et Kemala hochèrent la tête. Sinta leva les bras vers Ace. Il se pencha et la prit dans ses bras.

— Quoi de neuf, petite fille ?

Sinta lui tapota les joues.

— Papa est en sécurité ?

Piper ferma les yeux et respira profondément. C'était la première fois que l'une des filles appelait Ace « papa » – et ça sonnait si bien. Sinta avait demandé s'ils seraient sa maman et son papa quand ils étaient encore à Dili, mais elle n'en avait plus parlé... jusqu'à maintenant. Piper ne pouvait qu'imaginer ce que ressentait Ace.

Elle ouvrit les yeux, et vit qu'il avait du mal à parler. Elle supposait que c'était parce qu'il ne voulait pas que sa voix se brise, ou qu'il inquiète Sinta en étant trop émotif.

— Bien sûr qu'il sera en sécurité, dit Piper en posant une main sur le dos de Sinta. Si ton père doit partir pour aller aider les autres, il a tous ses amis pour l'aider, et tu sais déjà combien il est courageux et fort.

Sinta hocha la tête et se pencha en avant pour l'embrasser sur la joue avant de se tortiller pour qu'on la laisse descendre. Ace la posa immédiatement sur le sol et resta immobile tandis qu'elle se blottissait contre ses jambes. Puis elle se retourna et courut dans la maison, en appelant Hannah comme si elle ne venait pas de bouleverser le monde de ses parents.

— J'aiderai avec les sœurs, leur dit Kemala.

— Je le sais, dit Ace. N'oublie pas de prendre du temps pour toi aussi. Nous savons que tu aimes les filles, mais c'est important de faire ce que tu aimes.

Ils avaient travaillé dur pour s'assurer que Kemala fasse ce que les autres filles de son âge pourraient apprécier. Elle n'était pas leur baby-sitter, et même si son aide était appréciée, ils ne voulaient pas qu'elle pense que la seule raison de sa présence était de s'occuper des deux autres filles.

— Je le ferai. J'ai de nouveaux livres à la bibliothèque. Je vais lire.

— Bien. J'ai hâte que tu me fasses la lecture quand je rentrerai à la maison, lui dit Ace.

Kemala rayonnait.

Ace tendit les bras, et Piper lui laissa Rani. Il tint la petite fille pour qu'ils soient face à face.

— Est-ce que mon petit singe va être sage pendant l'absence de papa ? demanda Ace.

Rani gloussa et hocha la tête avec enthousiasme.

— Bien. Maintenant, pourquoi ta sœur et toi n'iriez pas à l'intérieur pour voir si vous pouvez trouver toutes vos affaires. Il est temps de partir, et je suis sûr que vos vêtements sont probablement éparpillés partout dans la maison.

Rani sourit à nouveau, et Ace l'embrassa sur la joue avant de la déposer. Elle courut dans la maison, Kemala sur ses talons.

Piper fit de son mieux pour ne pas pleurer. Elle n'était pas prête. Elle n'était pas prête pour son départ. C'était stupide, c'était un Navy SEAL. L'un des meilleurs. Bien sûr, il devait partir quand son pays le lui demandait. Mais elle n'était pas sûre d'être prête à être une mère célibataire. Ace l'avait aidée plus qu'elle ne l'aurait jamais imaginé, et rien que de penser à essayer de tout faire elle-même, sa respiration s'accélérait jusqu'à ce qu'elle ait l'impression d'être sur le point d'hyperventiler.

— Respire, Piper, ordonna Ace, en la prenant dans ses bras. Tu vas t'en sortir. Souviens-toi, tu devais faire ça toute seule. C'est du gâteau.

— Mais je ne l'ai pas fait toute seule, protesta-t-elle dans la peau chaude de son cou.

Elle sentait la transpiration de ses jeux sur la plage, et tout simplement Ace. Cela lui donnait envie de l'attacher à leur lit pour qu'il ne puisse jamais partir... et pour qu'elle puisse avoir sa chance avec lui une fois de plus.

— S'il te plaît, reviens-moi, chuchota-t-elle.

Ace recula et l'embrassa longuement et passionnément.

Quand il se retira une minute plus tard, leurs respirations étaient plus rapides.

— Je vais revenir, dit-il avec certitude. Ce soir. Demain. Dans une semaine. Je serai toujours là quand tu auras besoin de moi.

Piper hocha la tête. Il fallait qu'elle soit forte. Arrêter d'être une mauviette. Caite et Sidney s'en sortaient très bien quand leurs hommes partaient, alors elle le pouvait aussi.

— Ok.

— Ok, répéta-t-il. Tu vas bien ?

— Je vais bien, répondit-elle.

— Je t'aime, dit Ace. Plus que tu ne l'imagineras jamais.

— Je le sais, répondit-elle. Parce que je t'aime de la même façon.

— Si on nous envoie en mission, on ne partira pas tout de suite. Envoie-moi un message quand tu auras couché les filles et dis-moi comment ça s'est passé. Ok ?

— D'accord.

— Je vais aller à la base avec un des gars. Je mets les clés de la voiture dans ton sac.

Piper hocha la tête.

Il l'embrassa une fois de plus. Un baiser fougueux qui n'était pas assez long. Puis il passa le dos de ses doigts sur sa joue et se retourna pour partir.

Les larmes menaçaient, mais Piper les retint par la seule force de sa volonté. Il ne partait pas pour toujours. Juste pour le moment. Il reviendrait. Elle pouvait le faire.

Prenant une grande inspiration, Piper le suivit pour rassembler les enfants et les ramener à la maison avant qu'il ne fasse trop sombre.

* * *

Dès qu'elles prirent la route, Rani s'endormit dans son siège auto. Kemala et Sinta bavardaient à propos de la journée, et

Piper se concentrait sur le retour à la maison en toute sécurité. Sa tête était pleine d'inquiétudes pour Ace. Ils ne parlaient pas beaucoup de son travail pour des questions de sécurité et de confidentialité, et elle détestait ne pas avoir la moindre idée de la partie du monde où il pouvait se rendre.

Aussi fière de son mari qu'elle fut, Piper se rendait compte qu'il y avait certaines parties de son travail qu'elle détestait. Mais sachant qu'elle devait faire avec, elle enfila mentalement son costume de grande fille et commença à penser à tout ce qu'elle devrait faire quand elles rentreraient à la maison.

Elle devrait d'abord mettre les filles dans un bain. Elles étaient collantes à cause de l'eau salée et avaient probablement encore une tonne de sable sur leurs petits corps. Ensuite, comme c'était samedi soir, elles pourraient peut-être regarder un film avant d'aller se coucher. Elle voulait aussi lire encore quelques pages de Harry Potter avec Kemala.

Et, une fois que les filles seraient endormies, elle pourrait s'effondrer et s'apitoyer un peu sur son sort.

Ensuite, elle réfléchirait à ce qu'elle ferait avec les enfants demain. Peut-être qu'elle verrait si Caite voulait de la compagnie à la maison de la plage. Elle y restait avec Hannah jusqu'au retour de Sidney et Gumby. Sinon, elles pourraient aller au zoo.

Perdue dans ses pensées, elle ouvrit une des portes du garage de la maison et gara le gros SUV à l'intérieur. Elle ouvrit le coffre et, en sortant de la voiture, dit :

— Je vais chercher Rani pour qu'elle ne se réveille pas. Sinta et Kemala, si vous pouviez prendre quelques sacs, s'il vous plaît. Je vais mettre votre sœur sur le canapé puis je reviendrai chercher le reste des affaires.

— Ok, dit Kemala.

Sinta hocha simplement la tête.

Piper détacha la ceinture de sécurité de Rani et souleva la fillette encore endormie. Sa tête reposait sur l'épaule de Piper ; elle fut émerveillée de la capacité de sa fille à dormir presque n'importe quand. Appréciant la sensation de son poids plume contre elle, Piper attendit que Sinta lui ouvre la porte de la maison, puis entra dans le salon.

Elle venait de poser Rani sur les coussins quand elle entendit un bruit derrière elle.

Se retournant, Piper ne put que fixer l'homme au milieu de la pièce. Il était manifestement entré dans le garage par la porte encore ouverte et s'était directement rendu dans la maison.

Paul Solberg se tenait là, le regard affolé.

Piper se souvint instantanément de ce qui s'était passé la dernière fois qu'elle l'avait vu et la panique s'empara d'elle.

— M. Solberg, dit-elle, en essayant de rester calme. Quelque chose ne va pas ?

— Non, répondit-il. Vous avez ma Kalee et je la reprends.

— Quoi ? demanda Piper, la voix remplie d'effroi.

La voix de Paul était neutre et complètement dénuée d'émotion. Et la chemise qu'il portait était froissée et tachée. Elle n'avait jamais vu le père de Kalee autrement que bien habillé et soigné.

Et elle n'avait aucune idée de ce qu'il voulait dire par « Vous avez ma Kalee ». Sa fille était morte... ses mots n'avaient aucun sens.

L'homme plus âgé fit un pas en avant, et Piper réalisa qu'elle ne pouvait pas protéger Rani et les autres filles en même temps. Espérant qu'il n'avait pas vu Rani sur le canapé, elle se plaça entre M. Solberg et Sinta et Kemala, qui venaient d'entrer dans le salon depuis la cuisine.

— Je suis ici pour ma fille, répéta M. Solberg en la regardant fixement, comme s'il la mettait au défi de ne pas être d'accord avec lui.

Prenant une décision en une fraction de seconde, Piper dit :

— Kemala, emmène ta sœur au sous-sol dans la salle de jeux et restez-y.

À l'étage inférieur, Ace avait une sorte de chambre forte. C'était plus une pièce pour abriter les armes qu'il possédait, mais ils avaient dit aux filles que c'était la « salle de jeu » de papa, et qu'elles ne devaient jamais, jamais y aller sans la présence de l'un d'eux.

Mais juste au cas où, Ace avait montré à Kemala comment entrer dans la pièce en utilisant l'interrupteur secret qu'il avait fait intégrer lors de la conception. La porte était toujours verrouillée, mais facile à ouvrir quand on savait comment.

Elle espérait que Kemala comprendrait ce qu'elle disait. Elle n'avait aucune idée de ce qui se passait avec M. Solberg, mais il lui faisait peur et elle avait besoin de faire sortir ses filles de la pièce. Et les faire aller au sous-sol avait un double objectif. Elles pouvaient entrer dans la pièce secrète, mais c'était aussi le seul moyen de les sortir de là sans qu'elles aient à s'approcher du père de Kalee, à moins de les renvoyer au garage.

— Mais… protesta Kemala.

Piper lui coupa la parole en utilisant un ton qu'elle n'avait jamais pris avec elle auparavant.

— Maintenant ! Fais ce que je te dis.

Sans un mot de plus, Kemala prit Sinta et se dirigea vers la porte du sous-sol, située à côté de l'entrée de la cuisine.

Poussant un soupir de soulagement qu'au moins deux de ses enfants soient hors de danger, Piper fit un pas vers le canapé, avec l'intention de se mettre entre le père de Kalee et Rani, qui dormait encore profondément sur les coussins.

Mais l'homme massif bougea plus vite qu'elle. Il se tenait près de Rani avant que Piper ne puisse l'atteindre.

Elle n'avait aucune idée de ce qu'il avait derrière la tête, mais savait instinctivement que ce n'était pas bon. Elle tenta de rester calme.

— M. Solberg, je suis contente de vous voir, d'autant plus que je n'ai pas eu de nouvelles de vous. Voulez-vous une tasse de café ?

Elle tenta de garder sa voix aussi neutre que possible.

— Non. Je ne veux rien de toi, grogna-t-il. Je prends ce qui est à moi et je pars. Tu ne nous reverras jamais, ni moi ni Kalee !

— M. Solberg, dit Piper aussi fermement que possible. Kalee est morte. Elle est décédée au Timor Oriental. Je suis vraiment désolée. Elle me manque autant qu'à vous.

En une seconde, le père de Kalee fut en face d'elle. Son énorme poing se balança et frappa le côté de sa tête si fort et si vite que Piper n'eut aucune chance de se défendre.

Son corps vola sur le côté et alla s'écraser contre une étagère. Sa tête rebondit littéralement sur le bord de l'étagère avant qu'elle tombe à quatre pattes.

La douleur dans sa tête était atroce, et Piper sentit le sang commencer à couler dans son œil.

— Je n'aurais pas dû te laisser la garder ! cria M. Solberg d'une voix aiguë et maniaque. Je savais que tu avais une mauvaise influence sur mon bébé ! Je ne peux faire confiance à personne. Je suis le seul à savoir m'occuper d'elle ! N'essayez pas de nous trouver. J'emmène Kalee dans un endroit où je sais qu'elle sera en sécurité. Je vais la protéger !

Piper avait des vertiges et sa tête lui faisait un mal de chien, mais elle se força à se lever.

Quand elle vit le père de Kalee commencer à se pencher pour prendre Rani, elle perdit la tête. Il n'était pas question qu'il prenne sa petite fille.

Piper se jeta sur les jambes de l'homme, le prenant par surprise et réussissant à le faire tomber. Elle n'avait jamais pris de cours d'auto-défense, donc elle n'avait aucune idée de ce qu'il fallait faire maintenant, mais elle ferait tout ce qu'il fallait pour garder Rani en sécurité.

Pendant ce qui lui parut une éternité, mais qui en réalité ne dura probablement que quelques secondes, ils se battirent sur le sol du salon. Mais même si M. Solberg était plus âgé, il pesait plus lourd qu'elle, était beaucoup plus fort, et se mit bientôt à califourchon sur elle, les mains autour de son cou.

Quand il la regarda, Piper compris qu'elle était dans de

sales draps. Ses yeux étaient vides. C'était comme s'il ne la voyait pas du tout. Qu'il ne voyait pas la meilleure amie de sa fille. La femme avec qui il avait dîné des dizaines de fois.

Piper eut peur qu'il l'étrangle et commença à se débattre frénétiquement. Elle essaya d'utiliser ses genoux pour le frapper dans le dos, mais cela ne sembla pas le perturber. Elle approcha ses mains de son visage pour utiliser ses ongles comme armes, mais il comprit son intention et la retourna comme si elle ne pesait pas plus qu'un enfant.

Prenant une profonde inspiration, maintenant que ses mains n'étaient plus autour de sa gorge, Piper fut soulagée pendant une fraction de seconde – jusqu'à ce qu'il attrape sa tête et la fasse basculer en arrière, avant de la faire claquer sur le sol.

La pièce était recouverte de moquette, mais cela n'empêcha la douleur d'exploser dans son front.

Piper s'allongea sur le sol et essaya de reprendre son souffle et de comprendre ce qui se passait. Il dut penser qu'il l'avait assommée, parce qu'elle sentit son poids quitter son dos.

En serrant sa main, Piper se retourna et s'assit, en le visant avec son poing.

Elle le manqua, et ne réussit qu'à toucher sa cuisse.

Grognant de colère, M. Solberg attrapa Piper par les cheveux et la traîna sur le sol jusqu'à la porte vitrée coulissante qui menait à la terrasse. Il tâtonna avec la serrure tandis que Piper faisait de son mieux pour se dégager de son emprise, tout en essayant de le blesser.

Il semblait ne pas sentir les coups qu'elle lui portait, comme s'il était drogué ou complètement dans les vapes. Il réussit à ouvrir la porte et, avant que Piper ne puisse l'arrêter, il la jeta sur la terrasse où elle atterrit durement. Son coccyx était douloureux, tout comme sa joue qu'il avait frappée et son front qu'il avait écrasé contre le sol.

Piper se mit à quatre pattes et rampa vers lui. Elle ne voulait pas abandonner. Pas quand il était évident que cet homme avait perdu la tête. Pas quand ses filles étaient en danger.

Au moment où elle l'atteignait, la porte vitrée se referma.

Le sang de Piper se glaça. Elle attrapa la poignée et donna un coup sec, mais la porte était bloquée.

Il l'avait enfermée à l'extérieur de sa propre maison.

Avec horreur, Piper vit le père de Kalee se diriger vers le canapé. Il se pencha et prit la petite Rani. Le fait qu'il se montrait doux avec la fillette ne lui permit pas de se sentir mieux.

— Non, M. Solberg, s'il vous plaît ! Ne la prenez pas ! cria Piper de l'autre côté de la porte.

Elle tapait sur la vitre épaisse, le suppliant de laisser Rani tranquille. Elle avait du sang sur les mains après s'être battue avec lui, et il coulait aussi sur le côté de son visage à cause d'une autre coupure qu'elle s'était faite pendant la lutte.

Mais le père de sa meilleure amie l'ignora. Il se dirigea rapidement vers la porte ouverte du garage, Rani endormie dans ses bras.

Pleurer ne faisait qu'aggraver son état, mais Piper ne pouvait pas arrêter les larmes. Elles se mélangeaient au sang qui coulait de la coupure dans sa tête, ce l'empêchait de voir quoi que ce soit.

— S'il vous plaît ! Pas Rani, ne prenez pas ma fille ! hurla-t-elle.

M. Solberg, qui l'entendait manifestement même à travers la vitre, se retourna avant de passer la porte.

— Vous avez pris la mienne ! cria-t-il en lui lançant un regard furieux avant de disparaître par la porte.

— Non ! s'écria Piper en se forçant à se mettre debout.

Elle ne pouvait pas le laisser partir avec Rani. Elle devait faire quelque chose ! Elle devait faire le tour de la maison avant qu'il ne puisse monter dans sa voiture.

Se forçant à se lever, Piper trébucha vers les escaliers qui menaient au jardin, s'agrippant à la rampe en bois pour rester debout.

Elle réussit à descendre la moitié de la douzaine de marches avant que tout ne se mette à tourner à nouveau. Puis la nausée la frappa de plein fouet et elle vacilla dans les escaliers.

— Non ! murmura-t-elle. Je dois aller chercher Rani...

Mais ça ne servit à rien. Son corps l'abandonna. Ses yeux ne virent bientôt que du noir et son pied ne sut pas évaluer la distance vers la prochaine marche et se déroba sous elle. Elle tomba violemment et dévala les cinq dernières marches sur les fesses.

Haletant de douleur, Piper entendit un moteur de voiture démarrer de l'autre côté de la maison, et elle cria de frustration et d'horreur.

— Rani ! hurla-t-elle, mais le mot sortit comme un murmure alors qu'elle réalisait ce qui venait de se passer.

L'obscurité qui la menaçait s'étendit jusqu'à ce que Piper ne puisse plus rien voir. Elle tomba sur le côté et perdit connaissance.

Les pneus crissèrent alors que M. Solberg s'éloignait de la maison, mais Piper ne les entendit pas. Elle était à terre.

* * *

Kemala faisait les cent pas au sous-sol. Sinta se remit à lui parler en tetum, ce qu'elle n'avait pas fait depuis des semaines. Les filles avaient décider de ne se parler qu'en anglais afin d'apprendre la langue plus rapidement.

Mais elles savaient toutes les deux que quelque chose n'allait pas. Vraiment pas. Piper ne leur aurait pas dit de venir ici si elle n'était pas inquiète. Et elles avaient reconnu l'homme comme étant celui qui avait frappé Piper à leur descente d'avion.

Quelque chose n'allait pas chez lui. Il avait l'air désespéré. Et Kemala savait à quoi ressemblait le désespoir. Elle l'avait vu plusieurs fois au Timor Oriental. Sur le visage des enfants qui auraient fait n'importe quoi pour avoir quelque chose à manger. Sur les visages des rebelles qu'elle avait vus alors qu'ils fuyaient l'orphelinat. Sur le visage de Kalee, alors qu'elle fermait la porte du vide sanitaire et disait qu'elle serait de retour dans une minute ou deux.

Mais ce qui choqua vraiment Kemala, ce fut la façon dont Piper s'était mise entre elle, Sinta et l'homme. Kemala savait qu'elle avait été méchante avec Piper et Ace au Timor Oriental, mais elle avait eu peur d'être abandonnée en ville. Elle ne savait rien de la vie en ville, si ce n'était qu'elle n'aurait pas le choix et qu'elle serait probablement vendue à l'homme qui aurait décidé qu'il avait besoin d'une femme. Le voyage à Dili était son premier, et il avait été épuisant et effrayant. L'idée d'être livrée à elle-même était terrifiante, et elle s'en était pris à Piper.

Mais ensuite, elle lui avait appris que si elle devait choisir une d'elles pour venir avec elle en Amérique, elle aurait choisi Kemala. Cela l'avait bouleversée.

Et à l'instant, à l'étage, elle avait vu Piper se mettre en danger pour elle. Et Sinta.

Se sentant lâche de s'être cachée au sous-sol, Kemala continuait à faire les cent pas, essayant de décider quoi faire.

— Que veut cet homme ? C'est le père de Kalee ? demanda Sinta dans leur langue maternelle.

Kemala hocha la tête.

— Oui. Il avait l'air méchant.

Sinta était d'accord.

— Piper est là-haut avec lui, et Rani. Nous devons faire quelque chose ! Papa a des armes ici.

Kemala se retourna et jeta un regard furieux à Sinta.

— Ne. Les. Touche. Pas.

Sinta leva ses mains.

— Je n'ai pas touché. Je n'ai rien fait !

— On ne peut pas utiliser les armes. Non. Mais tu as raison

de dire que nous devons faire quelque chose. Cet homme frappe. Ace et Piper ont dit qu'en Amérique, c'est contre la loi pour les hommes de frapper les femmes. Même s'il est vieux, il pourrait tuer Rani et Piper.

— Alors qu'est-ce qu'on va faire ? hurla Sinta.

Les larmes aux yeux, elle fixa Kemala comme si elle pouvait résoudre tous leurs problèmes.

Ce fut en posant son regard sur Sinta que Kemala prit une décision.

Pour la première fois, Kemala se sentit importante.

Toute sa vie, elle n'avait été qu'un numéro de plus. Une autre bouche à nourrir. Une fille qui serait finalement mariée à quelqu'un qui aurait besoin d'une gouvernante. Mais ici, en Amérique, elle était une grande sœur. Une fille.

— Il nous faut un téléphone, dit Kemala à Sinta. Piper ne voudrait pas qu'on quitte cette pièce, mais Ace nous a dit d'appeler à l'aide s'il arrivait quoi que ce soit.

Les deux filles ouvrirent des tiroirs et passèrent en revue toutes les étagères de la pièce, ignorant les armes et les balles qu'elles trouvèrent.

Finalement, Sinta ouvrit un dernier tiroir et brandit ce qui semblait être un petit téléphone portable encore dans son emballage plastique.

— C'est celui-là ? Celui que Piper et papa utilisent, il ne ressemble pas à ça.

Kemala lui prit l'appareil et lutta pendant cinq bonnes minutes pour retirer le plastique et atteindre le téléphone. Elle l'ouvrit et appuya sur le bouton vert. Elle n'était pas familière avec l'électronique à son départ du Timor Oriental, mais elle était rapidement devenue compétente durant le dernier mois qu'elle venait de passer avec Piper et Ace.

Quand l'écran s'alluma, Kemala sourit à Sinta.

— Ça marche.

— Super !

Puis elle fronça les sourcils.

— Mais qui vas-tu appeler ?

Le visage de Kemala se décomposa. Elle voulait appeler Ace, mais elle ne connaissait pas les numéros sur lesquels elle devait appuyer pour l'avoir. Elle pouvait appeler n'importe quel ami de Piper, mais là encore, elle ne connaissait pas non plus leurs numéros.

Ses épaules s'affaissèrent. Piper avait besoin d'aide, mais elle ne savait pas comment faire.

— Regarde ! cria Sinta en désignant un morceau de papier dans le tiroir où se trouvaient d'autres téléphones encore sous plastique.

Kemala se pencha et le ramassa. Il y avait un mot sur le papier, suivi d'une série de chiffres. Elle ne savait pas qui était cette personne – si c'en était une – mais elle ne savait pas quoi faire d'autre.

Lentement et avec précaution, elle appuya sur les chiffres du téléphone dans le même ordre que sur le papier.

Quand elle eut fini, elle porta le téléphone à son oreille et retint sa respiration.

— Allô ? dit un homme après la troisième sonnerie.

— Allô ? répondit Kemala.

— Qui est-ce ? demanda-t-il sur un ton sévère. Comment avez-vous eu ce numéro ?

Les épaules de Kemala se voûtèrent et elle voulut appuyer sur le bouton rouge pour raccrocher, mais préféra prendre une profonde inspiration. Qui que ce fut, il était suffisamment important pour qu'Ace ait mis son numéro dans le tiroir. Et elle devait aider Piper. Elle devait être forte.

— Mon nom est Kemala. Ma... Piper a besoin d'aide. S'il vous plaît.

— Kemala ? Nom d'un chien ! C'est Tex. Je t'ai rencontré la semaine dernière sur la plage, tu te souviens ?

— Tex ?

Elle s'en souvenait. C'était le gentil monsieur âgé qui avait rendu possible leur adoption par Piper et Ace et à les faire venir aux États-Unis. Piper lui en avait dit un peu plus sur cet homme le soir même. Qu'il avait fait le même travail qu'Ace, et comment il avait perdu sa jambe. Il avait également adopté une fille d'un autre pays.

— Oui, c'est moi. Dis-moi ce qui ne va pas.

Kemala savait que son anglais n'était pas encore très bon, mais elle fit de son mieux pour expliquer la situation.

Quand elle eut fini, Tex dit :

— Reste où tu es et ne bouge pas. Tu as compris ?

— Oui. Mais Piper a besoin d'aide ! L'homme de l'aéroport qui l'a frappé est ici.

— Je sais, et je vais chercher de l'aide pour elle et pour toi. Mais peu importe ce que tu entends, reste dans cette pièce avec Sinta jusqu'à ce que quelqu'un vienne te chercher. C'est très important. Piper t'a envoyé là-bas pour que tu sois en sécurité. Comme quand vous étiez au Timor Oriental. Parfois, il vaut mieux rester sur place et se cacher que de se mettre davantage en danger.

Kemala comprenait cela mieux que la plupart des gens.

— Je reste.

— Tu as bien fait, Kemala. Je suis si fier de toi, et tes parents le seront aussi, quand ils l'apprendront. Je vais raccrocher et t'apporter de l'aide maintenant, OK ?

Ses parents.

Kemala pensait aux deux personnes qui l'avaient adoptée en tant que Piper et Ace, mais maintenant, elle saisissait parfaitement ce qu'ils avaient fait pour elle. Ils lui avaient donné une famille. Une vraie famille. Elle leur appartenait, et ils lui appartenaient. Ils étaient ses parents. Elle avait prié pour cela chaque soir, jusqu'à ce qu'elle soit assez âgée pour comprendre qu'elle ne serait jamais adoptée. Qu'elle serait toujours seule.

— OK, chuchota-t-elle.

— Je raccroche maintenant, répondit Tex. Reste en sécurité, les secours sont en route.

Kemala hocha la tête et entendit la tonalité dans son oreille qui, elle le savait, signifiait que Tex avait mis fin à la connexion.

— Qui était-ce ? Vont-ils nous aider ? demanda Sinta avec impatience.

— C'était Tex. L'homme qui a fait en sorte que nos parents puissent nous adopter, dit Kemala en tetum.

— Est-ce qu'il va nous aider ? reprit Sinta.

— Oui. Nous devons rester ici. Il nous envoie de l'aide.

Après avoir entendu cela, Sinta fondit en larmes.

Puis, comme elle l'avait fait dans le vide sanitaire sous la cuisine au Timor Oriental, Kemala fit asseoir Sinta contre le mur de la salle de jeux de leur père et la prit dans ses bras pour la consoler et la rassurer.

# CHAPITRE QUINZE

Ace et ses coéquipiers étudiaient les nouvelles informations qui leur étaient parvenues et discutaient de différents plans d'attaque. Une cible de grande valeur avait été identifiée et ils allaient être envoyés pour l'éliminer. Les terroristes HVT – *high value target* – étaient comme des cafards, ils avaient la capacité de se glisser dans les plus petites fissures et de se cacher même lorsque les bombes pleuvaient sur leurs têtes. Ils étaient protégés par des sous-fifres et déplacés vers des cachettes sûres jusqu'à ce que leur emplacement soit à nouveau compromis, puis déplacés à nouveau. Et ainsi de suite.

Mais cette fois, ce HVT n'allait pas s'échapper. Le gouvernement et l'armée étaient déterminés à le faire payer pour tous les innocents qu'il avait tués ou fait tuer par ses disciples. Les SEAL entreraient la nuit, l'élimineraient, s'assureraient que l'homme était bel et bien mort, puis disparaîtraient comme une bouffée de fumée, comme s'ils n'avaient jamais été là.

Au milieu de leur planification, le téléphone du commandant North sonna. Il s'excusa et sortit dans le hall pour prendre l'appel.

Quelques secondes plus tard, il était de retour, son téléphone toujours à l'oreille.

— Ace, appelle Piper. Maintenant.

Pendant une seconde, Ace eut du mal à détourner son cerveau des tactiques militaires et de l'infiltration en territoire ennemi, mais lorsque les mots de son commandant arrivèrent à son cerveau, son estomac se serra instantanément. Il sortit son téléphone et tapa le nom de Piper. Le téléphone sonna plusieurs fois, puis il tomba sur la messagerie vocale.

— Putain, dit-il, puis il la rappela immédiatement.

Encore une fois, il y eut des sonneries avant de tomber sur sa boîte vocale.

— Elle ne répond pas, dit-il à son commandant. Que se passe-t-il ?

— Je suis en ligne avec Tex. Il dit avoir reçu un appel d'un téléphone jetable, et c'était votre fille Kemala à l'autre bout du fil.

S'il écoutait encore son commandant, cela ne l'empêcha de se diriger vers la porte. Rocco lui attrapa le bras pour le retenir et Ace lutta pour que son ami le laisse partir.

— Lâche-moi ! Je dois rentrer chez moi !

— Et nous allons tous y aller avec toi, mais nous avons besoin de plus d'informations. Tu ne peux pas partir comme ça. Utilise ton cerveau, mec.

Prenant une profonde inspiration, Ace savait que son ami avait raison, mais son premier réflexe était de rejoindre sa femme et ses enfants.

— Tex a appelé les flics. Ils sont en route pour ta maison. Il a dit à Kemala de rester sur place avec Sinta. Je suppose qu'elles sont dans ta chambre forte ? demanda le commandant.

Ace hocha la tête.

— Si elles utilisent un téléphone portable jetable, probablement. Je les garde dans un tiroir là-dedans. Attendez, vous avez dit que Kemala et Sinta sont là-dedans ? Où sont Piper et Rani ?

— Je ne sais pas. Kemala a dit que l'homme qui a frappé Piper à l'aéroport était là, et que Piper lui a dit d'emmener

Sinta au sous-sol. Elle lui a dit d'aller dans la salle de jeux en bas. Rani dormait sur le canapé la dernière fois que Kemala l'a vue.

Chaque mot qui sortait de la bouche de son commandant rendait Ace de plus en plus hystérique. Il n'avait aucune idée de la raison pour laquelle Paul Solberg se trouvait chez lui, d'autant plus qu'il n'avait répondu à aucun des e-mails envoyés par Piper. Il avait essayé de la convaincre d'arrêter de le contacter, mais elle lui avait répondu qu'elle ne pouvait pas. Qu'il était le père de Kalee, qu'il souffrait et qu'elle voulait faire tout ce qu'elle pouvait pour l'aider.

Piper avait le plus grand cœur de toutes les personnes qu'il avait rencontré, et l'idée que Solberg ait pu faire du mal à sa femme le répugnait.

Il tendit la main au commandant et remua impatiemment les doigts. Il savait qu'il était irrespectueux, mais espérait que Storm lui pardonnerait, compte tenu de la situation.

Sans hésiter, son commandant lui tendit son portable.

— Paul Solberg, dit Ace à Tex. C'est le père de Kalee. Quand on a atterri après notre retour du Timor Oriental, il a giflé Piper. Violemment. Il n'était pas heureux de la voir en vie et en bonne santé alors que sa fille avait été tuée. Il a pu essayer de kidnapper ma femme ou de lui faire du mal.

— Je m'en occupe, le rassura Tex. Je vous enverrai ce que je découvrirai sur cet homme dès que j'aurai quelque chose.

— Je veux savoir tous les détails à son sujet, grogna Ace. Je sais qu'il a un paquet d'argent, et les hommes qui en ont autant doivent avoir des cadavres dans leurs placards. Je veux tout savoir.

— S'il a enlevé Piper, et qu'il est riche, il a probablement les moyens de disparaître sans se faire repérer, souligna Tex. Et comme ta femme ne porte pas de traceur, ça la rendra plus difficile à trouver.

— S'il a touché un seul cheveu de Piper, je vais le tuer, annonça Ace.

— Doucement, mec. Ne t'énerve pas tant qu'on ne sait pas ce qui se passe. Il se pourrait qu'il soit venu s'excuser, et qu'elle soit assise sur ton canapé en train d'avoir une conversation à cœur ouvert avec lui en ce moment même.

Ace savait au fond de lui que ce n'était pas ce qui se passait, pas si Piper avait envoyé les filles à la cave… mais il ne contredit pas Tex.

— On y va maintenant. Envoyez-moi tout ce que vous trouvez.

— Je le ferai.

— Et, Tex ?

— Oui ?

— Je ne pourrai jamais te remercier d'avoir été là pour ma fille quand je ne l'étais pas.

— Va te faire foutre, lui répondit Tex d'un ton léger. Tu n'as pas à me remercier pour une chose pareille. Mais, Ace, fais en sorte que ta fille mémorise ton numéro. Je ne sais pas comment elle m'a contacté, mais je suppose que c'est uniquement parce qu'elle ne savait pas comment te trouver.

Il y avait déjà pensé. Il avait le numéro de Tex écrit sur un bout de papier dans le tiroir avec tous les téléphones portables jetables. Il ne savait pas pourquoi il l'avait mis là, mais quelque chose lui avait dit de le faire. Et Dieu merci, il l'avait fait. Réalisant que Piper et lui n'avaient pas dit aux filles de composer le 9-1-1 pour faire accourir les gentils, il se promit de s'assurer qu'à l'avenir ses trois filles sauraient exactement comment les joindre, Piper, lui et la police, à l'avenir.

— Je le ferai, promit-il à Tex. Terminé.

Il raccrocha et rendit le téléphone au commandant. Ses coéquipiers avaient déjà replié les cartes qu'ils consultaient et étaient prêts à partir.

— Ouvrez la voie, dit Bubba.

En voyant tous ses amis prêts et désireux de l'aider à résoudre cette situation foireuse, Ace remercia sa bonne étoile de les avoir avec lui.

— Et l'opération ? demanda-t-il au commandant.

Il était professionnel jusqu'au bout des ongles, et il savait qu'en fin de compte, son pays passait avant tout. Il le savait depuis qu'il avait signé pour devenir un SEAL, à l'époque où rien n'était plus important que son travail – mais il ne pouvait pas ignorer ce qui se passait chez lui. Il démissionnerait sur le champ avant d'y aller.

Car il n'allait pas laisser ses amis et coéquipiers ruiner leur carrière pour lui.

— Il y a une équipe Delta au Texas qui est en attente. Je vais dire au contre-amiral qu'il faut leur donner le feu vert. Qu'une situation plus importante s'est présentée ici.

Le respect qu'Ace avait pour son commandant augmenta encore, et il soupira de soulagement. Il aimait ce qu'il faisait, mais s'il le fallait, il abandonnerait tout pour sa famille.

— Allez, fit Rex. Il est temps d'arrêter de déconner.

— Kemala et les filles ont besoin de nous, grommela Phantom.

Sans un mot de plus, Ace se retourna et quitta la pièce, suivi par quatre de ses coéquipiers.

Dix minutes plus tard, Phantom s'arrêta dans la rue d'Ace et freina brusquement en voyant la quantité de lumières rouges et bleues qui tournaient sur toutes les voitures de police.

Ace n'hésita pas. Il ouvrit la porte et courut aussi vite qu'il le pouvait vers sa maison. Il réussit à passer les deux officiers de police qui essayèrent de l'arrêter, mais il se figea dans sa course quand il entra dans le salon.

Il y avait du sang partout sur le sol. On aurait dit que ce qui s'était passé avait commencé près de la grande bibliothèque contre un mur, puis une traînée de sang menait au canapé avant de déboucher sur la porte de la terrasse... ouverte.

Piper était allongée sur le sol juste devant les portes vitrées, couverte de sang, tandis que les ambulanciers s'occupaient d'elle.

Avant qu'il ne puisse la rejoindre, il fut retenu de force par trois policiers. Ace se battit pour se dégager de leur emprise afin de pouvoir rejoindre sa femme. Piper saignait, elle avait besoin de lui, et ces connards essayaient de l'en empêcher !

Après plusieurs secondes de tension, et avec l'aide de ses coéquipiers, les officiers réalisèrent finalement qui il était et le laissèrent passer. Les toisant du regard, Ace tomba à genoux aux pieds de Piper, s'assurant de ne pas gêner les hommes qui s'efforçaient d'arrêter le saignement sur son visage.

— Que s'est-il passé ? demanda-t-il.

— Nous ne savons pas. Mais elle a deux belles lacérations sur son visage. Une sur la tempe, juste au-dessus de l'œil droit, et l'autre sur le front.

— D'autres blessures ? ajouta Rocco.

— Pas que nous puissions voir, mais nous aurons besoin de la faire examiner à l'hôpital. Elle a besoin de points de suture.

À ce moment, Piper se mit à gémir, et Ace attrapa sa cheville pour qu'elle sache qu'il était là.

L'instant d'avant, elle était immobile et docile, et la suivante, elle se mit à frapper de toutes forces. Son pied gauche frappa Ace à la poitrine, mais il ne relâcha pas sa prise. Les ambulanciers lui criaient de se calmer, mais elle n'écoutait pas, toujours perdue dans ce qui s'était passé avant l'arrivée des secours.

— Poussez-vous ! ordonna Ace à l'un des ambulanciers. Laissez-la me voir. Laissez-moi lui parler. Je peux la calmer.

L'homme s'écarta et Ace saisit le visage de Piper en se penchant sur elle.

— Piper, dit-il à voix haute. C'est moi ! Ace. Tu es en sécurité. Arrête de te débattre, bébé. Tu vas bien.

Ses yeux étaient ouverts, mais il savait qu'elle ne le voyait pas. Il était si fier de son comportement pendant la fuite du Timor Oriental, mais maintenant il était évident pour Ace qu'elle souffrait de stress post-traumatique resté latent jusqu'alors. Ce qui s'était passé dans sa maison l'avait sûrement fait remonter à la surface.

Il se mit à lui parler doucement et commença à lui murmurer des paroles tendres. Il essayait de la faire revenir dans le moment présent. Il lui fallut deux longues minutes pendant lesquelles elle se débattit et lutta contre les mains qui la maintenaient au sol, mais finalement ses yeux perdirent leur apparence sauvage et elle cligna des yeux en le voyant pour la première fois. Elle le vit vraiment.

— Ace ?

— Oui, ma chérie. C'est moi. Tu vas bien. Calme-toi et parle-moi.

— Ace ! se mit-elle à crier.

Et au lieu d'essayer de le repousser, elle attrapa son poignet et le serra de toutes ses forces.

— M. Solberg était ici !

— Je sais. Tu peux me dire ce qui s'est passé ?

— Rani – où est Rani ? demanda-t-elle frénétiquement, essayant de s'asseoir et de regarder autour d'elle.

Ace la maintenait au sol, sans la laisser bouger.

— Parle-moi, Piper. Prends une grande respiration et dis-moi ce qui s'est passé.

Elle fit ce qu'il demandait, et expliqua :

— Nous venions juste de rentrer en voiture. Rani était endormie... tu sais ce que les trajets en voiture lui font. Je l'ai mise sur le canapé, et les autres filles m'aidaient à porter nos affaires. Je me suis retournée, et le père de Kalee était juste là dans la maison. Il a dû arriver derrière nous et je ne l'ai même pas remarqué. Il agissait comme un fou, parlait sans aucun sens. J'ai envoyé Sinta et Kemala au sous-sol... Oh ! Où sont-elles ? Est-ce qu'elles vont bien ?

— Phantom est descendu les chercher, indiqua Ace.

Il avait entendu Rocco dire à l'autre homme de descendre et de vérifier que les filles allaient bien, donc il savait qu'elles étaient entre de bonnes mains.

— Comment as-tu été blessée ? C'est Paul qui a fait ça ? Il t'a poignardée ?

Fronçant les sourcils, Piper porta une main vers son œil, mais l'un des ambulanciers l'arrêta avant qu'elle ne puisse toucher la blessure.

— Oui, tu es blessée, dit Ace. Des nausées ? Des maux de tête ?

Piper hocha légèrement la tête.

— Les deux.

— Commotion cérébrale, confirma un des ambulanciers.

— Il t'a frappée ? demanda à nouveau Ace qui avait besoin de savoir ce que cette ordure avait fait à sa femme.

— Oui, mais ce n'est pas ce qui a causé le saignement, expliqua Piper. Il m'a donné un coup de poing à la tête, et j'ai heurté les étagères. On s'est battus. Je ne voulais pas qu'il s'approche de Rani mais il était trop fort ! Il m'a maîtrisée et m'a enfermée sur la terrasse. J'allais faire le tour de la maison pour l'arrêter, mais je n'ai pas réussi.

— Ça explique la mare de sang là-bas, fit l'un des policiers derrière eux.

Ace savait que tout le monde écoutait ce que Piper disait, mais il avait du mal à réfléchir, sachant que Paul Solberg avait de nouveau levé la main sur Piper. Il devait faire tout ce qui était en son pouvoir pour rester calme.

— Ace, il avait l'air fou, sanglota Piper. Il parlait de prendre ce qui lui appartenait. Il m'a traité de kidnappeuse, et il n'arrêtait pas d'appeler Rani « Kalee ». Je pense qu'il croit vraiment que Rani est sa fille ! Quand j'ai essayé de lui rappeler que Kalee était morte, il est devenu fou. C'est là qu'il m'a giflé. Il parlait du fait que je gardais sa fille, il disait que j'avais une mauvaise influence sur elle. Il a dit qu'il allait emmener Kalee quelque part où personne ne la trouverait jamais. Mon Dieu, s'il vous plaît dites-moi que vous avez trouvé Rani ! Qu'il n'est pas allé loin avec elle !

Le sang dans les veines d'Ace se glaça. Il tourna la tête pour regarder Rocco. Son ami lui fit un bref signe de tête, et Ace serra les lèvres.

Paul Solberg avait pris leur Rani, mais en plus il semblait avoir perdu la tête. S'il pensait que Rani était Kalee, il avait vraiment perdu pied.

Puis il pensa à la somme d'argent dont disposait Paul Solberg, et les paroles de Tex lui revinrent en mémoire. L'homme pourrait très bien disparaître à jamais avec leur fille.

— Ace ? demanda Piper d'une voix emplie de terreur.

Il se pencha vers elle et la fixa du regard.

— Je vais trouver notre fille et te la ramener à la maison, jura-t-il.

— Il agissait vraiment comme un fou ! sanglota Piper. Il pensait que Rani était Kalee.

Il devait trouver un moyen pour qu'elle se concentre. Elle répétait ce qu'elle lui avait déjà dit.

— Tu me fais confiance ? demanda Ace.

Piper hocha immédiatement la tête.

— Alors fais-moi confiance quand je dis que je vais retrouver notre fille et te la ramener à la maison.

Elle le dévisagea pendant un moment, silencieuse. Puis elle hocha la tête.

— OK.

Ace entendit du mouvement derrière lui, et il tourna la tête et vit Phantom debout avec Sinta et Kemala.

— Venez ici, les filles, dit-il, en tendant un bras.

Il savait que le sang les effrayait probablement, mais elles avaient besoin de voir que leur mère allait bien. Qu'elle était réveillée et qu'elle parlait. Il voulait aussi que Kemala sache à quel point il était fier d'elle et qu'elle avait fait du bon travail.

Les deux filles s'approchèrent lentement. Sinta s'agenouilla aux pieds de Piper, comme Ace l'avait fait avant son réveil, mais Kemala s'agenouilla à ses côtés.

— Piper va bien, dit Ace aux filles. Elle s'est cogné la tête, et c'est pour ça qu'il y a tant de sang. Mais elle va bien.

— Piper ? demanda timidement Kemala.

— Ton père a raison. Je vais bien, répondit doucement Piper.

Sinta continuait à sangloter, mais Kemala regarda Piper droit dans les yeux.

— J'ai fait ce que tu as dit. J'ai trouvé le téléphone. J'ai appelé Tex. Les secours sont arrivés.

— Tu as été parfaite, dit Piper à l'adolescente. Je ne doutais pas que tu en serais capable. Je suis si fière de toi. Merci d'avoir demandé de l'aide.

— Rani ? interrogea Kemala.

— Je vais la trouver, répéta Ace une fois de plus. Ne t'inquiète pas pour ça. Je vais la ramener à la maison.

— L'homme l'a prise, oui ? continua Kemala.

— Oui.

Ace ne voulait pas cacher la situation à l'une ou l'autre de ses filles.

Kemala se retourna vers Piper.

— Tu t'es tenue devant moi et Sinta. Tu nous as protégées de l'homme.

Ace ne fut pas surpris d'entendre ce que Piper avait fait.

— Oui, c'est ce que j'ai fait, reconnut Piper. Et je le referais.

Pendant une seconde, Ace crut que Kemala allait pleurer, mais il la vit prendre une profonde inspiration et reprendre le contrôle de ses émotions. Elle tendit la main et tapota celle de Piper.

— Ne t'inquiète pas, maman. Je vais m'occuper de Sinta. Tu vas à l'hôpital. On va s'en sortir.

Maman. Bon Dieu, Kemala venait de l'appeler maman.

Ace était encore plus déterminé à trouver Paul Solberg et à le faire payer pour avoir pris ce qui lui appartenait.

Piper se rendait manifestement compte de l'importance de ce que Kemala venait de dire, mais elle se contenta de tendre la main vers sa fille, s'accrochant à son t-shirt car elle ne pouvait pas la serrer dans ses bras. Ace tenait toujours sa tête dans ses deux mains, et il n'avait pas l'intention de la lâcher. D'une part, cela facilitait la tâche de l'ambulancier qui se tenait toujours de l'autre côté de sa tête pour maintenir la pression sur ses blessures, et d'autre part, comme il n'était pas sûr que Piper n'ait pas d'autres blessures, il ne voulait pas qu'elle bouge pour ne pas les aggraver.

— Je vous aime, Kemala, déclara Piper. Toi et tes sœurs. Je me tiendrai toujours entre vous et tout danger qui essaierait de vous atteindre. C'est une promesse. Je suis aussi fière de toi que je peux l'être, et je me sens beaucoup mieux en sachant que tu seras ici à prendre soin de Sinta jusqu'à ce que je puisse rentrer à la maison.

Kemala tapota à nouveau la main de Piper.

— Arrête de parler. Va à l'hôpital et soigne-toi.

Ace ricana, étonné qu'il ait pu trouver ne serait-ce qu'une once d'humour dans la situation.

— Ok, je vais y aller.

Piper leva les yeux vers Ace.

— Phantom restera-t-il avec elles ? Je sais qu'il ne laissera jamais M. Solberg revenir et les prendre aussi.

— Je resterai, répondit Phantom au-dessus d'elles. Ne t'inquiète pas. Tes filles seront en sécurité.

— Merci, dit Piper.

Puis elle ferma les yeux tandis que l'ambulancier appuyait un peu plus fort sur ses blessures. Mais elle les rouvrit presque aussitôt et fixa Ace.

— Ne viens pas avec moi, ordonna-t-elle.

Surpris, Ace cligna des yeux.

— Je veux que tu découvres où il a emmené Rani. Elle a besoin de toi en ce moment, plus que moi. J'ai besoin de savoir que tu es en train de la chercher.

Ace détestait la quitter, mais il savait qu'elle avait raison. Il devait chercher sa fille autant que Piper avait besoin qu'il la cherche.

— D'accord. Mais j'envoie Bubba avec toi à l'hôpital.

— OK.

— Notre famille est entre de bonnes mains, chuchota-t-il.

— Je sais.

Ses yeux se remplirent de larmes.

— J'ai essayé de l'arrêter, murmura-t-elle, quand Kemala et Sinta s'éloignèrent avec Phantom.

— Oh, ma chérie. Je sais que tu as essayé, lui dit Ace.

— J'étais si assommée, et puis je suis stupidement tombée dans les escaliers de la terrasse. Je n'ai même pas pu voir dans quel genre de voiture il était ou quoi que ce soit. Je l'ai laissé tomber. Je t'ai laissé tomber !

— Tu ne l'as pas laissé tomber, rétorqua Ace d'un ton ferme. Tu te souviens de ce dont on a parlé avant ? La seule personne en faute ici est Paul. Pas toi.

— Tu ne me détestes pas ? murmura-t-elle.

— Jamais. Je t'aime, Piper. Pour toujours et à jamais.

— Je t'aime aussi.

— Vas-y maintenant, laisse les ambulanciers s'occuper de toi. Je reste en contact avec Bubba et quand on trouvera Rani, tu seras la première personne que j'appellerai.

— OK. Fais attention à toi.

En hochant la tête, Ace finit par se relever. Il regarda les ambulanciers attacher Piper sur la civière et l'emmener dans l'ambulance qui attendait, et Bubba prêt à la suivre.

À la seconde où elle fut hors de sa vue, Ace se tourna vers Rocco et Rex.

— Trouvons ce fils de pute.

# CHAPITRE SEIZE

Trois heures plus tard, Ace fut soulagé de recevoir un rapport de Bubba qui lui expliquait que Piper allait bien. On avait dû lui faire trois points de suture pour la coupure au-dessus de son œil, et elle avait une légère commotion cérébrale, mais à part ça, elle allait bien. Elle aurait des douleurs, mais ne présentait pas de blessures majeures. Il la ramènerait bientôt à la maison.

Il faisait sombre dehors. Il était presque minuit, et Ace détestait le fait que quelque part, sa petite fille était probablement effrayée et à la merci d'un étranger. Elle ne parlait même pas, pour l'amour de Dieu. Elle ne pouvait donc pas crier à l'aide s'ils s'arrêtaient quelque part.

Tex faisait tout ce qu'il pouvait pour trouver des informations sur Paul Solberg et sa voiture. Ace ne savait pas pourquoi Solberg pensait que Rani était sa fille. Le chagrin produisait des effets différents selon les personnes, et Solberg avait un comportement erratique. Il n'était pas difficile de comprendre que l'homme avait finalement craqué.

La seule chose qui empêchait Ace de perdre la tête était le fait que si Solberg pensait que la fillette était Kalee, il ne lui ferait probablement aucun mal.

Mais cela amena la question suivante. Où étaient-ils ? Ils

savaient tous que s'il voulait aller au Mexique, il n'aurait probablement aucun problème à le faire.

Même si Rani n'était pas à lui depuis longtemps, elle s'était tout de même frayé un chemin dans son cœur. Il avait signé les papiers disant qu'il serait responsable d'elle pour le reste de sa vie, et bon sang, c'était ce qu'il comptait faire.

Il devait continuer à la chercher. S'il ne trouvait pas Solberg lui-même, il engagerait autant de détectives privés qu'il le faudrait, dépensant chaque centime pour ramener Rani à la maison.

Tex avait passé en revue toutes les caméras de surveillance à disposition. Il avait suivi la berline de location noire de Solberg depuis son domicile, à travers le centre-ville de Riverton, puis l'avait perdue sur l'autoroute en direction du sud.

L'estomac retourné, Ace refusait de croire qu'ils étaient partis. Tex allait faire marcher sa magie... il le fallait.

Paul Solberg était assis dans sa voiture et regardait Kalee dormir sur le siège à côté de lui. Il n'avait pas de siège auto pour elle, mais il s'en occuperait une fois arrivés au Mexique.

Il n'avait pas été préparé à obtenir la garde de sa fille si tôt, et si tard dans la nuit. Il n'avait pas non plus fait ses bagages pour leur aventure. Il avait donc fait plusieurs arrêts pour qu'ils aient tout ce dont ils auraient besoin.

Il avait commencé par retirer de l'argent. Il s'était arrêté à quelques distributeurs pour avoir assez d'argent pour deux. Paul voulait être sûr de pouvoir offrir à sa petite fille tout ce qu'elle voulait pendant leur absence. Ensuite, une longue visite dans un grand magasin. Enfin, ils étaient rentrés chez lui pour faire ses bagages. Kalee l'avait suivi dans leur maison sans un mot, le regardant d'abord faire la lessive, puis préparer soigneusement et méthodiquement une valise avec des vêtements pour lui.

Puis il avait sorti la valise qu'il avait achetée pour Kalee. Il l'avait fait asseoir à côté de lui et lui avait montré chaque vêtement qu'il avait acheté pour elle, ainsi que tous les jouets. Elle souriait en voyant tout cela et semblait heureuse, ce qui fit sourire Paul également.

Après avoir mis leurs valises dans son véhicule, il s'était rendu au supermarché, avait lancé une application pour commander de la nourriture à livrer dans leur voiture. Il fallut un certain temps pour que la commande soit prête, mais cela donna à Paul plus de temps pour raconter à Kalee toutes les aventures dans lesquelles ils étaient sur le point de s'embarquer. Ils avaient maintenant plusieurs sacs remplis de provisions pour tenir jusqu'à ce qu'ils arrivent au Mexique. Il s'était assuré de commander tous les plats préférés de Kalee.

Il n'avait aucune idée du temps qui avait passé depuis qu'il avait quitté sa maison. Désormais, c'était Kalee et lui contre le monde. Rien d'autre ne comptait.

Mais il devait admettre qu'il était épuisé. Il n'avait pas dormi depuis longtemps. Il faisait si sombre dehors, et il avait besoin de fermer les yeux. Juste pour une heure ou deux. Ensuite, ils reprendraient la route. Il traverserait la frontière et se dirigerait vers l'Amérique du Sud. Cela prendrait un certain temps pour y arriver, mais il avait beaucoup d'argent et ce serait une escapade amusante pour Kalee et lui. Il avait une valise pleine de tout ce dont sa fille avait besoin, donc tout irait bien jusqu'à ce qu'ils arrivent à leur destination finale et qu'ils puissent à nouveau faire du shopping.

Paul conduisit jusqu'à une zone plus isolée du parking du supermarché. La petite fille à côté de lui remua sur le siège, et il ne put s'empêcher de sourire. Son bébé lui avait tellement manqué, et c'était si bon de l'avoir à nouveau avec lui.

Quelque chose dans les recoins de son esprit menaçait d'interférer avec sa bonne humeur, et il le repoussa impitoyablement. Rien ne devait s'opposer à ce que lui et sa petite fille vivent la meilleure vie possible.

Oui, c'était une grande aventure. Il avait retrouvé sa petite fille et ils allaient vivre heureux pour toujours.

* * *

— Comment ça, tu ne trouves pas la voiture ? demanda Ace à Tex.

Il était épuisé et mort d'inquiétude, et quand Tex appela, il espérait que l'homme avait une piste sur l'endroit où se trouvait Solberg. Mais au lieu de cela, ce dernier appelait pour leur dire qu'il l'avait perdu.

— J'ai passé au peigne fin toutes les caméras de circulation et utilisé mon logiciel pour rechercher la plaque d'immatriculation, mais rien n'a abouti. Rien.

— Ce qui signifie ? demanda Rocco.

Les quatre hommes étaient serrés autour du téléphone portable posé sur la table de la salle à manger d'Ace. Les filles étaient endormies dans la chambre de Kemala et Bubba allait passer la porte avec Piper d'une seconde à l'autre. Ils avaient fait de leur mieux pour réfléchir et utiliser leurs relations pour trouver le père de Kalee... sans succès.

— Soit il a abandonné la voiture de location qu'il utilisait et a trouvé un autre véhicule, soit il a changé les plaques.

— Putain ! jura Ace.

Il remarqua que les autres étaient contrariés aussi, mais ce n'était pas leur enfant qui avait disparu. Il aurait voulu avoir de bonnes nouvelles à partager avec Piper quand elle rentrerait, mais les recherches pour retrouver Rani étaient au même point que lorsqu'elle était partie à l'hôpital. Il avait hâte de la tenir dans ses bras, mais il détestait devoir lui dire qu'ils ne savaient toujours pas où Solberg avait emmené Rani.

— Je cherche toujours, affirma dit Tex. Les douanes sont au courant de ce qui se passe, et ils font tout ce qu'ils peuvent pour s'assurer qu'il ne leur échappe pas.

— Il pourrait traverser dans combien d'endroits ? demanda Phantom.

— Huit. Certains ne sont accessibles qu'à pied, pour d'autres il faut faire un peu de route, mais s'il essaie de rester sous les radars, il pourrait décider que cela vaut la peine de faire un détour de quelques heures. Il y a d'autres endroits où la frontière est vulnérable et où il pourrait se faufiler sans passer par les voies officielles, déclara Tex. Bien que je suppose qu'il n'essaierait pas de faire passer une enfant de quatre ans par l'un de ces endroits. Même s'ils sont informés du fait que Paul a kidnappé un enfant, le problème est que le contrôle des frontières est plus préoccupé par les personnes qui entrent en douce aux États-Unis, que par celles qui en sortent.

— Merde, jura Rex.

Ace serrait si fort les dents qu'il ne put rien dire.

— Et le passage de San Ysidro est énorme. Cinq voies de circulation, pare-chocs contre pare-chocs. Je pense qu'il serait assez facile de faire passer quelqu'un au Mexique, même avec les agents de contrôle des frontières aux aguets. Solberg pourrait teindre ses cheveux et ceux de Rani. Mettre une paire de fausses lunettes, habiller Rani avec des vêtements de prix, et personne n'y regarderait à deux fois.

Ace repoussa violemment sa chaise et se leva. Le bruit du dossier de la chaise frappant le sol résonna dans la maison silencieuse. Il fit les cent pas, se passant une main sur la tête en signe d'agitation.

— Tu es en train de me dire que j'ai perdu ma petite fille ? Qu'un homme manifestement dérangé mentalement a réussi à la voler sous mon nez ? demanda-t-il sur un grave et froid comme la mort.

— Non, dit Tex, et il était facile d'entendre à la fois la frustration et la détermination dans sa voix. Je n'enjolive pas la situation. Malheureusement, la recherche de Rani pourrait ne pas se terminer ce soir. Ou demain. Nous savons tous que cet homme a les moyens de fuir et de rester sous les radars pendant longtemps. Mais ça ne veut pas dire qu'il n'aura pas besoin de plus d'argent. J'ai des yeux sur chacun de ses comptes. Il ne pourra pas retirer un seul putain de centime sans que je sache d'où vient le retrait dans un rayon de 400 mètres. On va l'avoir, Ace. Je jure sur la vie de ma propre fille adoptive, on va le trouver.

Ace prit une profonde inspiration et serra ses mains derrière son cou. Il fixa le plafond et résista à l'envie de crier au meurtre. Cela n'aiderait pas Rani, et cela ficherait la trouille à ses deux autres filles qui dormaient à l'étage.

Il entendit ses coéquipiers reprendre la conversation avec Tex, et il se dirigea vers la porte coulissante menant à sa terrasse. Il regarda le ciel et se demanda si Rani voyait les mêmes étoiles en ce moment. Il se sentit ainsi plus proche d'elle.

— Tiens bon, bébé, chuchota-t-il. Papa va te retrouver.

* * *

— Tu dois manger, Kalee, dit Paul à sa petite fille.

Elle était assise sur le siège à côté de lui, les sourcils froncés, et fixait la tarte à la cerise qu'il lui avait donnée.

— C'est ta préférée. Vas-y, mange.

De grands yeux bruns se tournèrent vers lui et elle secoua la tête.

Paul regarda sa fille dans les yeux et, une fois de plus, son estomac se noua. Il n'arrivait pas à mettre le doigt dessus, mais Kalee ne se comportait pas normalement. Elle avait semblé confuse et méfiante à son égard à son réveil après moins d'une heure de sieste. Sa fille n'avait jamais eu peur de lui. Jamais.

Et quelque chose dans ses yeux n'était pas normal non plus. Ils étaient de la mauvaise couleur...

Non... c'était l'éclairage de la voiture qui les faisait paraître marron au lieu de vert foncé.

— Tu ne veux pas de tarte ? demanda-t-il, puis il fouilla

dans l'un des sacs contenant les provisions qu'il avait commandées.

Il en sortit un article après l'autre, les proposant à Kalee, et à chaque fois elle fronçait le nez et secouait la tête.

Paul était déconcerté. Mais que se passait-il ? Sa fille n'avait jamais été aussi difficile auparavant.

C'était la faute de cette femme. Elle avait fait en sorte que Kalee ne veuille plus manger ses plats préférés. Un reproche de plus à lui faire !

— Bien. Plus tard, il faudra que tu manges un morceau. Mais pour l'instant, que dirais-tu d'une barre de chocolat ?

Il fut ravi de voir Kalee hocher la tête avec enthousiasme et prendre le chocolat. Son cœur se serra lorsqu'elle déchira l'emballage avec ses petits doigts et prit une énorme bouchée de la barre chocolatée.

Paul tendit une main et la passa sur les cheveux de Kalee en sortant du parking du supermarché. Il avait mis beaucoup plus de temps que prévu pour faire toutes ces courses et il était heureux qu'ils soient maintenant en route.

— Es-tu excitée par notre aventure ?

La petite fille inclina la tête en mâchant, mais demeura muette.

— Tu es terriblement calme, Kalee, dit-il. D'habitude, tu me parles sans arrêt.

Elle ne répondait toujours pas.

Ses yeux se fermaient, ses paupières étaient lourdes. Il les ouvrit brusquement, et vit que Kalee le fixait toujours.

— Je suis encore fatigué, ma petite. Es-tu fatiguée ? demanda-t-il.

Elle hocha timidement la tête.

— Oui. Moi aussi. Il est vraiment tard, dit Paul.

Il dodelina encore une fois de la tête et rata de peu le panneau indiquant le parking de covoiturage.

— Je pense que nous avons tous les deux besoin de dormir.

Ensuite, nous pourrons continuer notre voyage. Ça te convient ?

À nouveau, sa fille hocha la tête.

Paul ne savait pas comment il avait réussi à amener la voiture jusqu'au parking désert en toute sécurité. Il n'avait pas dormi depuis des jours. Des semaines. Il était épuisé. Toutes les inquiétudes concernant la disparition de sa fille lui pesaient, mais maintenant, ils étaient de nouveau ensemble. Et il avait le sentiment qu'il pourrait enfin dormir.

En stationnant la voiture, il regarda autour de lui. Il faisait nuit noire dehors, et comme ils étaient la seule voiture du parking, il se sentait relativement en sécurité.

Kalee termina sa barre de chocolat et lui sourit.

Alors que les yeux de Paul se posaient sur sa fille, ses tripes se mirent à bouillonner une fois de plus. Quelque chose ne tournait pas rond, mais il ne voulait pas y penser. Tout ce qui l'intéressait, c'était sa petite fille.

— Il faut dormir, Kalee, lui dit-il. Nous avons une grosse journée demain.

Elle hocha la tête, puis se tourna sur le côté et ferma les yeux.

Reposant sa tête sur l'appui-tête, Paul fit de son mieux pour dormir encore un peu. Mais peu importait ses efforts, il n'arrivait pas à se débarrasser du sentiment qu'il avait fait quelque chose de terrible. Il fit même un rêve dans lequel sa fille était grande et lui faisait les gros yeux.

Elle lui disait de se reprendre. De la laisser partir.

Quand il se réveilla des heures plus tard, le malaise qu'il ressentait avait empiré. Et sa tête était sur le point d'exploser.

En tournant la tête pour s'assurer que Kalee dormait bien à côté de lui, il fut surpris de voir une enfant qu'il ne reconnaissait pas.

Elle avait des cheveux bruns au lieu d'auburn, et sa peau était beaucoup plus foncée que celle de Kalee.

Paul ferma les yeux et marmonna :

— Non, c'est Kalee. Ma Kalee.

Lorsqu'il ouvrit les yeux et regarda à sa droite, il fut soulagé de voir à nouveau sa petite fille endormie.

Tout irait bien. Dès qu'il aurait amené sa fille au Mexique, il serait libre.

* * *

Ace essayait de tenir le choc. Piper était rentrée de l'hôpital avec Bubba, et il avait eu envie tout balancer contre un mur après avoir vu son pauvre visage.

Elle avait une rangée de points de suture au-dessus du sourcil et des bleus se formaient sur son front et sa joue. Elle semblait fatiguée et inquiète, mais surtout dévastée par le fait qu'il n'avait pas plus d'informations à lui donner.

Il l'avait fait asseoir à la table avec le reste de l'équipe, et elle avait passé en revue tout ce dont elle pouvait se souvenir de la soirée. Une fois de plus, Ace eut le cœur brisé de ne pas avoir été là. De ne pas avoir mieux protégé sa famille.

Tex avait rappelé, et ils étaient en train de parler de Kalee, essayant de trouver quelque chose qui pourrait leur donner un indice sur l'endroit où Solberg aurait pu emmener Rani.

— Je n'allais pas souvent chez Kalee, dit Piper. Elle disait toujours que son père avait besoin de solidité et que recevoir des gens avait tendance à le déstabiliser.

Rocco se pencha en avant.

— Solidité dans quel sens ? Qu'est-ce qu'elle a dit d'autre sur lui ?

Piper fronça les sourcils.

— Je ne suis pas sûre. Elle passait beaucoup plus de temps chez moi que moi chez elle. Oh... il y a eu cette fois où elle a dit que son père était à l'hôpital. On devait avoir environ quatorze ans. Elle est restée chez nous pendant environ une semaine, je crois.

— Quel hôpital ? demanda Tex. Je n'ai pas trouvé de longs séjours à l'hôpital quand j'ai fait des recherches sur lui.

— Je ne sais pas. En fait, c'était il y a longtemps. Mais je me souviens qu'elle était assez stressée à ce sujet. Je lui ai demandé s'il se faisait opérer, parce que dans mon esprit, aller à l'hôpital signifiait se faire ouvrir, mais elle avait ri et m'avait dit que non, qu'il se faisait examiner la tête.

— Merde. OK, attendez, répondit Tex.

Piper regarda Ace, et il vit à quel point elle souffrait physiquement. Pourtant, elle refusait de se laisser aller. En plus des bleus sur son visage, elle était épuisée, et il soupçonna qu'elle tentait de l'empêcher de voir à quel point sa tête lui faisait mal.

— Pourquoi n'irais-tu pas te coucher ? suggéra-t-il doucement.

Elle secoua obstinément la tête.

— Non. Je veux aider.

— Tu ne peux pas aider si tu t'endors sur ta chaise, rétorqua Ace avec douceur. Et tu voudras être au mieux de ta forme quand Rani rentrera à la maison.

Son discours d'encouragement n'eut pas l'effet escompté.

Piper secoua à nouveau la tête.

— Elle ne va pas rentrer de sitôt, n'est-ce pas ?

— Si, répondit Ace.

— Mais Tex est dans une impasse. Il l'a dit lui-même. Monsieur Solberg est dans la nature.

Ace se pencha et prit Piper sur ses genoux. Il détestait percevoir la défaite dans sa voix.

— Solberg va se planter, ma chérie. Et quand il le fera, Tex sera là. Nous serons là. C'est compris ?

Elle hocha la tête.

Ace posa sa main sur le côté de sa tête et l'encouragea à la poser sur son épaule.

— Si tu ne veux pas monter, ferme au moins les yeux. Je te tiens. D'accord ?

Elle hocha la tête contre lui, et il sentit son corps se

détendre. Ses bras s'enroulèrent autour de lui et elle le serra si fort qu'il pouvait presque sentir son inquiétude et son angoisse.

— J'ai trouvé quelque chose, dit Tex depuis le téléphone posé sur la table.

— Quoi ? réagit Phantom.

— Paul Solberg a été admis à l'hôpital psychiatrique de Riverton pendant une semaine et demie, il y a presque vingt ans. Il a utilisé un faux nom, mais son vrai nom devait quand même figurer dans son dossier.

— Pour quelle raison ? demanda Rocco

— Schizophrénie.

Le mot résonna dans la pièce, et personne ne répondit.

Tex continua.

— Il a été soigné et libéré, et il est sous traitement depuis. Il a eu quelques rechutes ici et là au fil des ans, mais après avoir ajusté ses doses, il semblait s'en sortir.

— Mon Dieu, dit Piper depuis son perchoir sur les genoux d'Ace. Au Timor Oriental, Kalee et moi parlions un soir, et elle m'a dit qu'elle était inquiète pour son père. Quand j'ai demandé pourquoi, elle a été assez vague, elle a juste dit qu'il vieillissait et qu'elle était tout ce qu'il avait. Elle m'a aussi dit quelque chose une fois, mais nous étions à l'université et ivres à l'époque, alors je n'y ai pas trop pensé... mais ça me fait peur maintenant.

— Qu'est-ce que c'était ? demanda Ace.

— Elle a dit que si elle mourait avant son père, elle ne pensait pas qu'il serait capable de le supporter. Qu'elle avait le sentiment qu'il arrêterait de prendre ses médicaments et qu'il péterait les plombs.

Le silence se fit plus pesant.

— Je sais que j'aurais dû me souvenir de cette conversation avant, ajouta Piper, des remords dans la voix. Je lui avais dit que les chances qu'elle meure bientôt étaient minces, voire nulles. Puis nous avons commencé à plaisanter sur le fait d'être vieilles, d'avoir les cheveux blancs et de vivre ensemble dans la même maison de retraite.

Ace serra Piper contre lui une nouvelle fois alors qu'elle commençait à pleurer, et il ferma les yeux. Il comprenait comment elle avait pu oublier une remarque désinvolte faite il y a des années quand elle et son amie étaient alcoolisées. Surtout si l'on considérait tout ce qui s'était passé récemment.

— Donc Solberg a arrêté de prendre ses médicaments et maintenant il a des hallucinations, murmura Tex au téléphone. C'est logique. L'annonce de la mort de sa fille lui a probablement fait oublier quelques doses de médicaments, et tout a pu faire boule de neige à partir de là. Revoir Piper… Vu à quel point elle était proche de sa fille, c'était probablement trop pour lui. Je suppose que savoir combien Kalee aimait les enfants, surtout ceux de l'orphelinat qu'elle visitait, a aggravé ses hallucinations, jusqu'à ce qu'il pense vraiment que Rani était Kalee.

— Mais Kalee ne ressemblait pas du tout à Rani, dit Phantom. Avec ses yeux verts et ses cheveux auburn, ce n'est pas un peu exagéré ?

— Pas vraiment. Quand l'esprit est aussi stressé que celui de Solberg, il voit exactement ce qu'il veut voir quand il regarde Rani, leur expliqua Tex.

— Alors, en quoi ça nous rapproche de leur découverte ? demanda Ace.

Il y eut un moment de silence avant que Tex ne dise :

— Je continue à scanner les caméras des plaques d'immatriculation aux frontières et à vérifier d'autres caméras pour son véhicule. Il y a des milliers de voitures et de camions là-bas, mais j'espère que je pourrai encore avoir de la chance. J'espère que son état mental fait qu'il ne comprendra pas l'urgence de faire sortir Rani du pays, et qu'il se plantera tôt ou tard.

Ace soupira en signe de résignation. Ce n'était pas acceptable, mais il ne pouvait rien faire. La vie de Rani et la santé mentale de sa femme dépendaient d'un homme qui avait tout perdu, et n'avait plus rien à perdre. Putain.

* * *

Paul serra fermement le volant et regarda à travers le pare-brise. Il s'était approché du poste frontière aussi près que possible. Ils étaient en heure de point et il savait qu'il devait sortir, prendre la main de Kalee et commencer à marcher. Rejoindre les autres voyageurs en direction du Mexique.

Mais quelque chose le retenait. Les cauchemars continuaient même lorsqu'il était éveillé. Il continuait à voir Kalee comme une femme adulte, et elle n'arrêtait pas de froncer les sourcils. Elle lui demandait de la ramener. De la rendre à sa famille. Ce qui n'avait aucun sens, puisqu'il était sa famille. C'était eux deux contre le monde. Ça avait toujours été le cas. Où voulait-elle être ramenée ?

Il jeta un coup d'œil à Kalee et vit qu'elle était assise patiemment sur le siège à côté de lui. Ce qui, en y réfléchissant, était étrange. Sa Kalee ne restait jamais assise. Elle était toujours en train de gigoter et de rire.

C'était un autre sujet. Pourquoi Kalee ne lui parlait-elle pas ? Elle était bavarde, elle l'avait toujours été. Elle aimait rire et babiller pour elle-même et pour lui.

Mais maintenant, elle ne faisait que le fixer. Ses grands yeux bruns renfermant tant de secrets.

Attendez. Non... ses yeux verts pleins de secrets.

Fermant les yeux, Paul secoua la tête. Des bribes de conversations qu'il avait eues avec une Kalee adulte lui revenaient en mémoire.

*Promets-moi que tu n'arrêteras pas de prendre tes médicaments.*

*Papa, j'aurai besoin de toi pendant longtemps, et tu ne pourras être là pour moi que si tu continues à prendre tes médicaments.*

*Quoi qu'il arrive, tu dois prendre tes pilules tous les matins.*

*Promets-moi, papa.*

*Promets-moi.*

*Promets-moi.*

Entendant quelque chose à côté de lui, Paul ouvrit les yeux et regarda la petite fille. Elle avait ouvert la boîte à gants et feuilletait les papiers qui s'y trouvaient. Elle sortit son portefeuille et sourit. Elle l'ouvrit, puis s'immobilisa complètement.

Ses petits doigts caressaient une petite photo. Il l'avait gardée sur lui pendant des années. Kalee à la remise de son diplôme universitaire. Elle arborait un grand sourire et se tenait à côté de lui, un bras passé autour de ses épaules.

La petite fille se retourna pour regarder Paul en disant son tout premier mot. Elle le prononça avec un accent.

— Kalee.

Et à cette seconde... il y eut un moment de clarté dans son esprit fracturé... Paul s'effondra en réalisant ce qu'il avait fait.

La petite fille à côté de lui n'était pas sa fille.

Ce n'était pas sa Kalee.

Sa magnifique fille était morte. Tuée à des milliers de kilomètres, et il n'avait pas pu lui dire au revoir. Il n'avait pas pu lui dire une dernière fois à quel point il l'aimait.

Les larmes quittèrent ses yeux et il se mit à sangloter. À pleurer la perte de sa précieuse fille. La déception en réalisant qu'il ne la reverrait jamais.

Au milieu de son désespoir, Paul sentit un poids chaud sur ses genoux.

En ouvrant les yeux, il vit la petite fille qu'il prenait pour la sienne. Elle rampa sur ses genoux et le serra très fort dans ses bras.

— Kalee est gentille. Je l'aime, dit la petite fille.

Les larmes de Paul redoublèrent d'intensité. Il serra la petite fille contre sa poitrine et perdit complètement les pédales.

* * *

Le matin arriva, et ils n'étaient pas plus proches de retrouver Paul Solberg et Rani que la veille au soir. Une alerte enlèvement avait été lancée et la police recevait des appels de personnes affirmant avoir vu l'homme et l'enfant, mais jusqu'à présent, aucune piste n'avait abouti.

Gumby avait appelé au travail et avait été informé de ce qui s'était passé par leur commandant, et Sidney et lui avaient quitté l'hôtel pour se rendre directement chez Ace.

Caite était aussi passée, et les femmes se blottissaient toutes ensemble sur le canapé.

Ace appréciait tous ses amis plus qu'il ne pouvait le dire. Il n'avait jamais réalisé le niveau exact de gratitude qu'il ressentait envers eux jusqu'à ce moment précis. Il avait été là pour Caite quand elle avait eu des problèmes. Sidney aussi. Et quand Rocco et Gumby avaient essayé d'exprimer leurs remerciements, il avait eu tendance à les rejeter.

Mais il comprenait maintenant.

Il n'y avait rien de plus important au monde que de bons amis.

Des amis qui laisseraient tout tomber pour être là pour vous et les gens que vous aimez.

Bubba divertissait Sinta et Rex faisait la lecture à Kemala. Caite et Sidney occupaient Piper et étaient là pour la soutenir.

Tex faisait toujours tout ce qui était en son pouvoir pour retrouver Solberg par voie électronique. Rocco avait pris contact avec leur commandant et essayait de découvrir ce que les agents de la patrouille frontalière savaient. Même avoir Phantom – assis à la table de la salle à manger d'Ace, aiguisant compulsivement son couteau Ka-BAR – était étrangement rassurant.

Oui, il avait les meilleurs amis de la planète.

Mais son amour pour eux ne parvenait pas à apaiser sa peur pour Rani.

Où était-elle ? Avait-elle peur ? Était-elle inquiète ? Croyait-elle que Piper et lui l'avaient livrée à Solberg ? Tous ces « et si » le rendaient fou. Le mieux qu'il puisse faire, c'était attendre, et c'était insupportable.

— Allez, Solberg. Donne-nous un petit indice. C'est tout. Juste un, chuchota-t-il.

À ce moment-là, le téléphone d'Ace sonna, et toutes les têtes se levèrent pour le fixer du regard quand il répondit. Voyant que c'était Tex, il mit le haut-parleur pour que tout le monde puisse entendre.

— Ace.

— C'est Tex. Juste comme ça, parce que je ne trouvais rien d'autre, j'ai commencé à examiner quelques-unes des caméras sur les parkings de covoiturage près de la frontière. C'était un peu au hasard, mais je n'avais vraiment aucun autre endroit où regarder.

— Tu l'as trouvé ? l'interrompit Ace.

— C'est possible. Du moins, j'ai trouvé une voiture correspondant à la description du loueur. La plaque d'immatriculation était différente, mais il a pu l'échanger.

Ace se mit en mouvement avant que Tex ait fini de parler. Il s'approcha de Piper et l'embrassa longuement avant de porter sa main sur le côté de sa tête. Son pouce caressa sa joue indemne un instant avant qu'elle ne murmure :

— Vas-y.

C'était tout ce qu'il avait besoin d'entendre.

En se retournant, il vit Bubba faire signe à Rocco qu'il allait rester avec les filles et Piper. Rex annonça également qu'il resterait.

Tout avait été décidé en quelques secondes. C'était une autre raison pour laquelle Ace aimait ces hommes. Leur fonctionnement était maintenant une machine bien huilée. Il n'y avait pas de chamailleries pour savoir qui resterait et qui partirait.

— Ce n'est pas grand-chose, expliquait Tex alors que les quatre SEAL restants se dirigeaient vers la porte. Mais c'est déjà ça. Le véhicule est passé devant la caméra et s'est garé dans le coin arrière du terrain, hors de portée des caméras. J'ai peur que les images datent de quelques heures. Apparemment, la ville éteint les caméras la nuit parce que personne n'utilise le parking entre une heure et quatre heures du matin.

— Merde, jura Rocco. Donc il pourrait déjà être parti.

— Oui, confirma Tex. Je vérifie encore les caméras à la frontière, mais j'ai pensé que tu aimerais savoir ça.

Il indiqua l'adresse du parking et Ace vit Phantom la noter et vérifier l'emplacement sur son téléphone.

— Oui, lui dit Ace. On voulait vraiment savoir.

— Le parking n'a pas l'air d'être très loin d'ici, dit Phantom. Mais c'est trop près de la frontière pour être rassurant.

— Oui, c'est pour ça que ce genre de parking est populaire. Les gens s'y retrouvent et font du covoiturage pour passer la frontière. C'est plus facile, expliqua Tex.

— Très bien, on est en route, dit Ace à Tex après qu'ils soient tous montés dans la Silverado de Gumby.

— Appelez-moi si vous trouvez quelque chose. Ça pourrait m'aider à réduire mes paramètres de recherche, ordonna Tex.

— Pas de problèmes, dit Ace. Merci de m'avoir prévenu.

Les deux hommes raccrochèrent et Ace boucla sa ceinture alors que Gumby roulait en direction de l'autoroute. Phantom donnait des indications alors que leur conducteur roulait beaucoup trop vite, mais personne ne se plaignit ou ne pipa mot à ce sujet. Ils savaient tous que les chances que Solberg soit encore dans ce parking étaient minces, mais personne ne souhaitait l'admettre à voix haute.

Au bout de vingt minutes, Gumby quitta l'autoroute et se retrouva sur le parking de covoiturage. Il n'était plus vide, car le soleil se levait et les frontaliers avaient déjà commencé à se présenter pour se rendre au travail et prendre leur voiture.

— Où Tex a-t-il dit que la voiture était garée ? demanda Rocco depuis le siège arrière.

— Angle sud-ouest, répondit laconiquement Ace.

En faisant le tour de l'arrière du terrain, ils constatèrent qu'il n'y avait aucune voiture correspondant à celle que Paul conduisait.

— Merde, marmonna Ace.

— Je ne suis pas prêt à abandonner, dit Rocco. Allons à San Ysidro et voyons si nous pouvons repérer sa voiture.

Ace hocha la tête. La dernière chose qu'il voulait était de retourner chez lui et de dire à Piper qu'ils étaient arrivés trop tard. Que Solberg était déjà parti à leur arrivée.

Gumby reprit l'autoroute et tourna vers le sud. À chaque kilomètre qui passait, Ace était de plus en plus déprimé. Lui et les autres étaient des hommes d'action. Ils obtenaient des informations et agissaient en conséquence, et réussissaient le plus souvent leur mission. Mais en ce moment, ils avaient l'impression d'être des poulets à qui on aurait coupé la tête et qui couraient partout sans but précis afin de trouver la fin d'un arc-en-ciel et l'or proverbial.

— Eh… regarde ! dit Phantom en montrant l'avant du véhicule. Est-ce que c'est… ? Ce n'est pas le même genre de voiture que Solberg conduisait ?

Ace se pencha en avant et loucha dans la direction indiquée par Phantom. Devant eux se trouvait une voiture de couleur sombre qui ressemblait à celle de Solberg. Il ouvrit la bouche pour dire à Gumby d'accélérer, mais son ami avait déjà mis le pied sur l'accélérateur.

Ace s'accrocha à sa ceinture et Gumby se faufila entre les voitures autour d'eux, essayant de rattraper celle qui se dirigeait vers la frontière et semblait être celle de Paul. Si c'était Solberg, et avec un peu de chance Rani, ils devaient absolument les rattraper. S'il se rendait compte qu'il était suivi, il pourrait tenter de les semer en quittant l'autoroute. Ils ne pouvaient pas risquer une poursuite sur les routes secondaires, ni le pousser à blesser sa prisonnière.

L'idée que Rani soit blessée par Solberg faisait bouillir le sang d'Ace. Elle avait déjà traversé tellement d'épreuves dans sa courte vie qu'elle ne méritait pas d'être blessée en plus de tout ça.

Il garda les yeux sur le véhicule tandis que Gumby faisait tout ce qu'il pouvait pour se frayer un chemin dans le trafic dense.

— Tiens bon, Rani. Accroche-toi, marmonna-t-il alors qu'ils se dirigeaient vers la voiture.

* * *

Paul ne parvenait pas à arrêter ses larmes. Il avait réussi à se contrôler lorsqu'il avait appris que Kalee avait été tuée par des rebelles au Timor Oriental, mais maintenant qu'il s'était remis à pleurer, il ne pouvait plus arrêter ce flot.

Il essuya les larmes de ses yeux pour pouvoir mieux voir la route en conduisant. La dernière chose qu'il voulait était d'avoir un accident avec la petite fille sur le siège à côté de lui.

Elle avait fait de son mieux pour qu'il se sente mieux, mais la voir et réaliser ce qu'il avait fait ne faisait que le faire pleurer davantage. Kalee aurait eu honte de lui. Elle aurait été tellement déçue. Non seulement il n'avait pas tenu sa promesse en ne prenant pas ses médicaments, mais il avait enlevé une enfant à sa mère.

C'était un kidnappeur. Comment était-il tombé si bas ? Il ne le savait même pas.

Paul n'avait peut-être pas compris pourquoi Kalee et Piper étaient devenues de si bonnes amies alors qu'elles étaient complètement opposées, il n'avait peut-être pas aimé ça, mais il n'avait jamais vraiment souhaité de mal à Piper. Et maintenant, il avait enlevé une enfant à la meilleure amie de sa propre fille. Une enfant qui avait vraiment connu Kalee. Il se souvint des e-mails que Kalee avait écrits sur l'orphelinat près du village où elle vivait.

Elle était employée par le Corps de la Paix pour enseigner l'anglais aux villageois, mais elle n'avait pas pu s'empêcher de faire des visites hebdomadaires à l'orphelinat pour voir les enfants et leur apprendre aussi l'anglais.

Et la petite fille à côté de lui connaissait Kalee. Elle l'avait reconnue grâce à la photo qu'il gardait dans son portefeuille. Et il l'avait arrachée à Piper.

Son comportement actuel était immonde et il avait besoin de s'y prendre correctement.

Son nom était Rani. Le prénom lui revint soudain. Il n'avait pas pensé à la petite fille comme à quelqu'un d'autre que Kalee pendant si longtemps, mais maintenant il s'en souvenait. Et il ne pouvait pas croire qu'il avait pu la confondre avec Kalee. Elles ne se ressemblaient pas du tout.

Une voix dans sa tête essaya de lui dire qu'il avait tort. Que c'était sa fille à côté de lui, qu'il devait l'emmener au Mexique et disparaître, mais Paul lutta contre cette voix pour la première fois. Une lutte difficile.

Rani n'était pas Kalee, et il devrait d'une manière ou d'une autre réparer ce qu'il avait fait.

Après avoir rêvé de Kalee et s'être tourné et retourné, Paul quitta le parking juste au moment où les autres voitures commençaient à arriver pour se rendre au travail. Depuis, il conduisait sans but, essayant de décider quoi faire. Il ne pouvait pas simplement ramener Rani à Riverton et dire « désolé ». Ça ne fonctionnerait pas. Piper le détestait sûrement maintenant. C'était évident. Il se détestait lui-même. Et Paul se souvenait vaguement d'avoir ennuyé le commandant de l'équipe SEAL qui avait essayé de sauver Kalee. Non, il n'aurait pas d'alliés là-bas.

Paul n'avait rien.

Pas de Kalee.

Son entreprise pouvait évidemment fonctionner sans lui, comme c'était le cas depuis plusieurs semaines.

Personne ne le pleurerait s'il disparaissait à jamais.

À travers ses larmes, Paul vit un bâtiment familier... et soudain, il sut exactement ce qu'il devait faire. Il se gara dans un parking à côté de l'immeuble et sortit un papier de la boîte à gants. Le recto comportait le contrat de location de la voiture, mais le verso était vierge. Il griffonna un mot au dos et replia le papier, puis il se tourna vers Rani.

Elle le regardait fixement, d'un air si différent de celui des enfants de son âge que Paul comprit pour la première fois pourquoi il avait pu penser qu'il s'agissait de Kalee.

La voix dans sa tête lui disait de s'en tenir au plan. D'emmener sa fille de l'autre côté de la frontière et de vivre heureux pour toujours, mais Paul fit de son mieux pour la bloquer.

Cette fille n'était pas la sienne. C'était celle de Piper. Elle était Rani. Et il devait la ramener à sa mère.

— Et bien, dit-il doucement. C'est ici que notre aventure se termine.

Rani le regarda fixement.

Paul glissa la note qu'il avait écrite dans sa main.

— J'ai besoin que tu fasses exactement ce que je te dis. D'accord ?

Elle hocha la tête.

— Tu vois ce bâtiment là-bas ?

Rani tourna la tête vers l'endroit qu'il lui montrait, puis regarda de nouveau vers lui et hocha de nouveau la tête.

— Bien. Tu dois sortir de la voiture et aller là-bas. Passe par la porte ouverte et donne ce mot à la première personne que tu vois. Compris ?

Ses petits sourcils se froncèrent, mais elle hocha la tête.

— Bien. Vas-y maintenant. Fais ce que je t'ai dit.

La petite fille, qui aurait pu être à lui s'il suivait ce que les voix dans sa tête lui disaient, se leva lentement. Elle tendit la main et toucha la joue de Paul avec sa petite paume.

Elle le regarda dans les yeux, et la douleur le submergea quand elle s'adressa à lui.

— OK, papa Kalee. Je vais le faire. Elle a dit des histoires sur toi. Un père grand et fort. Elle t'aimait.

— Je l'aimais aussi, réussit à dire Paul. Elle était mon

univers. Vas-y maintenant. Piper doit se faire un sang d'encre pour toi.

— Maman, dit Rani.

— Oui, Piper est ta maman. Et Ace est ton papa.

— Grand-père, dit Rani... en désignant Paul.

Il secoua la tête.

— Non, tu ne me reverras pas.

— Grand-père ! s'exclama-t-elle, en le frappant à la poitrine cette fois. Le papa de Kalee. Le grand-père de Rani.

Il ne méritait pas d'être le grand-père de quelqu'un. Pas après ce qu'il avait fait. Mais en regardant dans les yeux sombres de Rani, il ne pouvait pas la renier. Pas après tout ce qu'elle avait traversé.

Il savait que Piper et Ace ne le laisseraient plus jamais s'approcher de cette précieuse enfant, mais il fit ce que son cœur lui demandait de faire. Il accepta.

— Je serai ton grand-père, dit-il doucement. Mais tu dois apporter ce papier à cette caserne de pompiers et le donner à la première personne que tu verras. D'accord ?

— D'accord, répondit-elle avec joie.

Puis, sans un mot de plus ni un coup d'œil en arrière, elle ouvrit la porte et sortit de la voiture. Elle se dirigea vers la baie vitrée de la caserne de pompiers le plus tranquillement du monde. Comme si elle n'avait pas été kidnappée la nuit précédente. Comme si elle n'avait pas failli être emmenée de l'autre côté de la frontière, pour ne plus jamais revoir ceux qui l'aimaient le plus.

Pleurant à nouveau, Paul démarra la voiture de location. Il attendit jusqu'à ce qu'il voie un jeune homme portant une chemise et un pantalon bleu marine s'agenouiller devant Rani. Il vit la petite fille lui remettre le mot qu'il avait écrit et sut que le moment était venu.

Il sortit lentement du parking et se dirigea vers le grand pont qu'il avait traversé moins d'une heure auparavant.

La voix dans sa tête le réprimandait pour avoir laissé Kalee partir. Elle lui disait qu'il était un père horrible de l'avoir abandonnée, qu'il n'y avait plus personne au monde pour se soucier de lui. Qu'il devrait faire une faveur au monde et faire en sorte que personne n'ait plus à souffrir de son existence.

Paul Solberg ne prit pas la peine d'argumenter avec la voix. Il savait qu'elle avait raison. Il était une horrible personne. Le monde se porterait mieux sans lui.

Mais la demande de Rani s'imposa. Un grand-père.

Avec un soupir, Paul serra le volant plus fort.

* * *

Gumby avait presque rattrapé la voiture dans laquelle ils pensaient trouver Solberg et, avec un peu de chance, Rani, lorsque le téléphone d'Ace sonna. Il fut tenté de l'ignorer car il ne reconnaissait pas le numéro qui s'affichait à l'écran. Si la voiture qu'ils suivaient de près était celle de Solberg, il devait se concentrer sur ce qui se passait autour de lui, pas sur une putain de télévendeuse au téléphone.

Mais une intuition le poussa à répondre.

— Allô ? dit-il d'un ton bourru.

S'il avait été debout, ses genoux auraient cédé en entendant les mots que la personne à l'autre bout du fil prononça.

— Nous avons trouvé votre fille. Elle est en sécurité, et vous pouvez la récupérer au poste de police de San Ysidro.

— Sors à la prochaine sortie, aboya Ace.

Gumby le regarda par-dessus son épaule, et sans comprendre l'expression du visage de son ami, il alluma immédiatement son clignotant droit.

— Ace ? demanda Rocco.

Mais Ace ignora son ami en parlant au téléphone.

— Je suis en route. Vous avez appelé ma femme ?

— Elle est la prochaine sur ma liste, répondit l'interlocuteur.

— Appelez-la. Maintenant, ordonna Ace, puis il raccrocha.

Il ne pensa même pas à demander plus de détails. Il ne se souciait pas de Solberg pour le moment. Tout ce qu'il voulait, c'était aller au poste de police et voir par lui-même que sa petite fille allait bien.

— Où est-ce que je vais ? demanda Gumby en filant vers la sortie.

— Police de San Ysidro. Ils ont trouvé Rani. Elle est là et elle va bien.

Les trois autres hommes dans le véhicule poussèrent un soupir de soulagement, mais Ace savait qu'il ne ressentirait ce sentiment que lorsqu'il tiendrait Rani dans ses bras.

Une heure plus tard, Ace était assis sur un canapé au poste de San Ysidro avec Rani sur ses genoux, Sinta à sa gauche, Piper à sa droite, et Kemala à côté d'elle. La pièce était remplie de ses collègues SEAL, de Caite, de Sidney et de plusieurs enquêteurs.

Ace avait lu la note que Solberg avait écrite au dos du contrat de location et qu'il avait donnée à Rani pour qu'elle la porte à l'intérieur de la caserne. Solberg n'avait pas encore été retrouvé, mais Rani semblait aller bien. Elle n'avait pas de marque sur elle. Ace en était reconnaissant.

Alors qu'il était assis là avec sa famille, remerciant sa bonne étoile qu'ils soient à nouveau tous ensemble et que l'issue de leur terrible épreuve ait été favorable, il ne pouvait s'empêcher de penser à ce qui aurait pu se passer.

Il avait échoué.

Leur équipe entière avait échoué.

Ils n'avaient pas trouvé Rani. Mon Dieu, ils avaient poursuivi une voiture quelconque.

Même avec l'expertise de Tex et l'état entier de la Californie qui semblait à sa recherche, ils n'avaient pas réussi. Malgré toutes leurs forces, leurs ressources, leur expérience de la chasse aux méchants, et toutes les armes du monde... ils avaient échoué.

Solberg tenait Rani entre ses griffes depuis des heures. Il aurait dû être loin. Il aurait dû être au Mexique à cette heure. Ace n'aurait jamais cessé de chercher Rani, mais il savait que ça aurait pu être comme chercher une aiguille dans une botte de foin.

C'était incroyablement humiliant et effrayant de savoir que c'était seulement grâce à une once de lucidité dans l'esprit de Paul Solberg – et une dose d'humanité – qu'il était assis sur ce canapé en ce moment, à regarder sa femme sourire, rire et pleurer parce qu'elle était à nouveau réunie avec sa fille. Dans un autre scénario, il aurait pu tenir Piper pendant qu'elle fondait en larmes parce que Rani était partie, peut-être pour de bon.

Il avait toujours pensé que ses collègues des SEAL et lui étaient indestructibles. Ils étaient les meilleurs des meilleurs. Quand les ennuis pleuvaient, c'était eux qu'on appelait pour les résoudre. Mais en moins de 24 heures, on lui avait rappelé qu'ils étaient tous des humains. Ils faisaient des erreurs et ils ne pouvaient pas sauver tout le monde. Même si c'était ce qu'ils désiraient plus que tout.

Ace savait à quel point son équipe, et Phantom en particulier, détestait échouer. Ils voulaient réussir à chaque fois, mais la chance jouait un rôle beaucoup plus important qu'il ne voulait bien l'admettre.

Il était perdu depuis si longtemps dans ses pensées qu'il ne faisait plus attention à ce qui se passait autour de lui. Ce ne fut que lorsque Rani posa sa petite main sur son visage qu'Ace revint au moment présent. Il regarda sa fille et demanda :

— Oui, ma chérie ?

— On rentre à la maison ?

Entendre sa voix pour la première fois lui fit monter les larmes.

— Oui, bébé. Je pense qu'il est temps qu'on rentre tous à la maison.

Ace se tourna vers Piper et vit qu'elle pleurait aussi. Il posa sa main sur la nuque de sa femme et l'attira vers lui. Il l'embrassa, essayant de lui montrer sans paroles à quel point il était heureux. Combien il l'aimait.

Il dut y parvenir car lorsqu'il se recula, Piper lui sourit et murmura :

— Je t'aime aussi.

Prenant une grande inspiration, Ace regarda ses deux autres filles avant de dire :

— Venez. Rentrons à la maison et prenons un gros petit-déjeuner. Tout le monde est d'accord ?

— Oui ! dit Sinta à voix haute.

— OK, dit Kemala.

— Des crêpes ! s'exclama Rani, faisant rire tout le monde dans la pièce.

Alors qu'ils se levaient et qu'Ace serrait les mains des enquêteurs pour les remercier, il réfléchit une fois de plus à la reconnaissance qu'il avait envers Solberg qui avait réussi à sortir de sa folie assez longtemps pour libérer sa fille.

# CHAPITRE DIX-SEPT

— Pour info, tout ça ne me plaît pas, annonça Ace.

Piper leva les yeux vers son mari et secoua la tête.

— Je sais. Mais je dois le faire.

Ils étaient devant l'hôpital psychiatrique de Riverton, sur le point d'entrer pour que Piper puisse parler à Paul Solberg. Tex avait appelé dès que ses programmes l'avaient alerté du fait que l'homme s'était enregistré dans l'établissement.

Les deux mois qui suivirent l'enlèvement de Rani par Paul furent longs. Il avait tout avoué à la police et avait dit combien il était désolé et avait eu tort. Les médecins qui l'examinèrent diagnostiquèrent un état suicidaire, déprimé et au beau milieu d'un épisode de schizophrénie.

Piper avait décidé de ne pas porter plainte, ce qu'Ace désapprouvait. Fortement. Il avait dit être reconnaissant que Solberg ait libéré Rani, mais cela ne signifiait pas qu'il lui avait pardonné de l'avoir kidnappée. Bien qu'il ait admis qu'il croyait que Paul n'avait pas toute sa tête, que la perte de Kalee l'avait fait craquer, ce n'était pas une excuse. Mais au moins Piper sentait qu'Ace comprenait un peu ce que Paul traversait. Après avoir cru qu'ils avaient peut-être perdu leur propre fille, il avait soudain perçu une partie de ce que Paul avait ressenti, et ce qu'il avait fait par désespoir avait presque eu un sens.

Presque.

Piper souhaitait pouvoir expliquer ce qu'elle ressentait de manière plus adéquate, afin qu'Ace comprenne ce qu'elle avait en tête. Solberg avait été dans sa vie depuis aussi longtemps qu'elle pouvait s'en souvenir. Elle n'avait jamais été proche de lui, mais Kalee l'avait aimé plus que quiconque dans toute sa vie. Piper se souvenait de l'avoir entendue dire qu'elle ferait tout pour son père.

Oui, il avait kidnappé Rani, mais il ne l'avait pas blessée. La voiture qu'il avait utilisée avait été retrouvée sur le parking de l'hôpital psychiatrique, remplie d'en-cas et de vêtements pour Rani. Même le mot que Rani avait emporté avec elle et donné aux pompiers ce jour fatidique exprimait des remords.

*Voici Rani Morgan. Elle a été enlevée chez ses parents à Riverton. Veuillez appeler la police et leur faire savoir qu'elle est saine et sauve. Je suis désolé. J'avais tellement tort. Tout ce que je voulais, c'était récupérer une petite partie de ma fille.*

Par la suite, Paul Solberg faillit se suicider. Il allait se jeter en voiture du côté du pont, mais il avait finalement décidé de se faire hospitaliser.

Piper ne pouvait pas le détester. Elle savait que son mari n'avait aucun problème à détester le père de Kalee, et c'était bien ainsi. Elle aimait combien Ace était protecteur envers elle et leurs filles.

Souriant intérieurement, elle résista à l'envie de poser sa main sur son ventre. Il serait tout aussi protecteur de la petite vie qui grandissait en elle... mais elle gardait cette nouvelle pour plus tard ce soir. Ace aurait besoin de quelque chose pour lui faire oublier Paul Solberg.

— Merci d'être venu avec moi, dit-elle doucement.

— Comme si j'allais te laisser venir toute seule, ricana-t-il.

Piper se pencha et pressa ses lèvres contre les siennes. Ace lui rendit immédiatement le baiser, sans se retenir le moins du monde. En se retirant, Piper caressa son visage, appréciant la sensation de sa barbe sous sa main. Elle était mariée à un homme sacrément sexy.

Il leur avait fallu un certain temps après le retour de Rani pour laisser leurs filles dormir dans la chambre de Kemala, mais désormais, chaque fois qu'ils étaient seuls dans leur lit, ils étaient insatiables. Ils faisaient l'amour tous les soirs, parfois lentement et doucement, d'autres fois passionnément et brutalement. Piper aimait chaque seconde. Elle aimait Ace de tout son cœur. Elle avait hâte de vivre le reste de sa vie avec lui et d'agrandir leur famille.

Mais pour pouvoir enfin tourner la page sur ce qui s'était passé, tant au Timor Oriental qu'avec Rani, elle devait parler à M. Solberg.

— Viens, ma chérie. Finissons-en avec ça, déclara Ace.

Ils pénétrèrent dans l'établissement et s'enregistrèrent. Ils attendirent environ une demi-heure avant d'être conduits dans un couloir blanc, et le surveillant s'arrêta devant une porte au milieu du couloir.

C'est la chambre de Monsieur Solberg. Vous avez vingt minutes de visite. Un membre du personnel sera présent dans la chambre. Les patients ne doivent pas recevoir de cadeaux, et vous n'êtes pas autorisée à lui prendre quoi que ce soit. Essayez de rester calme en permanence. L'excitation sous toutes ses formes n'est pas bonne pour lui en ce moment.

— Est-il une menace pour ma femme ? demanda Ace d'une voix froide.

— Non, dit immédiatement l'infirmier. C'est un homme brisé, Monsieur Morgan. Je sais ce qui s'est passé, et je sais que vous avez tous deux traversé l'enfer. Mais lui aussi. Il y a deux côtés à chaque histoire, et en travaillant ici, j'ai appris à la fois à apprécier et à détester cela. Tout ce que je demande, c'est que vous fassiez attention.

— C'est d'accord, dit Piper, en posant sa main sur le bras d'Ace.

Ses muscles étaient tendus comme un arc et elle savait qu'il voulait être n'importe où sauf ici. Il ne voulait rien avoir à faire avec l'homme qui avait kidnappé sa fille et fait du mal à sa femme, mais il était là parce qu'elle lui avait demandé de venir. Mon Dieu, elle l'aimait.

Piper ouvrit la porte et franchit le seuil, Ace sur ses talons. Sa main se posait sur le bas de son dos et elle aimait avoir ce contact étroit avec lui. Elle était nerveuse, mais savait que c'était ce qu'elle devait faire.

M. Solberg était allongé dans un lit, une couverture beige remontée jusqu'au menton. Au lieu de l'homme audacieux et effronté qu'elle avait connu toute sa vie, il semblait petit et faible. Ses yeux étaient fermés et on aurait dit qu'il ne s'était pas rasé depuis quelques jours, sa barbe était tachetée de gris. Il avait des poches sous les yeux et les rides sur son front étaient proéminentes. En bref, il avait une sale tête.

Un homme portant un badge indiquant qu'il était membre du personnel de l'établissement était assis dans un coin, sur une chaise, et il leur fit un signe de tête sans rien dire.

Piper s'approcha de Paul et Ace tira une chaise pour elle. Elle s'y assit, puis hésita avant de poser doucement sa main sur le bras de M. Solberg.

Il sursauta et tourna la tête dans sa direction. Dès qu'il la vit, il tressaillit.

— Bonjour, Monsieur Solberg.

Il continua à la fixer, mais Piper vit ses yeux se remplir de larmes. C'était bouleversant, car le père de Kalee avait toujours été plus grand que nature dans son esprit. Il était protecteur envers sa fille et n'avait pas peur de dire ce qu'il pensait. Mais le voir allongé sur le petit lit, en train de pleurer, fit disparaître en un éclair toute l'animosité qu'elle aurait pu ressentir.

— Je suis vraiment désolée pour Kalee, dit-elle.

Il secoua la tête.

— Non. Je suis désolé de ce que je vous ai fait à vous et à votre famille.

— Ça va aller, répondit Piper.

— Non, ça ne va pas aller. Je sais à quel point Kalee et toi étiez proches. Tu souffrais aussi, et ce que j'ai fait est impardonnable.

Prenant un risque, Piper tendit la main et prit celle de M. Solberg dans la sienne.

— Vous n'avez pas fait de mal à Rani. Et quoi qu'il se soit passé entre vous deux, elle s'est libérée du blocage qu'elle avait en elle. Elle parle maintenant. Elle m'a surpris au commissariat quand elle m'a appelée maman.

M. Solberg fronça les sourcils.

— Elle ne parlait pas beaucoup quand elle était avec moi, mais je pensais que c'était parce qu'elle avait peur.

— Je ne l'avais pas entendue dire un mot depuis que je l'ai rencontrée à l'orphelinat, admit Piper.

— Je ne mérite pas de savoir quoi que ce soit sur ton voyage au Timor Oriental... mais pourrais-tu m'en parler ? De l'orphelinat et de la participation de Kalee ?

Pendant les quinze minutes qui suivirent, Piper raconta à M. Solberg tout ce qu'elle pouvait sur sa fille et sa vie dans ce pays lointain. Elle lui parla de la dernière fois qu'elle avait vu Kalee, du courage de sa fille. Pendant tout ce temps, M. Solberg demeura allongé et écoutait. Il essuyait de temps à autre les larmes sur son visage, mais il hochait la tête et ne quitta pas son regard pendant tout le temps de la discussion.

Lorsque l'homme dans le coin les prévint qu'il ne leur restait plus que quelques minutes de visite, Piper prit une profonde inspiration et dit :

— J'aimerais revenir vous rendre visite, si c'est possible.

L'espoir qu'elle vit dans les yeux de l'homme plus âgé lui donna presque envie de pleurer.

— Je ne le mérite pas. Je sais que je ne le mérite pas. Ce que j'ai fait était odieux. Le plus horrible que quelqu'un puisse faire à une autre personne. Et je le sais parce que ma fille m'a été enlevée... et j'aurais fait n'importe quoi pour la récupérer. C'est en partie pour cela que j'ai fait ce que j'ai fait. Je voulais tellement que Kalee revienne. Ça... et le fait que j'avais arrêté de prendre mes médicaments.

— Je vous pardonne, M. Solberg.

— Merci, chuchota-t-il.

— Si ça ne vous dérange pas, je pourrais peut-être amener mes filles avec moi un jour ? demanda Piper.

Elle sentit la main d'Ace se resserrer sur son épaule, mais elle ne se retourna pas pour le regarder. Il n'était manifestement pas heureux de sa proposition, mais elle savait au fond d'elle-même que c'était la bonne décision. Ce n'était pas gentil de sa part d'avoir proposé cela sans en parler d'abord à Ace, mais c'est pourquoi elle lui avait donné la possibilité de s'exprimer. Si Ace avait refusé, elle n'aurait rien promis à M. Solberg.

— Comment pouvez-vous seulement les vouloir à moins de dix mètres de moi ? demanda M. Solberg.

— Vous avez fait une erreur. Et je crois de tout mon cœur que vous n'auriez pas fait de mal à Rani, et que vous auriez fini par la ramener. Je suis si contente que vous l'ayez fait. Mais Kalee aurait voulu cela pour vous. Pour moi. Elle voudrait que je vous pardonne et que j'aille de l'avant. Mais plus que tout ça, Rani n'a pas arrêté de parler de vous. Elle a parlé de la nourriture que vous lui avez apportée. Et des vêtements. Elle continue de parler du « père de Kalee » et du fait que vous êtes son grand-père.

« Je ne sais pas exactement ce qui s'est passé entre vous deux, mais quoi que ce soit, ça l'a marquée. Après tout ce qu'elle a manqué dans sa vie, je ne veux pas qu'elle manque d'un grand-père. Vous savez que mes deux parents sont morts, et ceux d'Ace aussi. Mes grands-parents ne se montrent pas beaucoup intéressés pour jouer un rôle dans sa vie... donc il ne reste que vous. Pour moi, Rani, Sinta et Kemala sont les meilleures parties du Timor Oriental et une part de l'héritage de Kalee.

M. Solberg se mit à sangloter.

Piper eut pitié de lui et lui tint la main jusqu'à ce qu'il reprenne le contrôle de lui-même.

Il finit par la regarder et hocha la tête.

— J'aimerais bien.

— Bien. Je vais arranger ça avec le personnel en sortant et voir quand nous pouvons venir. D'accord ?

— OK.

Piper resta debout – et devint nerveuse quand Ace annonça :

— Vas-y, j'arrive dans une seconde.

Elle voulait protester. Elle voulait supplier son mari d'y aller doucement avec le père de sa meilleure amie, mais quand elle vit son regard déterminé, elle se contenta de baisser la tête.

Piper franchit la porte sans la fermer derrière elle. Elle écouta l'homme qu'elle aimait plus que sa vie avoir une discussion avec celui qui avait kidnappé sa fille.

— Je ne vous aime pas, lui dit Ace à voix basse.

Elle jeta un coup d'œil dans le coin et vit M. Solberg acquiescer.

— Vous avez frappé ma femme, non pas une fois, mais deux fois. Elle a dû avoir des points de suture pour refermer l'entaille sur son visage la deuxième fois. Elle a saigné sur tout le sol et a rampé à quatre pattes pour essayer d'atteindre Rani. Vous avez kidnappé ma fille et prévu de l'emmener hors du pays pour que je ne la revoie jamais. Si ça ne tenait qu'à moi, vous seriez enfermé pour le reste de votre vie.

L'estomac de Piper se serra. Ace avait l'air sérieux... mais elle reconnaissait sa colère. La pensée qu'il ne serait jamais capable de pardonner au vieil homme allongé sur ce lit était une possibilité. Elle aurait définitivement dû lui parler d'amener leurs filles voir M. Solberg avant de le mentionner au vieil homme. Merde.

— Piper n'est pas rancunière. Elle a une belle âme, elle est capable de pardonner de tout son être. Elle aimait Kalee comme une sœur, et pour certaines raisons, elle vous aime aussi. Je vous autorise à fréquenter ma famille, tant que vous vous comportez bien. Si vous dites un seul mot qui contrarie une de mes filles, ou même si vous les regardez de travers, j'obtiendrai une ordonnance restrictive contre vous si vite que vous n'aurez pas le temps de vous retourner.

Piper regarda nerveusement le garde dans la pièce. Elle n'était pas sûre de ce qu'Ace pourrait dire avant qu'ils ne mettent fin à la visite. Mais peut-être parce que le ton d'Ace était calme et qu'il ne semblait pas extérieurement en colère, l'infirmier le laissait continuer.

— Je fais cela seulement parce que c'est ce que ma femme veut. Je ne connaissais pas votre fille, mais d'après tout ce que Piper m'a dit d'elle, c'était une femme extraordinaire. Reprenez-vous. Prenez vos médicaments et remerciez Dieu pour ce que vous avez encore dans votre vie – une femme étonnante qui est prête à vous pardonner et à vous inviter dans la sienne.

— Je le promets. Je sais à quel point j'ai merdé. Je le sais. Je jure sur la tombe de ma fille que je ne ferai plus jamais de mal à votre famille.

Ace accepta les promesses de l'homme avec un petit signe de tête.

Piper s'éloigna de la porte quand elle vit Ace se retourner. Elle n'essaya même pas de cacher les larmes qui coulaient maintenant sur ses joues. Lorsque Ace sortit de la pièce et la vit, il secoua la tête et leva les yeux au ciel.

— Comment ai-je pu deviner tu ne retournerais pas dans le hall ? demanda-t-il, exaspéré.

— Parce que tu me connais mieux que personne auparavant ? répondit-elle à travers ses larmes.

Ace la serra dans ses bras.

— Es-tu énervée ? demanda-t-il après un moment.

Piper secoua la tête.

— Non. Je sais que tu devais le prévenir. Je suis heureuse que tu aies pu te libérer de ce poids.

Elle leva les yeux vers lui.

— Ça t'a soulagé ?

— Oui, ma chérie. C'est vrai. Mais je ne serai jamais le meilleur ami de cet homme. Je ne vais pas m'asseoir sur le canapé avec lui et regarder le match de football du samedi soir. Nous n'allons pas prendre une bière et passer du temps ensemble. Je le supporterai pour ton bien et celui de nos filles, mais c'est tout. C'est compris ?

— Oui.

Il le ferait. Et c'était suffisant. C'était plus que ce qu'elle pouvait espérer.

— Merci.

— Ne me remercie jamais de veiller sur toi, répondit Ace. Je ferais tout pour toi et nos enfants.

— Je t'aime.

— Et je t'aime aussi, répondit Ace. Maintenant, on peut y aller ? Cet endroit me donne la chair de poule.

Piper accepta immédiatement et ils partirent vers le hall.

— Alors, quel est le programme d'aujourd'hui ? demanda Ace quand ils arrivèrent à l'extérieur. Kemala va chez quelqu'un, n'est-ce pas ? Une des filles de son cours d'anglais seconde langue ? Sinta a des leçons de natation, et Sidney a dit qu'elle viendrait s'occuper de Rani, non ? Tu veux aller chercher Kemala ou emmener Sinta à ses cours ?

Alors qu'ils discutaient de l'emploi du temps de leurs enfants, Piper réfléchissait aux derniers mois. Elle aimait être occupée à ce point-là. Et ce ne serait que plus fou lorsque leur bébé serait né. Alors qu'Ace la conduisait vers leur SUV, elle repensait aux jours avant le Timor Oriental, ce qui lui semblait être une éternité, mais qui en réalité ne remontaient qu'à quelques mois. Elle était une personne différente à l'époque.

Alors qu'elle avait perdu la seule personne dont elle était la plus proche, elle avait gagné une famille entière.

Après qu'Ace l'ait installée du côté passager de leur voiture et qu'il ait fait le tour du côté conducteur, elle ferma les yeux et dit une petite prière pour Kalee.

*Où que tu sois, j'espère que tu es heureuse. J'espère que ton rire apporte de la joie à tous ceux qui t'entourent et que ton sourire illumine leur esprit. Merci de t'être sacrifiée pour moi et les filles. J'aurais préféré que tu sois encore là pour être tante Kalee, et que nous puissions vieillir ensemble comme nous l'avions toujours prévu. Repose en paix, Kalee. Je ne t'oublierai jamais.*

Ace sauta dans le SUV et l'observa une seconde.

— Tu vas bien ?

— Oui, ça va.

Il passa sa main derrière son cou et l'attira contre lui. Il l'embrassa longuement et passionnément avant de poser son front sur le sien.

— Je t'aime, Piper. Je t'aime tellement.

— Je t'aime aussi, Ace. Merci d'être si merveilleux.

Il reprit sa respiration et se recula un peu.

— Je suis un salaud possessif et protecteur, mais je suis content que ça ne te dérange pas.

— Ça ne me dérange pas. C'est bien de savoir que nos enfants ont un père qui se soucie d'eux.

— Je me soucie d'eux, répéta-t-il simplement, avant de mettre la clé dans le contact.

Pendant qu'il les conduisait à la maison, Piper gardait une main sur son ventre et l'autre sur celle d'Ace. Elle avait hâte de voir comment il réagirait à la nouvelle qu'il allait devenir papa pour la quatrième fois.

ÉPILOGUE

Trois semaines après qu'Ace eut accompagné Piper à l'hôpital psychiatrique pour voir Solberg, l'équipe était réunie à la maison de plage de Gumby et profitait d'un barbecue décontracté. Caite, Sidney et Piper jouaient dans les vagues avec Rani, Sinta et Kemala. Les hommes étaient rentrés du Moyen-Orient il y a deux jours, et tout le monde profitait du peu de temps libre dont ils disposaient avant de retourner au travail pour trouver le prochain méchant qu'ils seraient envoyés chercher.

— Piper a l'air en forme, déclara Rex.

— La grossesse lui va bien, répondit Ace.

— Et à toi aussi, ajouta Rocco.

Ace sourit.

— Et à moi aussi. C'est toujours aussi irréel qu'elle fasse grandir un petit humain dans son corps.

Bubba sourit à son ami. Il était évident qu'il était fou amoureux de sa femme, et Piper lui rendait son affection au centuple. En fait, Rocco et Gumby et leurs épouses étaient tout aussi amoureux, et il aimait bien les côtoyer. Ils passaient tellement de temps à s'occuper du pire de l'humanité, que c'était

241

une bouffée d'air frais de côtoyer des gens qui étaient vraiment heureux.

Ajoutez à cela la joie et l'exubérance de la jeunesse, de Rani, Sinta et Kemala, et c'était une vraie jubilation à la plage.

Rex, Phantom et lui étaient les seuls célibataires de l'équipe, et ça lui convenait. Bubba ne cherchait pas quelqu'un. Il ne voulait pas trouver l'amour de sa vie, car il avait vu de ses propres yeux combien le mariage pouvait être difficile.

Penser à ses parents dissipa une partie de sa bonne humeur. Ils s'étaient disputés pendant la majeure partie de son enfance. Sa mère détestait l'Alaska et voulait déménager, mais son père l'aimait et son entreprise était là. Elle était morte d'une crise cardiaque quand son frère jumeau et lui étaient au collège.

Bubba ressemblait plus à sa mère qu'à son père, détestant la ville dans laquelle il avait grandi, et il en était parti le lendemain de l'obtention de son diplôme d'études secondaires sans jamais regarder en arrière. Son jumeau, Malcom, était resté avec son père à Juneau, travaillant avec lui et développant son entreprise. Son père et son frère avaient depuis amassé une fortune, mais Bubba se fichait de l'argent.

En revanche, il regrettait de ne pas être resté en contact avec son père. Il parlait à Malcom de temps en temps, mais ils n'étaient plus aussi proches qu'ils l'avaient été en grandissant.

Un cri provenant de la plage l'arracha à ses pensées, et il commença à se diriger vers les escaliers avant même de réaliser ce qu'il faisait. Mais le cri était juste celui de Sinta qui jouait avec sa sœur.

Il jeta un coup d'œil vers Phantom juste à temps pour le voir poser le hamburger qu'il était en train de manger, comme s'il avait perdu l'appétit. L'homme était sur les nerfs depuis un moment maintenant. Depuis qu'ils avaient dû laisser Kalee derrière eux au Timor Oriental. Bubba et les autres avaient essayé de lui en parler. Ils avaient essayé de lui assurer que la mission n'avait pas été un échec puisqu'ils avaient sauvé Piper et les filles, mais Phantom ne voulut jamais en discuter, se contentant de dire que ça allait. Même quand il était évident que ça n'allait pas.

La sonnerie du téléphone dans sa poche attira l'attention de Bubba, et il posa son assiette pour l'attraper. Voyant un numéro inconnu, il faillit faire taire le téléphone et ignorer l'appel, mais quelque chose le poussa à répondre.

— Allô ?

— C'est Mark Wright ? demanda une voix grave et inconnue.

Bubba ne se souvenait pas de la dernière fois que quelqu'un l'avait appelé par son prénom. Il était Bubba depuis qu'il avait été diplômé des Marines et que lui et l'équipe étaient allés manger au *Bubba Gump Shrimp Company*. Il avait mangé un seau entier de crevettes tout seul... et avait passé le reste de la nuit à tout vomir. Son estomac n'avait pas été préparé à la quantité de nourriture qu'il avait ingurgitée ni à la richesse du beurre et des épices.

— Oui, qui est-ce ?

— Mon nom est Kenneth Eklund. Je suis l'avocat de votre père. Je suis désolé d'être celui qui doit vous en informer, mais Colin Wright est décédé la nuit dernière.

Bubba inspira brusquement, attirant l'attention de ses coéquipiers.

— Quoi ? Que s'est-il passé ? Comment ?

— Crise cardiaque, répondit sèchement Kenneth. On vous demande d'être présent à la lecture de son testament.

Bubba n'en avait rien à faire du testament. Il voulait des détails sur son père. Savait-il qu'il était malade ? Quand avait lieu l'enterrement ? Est-ce qu'on allait avoir besoin de lui pour l'organiser ? Il avait tellement de questions.

— Comme vous le savez, votre frère est déjà ici à Juneau, mais vous et une autre personne incluse dans le testament devez vous rendre en ville dès que possible pour que tout soit réglé.

Bubba avait du mal à réfléchir. Il ne savait pas qui d'autre son père avait pu inclure dans son testament, mais il supposait qu'il le découvrirait assez tôt.

— Bien. Je serai là dès que je pourrai.

— Juste pour vous prévenir, le testament est un peu compliqué, dit Kenneth.

— Et pour Sean ?

— Sean Kassamali ? demanda l'avocat.

— Oui. C'était l'associé de mon père depuis aussi long-temps que je m'en souvienne. Je suppose qu'il est inclus dans le testament aussi ?

— Comme je l'ai dit, c'est compliqué. Si vous pouvez aller à Anchorage, Sean et moi avons prévu un avion privé pour vous emmener à Juneau.

Soupirant, Bubba passa une main sur ses cheveux.

— Je vous communiquerai mes informations de vol dès que je les aurai.

— Merci. Je vous verrai bientôt. Je suis désolé pour ce deuil.

Bubba termina l'appel et leva la tête pour voir cinq paires d'yeux fixés sur lui.

— Tout va bien ? demanda Rocco.

Bubba secoua la tête.

— Non. C'était l'avocat de mon père. Il a eu une crise cardiaque et est mort. Je dois aller en Alaska pour la lecture de son testament.

Rex posa sa main sur l'épaule de Bubba.

— Je suis désolé, mec.

— Oui, moi aussi, dit Bubba. J'aurais dû faire l'effort d'y retourner plus tôt. Pour lui parler. Je ne sais pas grand-chose sur l'homme qu'il était.

— Tu as besoin de quelque chose ? demanda Rocco.

Bubba secoua sa tête.

— Non, mais merci. Je vais rentrer chez moi, faire mes bagages, réserver un vol, avec un peu de chance pour demain matin, et essayer de dormir un peu avant de partir. J'appellerai le commandant et le mettrai au courant sur le chemin du retour.

— Si tu as besoin de quoi que ce soit, tu n'as qu'à appeler, dit Gumby.

— Je sais, et j'apprécie.

— Il fait froid là-haut en ce moment ? Tu as besoin de matériel ? demanda Phantom.

— Ça ne devrait pas être trop dur. On est en septembre, donc il fera frais, mais à cette époque de l'année, il n'y a que de l'humidité. La neige ne tombera pas avant deux mois.

— Très bien. Tu veux que l'un de nous vienne avec toi ? demanda Ace.

Sachant qu'il avait les meilleurs amis qu'un gars pouvait demander, Bubba secoua la tête.

— Non, vous restez ici et profitez du temps libre. Mon frère est là-bas, et j'ai honte de ne pas avoir suivi ce qui s'est passé dans sa vie et dans celle de mon père. Je suis sûr que tout ce qui va se passer. Je vais aller là-bas, écouter le testament, puis revenir à la maison. Rien d'excitant n'arrive jamais à Juneau.

— Dernières paroles célèbres, marmonna Rocco, déclenchant l'hilarité générale.

— Je suis désolé pour ton père, dit Gumby. Je sais que tu regrettais de ne pas t'être rabiboché avec lui.

Et c'était vrai. Bubba et son père ne s'étaient pas vraiment disputés, mais ils n'étaient plus proches depuis très longtemps. Colin Wright n'avait jamais compris pourquoi son fils n'aimait pas leur ville natale. Il n'avait jamais compris que cet endroit lui donnait l'impression d'étouffer. Bubba ressemblait beaucoup à sa mère à ce sujet, et cela avait creusé un fossé entre son père et lui, un fossé qui ne serait jamais comblé. Et c'était dommage.

— Merci, dit Bubba à Gumby. Je vais prendre un vol pour Anchorage, puis l'avocat et l'associé de mon père vont affréter un avion pour m'emmener à Juneau. J'appellerai avant de quitter Anchorage pour vous dire comment ça se passe.

— J'attendrai cet appel, lui dit Rocco en fronçant les sourcils.

— Pourquoi as-tu l'air si inquiet ? demanda Bubba.

Puis il essaya de détendre l'atmosphère en disant :

— Tu as peur que des terroristes détournent un hydravion biplace ou quelque chose comme ça ?

— Pas drôle, Bubba, dit Gumby en fronçant les sourcils.

— Sérieusement, tu vas te porter la poisse, répondit Ace.

— Détendez-vous, les gars, dit Bubba. J'ai volé à bord de ces engins trop de fois pour pouvoir les compter. Comme il n'y a pas de route pour entrer ou sortir de Juneau, la seule façon d'y aller est de prendre l'avion ou de faire du bateau. Je n'ai encore jamais été dans un hydravion qui s'est écrasé.

— Merde ! maugréa Rex en se tournant pour frapper sur la balustrade en bois de la terrasse.

Bubba leva les yeux au ciel.

— Peu importe. Je vous appellerai avant de partir et quand j'atterrirai à Juneau. Ça suffira à calmer vos imaginations hyperactives ?

Après avoir supporté les avertissements de ses amis lui demandant de faire attention et leurs condoléances, Bubba partit vingt minutes plus tard. Les câlins et les baisers des petites filles l'aidèrent aussi à se sentir mieux ; être en leur présence avait toujours amélioré son humeur.

Mais dès qu'il fut parti, Bubba se perdit dans ses souvenirs. Il regrettait de ne pas avoir mieux suivi son père et son frère. Il savait que l'entreprise de son père était florissante, mais il n'était même pas sûr à 100 % de ce qu'il faisait. Et s'il ne pensait pas que son père avait eu une relation sérieuse avec une femme, il savait qu'il était proche de quelqu'un qui nettoyait sa maison, faisait des courses pour lui et cuisinait de temps en temps. Il savait qu'elle s'appelait Zoey, mais c'était à peu près tout.

Il avait tellement de questions sans réponses, mais il espérait qu'une fois arrivé à Juneau et après avoir rencontré l'avocat et Malcom, il pourrait clarifier certains points.

Sentant les regrets monter en lui une fois de plus, Bubba se jura de faire mieux pour ne pas remettre à plus tard ce qu'il voulait faire. La vie était trop courte. À partir d'aujourd'hui, il ne considérerait plus rien pour acquis.

C'est un vœu dont il se souviendrait quelques jours plus tard lorsque l'hydravion qu'il avait affrété commença à avoir des problèmes de moteur – et que la femme assise à côté et lui durent se préparer à un atterrissage en catastrophe.

* * *

*Plusieurs mois auparavant, au Timor Oriental, dix minutes après que Piper et les SEAL se soient échappés de l'orphelinat.*

Kalee Solberg se mit à gémir et à fléchir ses orteils pour s'assurer qu'elle n'était pas paralysée. Elle entendit des hommes crier et des coups de feu au loin et s'immobilisa. Pendant une seconde, elle fut incapable de se rappeler où elle était ni pourquoi elle avait si mal.

Puis tout lui revint en mémoire.

L'orphelinat. Les rebelles. Elle s'était précipitée dehors pour essayer d'attraper d'autres enfants et avait couru droit en enfer. Les rebelles étaient déjà arrivés et rassemblaient tout le monde. À la seconde où ils la virent, sa vie telle qu'elle la connaissait disparut.

Quelques hommes prirent les filles plus âgées et disparurent dans la jungle. Kalee ne voulait pas penser à ce qu'ils faisaient avec elles ni même où ils les emmenaient. Elle espérait qu'ils voulaient simplement qu'elles prennent les armes pour leur cause, mais elle avait le sentiment que la réalité était bien pire.

Ils l'avaient gardée avec les plus jeunes filles qu'ils terrorisaient en se vantant de tout ce qu'ils allaient leur faire, et insistant sur le fait que personne ne s'en soucierait puisqu'elles étaient orphelines. Ils riaient quand les enfants pleuraient.

Pendant un jour et demi, ils les firent asseoir les yeux bandés pendant que différents groupes de rebelles allaient et venaient.

Puis ils emmenèrent Kalee dans la jungle... et lui firent des atrocités.

Des atrocités auxquelles Kalee ne voulait plus jamais penser.

Des atrocités qu'aucune femme ne devrait jamais avoir à endurer.

Elle entendait des coups de feu à travers sa douleur et son humiliation, et juste au moment où elle pensait que les atrocités ne pouvaient pas être pires, ils l'avaient forcée à marcher jusqu'au bord d'un énorme trou dans le sol.

Elle se rappelait avoir regardé les corps des filles qu'elle avait passé la journée à réconforter. Elle avait essuyé leurs larmes et les avait rassurées, leur disant que tout irait bien.

Mais elle avait menti. Ça n'allait pas bien.

C'était la dernière chose dont elle se souvenait jusqu'à maintenant.

En se soulevant légèrement sur ses bras, Kalee ouvrit les yeux...

Et peina à retenir le cri d'horreur qui montait dans sa gorge.

Elle était allongée sur les mêmes corps qu'elle avait vus depuis le bord du trou.

Elle se secoua violemment, mais son estomac était trop vide pour vomir quoi que ce soit. Se débattant pour s'éloigner des corps, elle se hissa vers le haut, manquant de s'effondrer à cause d'une douleur immédiate. Sa tête lui faisait mal et elle porta une main à sa tempe, criant quand elle toucha ce qui devait être une éraflure de balle.

Elle se souvenait maintenant. Le son que l'arme avait fait juste avant qu'elle ne s'évanouisse était plus fort que tout ce qu'elle avait entendu dans sa vie.

Elle frissonna, même si elle sentit une goutte de sueur couler sur sa tempe. Elle ne portait pas de chemise, seulement un soutien-gorge, mais cela n'avait pas d'importance pour le moment.

En serrant les dents, Kalee tenta de retenir sa respiration pour essayer de bloquer une partie de l'horrible puanteur... Elle essaya de ne pas penser à la joie de la petite Eden quand elle s'était souvenue du mot anglais pour « professeur »...

Quand elle vit un ruban rouge vif sous sa main alors qu'elle rampait sur des bras et des jambes sans vie, elle se souvint combien Amivi avait été fière de porter ce simple accessoire dans ses cheveux...

Les souvenirs faillirent briser Kalee, mais elle se força à continuer jusqu'au bord du trou – et orienta ses pensées vers Piper. C'était mieux que de penser à l'endroit où elle se trouvait elle-même, et à ce qu'elle faisait en ce moment.

Son amie avait-elle survécu ? Était-elle restée cachée ?

Kalee ressentit une immense culpabilité pour avoir impliqué sa meilleure amie dans cette affaire. C'était elle qui avait encouragé Piper l'introvertie à venir la voir. « Ce sera amusant », avait-elle dit. Une aventure.

Une aventure qui s'avéra être une sacrée aventure.

Kalee s'accrocha au bord du trou et, en utilisant toutes ses forces, se hissa hors du puits de la mort.

Elle entendit un bruit et regarda droit dans les yeux bruns d'une demi-douzaine de rebelles.

Avant qu'elle ne puisse retomber dans le trou, ils l'attrapèrent et la relevèrent. Ils eurent une conversation en tetum que Kalee ne comprit pas, puis ils appuyèrent un couteau sur son flanc, lui bandèrent les yeux et la forcèrent à marcher.

Où ils allaient et ce qu'ils allaient faire d'elle, Kalee n'en avait aucune idée, mais elle savait qu'elle était sur le point de vivre un nouvel enfer.

*Aidez-moi*, pria-t-elle.

*Pitié, que quelqu'un me trouve et m'aide.*

* * *

Ne ratez pas le prochain tome de la série Forces Très Spéciales : L'Héritage : *Un Sanctuaire pour Zoey*

# DU MÊME AUTEUR

<u>Autres livres de Susan Stoker</u>

### <u>Forces Très Spéciales : L'Héritage</u>

*Un Sanctuaire pour Caite*

*Un Sanctuaire pour Brenae*

*Un Sanctuaire pour Sidney*

*Un Sanctuaire pour Piper*

*Un Sanctuaire pour Zoey*

*Un Sanctuaire pour Avery*

*Un Sanctuaire pour Kalee*

### <u>Hawaï : Soldats d'élite</u>

*Un paradis pour Élodie*

*Un paradis pour Lexie (10 Aug 2021)*

*Un paradis pour Kenna (Oct 2021)*

*Un paradis pour Monica*

*Un paradis pour Carly*

*Un paradis pour Ashlyn*

*Un paradis pour Jodelle*

### <u>Mercenaires Rebelles</u>

*Un Défenseur pour Allye*

*Un Défenseur pour Chloé*

*Un Défenseur pour Morgan*

*Un Défenseur pour Harlow*

*Un Défenseur pour Everly*

*Un Défenseur pour Zara*

*Un Défenseur pour Raven*

## Ace Sécurité

*Au Secours de Grace*

*Au Secours d'Alexis*

*Au Secours de Bailey*

*Au Secours de Felicity*

*Au secours de Sarah*

## Forces Très Spéciales Series

*Un Protecteur Pour Caroline*

*Un Protecteur Pour Alabama*

*Un Protecteur Pour Fiona*

*Un Mari Pour Caroline*

*Un Protecteur Pour Summer*

*Un Protecteur Pour Cheyenne*

*Un Protecteur Pour Jessyka*

*Un Protecteur Pour Julie*

*Un Protecteur Pour Melody*

*Un Protecteur pour l'avenir*

*Un Protecteur Pour Les Enfants de Alabama*

*Un Protecteur Pour Kiera*

*Un Protecteur Pour Dakota*

## Delta Force Heroes Series

*Un héros pour Rayne*

*Un héros pour Emily*

*Un héros pour Harley*

*Un mari pour Emily*

*Un héros pour Kassie*

*Un héros pour Bryn*

*Un héros pour Casey*

*Un héros pour Wendy*

*Un héros pour Mary*

*Un héros pour Macie*

*Un héros pour Sadie*

*Un héros pour Annie (Feb 2022)*

## En Anglai

## Delta Force Heroes Series

*Rescuing Rayne*

*Rescuing Emily*

*Rescuing Harley*

*Marrying Emily (novella)*

*Rescuing Kassie*

*Rescuing Bryn*

*Rescuing Casey*

*Rescuing Sadie (novella)*

*Rescuing Wendy*

*Rescuing Mary*

*Rescuing Macie (novella)*

*Rescuing Annie (Feb 2022)*

## Delta Team Two Series

*Shielding Gillian*

*Shielding Kinley*

*Shielding Aspen*

*Shielding Jayme*

*Shielding Riley*

*Shielding Devyn*

*Shielding Ember (Sep 2021)*

*Shielding Sierra (Jan 2022)*

## Eagle Point Search & Rescue

*Searching for Lilly (Mar 2022)*

*Searching for Bristol (Jun 2022)*

*Searching for Elsie (Nov 2022)*

*Searching for Caryn (TBA)*

*Searching for Finley (TBA)*

*Searching for Heather (TBA)*

*Searching for Khloe (TBA)*

## SEAL of Protection: Legacy Series

*Securing Caite*

*Securing Brenae (novella)*

*Securing Sidney*

*Securing Piper*

*Securing Zoey*

*Securing Avery*

*Securing Kalee*

*Securing Jane*

## SEAL Team Hawaii Series

*Finding Elodie*

*Finding Lexie (Aug 2021)*

*Finding Kenna (Oct 2021)*

*Finding Monica (May 2022)*

*Finding Carly (TBA)*

*Finding Ashlyn (TBA)*

*Finding Jodelle (TBA)*

## Ace Security Series

*Claiming Grace*

*Claiming Alexis*

*Claiming Bailey*

*Claiming Felicity*

*Claiming Sarah*

## Mountain Mercenaries Series

*Defending Allye*

*Defending Chloe*

*Defending Morgan*

*Defending Harlow*

*Defending Everly*

*Defending Zara*

*Defending Raven*

## Silverstone Series

*Trusting Skylar*

*Trusting Taylor*

*Trusting Molly (July 2021)*

*Trusting Cassidy (Nov 2021)*

## SEAL of Protection Series

*Protecting Caroline*

*Protecting Alabama*

*Protecting Fiona*

*Marrying Caroline (novella)*

*Protecting Summer*

*Protecting Cheyenne*

*Protecting Jessyka*

*Protecting Julie (novella)*

*Protecting Melody*

*Protecting the Future*

*Protecting Kiera (novella)*

*Protecting Alabama's Kids (novella)*

*Protecting Dakota*

## Badge of Honor: Texas Heroes Series

*Justice for Mackenzie*

*Justice for Mickie*

*Justice for Corrie*

*Justice for Laine (novella)*

*Shelter for Elizabeth*

*Justice for Boone*

*Shelter for Adeline*

*Shelter for Sophie*

*Justice for Erin*

*Justice for Milena*

*Shelter for Blythe*

*Justice for Hope*

*Shelter for Quinn*

*Shelter for Koren*

*Shelter for Penelope*

# À PROPOS DE L'AUTEUR

Susan Stoker est une auteure de best-sellers aux classements du New York Times, de USA Today et du Wall Street Journal. Elle a notamment écrit les séries Badge of Honor: Texas Heroes, SEAL of Protection et Delta Force Heroes. Mariée à un sous-officier de l'armée américaine à la retraite, Susan a vécu dans tous les États-Unis, du Missouri jusqu'en Californie en passant par le Colorado, et elle habite actuellement sous le vaste ciel du Tennessee. Fervente adepte des fins heureuses, Susan aime écrire des romans où les sentiments laissent place au grand amour.

http://www.StokerAces.com

 facebook.com/authorsusanstoker

 twitter.com/Susan_Stoker

 instagram.com/authorsusanstoker

 goodreads.com/SusanStoker

www.ingramcontent.com/pod-product-compliance
Lightning Source LLC
Chambersburg PA
CBHW060221100726

47907CB00003B/463